BASTEI
LÜBBE
TASCHENBUCH

Weitere Titel des Autors:

Final Cut

Seelenangst

Todeswächter

Titel in der Regel auch als Hörbuch und E-Book erhältlich

Veit Etzold

DER TOTEN-ZEICHNER

Thriller

BASTEI LÜBBE
TASCHENBUCH

BASTEI LÜBBE TASCHENBUCH
Band 17 229

Dieser Titel ist auch als Hörbuch und E-Book erschienen

FSC
www.fsc.org
MIX
Papier aus verantwortungsvollen Quellen
FSC® C083411

Originalausgabe

Ein Projekt der AVA international GmbH
Autoren- und Verlagsagentur
www.ava-international.de

Textredaktion: Wolfgang Neuhaus
Titelillustration: © shutterstock/Eky Studio; © shutterstock/Gordan
Umschlaggestaltung: Massimo Peter
Satz: Urban SatzKonzept, Düsseldorf
Gesetzt aus der Garamond
Druck und Verarbeitung: CPI books GmbH, Leck – Germany
Printed in Germany
ISBN 978-3-404-17229-0

5 4 3 2

Für Saskia

Von allem Geschriebenen liebe ich nur das,
was einer mit seinem Blute schreibt.

– Friedrich Nietzsche

Prolog

Los Angeles

Es war Sommer in der Stadt der Engel. Die Männer vom Los Angeles Police Department, kurz LAPD, nannten diesen Sommer des Jahres 2004 den »Blutsommer«. Die Presse war als Erste auf diesen Namen gekommen, und die Einsatzkräfte hatten ihn weiter verwendet, denn er passte sehr gut.

Blutsommer 2004.

Ein brutaler Killer hatte diesem Sommer seinen blutigen Stempel aufgeprägt. Die Ermittler hatten diesen Psychopathen noch immer nicht geschnappt. Und wie es aussah, hatte er soeben wieder zugeschlagen.

Los Angeles, dachte Detective Brooks. *Stadt der Engel.*

Brooks verzog das Gesicht. Es wusste beim besten Willen nicht, was dieser verkommene, oberflächliche, kranke, abartige Haufen Schmutz von einer Stadt mit Engeln zu tun haben könnte, dazu fehlte Brooks seit Jahren die Fantasie. Himmlische Zustände herrschten hier nicht, ganz im Gegenteil.

Brooks war seit zwanzig Jahren beim LAPD und hatte in seiner Karriere schon einiges gesehen. Schlimme Dinge. Albtraumhafte Bilder. Hunderte von Opfern, von denen die meisten erschossen worden waren. Eine Kugel ins Herz. Oder in den Kopf. Oder beides.

Los Angeles, dachte er wieder einmal. *Stadt der Engel. Dass ich nicht lache.*

Brooks fragte sich oft, warum er überhaupt noch hier war. Warum er nicht endlich verschwand. L. A. war ein von der

Sonne beschienenes Grab, ein Ort, wo man verwesen konnte, ohne dass jemand es bemerkte. Manche merkten es nicht einmal selbst. Sie verwesten bei lebendigem Leibe und wussten nichts davon.

Fast achtzehn Millionen Einwohner lebten im Großraum Los Angeles, dem riesigen Moloch, der sich Jahr für Jahr einen Kilometer weiter in die Wüste fraß, bis er irgendwann Las Vegas erreichen würde und zwei verfluchte Städte endlich verschmolzen wären. Dann hatte ein rachsüchtiger Gott es einen fernen Tages einfacher, sie vom Antlitz der Erde zu tilgen.

Bei Sodom und Gomorrha, dachte Brooks, *musste Gott zweimal zuschlagen. Bei L. A. und Las Vegas reicht es womöglich, wenn er einmal hinlangt. Hoffen wir's.*

Los Angeles lag auf der berühmt-berüchtigten San-Andreas-Spalte, einer geologisch instabilen Verwerfungszone. Seit 1800 war die Stadt von neun großen Erdbeben heimgesucht worden, aber totzukriegen war sie nicht. Hier gab es die meisten Verbrechen, die meisten Geistesgestörten, den meisten Smog und die schießwütigsten Cops, wobei Letzteres nur eine Reaktion auf die Umstände war. Das beste Wetter gab es hier auch, könnte man hinzufügen, die Sonne Kaliforniens. Über nasskalte Tage konnte man sich in L. A. selten beklagen, eher über zu viel Hitze, die besonders dann unappetitlich wurde, wenn eine verwesende Leiche in einem Zimmer lag und die Klimaanlage ausgefallen war.

So wie der Tote, den sie an diesem Tag fanden.

Brooks hatte vor einer Viertelstunde den Anruf erhalten, und gemeinsam mit fünf Officers des LAPD hatte er die Tür des großen Hauses aufgebrochen.

»Warum ist es hier so dunkel?«, fragte Brooks nun.

Die Strahlen starker Taschenlampen zuckten durch den Eingangsflur, tasteten sich durch die Dunkelheit, während die

Männer jede Sekunde darauf gefasst waren, auf etwas Furchtbares, Abscheuliches zu stoßen.

»Jemand hat die Sicherung rausgerissen. Deshalb geht auch die Klimaanlage nicht.« Einer der Officers zuckte die Schultern. »Vorher hat er noch die Jalousien runtergelassen.«

Es war eine bizarre Situation. Draußen schien die kalifornische Sonne von einem azurblauen Himmel, hier drin herrschte tintenschwarze Nacht. Außerdem war es brütend heiß, die Luft dumpf und schwül und drückend, weil die Klimaanlage keinen Strom mehr bekam. Mit anderen Worten: Alles war so, wie Kalifornien und diese Stadt immer schon waren. Die düsteren Seiten Hollywoods, die Hippies, die Satanisten, die Serienkiller. Glänzende Oberfläche, pechschwarze Seele.

Brooks und die Officers bewegten sich langsam weiter ins Haus. Fliegenschwärme stoben auf und surrten in sämtliche Richtungen davon, als die Männer mit ihren Taschenlampen näherkamen.

Fliegen. Sie waren immer da, wo es Tote gab. Sie legten ihre Eier auf die Leichen, aus denen Fliegenmaden schlüpften, die das tote Fleisch fraßen und wuchsen, bis sie sich verpuppten. Aus diesen Puppen kamen neue Fliegen, und die legten ihre Eier auf dieselbe Leiche. Oder auf neue Leichen. Denn in L. A. gab es daran bestimmt keinen Mangel.

»Hier!«, rief plötzlich einer der Officers. Und dann: »Oh Gott.«

Der Tote lag auf dem Boden, Arme und Beine ausgestreckt. Im Brustkorb ein gähnendes schwarzes Loch, dunkler noch als die Finsternis dieser Wohnung.

»Er hat ihm das Herz rausgerissen«, stellte der Rechtsmediziner mit professioneller Sachlichkeit fest und leuchtete auf den Oberkörper des jungen Mannes. Durchgeschnittene Rippen ragten spitz aus der klaffenden, klebrig-roten Öffnung.

Der Rechtsmediziner stakste in seinem Papieranzug und

den Papierüberschuhen vorsichtig über den blutroten Fußboden, wobei er hin und wieder ein Foto schoss. Die Rechtsmedizin von L. A., das Los Angeles County Coroner's Office, war weltberühmt – nicht erst, seitdem der damalige Chef, Thomas Noguchi, sein Schweigen gebrochen und zwei Bücher über seine berühmtesten Fälle veröffentlicht hatte, zu denen Marilyn Monroe, James Belushi, Robert Kennedy und Sharon Tate gehörten, die 1969 von der berüchtigten Manson Family massakriert worden war.

»Das ist doch ... verdammt«, fluchte der Rechtsmediziner.

»Was denn?«, fragte Brooks.

»Hier, schauen Sie sich das an. Ist das ein Hund?«

Es *war* ein Hund. Das, was davon übrig war.

Der Hund lag neben der Männerleiche. Vielleicht war das Tier abgerichtet gewesen. Ein Kampfhund. Doch wie es aussah, nicht kampferprobt genug. Der offenbar perverse Killer hatte den Hund nicht nur getötet, er hatte ihm Kopf sowie Vorder- und Hinterläufe abgeschnitten und sie neben die Gliedmaßen des Mannes auf den Boden gelegt. Eine Vorderpfote neben den Arm, eine Hinterpfote neben das Bein. Den Kopf des Hundes hatte er auf den Kopf der Leiche platziert, sodass die Ermittler das Blut des Tieres vom Kopf des Menschen wischen mussten, um eine erste Identifizierung vornehmen zu können.

»Du lieber Himmel, er ist es«, stieß der Rechtsmediziner hervor.

»Wer?«, fragte Brooks. Obwohl einer der Coroners das Gesicht des Toten saubergewischt hatte, fehlte ihm das Vorstellungsvermögen, um inmitten dieser stickigen, stinkenden Dunkelheit in diesem von Menschen- und Hundeblut verschmierten Gesicht einen Mann zu erkennen, den er kannte. Oder kennen sollte.

Der Rechtsmediziner schien Brooks' Gedanken erraten zu

haben und leuchtete mit der Taschenlampe auf das Gesicht des Toten. »Vincent Calitri«, sagte er.

»Heilige Hölle«, flüsterte Brooks. »Vincent Calitri?« Den *sollte* er nicht nur kennen, den *kannte* er.

»Sieht so aus.«

Vincent Calitri war nicht irgendwer. Er war der Sohn von David Calitri, und der wiederum war Brooks' Boss. Der Ober-Ober-Boss. Der Chief of Police des LAPD.

Das hier war sein Haus.

Und der Tote war sein Sohn.

Und dieser Sohn war regelrecht geschlachtet worden.

»Er hat ihn im Haus seines Vaters umgebracht?«, fragte Brooks. »Oder wohnte der Junge noch hier?«

»Nein«, sagte einer der Officers, »er wohnte mit seiner Freundin ein paar Blocks weiter.« Er trat an die Leiche heran. »Entweder hat der Killer ihn hier vor Ort umgebracht, oder er hat ihn irgendwo anders getötet und die Leiche dann hierher gebracht.«

»Und der Hund?«

»Den Hund offenbar auch.«

»Ja, das sehe ich«, sagte Brooks. »Findet so schnell wie möglich raus, ob der Junge und sein Kläffer hier getötet wurden oder woanders – falls man es herausfinden kann. Und schickt sofort ein Team zur Wohnung von Calitri. Und sucht seine Freundin!«

»Sind schon dabei.«

»Was ist das?« Brooks' Taschenlampe bewegte sich in langsamen Kreisen über den Oberkörper des Mannes und die Oberarme. Überall Wunden. Schnittwunden mit eigenartigen Mustern. Brooks wandte sich an den Rechtsmediziner. »Hat der Killer ihm diese Symbole ins Fleisch geschnitten?«

Der Mediziner zuckte die Schultern. »Wer sollte es sonst gewesen sein? Vielleicht hat er ihn gefoltert und dann umgebracht.«

»Aber wieso?«, fragte Brooks. »Das hier ist Downtown L. A. Ein besseres Viertel, nicht das beschissene Compton.«

Compton war ein Vorort von Los Angeles, in den USA auch »Hauptstadt der Morde« genannt. Gerade erst war Compton die zweifelhafte Ehre zuteil geworden, die bisherige Mord-Hauptstadt New Orleans überholt zu haben. Neben Smog stieg in Compton eine Menge Pulverdampf in die Luft.

Es könnte überall passieren, aber es passiert in Compton, sagte man beim LAPD.

»War es vielleicht eine von den Gangs?«, fragte der Rechtsmediziner. »Bloods, Sharks und wie die alle heißen? Wenn denen die Munition ausgeht, und es ist noch ein Gegner übrig, wird er mit dem Gewehrkolben erschlagen. War es hier auch so?«

Möglich war es. Nur war hier nicht Compton, sondern Downtown L. A., wo dreimal so viele Polizisten auf der Straße waren und so etwas trotzdem geschah. Und dann auch noch im Haus des Polizeichefs. Brooks mochte gar nicht daran denken.

»Meinen Sie, das war eine Racheaktion?«, fragte einer der Officers.

Brooks zuckte die Schultern. »Kann ich noch nicht sagen. Die Beweislage ist noch viel zu dürftig.« Er tastete mit dem Lichtstrahl der Taschenlampe über die Wände. »Jesus Christus!«, stieß er so unvermittelt hervor, dass die anderen zusammenzuckten.

»Was ist das?«, flüsterte der Officer.

Mit einem Mal sehnte Brooks sich nach einer Zigarette und einem Bier oder etwas Stärkerem. Am Türrahmen waren Zeichen zu sehen. Mit Blut gemalt, wie es schien. Das Blut war frisch, nur ein paar Stunden alt. Es konnte keine Farbe sein, denn Brooks sah die Fliegen wimmeln, als der Strahl der Taschenlampe sie traf.

»Das ist eine Spur«, sagte Brooks und öffnete vorsichtig die Tür. »Eine Spur aus Blut.« Er hatte vorher schon Ähnliches gesehen. An den anderen Tatorten. Bei den anderen Opfern in diesem Blutsommer.

Langsam bewegte Brooks sich voran, leuchtete weiter die Wände ab. Sie waren voller Blutspritzer – eine grausige Spur, die Brooks und die Ermittler dorthin führte, wo jemand sie haben wollte. Wie Zeichen bei einer Schnitzeljagd – sofern dieses blutige Arrangement für die Ermittler bestimmt war und nicht für jemand anderen.

Weitere Blutflecke, wie mit dem Finger gemalt, an der weißen Wand. An einer Tür. Einem Türrahmen. Brooks und die Officers durchquerten die dunkle Wohnung, folgten der Spur des Blutes.

»Gottverdammt«, murmelte Brooks, als er mit zwei Officers die Küche betrat. Die Jalousien waren hier nur halb geschlossen. Tageslicht fiel herein. Brooks knipste die Taschenlampe aus. Langsam gewöhnten seine Augen sich an das neue Umfeld. Er sah die große Küche. Die Anrichte in der Mitte. Den Herd. Und dann, wie ein Monolith im Mittelpunkt des Ganzen, sah er den großen Kühlschrank. Weiß. Riesig. Die Wand daneben war mit Blut bemalt. Auch auf dem Kühlschrank ein paar Spritzer. Aber der Killer hatte offenbar schnell gemerkt, dass die Farbe an der beschichteten Oberfläche nicht hielt.

Brooks kniff die Augen zusammen und las:

It's not over 'til it's over.

Was sollte das heißen? *Es ist nicht vorbei, bevor es vorbei ist.* Sollte das ein Abschied sein? Oder eine Drohung?

Brooks kam nicht mehr dazu, seine Gedanken fortzuführen, denn schon fiel sein Blick auf etwas, das er bereits aus den Augenwinkeln wahrgenommen hatte. Eine Tellerhaube. Aus

Silber. Mit einer weißen Tischdecke darunter. Angerichtet. Schön. Doch Brooks ahnte schon jetzt, dass es keine freudige Überraschung war, die der Cateringservice für sie vorbereitet hatte, sondern ein Tritt in den Magen für jeden, der es sah.

Brooks trat näher heran, während die Officers, die Pistolen gezogen, sich argwöhnisch umschauten und die Kamera der Spurensuche grelle Blitze schleuderte, die bunte Schatten vor Brooks' Augen tanzen ließen.

Die weiße Tischdecke. Mit Blut beschrieben. Brooks konnte sich denken, was der Killer getan hatte. Wie er das viele Blut an die Wände geschmiert hatte. Er hatte seinem Opfer das Herz herausgerissen und war damit losgezogen. Hatte einen Rundgang durch die Wohnung gemacht, einen fröhlichen kleinen Spaziergang, und mit dem blutigen Herzen die Tische, Türen und Wände bemalt wie ein Kind mit einem morbiden Malkasten.

Brooks streckte die Hand aus, ergriff den Deckel der Tellerhaube, hob ihn hoch.

Dann sah er, was unter der Haube war. Er hatte schon vorher gewusst, was er dort finden würde, deshalb erschrak er nicht allzu sehr, blickte nur mit versteinerter Miene auf das, was sich ihm darbot.

Es war das Herz des jungen Mannes. Mit Kräutern und Pfeffer bestreut. Blutig. Roh. Und scheußlich deplatziert auf dem Porzellanteller, auf dem es lag.

Im gleichen Augenblick entzifferte Brooks die Buchstaben auf der Serviette, die mit Blut gekritzelt waren. Eine fürchterliche Aufforderung, in einem doppeldeutigen Sinne, wie sie nur einem Psychopathen einfallen konnte. Eine Botschaft für den Vater des Ermordeten, die zeigte, dass sein Sohn unwiederbringlich tot war und sein Herz, die Quelle des Lebens, als Abendessen in der Küche wartete. Eine Botschaft, die Polizeichef David Calitri wahrscheinlich umbringen würde, wenn er sie zu Gesicht bekäme, vielleicht durch einen Herzinfarkt der

Stufe 10 auf der Richterskala. Denn es gab Dinge, die machten jeden fertig, ob Chef des LAPD oder nicht.

Dem Mörder würde es ein One-Way-Ticket geradewegs in die Gaskammer bescheren, falls sie ihn erwischten. Oder ein Rendezvous mit der Giftspritze.

Wie ein Blitzlicht bei einem Schnappschuss in der Nacht erschien zuerst das Herz vor Brooks' Augen. Dann sah er die Schrift, die sich Buchstabe für Buchstabe in sein Hirn brannte, wobei er immer wieder das Herz sah, das rot glänzend auf dem Teller lag, während noch Blut heraussickerte – der Rest des Blutes, den der wahnsinnige Killer nicht an Wänden und Türen verschmiert hatte.

Auf der Serviette stand:

Enjoy it d(e)ad.

Zwei Sätze in einem:

Enjoy it dead. Enjoy it dad.

Eine Nachricht vom Killer an den Vater des Ermordeten, die wie eine Nachricht vom Sohn an den Vater aussah: *Genieß es tot. Genieß es, Vater.*

Und dann der andere Satz. Eine Nachricht vom Killer an die Ermittler?

It's not over, 'til it's over.

Brooks merkte, wie ihm schwindelig wurde.

Ja, wahrscheinlich war es besser, dass er sich einen neuen Job suchte und aus L. A. verschwand. Aber vorher war es an der Zeit, dieses Monstrum von Stadt umzubenennen.

Von Los Angeles in Los Cadáveres.

Von *Stadt der Engel* in *Stadt der Leichen*.

Erstes Buch

Nothing can divide,
Terror is thy name.
Last legion alive,
Set the world aflame.

Enemy of God,
Masters you have none.
Sweet the victory,
When thy kingdom come.

– Kreator, *Enemy of God*

Berlin, Spätsommer 2014

1.

Stephan Schiller, Boss des Deathguard Chapters Berlin, stieg aus seinem Mercedes, öffnete Grinder, seinem Pitbullterrier, die Hintertür und zog die Schlüsselkarte durch den Hauseingang. Stephan brauchte keinen Bodyguard. Er hatte Grinder, der mehrere Tonnen Beißkraft mitbrachte und schon einige Angreifer zerfleischt hatte.

Der Türöffner piepte, und die Tür zum Außenaufzug öffnete sich. Grinder flitzte bellend in die Kabine. Sein Herrchen schob seine massige Gestalt hinterher. Stephan Schiller wohnte ganz oben, im achten und neunten Stock, wie ein König, hoch über der Stadt, die er beherrschte wie wenige andere. Gerade hatte er seine Tour gemacht, hatte Schutzgelder kassiert, mit den Zuhältern gesprochen und sich über die Geschäfte in seinen Nachtclubs informiert. Auch ein paar neue Pferdchen mussten eingeritten werden. Es waren wieder ein paar Zicken darunter gewesen, bei denen Stephan selbst Hand anlegen musste. Aber dafür war er schließlich der Boss.

Die Deathguards wurden in den Medien stets als »Rockerclub« bezeichnet. Stephan war das nur recht. Denn in Wirklichkeit waren sie viel mehr; sie hatten ihre Hände unter anderem im Drogenhandel, der besonders in den Clubs florierte.

Letztendlich aber waren die Bullen froh, dass Stephans Deathguards für Ordnung sorgten und nicht zahllose kleine Banden. Außerdem hatten sie mit Stephan nur einen einzigen Ansprechpartner.

Der deutsche Rechtsstaat war ohnehin dabei, sich selbst

abzuschaffen, und der Staat warf sein Gewaltmonopol über Bord wie eine Ladung fauler Kartoffeln. Steuerhinterziehung und Falschparken waren so ziemlich das Einzige, was in Deutschland noch illegal war. Stephan konnte das nur recht sein. Am Ende übernahmen die Deathguards die Aufgaben, für die eigentlich die Bullen zuständig wären, nur dass diese Weicheier sich nicht mehr heranwagten, weil ihnen von Regierung und Justiz untersagt wurde, ihren Job vernünftig zu machen. Wer hatte die Russenmafia denn aus dem Viertel vertrieben? Die Deathguards, nicht die Bullen. Wer hatte in einer groß angelegten Aktion mehr als zwanzig albanische Zuhälter umgelegt? Die Deathguards.

Sie hatten mit der Polizei ein Abkommen: Wir kümmern uns darum, dass Ruhe und Ordnung herrscht, dafür lasst ihr uns freie Hand. Was anderes bleibt euch sowieso nicht übrig. Und die Polizei hatte zugestimmt. Weil ihnen tatsächlich nichts anderes übrig blieb.

Der Fahrstuhl surrte nach oben. Grinder beäugte sein Herrchen erwartungsvoll.

»Ist ja gut, kriegst gleich was.« Stephan blickte auf sein Handy, während er nach oben fuhr. Der Rest des Abends war frei. Er würde vielleicht noch ein Bier trinken, und dann ab ins Bett. Schließlich war es drei Uhr morgens. Aber so waren die Arbeitszeiten nun mal, wenn man mit Geschäften zu tun hatte, die in der Nacht am besten florierten.

Die Fahrstuhltür öffnete sich. Stephan betrat sein Reich. Zweihundert Quadratmeter auf zwei Etagen mit Dachterrasse. Er warf die Schlüsselkarte auf die Ablage vor der Tür und wollte gerade seine Lederjacke an die Garderobe hängen, als er das Knurren hörte.

»Grinder?«, fragte er. »Was ist los?«

In diesem Moment sah er es.

Eine Gestalt stand am Ende des Flurs. Groß, breit, dunkel.

Reglos wie eine Statue. Doch es war keine Statue, sondern ein Mensch aus Fleisch und Blut, denn er bewegte sich.

Grinder hatte den Fremden augenblicklich gewittert. Der Pitbull zog die Lefzen nach oben und fletschte die Zähne, als das Licht des Mondes den Schatten des Unbekannten auf den Teppich warf.

»Okay, Arschloch«, sagte Stephan. »Entweder du kommst mit erhobenen Händen nach vorn, oder du wirst zu Hackfleisch verarbeitet.«

Er konnte Grinder kaum noch halten. Der Hund stieß ein tiefes Grollen aus und zitterte vor Erregung wie ein ausgehungertes Raubtier, das Blut wittert. Würde Stephan ihn jetzt von der Kette lassen, wäre der Fremde binnen weniger Augenblicke zerfleischt.

Der hünenhafte Mann bewegte sich nicht. Er schien keine Waffen zu haben. Schlecht für ihn, gut für Stephan. Dennoch machte er einen letzten Versuch.

»Wer bist du, und was willst du? Mach endlich das Maul auf, Sackgesicht, sonst macht mein Hund Hundefutter aus dir.«

Ein paar Sekunden lang hörte Stephan nur das Knurren seines Hundes. Dann erklang die Stimme des Hünen: »Ich bin der Tod.«

Stephan lachte auf. »Du bist ein echter Komiker. Du bist nicht der Tod, du bist tot.«

Er ließ die Kette los.

»Grinder! Fass!«

Der Hund stürzte nach vorne wie ein Geschoss. Doch der Schatten rührte sich nicht. Erst im letzten Moment riss er wie beiläufig einen Teppich vom Fußboden und wickelte ihn sich blitzschnell um den Arm. Grinder sprang, das Maul weit aufgerissen. Der hünenhafte Mann warf den Arm nach vorne, und der Kampfhund verbiss sich in dem dicken Teppich.

Es waren die Sekundenbruchteile, die der Mann brauchte.

Seine freie Hand schoss vor, riss einen Kugelschreiber vom Beistelltisch und rammte ihn dem Pitbull durchs Auge ins Gehirn. Ein Zucken durchlief den Körper des Hundes. Er stieß ein schrilles, beinahe menschliches Kreischen aus, als er sich mit grotesk geöffneten Kiefern vom Teppich löste und wie eine Puppe zu Boden fiel. Dort blieb er zappelnd liegen, bis der Tod ihn erlöste.

»Drecksköter«, spie der Hüne verächtlich hervor und schleuderte den Teppich zur Seite. In seiner Stimme lag etwas Fremdartiges.

Er beugte sich vor, zog den Kugelschreiber aus dem Kopf des toten Tieres. Blut, Hirnmasse und Teile des Auges hingen an dem silbernen Stift. Er hob ihn in die Höhe. »Hast du gesehen? Ich hab dein Mistvieh nur mit einem Kugelschreiber abgeschlachtet.«

Der Fremde warf den Stift zu Boden und ging langsam auf Stephan zu. Einen Schritt. Noch einen. Und noch einen.

Stephan zwang sich, nicht zurückzuweichen.

»Und jetzt«, sagte der Fremde, »werde ich *dich* schlachten.«

Langsam erkannte Stephan die Umrisse und das Gesicht des Mannes, als dieser näherkam.

Es geschah selten, dass der Boss der Deathguards Berlin Angst hatte.

Jetzt hatte er Angst. Furchtbare Angst.

2.

Es war der letzte Urlaubsabend. Ein Sonntagabend. Der Sonntag war ohnehin ein Tag, der nicht fair spielte. Einerseits war er ein Feiertag, für viele der schönste Tag der Woche, andererseits war er so nahe am grauen Montag und der Arbeitswoche, dass er beinahe schon ein Arbeitstag war. Anders ausgedrückt: Der Sonntag war ein Tag, der es dem Montag nur zu gern erlaubte, seinen ungewaschenen Hals unheilvoll ins Wochenende zu strecken. Insgesamt also ein Tag, den man nur als Riesenverarsche bezeichnen konnte.

War nun der Sonntag allein schon depressiv genug, war es noch viel schlimmer, wenn ein dreiwöchiger Urlaub vorbei war und der letzte Tag dieses Urlaubs auch noch auf einen Sonntag fiel. Was bedeutete, dass man erst einmal fünf volle Tage arbeiten musste, damit wieder Wochenende war.

Kaum zu glauben, es gab genug Blödmänner und Blödfrauen, die ihren Urlaub genau so legten, dass der letzte Tag ein Sonntag war.

Zu den Blödfrauen gehöre auch ich, dachte Clara Vidalis, die in der lauen Abendluft dieses Spätsommertages auf ihrem Balkon in der Schönhauser Allee saß, gemütlich ein Glas Whisky trank und eine Zigarette rauchte. Nur kurz sah sie die Rauchschwaden, die in den Abendhimmel stiegen, dann waren sie im Dämmerlicht verschwunden.

Augenblick, verweile doch. Das stand, soweit Clara wusste, in Goethes *Faust*. Man sagte es, wenn man sich wünschte, dass etwas Schönes nicht vorüberging. Ein Abend auf dem Balkon, zum Beispiel, und der Geschmack von Whisky auf der Zunge.

Im Grunde war Clara glücklich in ihrem Job. Eigentlich liebte sie ihn, lebte für ihn. Sie konnte nicht ohne ihn, wie man so schön sagte. Doch wenn sie ein paar Wochen Abstand hatte, erkannte sie, wie viele andere Dinge es noch gab. Wie viele ungelöste Fragen und Rätsel – mystisch, erbaulich, interessant. Fragen jenseits der Fragen, welcher Verrückte mal wieder einen anderen Verrückten umgebracht hatte, welcher Abschaum sein Baby in die Mikrowelle gelegt hatte oder welche Perversen wehrlosen Frauen aus Langeweile Chinaböller in die Vagina gesteckt hatten.

Clara verscheuchte diese Gedanken. Es war Nacht, da war es nicht gut, sich mit solchen Dingen zu beschäftigen, vor allem nicht, wenn man alleine war. Ein neuer Tag würde kommen. Beim LKA Berlin, wo Clara als Hauptkommissarin Dienst tat. Ab morgen wieder. In ein paar Stunden.

Das ist so sicher wie das Amen in der Kirche, überlegte Clara. *Schließlich bist du ein aufgeklärter Mensch, anders als unsere Ahnen.*

Dass der Sonnenwagen am nächsten Morgen wieder übers Firmament fuhr, war jedes Mal eine Überraschung für die Alten gewesen. Eine freudige Überraschung noch dazu, bestand für sie doch stets die Gefahr, dass der Fenriswolf die Sonne verschluckte und damit das Ende der Welt herbeiführte.

Clara hatte keine Angst vor dem Weltuntergang. Denn der würde auch den Abschaum, den sie tagein, tagaus jagte, vom Antlitz der Erde fegen. Der Wolf, der den Sonnenwagen verschluckte, kam jeden Tag aufs Neue, genauso, wie der Weltuntergang jeden Tag kam. Tausendfach. Denn wer einen Menschen tötet, der tötet eine Welt.

Sicher, der Tod kam für jeden. Aber *wie* er kam, entzog sich der Kontrolle. Das Einzige, was hierzulande in Sachen Tod der bürokratischen Ordnung gehorchte, war der tote Körper selbst. Der Tod hatte in Deutschland ein exaktes Maß: 213 Zentimeter lang, 83 Zentimeter breit und 170 Zentimeter tief musste die Grube sein, in die eine Leiche hinuntergelassen wurde. Und selbst dieser Ort war nicht für die Ewigkeit; er würde irgendwann von einer anderen Leiche übernommen werden, weshalb die Behörden von einer »Grabstätte mit abgelaufenem Nutzungsrecht« sprachen. Clara schmunzelte. Ein genauso poetischer Begriff wie »sozialverträgliches Frühableben«.

Das Reich der Toten, dachte Clara. Alte Tote wichen neuen Toten. Eine Leiche wirft die andere aus dem Grab. Von wegen letzte Ruhe. Nicht einmal die währte ewig. Blieb nur die Hoffnung auf ein Leben nach dem Tod. Ein anderes, besseres Dasein. Aber daran glaubte Clara immer weniger.

Na ja, sagte sie sich. *Die Hoffnung stirbt zuletzt.*

Zum Glück hatte sie sich im Urlaub nicht mit solchen Fragen herumgeschlagen. Sie war mit Freunden in Italien gewesen, zuerst am Meer, dann in mehreren Städten. Mit dem Auto von Florenz durch die Toskana: Montepulciano, San Gimignano, Siena. Sie hatten viel gesehen, hatten sich gut erholt, gut gegessen, gut getrunken. Clara war am Ende des Urlaubs absichtlich nicht auf die Waage gestiegen, doch ihre Hosen verrieten ihr bereits, dass sie zugenommen hatte. Aber der Urlaub hatte sie abgelenkt, und das sollte er auch.

Doch die Frage, die Clara eigentlich hatte klären wollen, war nach wie vor unbeantwortet: Was war zwischen ihr und MacDeath bei ihrem letzten Fall gewesen? War es eine Affäre? Nur ein One-Night-Stand? Oder konnte mehr daraus werden?

MacDeaths richtiger Name lautete Dr. Martin Friedrich. Er war Chef der Abteilung für Operative Fallanalyse bei der Mordkommission des Berliner LKA. Den Spitznamen »MacDeath« hatte er sich wegen seiner Liebe zu Shakespeares Werken und aufgrund der Besonderheit seiner Profession eingehandelt, bei der es oft um Mord, Tod und Sterben ging. Bevor er das Jobangebot vom LKA bekam, hatte MacDeath in Harvard und an der University von Virginia Medizin und Psychiatrie studiert und mehrere Jahre in der Behavioural Science Unit des FBI gearbeitet – der berühmten Abteilung für Verhaltensforschung, die als Erste die operative Fallanalyse eingeführt hatte, bei der es darum geht, die Psyche eines Serienmörders zu durchleuchten. Robert Ressler, der die Abteilung mit aufgebaut hatte – er hatte auch Thomas Harris beim Schreiben von *Das Schweigen der Lämmer* beraten –, war MacDeaths Lehrmeister gewesen, ebenso John Douglas, der Gründer der BSU.

Clara arbeitete sehr eng und sehr gut mit MacDeath zusammen. War es deshalb eine ganz normale Entwicklung oder gar ein notwendiger Schritt, dass man auch privat zusammenkam? Oder war es gerade das, was niemals geschehen sollte, da Emotionen in diesem Job tödlich sein konnten?

Während ihres Urlaubs hatte Clara weder mit MacDeath gesprochen, noch hatten sie telefoniert, obwohl Clara bereits seit knapp einer Woche wieder in Berlin war. Hätte sie ihn anrufen sollen? Vielleicht. Allerdings hätte MacDeath sie auch anrufen können. Andererseits – er war nicht in Urlaub gewesen, sondern hatte gearbeitet.

Trotzdem, sollte nicht der Mann zuerst anrufen? Wirkte es nicht unpassend, wenn eine Frau sich als Erste meldet? So jedenfalls hatte Clara es bisher immer gehalten in ihrem Singledasein, das nur unterbrochen war von ein paar Affären mit Männern, die nicht zu ihr gepasst hatten. Sie und MacDeath. Manchmal war es schwer, über solche Dinge nachzudenken. *Love is the devil*, hatte mal jemand gesagt. Die Liebe ist der Teufel. Was war da zwischen ihr und MacDeath gewesen? Clara wusste es nicht. Sie wusste nicht einmal, ob sie überhaupt einen festen Partner wollte. Ob es gut für sie wäre. Und für ihn. Sollte sie nicht lieber allein bleiben? Damit sie unbelastet von persönlichen Bindungen und Gefühlen die Bestien jagen konnte, die sie von Berufs wegen jagen musste? Mörder. Kinderschänder. Der Abschaum der Menschheit.

Augenblick, verweile doch, rief Clara sich wieder das Zitat in Erinnerung, diesmal jedoch voller Bitterkeit. Denn die Augenblicke, die verweilten, waren vor allem Augenblicke des Schreckens und der Wut, der Angst und des Mitleids.

Sie ging in die Wohnung und schenkte sich noch einen Schluck Whisky ein. Das Glas in der Hand schlenderte sie am Bücherregal im Wohnzimmer entlang, nahm einen der Bände heraus und ging wieder hinaus auf den Balkon.

Es war im Grunde ein Selbstbetrug. Die Nacht wurde nicht erholsamer, wenn sie lange aufblieb. Sie würde auch nicht besser schlafen, wenn sie noch einen Whisky trank und noch eine Zigarette rauchte, das wusste Clara. Dennoch blieb sie auf dem Balkon, in der Stille dieser lauen Sommernacht, genoss den Geschmack des Whiskys, blickte dem Zigarettenrauch nach und las die Zeilen in Goethes *Faust*, die ihre Situation so gut umschrieben, dass sie im Licht der Kerze weiterlas, obwohl sie längst im Bett sein sollte.

Werd ich zum Augenblicke sagen: Verweile doch, du bist so schön.

Dann magst du mich in Fesseln schlagen. Dann will ich gern zugrunde gehn.

Der Morgen war ewig weit weg. Noch war Sonntag. Noch war sie im Urlaub. Noch würde sie hier sein, im Hier und Jetzt. Und darin verweilen. In diesem Augenblick.

3.

Stephan bebte vor Wut. »Du verdammtes Arschloch!«, rief er. »Du hast meinen Hund getötet!«

Stephan Schiller war ein Mann, der keinem Zweikampf aus dem Weg ging. Wenn der Gegner keine Schusswaffe hatte, benutzte er auch keine. Bei diesem Typen würde er erst recht keine Ausnahme machen, denn er wollte dem Penner zeigen, wo der Hammer hängt, auch wenn der Kerl ein Riese war.

Stephan zog das Jagdmesser aus der Scheide an seinem Stiefel und machte sich bereit. Nahkämpfe gab es ohnehin viel zu selten. Und wozu trainierte er so viel? Boxen, Kickboxen, Karate. Er würde diesem Abschaum sämtliche Knochen brechen.

»Denk noch mal schnell an was Schönes«, sagte er und hob das Messer. »Jetzt bist du dran, du mieses Stück Scheiße!«

Stephan schnellte mit einer Geschwindigkeit auf den Fremden zu, die man einem massigen Mann wie ihm niemals zugetraut hätte. Er wollte den Gegner durch einen schnellen Hieb ans Kinn bewusstlos schlagen und ihm gleichzeitig von oben das Messer in die Halsschlagader rammen. Rein mit der Klinge und stecken lassen. Auf diese Weise blutete die Arterie ins Körperinnere aus. Und er, Stephan, hatte keine Schweinereien auf dem Fußboden.

Anschließend würde er seine Jungs anrufen. Die kamen dann mit einem großen Plastiksack. Und morgen früh, wenn der Bauunternehmer sein Schmiergeld kassiert hatte, war die Leiche von dem Typen bereits in einen Brückenpfeiler auf der

Stadtautobahn Avus eingemauert. Für immer verschwunden. Keine Leiche. Keine Spuren. Keine Fragen.

Stephans Hand zuckte nach vorne. Sein Handballen berührte das Kinn des Mannes. Doch es blieb bei der flüchtigen Berührung, denn im letzten Sekundenbruchteil war der Fremde schnell wie ein Schatten zurückgewichen. Einen Lidschlag später packte er Stephans Hand, die das Messer hielt, das wie ein Fallbeil auf seinen Hals niedersauste. Im gleichen Moment spürte Stephan die freie Hand des Gegners an der Schläfe. Es war ein Klammergriff, aus dem es kein Entrinnen gab. Mit der Rechten hielt der Hüne Stephans Hand mit dem Messer von sich weg, mit der Linken drückte er den Kopf des Gegners nach unten.

Stephan keuchte, als er sich mit aller Kraft zu befreien versuchte. Fieberhaft überlegte er, wie er aus der Falle herauskam. In diesem Augenblick riss der Fremde das Knie hoch und traf Stephan mit voller Wucht am Kopf. Er hörte ein nasses Knacken, als würde eine Melone zerplatzen. Greller Schmerz schoss durch seinen Schädel. Er schrie und schrie.

Dann wurde ihm schwarz vor Augen.

* * *

Als Stephan erwachte, sah er alles doppelt. Sein Schädel fühlte sich schwer wie Blei und seltsam feucht an, als würde ihm jemand einen riesigen nassen Schwamm auf den Kopf drücken. Als er sich zu bewegen versuchte, stellte er zu seinem Entsetzen fest, dass er sich nicht rühren konnte.

Dann erst sah er den riesenhaften Fremden, der auf ihn hinunterblickte, ein Messer in der Hand – das Messer, das er Stephan abgenommen hatte.

»So ein Pech aber auch«, sagte der Mann. »Du hast dir den Schädel gebrochen. Das kann passieren, wenn man sich mit dem Falschen anlegt. Aber keine Bange, allzu lange lebst du sowieso nicht mehr.«

Stephan schaute an sich hinunter. Der Kerl hatte ihm das T-Shirt ausgezogen und ihn gefesselt.

»Es wird Zeit, der Welt zu zeigen, dass ich hier war«, sagte der Fremde. Mit diesen Worten setzte er das Messer an Stephans muskelbepacktem Oberarm an. Anfangs schmerzte es nur leicht, als die Haut und die oberen Fettschichten durchtrennt wurden. Doch als die Klinge tiefer drang, schien sie sich wie Säure durch Stephans Fleisch zu fressen.

Er schrie vor Qual. Seine Schreie verstummten erst, als der Fremde ihm mit seiner riesigen Pranke den Mund zuhielt, während er mit der anderen Hand weiterschnitt. Stephan stöhnte dumpf und versuchte, sich zu wehren, doch es war sinnlos. Sein Körper gehorchte ihm nicht mehr. Er war dem Fremden ausgeliefert. Und der schnitt gnadenlos weiter.

Oh Gott, dachte Stephan, *was ist das für ein Tier?*

Der Hüne hatte ihn, den gefürchteten Boss der Deathguards, beinahe im Vorbeigehen fertiggemacht. Und seinen Kampfhund dazu. Ohne Waffe.

Stephan spürte, wie der Mann seinen anderen Arm packte. Dann fuhr die Klinge auch schon wie eine glühende Flamme durchs Fleisch. Wieder spürte Stephan, wie sein Blut warm und träge über die Haut floss.

Irgendwann nahm der Fremde die Hand vom Mund des gequälten Mannes. Gierig holte Stephan Luft, blickte schmerzerfüllt zu seinem Peiniger auf, die Augen weit aufgerissen.

»Nur nicht ungeduldig werden«, sagte der Hüne. »Es wird noch ein bisschen dauern.«

»Wer bist du?«, fragte Stephan mit bebender Stimme. »Hör mal, ich ... Ich mach dir einen Vorschlag. Wenn du mich laufen lässt ...«

»Nein«, sagte der Fremde. »Ich lasse dich nicht laufen. Ich werde dich töten.«

Stephan wollte etwas erwidern, wollte den Mann anflehen, ihn am Leben zu lassen, doch vor Entsetzen brachte er kein Wort mehr hervor.

Der Fremde trat einen Schritt zurück, betrachtete den geschundenen Körper des Deathguard-Anführers, der sich in eine blutige Trophäe verwandelt hatte, die vor ihm auf dem Tisch lag, hilflos und zitternd vor Schmerz und Todesangst.

Schließlich legte der Fremde das Klebeband über den Mund seines Opfers, behutsam, beinahe fürsorglich. Stephan beobachtete den Riesen, starr vor Schreck. Vor dem, was jetzt kam, fürchtete er sich so sehr, wie er sich nie zuvor vor irgendetwas gefürchtet hatte.

Mein Gott, was ist das für ein Monstrum?

Dann hörte er wieder die Stimme. »Denk an was Schönes. Es wird sich ein Weilchen hinziehen, bis wir fertig sind.«

Dann sah Stephan wieder das Messer.

Spürte den ersten Schnitt an der Brust.

Doch diesmal war es anders.

Die Schnitte waren noch tiefer.

Noch schmerzhafter.

Noch schlimmer.

4.

Am nächsten Morgen auf dem Revier sagte Clara sich das, was man sich immer sagte, wenn man am Abend zuvor ohne triftigen Grund zu lange aufgeblieben war und auch noch unbedingt ein weiteres Glas Whisky trinken musste: *Nächstes Mal gehst du früher ins Bett. Nächstes Mal reicht es, wenn du nur ein Glas trinkst. Nächstes Mal wird es anders.*

Clara hatte ihre E-Mails gelesen und war die Post durchgegangen. Nun stand sie an der röchelnden Kaffeemaschine im dritten Stock des LKA-Gebäudes am Tempelhofer Damm und schenkte sich einen Kaffee ein, als sie vertraute schwere Schritte auf dem Flur hörte. Sie wusste, wer das war. Denn irgendwie schaffte es diese Person, immer dann an der Kaffeeküche vorbeizukommen, wenn Clara gerade hier war. Dass diese Person ihr unmittelbarer Vorgesetzter war und obendrein Chef der Mordkommission LKA 113 – jener Abteilung, die für besonders schwere Fälle zuständig war –, hatte ihr früher ein bisschen Angst gemacht. Denn was sollte der Mann denken, wenn er sie immer wieder in der Kaffeeküche antraf und nicht in ihrem Büro oder an einem Tatort?

Doch Claras Chef liebte es bisweilen, das Fenster nahe der Kaffeeküche zu öffnen und »nach draußen zu rauchen«, wie er es nannte. Und wenn Clara ihm dabei Gesellschaft leistete, umso besser.

»*Buenas dias, Señora*«, sagte Kriminaldirektor Winterfeld, als er in die Kaffeeküche kam, eine Klarsichthülle mit Papieren auf die Ablage legte und sich ebenfalls einen Kaffee einschenkte. Da ein Teil von Claras Familie aus Spanien stammte, machte Winterfeld sich des Öfteren einen Spaß daraus, sie auf Spanisch zu begrüßen. Mehr als *Hola, que tal* oder *tenemos a buscar los asasinos* brachte er aber nicht hervor. »Wie war Ihr Urlaub?«

»Sehr erholsam«, sagte Clara und blies in die Kaffeetasse. »Nur letzte Nacht habe ich schlecht geschlafen. Es war so schrecklich warm. Ich kann bei Hitze nicht gut schlafen.«

»Ich auch nicht«, sagte Winterfeld. »Als ich noch nicht geschieden war, hab ich meine Frau zu überreden versucht, eine Klimaanlage in unserem Schlafzimmer installieren zu lassen. Sie hielt es für überflüssig. Ich hab's dann aus eigener Tasche bezahlt. Damit war Ende der Diskussion. Aber eigentlich sollten wir froh sein, dass es noch so warm ist. Es sind die letzten schönen Tage in diesem Jahr, bevor der verdammte Winter uns auf den Pelz rückt. Sechs Monate Kälte, Nässe und nicht gestreute Straßen.« Er hielt inne, blickte Clara an. »Wir sollten noch mal mit MacDeath in dieses Whiskylokal in der Gneisenaustraße gehen, okay? Wie hieß es gleich?«

»Sie meinen die Legende?«

»Genau, die Legende. Wie wär's am Donnerstag, wenn Sie sich wieder eingewöhnt haben?«

Clara lächelte. »Warum nicht?«, antwortete sie, obwohl sie erst einmal keinen Whisky mehr sehen konnte. »Was war hier denn so alles los?«

»Die Kollegen hatten letzte Woche eine Razzia bei Bestattungsinstituten.« Winterfeld atmete geräuschvoll aus. »Islamischen Bestattungsinstituten. Die machen das ja ein bisschen anders mit den Beisetzungen. Jedenfalls, diese Institute, die alle einem einzigen Besitzer gehörten, haben den Angehörigen ein Rundum-sorglos-Paket angeboten. Nach dem Motto: Wir erledigen für euch die Behördengänge, die für den Toten anfallen, auch die Abgabe der Reisepässe und so weiter.«

»Ich kann mir schon denken, was dann passiert ist.«

»Ja? Die haben die Reisepässe für zwei- bis fünftausend Euro an syrische Flüchtlinge verscherbelt, die nach Deutschland einreisen wollten. Die konnten sich sogar aus verschiedenen Reisepässen den mit dem Foto aussuchen, das ihnen am ähnlichsten war.«

»Das ist ja mal ein schräges Geschäftsmodell. Man sollte doch eigentlich denken, dass Bestattungen auch so genug abwerfen, ohne das Reisepass-Zusatzgeschäft.«

Winterfeld nickte. »Denke ich auch. Gestorben wird immer. Ist absolut krisensicher. Wenn es der Wirtschaft richtig dreckig geht, kommen durch Privatinsolvenzen und dergleichen verursachte Selbstmorde noch hinzu, was das Geschäft zusätzlich ankurbelt. Den Job will nur keiner machen, obwohl er gut bezahlt wird. In der Branche sucht man händeringend Fachkräfte.« Winterfeld trank von seinem Kaffee. »Aber Tote herrichten ist halt nicht so hip, wie wenn man sich in Berlin-Mitte gegenseitig fotografiert und den Käse dann auf Facebook postet.«

»Aber ›Fotos schießen und mit Hartz IV aufstocken‹ klingt auch nicht so cool. Deshalb nennt man das dann ›virale Marketingagentur‹.« Clara lachte. »Was ist denn jetzt mit diesem Besitzer des Beerdigungsunternehmens?«

»Lizenzentzug und U-Haft. Abgeschoben wird er wohl nicht, obwohl er keinen deutschen Pass hat. Wäre aber nicht weiter schlimm für ihn. Er hat sicher noch genug Reisepässe zurückgelegt, falls er doch ausgewiesen wird und wieder zurück will. Aber das ist nur die offizielle Begründung.«

»Und was ist die inoffizielle?«

»Dass der BND und das BKA schon an dem Fall dran sind. Man vermutet nämlich, dass dieser Bestatter von den IS-Terroristen gesteuert wird, die auf diese Weise versuchen, Islamisten für Anschläge nach Deutschland zu schleusen, indem sie Terrorkämpfern aus Syrien für die Einreise deutsche Pässe zukommen lassen.«

»Du meine Güte.«

»Ja, du meine Güte«, sagte Winterfeld und musterte Clara einen Moment. »Was liegt bei Ihnen denn heute so an?«

Clara schaute auf die Uhr. »Ich habe gleich einen Gerichtstermin. Einer von denen, wo ich dem Richter mal wieder alles erklären muss, weil er zu faul war, die Akten zu lesen.«

Winterfeld zuckte die Schultern. »Dann liest er die Akten halt nicht. Ist doch er, der am Ende blöd dasteht, nicht Sie.«

»Nicht ganz«, sagte Clara. »Es geht um den Inkubus. Erinnern Sie sich?«

Winterfeld nickte. »Dieser Verrückte, der die Tampons gesammelt hat.«

»Ja. Und daraus hat er sich Tee gekocht. Weil er glaubte, dass die Frauen ihm dann zu Willen wären.« Clara trank von ihrem Kaffee und versuchte dabei, nicht an den Tee des Inkubus zu denken. »Als das – wenig überraschend – nicht funktionierte, hat er die Frauen wieder ganz normal vergewaltigt.«

»Ganz normal, aha«, sagte Winterfeld. »Und? Ich dachte, der Kerl ist für acht Jahre in den Bau gegangen.«

»Ja, aber sein Anwalt plädiert jetzt auf Unzurechnungsfähigkeit, um ihm den Knast oder die Sicherungsverwahrung zu ersparen. Er will nach Paragraf zwanzig Strafgesetzbuch auf aufgehobene Schuldfähigkeit wegen krankhafter seelischer Störung, Bewusstseinsstörung oder Schwachsinn plädieren.«

»Der gute alte Zwanziger«, murmelte Winterfeld.

»Genau. Wir müssen verhindern, dass dieser Rechtsverdreher damit durchkommt. Warum haben wir den Kerl monatelang gejagt, wenn er morgen wieder frei ist und weitermacht?«

»Stimmt«, sagte Winterfeld und nestelte nervös an seiner Krawatte. »Ich wünsche Ihnen jedenfalls viel Glück.«

»Rauchen Sie gar nicht mehr?«, fragte Clara. Schließlich war es eines von Winterfelds Ritualen, das Fenster an der Kaffeeküche zu öffnen und nach draußen zu rauchen.

»Nicht nötig. Ich habe gleich ein Treffen mit Erich Weber vom BKA. Im Einstein, Kurfürstenstraße. Da kann man schön draußen sitzen und rauchen.«

»Sieh mal einer an«, spöttelte Clara. »Arbeitsgespräche auf der Terrasse des Einstein.«

»Sehen Sie zu, dass Sie schnellstens Kriminaldirektor werden«, sagte Winterfeld und ging mit seiner Kaffeetasse zurück in sein Büro. »Dann dürfen Sie das auch!«

Clara schaute ihm einen Moment hinterher und wollte sich auf den Weg zu ihrem Büro machen, als ihr Handy sich meldete. Es war die Mobilnummer von Hermann, einem ihrer Kollegen.

»Was gibt's, Hermann?«

»Wie war dein Urlaub?«

»Jetzt ist er vorbei.«

»Das glaubst du«, sagte Hermann. »Er ist erst richtig vorbei, wenn du siehst, was ich sehe.«

»Und was siehst du?«

»Ein Schlachtfeld.«

»Wo?«

»Prenzlauer Berg, Schwedter Straße. Wo diese Lofts stehen.«

»Soll ich vorbeikommen?«

»Wäre gut«, sagte Hermann. »Ist ein bisschen schwierig, den ganzen Krempel aufs Revier zu kriegen. Deshalb wäre es besser, du kommst her.«

»Sehr witzig.« Clara dachte kurz an den Gerichtstermin, sagte sich dann aber, dass sie in zwei Stunden zurück sein müsste.

Sie packte ihre Sachen, stieg ins Auto und fuhr los.

5.

Die Wohnung war dunkel wie ein Grab. Die Jalousien waren heruntergelassen.

Hermann erwartete Clara an der Tür. Auch er war Ermittler beim LKA und für IT-Fragen und Internetkriminalität zuständig. Da er sich aber nicht nur im virtuellen Raum auskannte, sondern auch physisch eine Macht sein konnte – was mit eins neunzig Körpergröße, kahlrasiertem Schädel und bulligem Körperbau nicht schwerfiel –, wurde Hermann oft bei anderen Fällen eingesetzt. Clara arbeitete seit Jahren mit ihm zusammen und schätzte ihn sehr. Ganz abgesehen davon, dass sie seine zwei Gesichter mochte, das des grimmigen Grizzlybären und das des flauschigen Teddys, der sich wie ein kleiner Junge freuen oder staunen konnte.

»Warum ist es hier so dunkel?«, fragte sie nun, während Hermann sie in die Wohnung führte, wobei er mit einer Taschenlampe den Weg leuchtete.

»Der Mistkerl hat ganze Arbeit geleistet. Er hat die Sicherungen rausgerissen.«

»Und wer hat die Leiche entdeckt?«

»Montagvormittag kommt hier immer die Putzfrau. So gegen elf Uhr. Auch heute. Sie hat den Toten gefunden.«

»Wer ist der Mann?«, fragte Clara. »Wissen wir überhaupt, wer hier wohnt?«

»Offiziell wohnt hier ein gewisser Stephan Schiller, einer der Bosse in der Berliner Rockerszene. Was aber nicht heißen muss, dass die Leiche dieser Schiller ist. Ein Kollege von der Abteilung Organisierte Kriminalität ruft mich gleich zurück. Identifizierung läuft dann ja eh über die Rechtsmedizin.«

»Ist von denen schon einer hier?«, fragte Clara und zuckte zusammen, denn wie als Reaktion auf ihre Frage klappte ein Mann im weißen Papieranzug, den sie vorher nicht bemerkt hatte, an einem Tisch sein Laptop auf, das schwaches giftgrünes Licht ins Zimmer warf.

»Wir müssen hier erst mal für ein bisschen Helligkeit sorgen«, sagte Hermann. »Übrigens, von Weinstein lässt schön grüßen. Er ist bei Gericht und schaut sich die Leiche nachher in Moabit an.«

»Wie ist der Mörder eigentlich hier reingekommen?«

»Keine Ahnung. Sieht fast so aus, als hätte er eine Schlüsselkarte gehabt, von wem auch immer.«

»Und das Licht?« Clara setzte vorsichtig einen Fuß vor den anderen.

»Unsere Leute sind unten schon an den Verteilerkästen. Die Jalousien hat der Typ auch runtergelassen und dann die Kabel für die Schaltungen rausgerissen.«

»Also kriegen wir die Jalousien so schnell nicht wieder hoch«, meinte Clara. »Na ja, ist ganz gut so. Die Nachbarn müssen ja nicht alles sehen.« Sie trat ein paar Schritte nach vorne. »Die Leiche?«

»Hier ist sie.« Hermann stellte sich neben sie. Auch der Mann von der Rechtsmedizin kam zu ihr. Clara konnte in der Dunkelheit nicht erkennen, um welchen Kollegen es sich handelte, aber das war ohnehin erst einmal zweitrangig.

»Wir haben ihn auf dem Esszimmertisch vorgefunden«, fuhr Hermann fort. »Der Mörder hat eine Blumenvase und ein paar andere Gegenstände auf den Boden geworfen und das Opfer dann auf den Tisch gefesselt.«

Der Lichtstrahl traf zuerst die Vase, die zerbrochen auf dem Boden lag. Daneben Blumen, Scherben, Wasser. Dann traf der

Strahl die Leiche, die mit offenem Mund und aufgerissenen Augen zur Decke starrte. Augen, die den Mörder gesehen hatten, die aber jetzt nur noch starre, murmelartige Eiweißbällchen waren. Der Oberkörper des Mannes war entblößt. Tätowierungen, die Schlangen, Totenschädel und Waffen zeigten, zogen sich über Arme und Brustmuskeln, die von tiefen Schnittwunden verunziert wurden. Doch was am meisten auffiel, war das Loch in der Brusthöhle. Ein ziemlich großes Loch. Die Haut war aufgeschnitten, die Rippen durchtrennt. Dahinter war nichts als Schwärze. Blutspritzer an den Wänden zeugten davon, dass das Opfer bei diesen grausamen Verletzungen und Verstümmelungen noch gelebt hatte.

»Mein Gott«, flüsterte Clara. »Hat er ihm ...?«

»Ja«, sagte der Mann von der Rechtsmedizin. »Er hat ihm das Herz herausgeschnitten.«

»Und mitgenommen?«, fragte Clara. »Oder ist es hier irgendwo?«

»Nein.« Hermann schüttelte den Kopf.

»Frau Vidalis?« Eine der Einsatzkräfte kam in die Wohnung. »Da ist ein Doktor Friedrich vom LKA.«

»Ach?«, sagte Clara und stellte fest, dass der Name mehr in ihr auslöste als nur den Gedanken, dass jetzt der Kollege kam, der die Abteilung für Operative Fallanalyse leitete. »Ich dachte, der wäre noch in England. Okay, danke, ich hole ihn ab.«

MacDeath stand mit einer Aktentasche vor der Tür. Er sah ein wenig müde aus.

»Da bist du ja.« Clara und MacDeath hatten beschlossen, einander zu duzen, wenn sie unter sich waren, sich ansonsten vor Kollegen aber nach wie vor zu siezen, damit niemand auf ihre gemeinsame Nacht schließen konnte. Ein bisschen verkrampft das Ganze, das wussten beide. Zumal es eine Nacht gewesen war, von der Clara nicht wusste, ob sie etwas Einmaliges bleiben würde oder ob das, was zwischen ihnen passiert war, eine Zukunft hatte. »Ich hätte gar nicht erwartet, dass du so schnell kommst.«

»Da kannst du mal sehen, wie eilig ich es habe, wenn der Tod ruft.«

»Wie war's beim Scotland Yard?«, fragte Clara.

MacDeath war die ganze letzte Woche in London gewesen. Erst vor einer Stunde war seine Maschine in Tegel gelandet. Als er den Anruf von Hermann bekommen hatte, war er vom Flughafen sofort zum Tatort gefahren. Seinen Reisekoffer hatte er in einem der Einsatzfahrzeuge zwischengelagert.

»Sehr interessant. Es waren auch Leute vom Obscene Publications Squad gekommen, die Porno-Polizei von Scotland Yard. Wie du weißt, müssen die sich durch alle möglichen Pornos und angebliche Snuff-Movies quälen, um auf diese Weise Verbrechenskartellen auf die Spur zu kommen. Was offenbar erstaunlich gut funktioniert. Man glaubt nicht, was man in einem Film alles über die Macher dieses Filmes erfährt.«

MacDeath hatte die Frühmaschine aus London genommen; hinzu kam eine Stunde weniger Schlafzeit wegen der Zeitverschiebung. Entsprechend müde schien er zu sein. Ansonsten sah er mit seinem grau melierten Haar, der Krawatte und dem Pullunder wieder aus, als hätte er soeben eine Geschichtsvorlesung in Harvard gehalten. »Schöne Grüße von John Douglas. Er war ebenfalls dabei. Also, wie sieht's hier aus?«

»Der Schrecken geht weiter«, erwiderte Clara. »Komm bitte mit.«

Sie führte ihn zur Leiche. MacDeath blinzelte im Halbdunkel, bis seine Augen sich einigermaßen daran gewöhnt hatten. Dann nickte er grüßend Hermann zu, der neben dem Toten stand, und schaute auf den Oberkörper des Ermordeten. »Ach du Schande. Die Haut aufgeschnitten, die Rippen durchtrennt und dann das Herz entfernt.« MacDeath beugte sich über die Wunde. »Alle anderen Organe scheinen noch da zu sein … Was ist ist das?«

Der Strahl von Hermanns Taschenlampe zuckte nach unten.

Auf dem Boden, in einer Blutlache, lag das Brustbein mit den Rippenansätzen, die offenbar sauber durchtrennt waren. Neben dem Brustbein begann eine Spur aus Blut. Sie führte ungefähr fünf Meter weit von der Leiche weg, um dann im Nichts zu verschwinden.

»Als hätte er das Herz bis hier in der Hand gehalten und dann irgendwo verstaut«, meinte Clara und suchte den Fußboden ab, konnte aber keine weiteren Spuren entdecken.

»Hier ist was«, rief einer der Polizisten. »Das ist ... ach du Schande ...«

Sie eilten in die Zimmerecke gegenüber der Wohnungstür.

»Ist das ein Hund?«, fragte Hermann.

»Ja. Ein Pitbull, wie es aussieht.« Der Mann von der Rechtsmedizin drehte den Kopf des Tieres zur Seite. Eine Augenhöhle war nur noch ein klebriges, blutiges Loch, ähnlich dem Loch in der Brust des Mannes, nur sehr viel kleiner.

»Hier«, fuhr der Rechtsmediziner fort und hielt einen Kugelschreiber in die Höhe. »Den hat der Mörder dem Hund ins Auge gebohrt. Durch das Auge ins Gehirn.« Er ließ den Kuli in einem Asservatenbehälter verschwinden.

Hermann schüttelte den Kopf. »Was muss das für ein Kerl sein. Mal eben so einen Kampfhund umzubringen ...«

»Und einen muskulösen Mann wie den hier.« Clara zeigte auf die Leiche, die auf dem Tisch lag. »Der Mörder muss ein wahres Ungetüm sein.«

Hermanns Handy klingelte. »Ja?«, meldete er sich. »Deathguards? Interessant. Wer könnte uns darüber ... Der zweite Mann? Ja, der ist kein Unbekannter. Gut, wir kümmern uns darum.«

Er beendete die Verbindung und schaute Clara und MacDeath an. »Der Mann, der hier wohnt, ist tatsächlich Stephan Schiller, Boss des Deathguard-Chapters hier in Berlin. Jetzt brauchen wir nur noch die Infos von der Rechtsmedizin, dann ist die Identifizierung hundert Prozent komplett.«

»Deathguards? Ist das nicht so ein Rockerclub?« Clara hatte den Namen schon öfter gehört.

»Ja, ähnlich wie die Hells Angels oder die Bandidos. Aber um einiges jünger.«

»Dann sollten wir so schnell wie möglich mit dem stellvertretenden Boss des Chapters sprechen. Du hast doch eben am Telefon von einem zweiten Mann gesprochen, Hermann. Ist er das?«

»Ja. Er heißt Akin Kara, die Nummer zwei der Deathguards Berlin. Die Kollegen hatten vor ein paar Jahren mit ihm zu tun, als dieser Puff am Ostkreuz wegen Geldwäscheverdacht dichtgemacht wurde.«

»Akin Kara? Klingt nach Nahem Osten.«

Hermann grinste. »Skandinavisch klingt es jedenfalls nicht. Er ist Türke, soviel ich weiß. Die müssen ja nicht alle Abdul oder Ahmet heißen.«

»Ich dachte, die Rockerbanden nehmen keine Türken oder Leute aus Nahost bei sich auf.«

»Offenbar hat die Globalisierung auch bei denen zugeschlagen.«

MacDeath stand noch immer vor der Leiche und betrachtete sie nachdenklich.

»Was ist los?«, fragte Clara. Sie konnte sich kaum vorstellen, dass MacDeath erschüttert war, weil er einen Toten sah. Und großes Mitleid hatte er mit einem Bandenboss sicher auch nicht.

MacDeaths Blick war auf den Oberkörper der Leiche gerichtet, besonders auf die Arme und das seltsame Zeichen, das dem Opfer ins Fleisch geschnitten worden war.

»Dieses Zeichen«, sagte MacDeath. »Ich habe es irgendwo schon mal gesehen.«

6.

Clara ging mit MacDeath über den Flur im dritten Stock des LKA-Gebäudes. Ihr Ziel war das Büro von Winterfeld. Sie hatten kurz über den Prozess gegen den Inkubus gesprochen; Clara hatte es gerade noch geschafft, eine Stunde lang vor Gericht auszusagen. Ob der Verrückte jetzt in die Sicherungsverwahrung kam, stand allerdings noch in den Sternen.

Anschließend kamen sie noch einmal auf MacDeaths Aufenthalt in London zurück.

»Von John Douglas hast du mir ja schon Grüße ausgerichtet«, sagte Clara. »Was ist mit Robert Ressler? War der auch in London?«

»Nein.« MacDeath schüttelte den Kopf. »Bob Ressler ist leider im letzten Jahr gestorben. Mai 2013.«

»Davon hast du gar nichts erzählt«, sagte Clara.

»Wir hatten auch nicht mehr so viel Kontakt«, sagte MacDeath. »Aber was ich in London gesehen habe, hatte auch mit Toten zu tun.« Er machte eine Pause. »Hast du schon mal von Cyronics gehört?«

»Nein. Was ist das?«

»Das Einfrieren von Leichen. Eine Firma aus den USA, die auf diesem Gebiet tätig ist, hat ebenfalls am Kongress teilgenommen.«

»Einfrieren können wir Leichen auch. In Moabit, im Kühlraum«, sagte Clara.

»Mit dem Unterschied, dass diese Firma sie angeblich wieder aufwecken kann.«

»Auftauen, meinst du wohl«, erwiderte Clara. »Also, ich

kenne ein paar Zeitgenossen, bei denen würde ich höchstpersönlich den Stecker vom Kühlaggregat rausziehen, sobald sie erst eingefroren sind.«

MacDeath lachte auf. »Ich auch. Jedenfalls, diese Firma sitzt in Scottsdale, Arizona, und nennt sich Alcor Life Extension Foundation. Da kann man sich für viel Geld in Tiefkühlkost verwandeln lassen, in der Hoffnung, dass die Medizin irgendwann mal so weit sein wird, dass sie einen aufwecken kann. Falls so etwas überhaupt jemals möglich sein sollte. Man kommt ins Jenseits und sofort wieder zurück. In der Buchhaltung würde man das LIFO nennen.«

»LIFO?«

»Last In First Out. Als Letzter rein, als Erster wieder raus.«

»Und was kostet der Spaß?«

»Um die hundertfünfzigtausend Dollar.«

»Ganz schön teuer. Zumal bei diesem ungewissen Ausgang.«

»Man kann auch nur den Kopf nehmen. Das kostet dann achtzigtausend.«

»Achtzig Riesen? In der Zeitung sehe ich jeden Tag Köpfe, die keinen Cent wert sind. Vielleicht sollte man in diesem Fall das Herz nehmen.« Clara lächelte gequält, als sie Winterfelds Büro erreichten. »So, ich muss kurz hier rein. Wir sehen uns nachher.«

* * *

»Scheint ja eine üble Sache zu sein«, sagte Winterfeld, als er und Clara Platz genommen hatten. »Ich habe die Akte schon mal überflogen. Zu neunzig Prozent handelt es sich bei dem Toten tatsächlich um Stephan Schiller, Boss der Deathguards in Berlin. Genau wissen wir es allerdings erst, wenn die Jungs mit den Gummihandschuhen durch sind.« Winterfeld zupfte an seiner Krawatte. »Wissen Sie, wie sein Spitzname in der Szene war?«

»Nein.«

»Schiller der Killer.« Winterfeld lächelte in sich hinein. »Dass ausgerechnet er das Opfer eines anderen Killers wird, war bestimmt nicht vorgesehen.«

»Wer mit dem Schwert lebt, wird durch das Schwert sterben«, sagte Clara.

»Klingt jedenfalls nach Bandenkrieg.«

»Das denke ich auch.« Clara nickte. »Ein Krieg allerdings, der auf extrem brutale Art und Weise geführt wird.«

»Zimperlich sind diese Banden ja nie.« Winterfeld zeigte auf die Tatortfotos. »Seltsam ist nur, dass reichlich Fingerabdrücke und DNA am Tatort gefunden wurden. Leider ist die DNA in keiner Datenbank gespeichert, ebenso wenig die Fingerabdrücke.«

»Ob die einen Killer von außerhalb eingeflogen haben?«, warf Clara ein. »Einen Auftragskiller oder Hitman aus dem Dark Web?«

»Wer weiß.« Winterfeld sortierte die Unterlagen vor sich auf der Schreibtischplatte. »Wir haben allerdings noch nicht alle Datenbanken durch.«

Clara zeigte auf ein weiteres Foto des Toten, das vor Winterfeld lag. Auf diesem Bild waren die Schnittwunden und Zeichen deutlich zu erkennen. »MacDeath sagt, er habe diese Zeichen schon mal irgendwo gesehen.«

»Vielleicht gab's hier mal einen ähnlichen Fall.«

»Möglich. Aber MacDeath meint, er habe sie nicht hier gesehen, sondern irgendwo anders.«

Winterfeld schaute sie verwundert an. »Jetzt macht es nicht komplizierter, als es ist. Okay, wir werden sehen.« Er zog eine andere Akte hervor. »Nächstes Thema. Das ist der Kerl, mit dem wir sprechen müssen.«

»Akin Kara? Die Nummer zwei der Deathguards?«

»Genau der.«

»Und wo finde ich den?«

Winterfeld lehnte sich zurück und lächelte. »Im Knast.«

»Der sitzt?«

»Und das wohl noch eine ganze Weile.« Winterfeld nahm eine Zigarilloschachtel aus einer Schreibtischschublade und öffnete sie schon mal, wahrscheinlich für später. »Er könnte auch eher raus. Allerdings nur, wenn er den Mund aufmacht. Aber diese Rocker – die Deathguards, Hells Angels, Bandidos und was weiß ich – leben nach der Devise ACAB.«

»ACAB.« Clara verzog das Gesicht. »All Cops are Bastards.«

Winterfeld grinste. »Die machen ihre Sachen unter sich aus. Uns Bullen einzuschalten gilt bei denen als Geheimnisverrat. Die haben sogar einen Sonderfonds, der Anwälte bezahlt und die Familien der Inhaftierten gut versorgt. Damit wollen sie verhindern, dass doch noch jemand singt. Und es singt auch fast keiner. Wobei dieser Akin wohl ein bisschen weniger Zeit absitzen muss als die anderen.«

»Warum?«

Winterfeld blätterte durch die Akte. »Er hat mal zwei Männer in der U-Bahn vor fünf Schlägern beschützt.« Winterfeld schien die Story zu gefallen. »Er ging auf die Typen zu und machte kurz seinen Ledermantel auf. Und darunter war ...«

»Ein Messer?«

»Nein, eine AK-47.«

»Ein Sturmgewehr?« Clara riss die Augen auf. »Wollte er damit in der U-Bahn um sich schießen?«

»Das haben die Schläger ihn auch gefragt. Und wissen Sie, was er gesagt hat?«

Clara schüttelte den Kopf.

»Er sagte sinngemäß: Wenn ich in den Knast komme, weil

ich mit einer AK-47 in der U-Bahn Scheißkerle wie euch abknalle, ist das nur noch mein Problem, nicht eures, weil ihr dann tot seid wie frittierte Hühnerärsche. Oder ich baller euch die Knie weg oder gleich in die Wirbelsäule. Dann seid ihr für den Rest eures kläglichen Lebens Krüppel, die in irgendwelchen Pflegeheimen verfaulen.«

»Scheint ja ein krasser Typ zu sein.« Clara nahm die Akte entgegen, die Winterfeld ihr über den Tisch hinweg reichte. »Bin gespannt, was das für ein Gespräch wird.« Sie schaute noch einmal auf die Akte. »Und er ist Türke?«

»Türke oder Kurde.«

»Der Unterschied wäre schon wichtig.«

»Fragen Sie die Gefängnisleitung, die müssten es wissen. Ach ja, und in Friedrichshain-Kreuzberg ist wieder mal Randale. Falls Sie dort vorbeikommen, umfahren Sie die Gegend besser. Ein paar Hundertschaften sind schon ausgerückt. Gerade eben kam die Meldung rein.«

»Was ist denn da los?«

»Geht wohl mal wieder um besetzte Häuser.«

7.

Es dämmerte, als der Mann in seinem schwarzen Chevrolet Tahoe, einem Full-Size-SUV, durch die Rigaer Straße in Kreuzberg fuhr. Er war stolz auf den Riesenwagen mit Rammgitter, der wie ein schwarzes Monster über die Straße glitt. »Das ist kein Auto«, sagte er immer, »das ist eine rollende Festung.«

Polizeisirenen heulten in der Nähe. Der Mann hatte von den Ausschreitungen schon im Radio gehört. Es ging zu wie immer: Erst hatten die Anwohner die Polizei gerufen wegen fortwährender Ruhestörung; als die Beamten dann kamen, hatten sich die Mitglieder des Schwarzen Blocks vermummt und sie mit Flaschen und Böllern beworfen. Brennende Barrikaden aus Sperrmüll standen auf der Straße; Flammen loderten in den Himmel.

Die Rigaer Straße war eines der Pulverfässer in Berlin, wo es ständig Demos oder Ausschreitungen gab, aber das war dem Mann heute egal. Im Radio hatten sie schon Unruhen vorhergesagt. Besetzte Häuser sollten geräumt werden; die Behörden hatten sogenannte Räumungsaufforderungen verhängt. Es war wie die Lunte am Pulverfass: Auch für diejenigen, die gar nicht in den besetzten Häusern wohnten, war es ein willkommener Anlass zur Randale. Der Mann wusste, wie es ablief. Er hatte es an anderen Orten ähnlich gesehen.

Er blickte die Hausfassaden hinauf und sah, wie schwarz gekleidete Gestalten auf den Dächern umherliefen. Da oben konnten die Chaoten einmal um den gesamten Häuserblock laufen, ohne einen Fuß auf den Boden zu setzen; durch die

Luken gelangten sie dann in die Wohnung von jemandem, der ihnen helfen wollte. Beinahe wie Guerillakämpfer.

Der Mann lächelte. Angesichts ihrer begrenzten Möglichkeiten machten diese Randalierer einen ganz guten Job.

Was nicht hieß, dass er sie mochte.

An der nächsten Straßenecke sah er mehrere schwarz vermummte Gestalten, die mit Steinen die Scheiben eines Geschäfts einschlugen. Vielleicht war es auch eine Bank. Es roch nach Feuer und Rauch. Wahrscheinlich brannten irgendwo schon wieder Autos. Motorenlärm und unverständliche Worte aus einem Megafon hallten durch die Dämmerung. Das Rattern von Helikoptern war zu hören.

Der Mann wusste, hier konnte es gefährlich werden, aber er liebte die Gefahr und beschloss, ein Stück näher heranzufahren.

Eine Ampel sprang auf Rot um. Der Mann stoppte seinen schweren SUV. Im gleichen Moment erschien eine Gruppe von vier schwarz Vermummten direkt neben dem Wagen. »Was ist denn das für 'ne Scheißkarre?«, höhnte einer von ihnen. »Beschissene Kapitalisten-Nazi-Kiste!« Einen Sekundenbruchteil später hörte der Mann am Steuer ein Knirschen und Krachen. Er zuckte zurück. Die Windschutzscheibe des SUV war plötzlich nur noch ein spinnennetzartiges Mosaik aus zerbrochenem Glas.

Ein Teil von ihm war wütend, ein anderer Teil freute sich. Er musste gar nicht für Ärger sorgen. Der Ärger kam zu ihm. Sehr schön! Denn er war in der Stimmung, dass er sich Ärger wünschte. Jede Menge.

Als die Ampel auf Grün umschalte, fuhr der Mann nach ein paar Metern rechts ran, wobei seine Augen den Steinewerfer, der sich bereits in eine andere Richtung bewegte, wie Suchscheinwerfer fixierten. Dann öffnete er die Tür und stieg langsam aus, wobei er den Randalierer im Auge behielt. Dann folgte er dem Mann mit langen Schritten. Als er zu ihm aufschloss, fragte er: »Hast du vorhin den Stein geworfen?«

Der Randalierer drehte sich um. »Halt die Fresse, Spacko!«, spie er hervor. »Du Arsch kannst doch gar nicht ...«

Plötzlich wurde er still, als ihm die riesige, massige Statur des Mannes auffiel. Die Tätowierungen, das kantige Gesicht.

Zwei andere Randalierer traten dem hünenhaften Mann in den Weg. »Verpiss dich, Sackgesicht. Wir ...«

Weiter kamen sie nicht. Beide Fäuste des Hünen zuckten vor und trafen die schwarz Gekleideten voll im Gesicht. Es knackte. Blut spritzte beiden Männern aus der Nase, ehe sie wie vom Blitz getroffen zu Boden gingen. Nur noch ein weiterer Vermummter im schwarzen Kapuzenpulli stand zwischen dem Steinewerfer und dem Hünen. Der Vermummte wusste erkennbar nicht, was er tun sollte. Es war einer dieser Augenblicke, in dem jede Entscheidung falsch sein konnte.

»Du fragst dich, ob du kämpfen oder fliehen sollst, nicht wahr?« Der Hüne trat ein paar Schritte näher. »Na komm, ich nehm dir die Entscheidung ab.«

Der schwarz Vermummte wich hastig ein paar Schritte zurück, war aber nicht schnell genug. Der rechte Fuß des Hünen fegte durch die Luft, erwischte den Randalierer an beiden Beinen und schleuderte ihn zu Boden. Der Mann schlug krachend auf das harte Kopfsteinpflaster. Im gleichen Augenblick landete der rechte Fuß des Riesen mit fürchterlicher Wucht auf dem Brustkorb des Liegenden. Dem schwarz vermummten Mann traten die Augen aus den Höhlen. Er stieß ein nasses Keuchen aus, als wäre in seinem Innern etwas zerbrochen. Ein Schwall Atemluft, vermischt mit Blut, schoss aus seiner zerfetzten Lunge und aus dem Mund wie ein blutiger Vulkanausbruch. Er gab ein hohes, krächzendes Geräusch von sich, zuckte ein paar Mal und erstarrte.

Drei Randalierer lagen reglos am Boden. Nur der Steinewerfer und der hünenhafte Mann waren noch übrig. Beide trennten vielleicht zehn Meter.

»Und jetzt zu dir, mein Freund«, sagte der Hüne, »du hast mein Auto angegriffen, also hast du auch mich angegriffen. Deshalb nehme ich mir für dich ein bisschen mehr Zeit.« Der Steinewerfer starrte den Riesen an wie ein Kaninchen die Schlange, ehe er in panischer Hast losrannte. Doch er hatte nicht mit der Schnelligkeit seines riesenhaften Gegners gerechnet. Nach wenigen Schritten hatte der Hüne den Steinewerfer eingeholt, packte ihn an der Kapuze, riss ihm den Kopf nach hinten und nahm ihn in einen Klammergriff.

Der Hüne sah, dass der Randalierer in der rechten Hand einen weiteren faustgroßen Pflasterstein hielt ähnlich dem, den er auf das SUV geworfen hatte. »Du magst Steine?«, stieß er hervor, packte die Hand des Mannes, die den Stein umklammert hielt, und schmetterte sie mit voller Wucht gegen die Hauswand. Der Mann schrie vor Schmerz und ließ den Stein fallen.

Die Finger des Angreifers schnappten zu wie die Kiefer eines Reptils und fingen den Stein auf. Dann ergriff er mit der freien Hand die Kapuze des Randalierers und zog sie ihm mit einem schnellen Ruck über den Kopf. »Du magst Steine?«, fragte er noch einmal. »War das ein Ja? Gut, dann sollst du einen haben.«

Mit diesen Worten zerrte er die Kapuze noch weiter nach unten, sodass der Kopf des Steinewerfers wie ein schwarzer Kegel aussah. Dann schlug er mehrere Male mit dem Stein auf das vermummte Gesicht ein – ein Stakkato aus dumpfen Hieben, in die sich das Bersten von Knochen, das Splittern von Zähnen und ein saugendes, matschiges Geräusch mischten, das entsteht, wenn etwas Steinhartes auf zerfetztes Fleisch und zerbrochene Knochen trifft.

Der Steinewerfer sank haltlos zusammen.

»He, mach mir nicht schlapp«, höhnte der Riese, »wir sind noch nicht fertig.«

Nach diesen Worten warf er sich den Steinewerfer wie einen Sack über die Schulter und verschwand auf einem der Hinterhöfe.

Wie eine riesige Spinne, die ihre Beute in ihre Höhle zerrt.

8.

Der Wachmann der JVA Moabit ging mit Clara über einen langen tristen Gang, dessen Wände und Decke die Farbe von fauligem Wasser besaßen. Der Schlüsselbund des Mannes schepperte im Takt ihrer Schritte.

»Akin duscht mal eben«, sagte der Wachmann, »er war vorhin trainieren.«

»Trainieren? Wo?«, fragte Clara.

»Im Fitnessraum. Da trainieren mehrere von denen.«

»Die haben hier ihren eigenen Fitnessraum?«

»Ja, aber es sind alte Geräte, die da stehen. Die sind ausrangiert oder kommen aus der Insolvenzmasse irgendwelcher Fitnessclubs, die pleite gemacht haben. Jedenfalls, die Typen trainieren hier im Knast.« Der Mann rückte seine Brille zurecht, deren Gläser eine ähnlich triste Farbe hatten wie die Wände des Gefängnisflures.

»Und das geht so einfach?« Clara war erstaunt.

»Für Leute wie Akin schon. Wir lassen sie trainieren, dann lassen sie uns in Ruhe.«

»Wieso sollten diese Leute Sie denn nicht in Ruhe lassen?«

»Nun ja, sie könnten uns jemanden vorbeischicken, Sie wissen, was ich meine? Nicht hierher, sondern nach Hause. Und darauf haben wir keine Lust, wie Sie sicher verstehen.«

»Auch wenn diese Leute in Isolationshaft sind und keinen Besuch bekommen?«

De Wachmann nickte. »Auch dann. Der Arm dieser Leute reicht weit.«

Sie erreichten das Ende des Gangs. Der Wachmann schloss

eine Tür auf. »Hier rein, bitte«, sagte er, ging voraus und zeigte auf einen Tisch. »Nehmen Sie Platz.« Er musterte die sichtlich erstaunte Clara. »Jetzt schauen Sie nicht so verwundert«, sagte er. »Sie glauben doch auch nicht an den Osterhasen, oder? Das ist die Realität, Frau Hauptkommissarin.«

Clara schaute noch einmal auf die Akte. »Muss ich zu diesem Akin irgendetwas wissen?«

»Der Name klingt türkisch, aber er ist kein Türke, sondern Kurde. Das sollte man nicht durcheinanderbringen.«

»Klar. Sonst noch was?«

»Ja. Er ist von den Deathguards mit der Medal of Honor ausgezeichnet worden, der Ehrenmedaille. Die bekommen nur wenige.«

»Und wer bekommt so etwas?«

»Nur die, die möglichst viele Feinde eliminiert haben.«

In diesem Moment öffnete sich die Tür, und ein bärtiger Mann betrat gemeinsam mit zwei Wachleuten den Raum. Der Mann war Akin Kara. Er war ein ähnlich einschüchternder Anblick, wie sein Boss Stephan Schiller gewesen war. Die Arme, die aus seinem weißen Unterhemd ragten, waren muskelbepackt. Der Schädel war kahlrasiert und voller Tätowierungen, die aussahen, als wäre die Schädeldecke aufgesägt und das Gehirn sichtbar. Auch der Oberkörper war bis zum Hals dermaßen tätowiert, dass man auf den ersten Blick nicht sagen konnte, ob der Mann nackt war oder ein bizarr gemustertes Hemd trug.

Clara stellte sich vor und begann mit einer unverfänglichen Frage: »Trainieren Sie viel?«

Akin zuckte die massigen Schultern. »Geht so. Irgendwie muss man die Zeit in diesem Scheißbau ja rumkriegen. Hab früher viel Kampfsport gemacht. Aber heute mit den Fäusten oder mit dem Messer zu kämpfen, das bringt nichts.«

»Hatten Sie deshalb in der U-Bahn die AK-47 dabei?«

Akin lächelte. »Ah, Sie kennen die Geschichte. Ja, genau deswegen. Man muss auch mal Zivilcourage zeigen. Auch wenn wir Deathguards keine bürgerlichen Spießer sind – ein paar bürgerliche Tugenden haben wir trotzdem. Aber damit stehen wir ziemlich allein da.« Er lehnte sich zurück. »Wenn heute jemand blutüberströmt am Straßenrand liegt, wenden die Leute sich nicht mehr ab wie früher. Sie kommen. Aber nicht, um zu helfen. Sie wollen das Ganze mit dem Handy filmen und die Bilder bei YouTube hochladen. Ihr Bullen seid doch mit allem total überfordert und dürft sowieso nichts mehr. Ihr könnt Falschparker aufschreiben, aber das war's auch schon.«

Clara schwieg. Sie konnte nicht abstreiten, dass der Mann in gewisser Weise recht hatte. Sie hatte selbst schon einen Fall erlebt, wo ein Lkw über den Kopf eines Radfahrers gerollt war, worauf ein Straßenbahnfahrer seine Bahn angehalten hatte – aber nur, um auszusteigen und den schrecklichen Unfall mit dem Handy zu filmen.

Doch es war an der Zeit, zur Sache zu kommen.

»Ist Ihnen bekannt, dass Ihr Boss, Stephan Schiller, letzte Nacht ermordet wurde?«

Akin blieb äußerlich ungerührt, zeigte nicht einmal einen Anflug von Erstaunen. »Kann schon sein, dass ich davon gehört habe. Ist aber unsere Sache, nicht die von euch Bullen.«

»Wir sind da, um Morde aufzuklären.«

»Das freut mich«, spöttelte Akin, »aber wir machen unsere Dinge unter uns aus. Wenn jemand Stephan umlegt, sollte der Typ sich am besten gleich selbst umlegen. Dann kann er sich die Todesart wenigstens noch aussuchen. Wenn wir ihn finden, kann er das nicht mehr.«

»Suchen Sie ihn denn schon?«

Akin lachte auf. »Das werde ich gerade Ihnen verraten!«

Clara ahnte schon, dass sie hier nicht weiterkam. Der Ehrenkodex, auch bei schlimmsten Verbrechen niemals die Polizei einzuschalten, war legendär bei den Rockerbanden.

»Waren Sie immer schon bei den Deathguards?«, fragte sie möglichst unverfänglich.

»Nein. Vorher war ich beim Median Empire im Rheinland.«

»Auch ein Rockerclub?«

»Ja. Der heißt so wegen des Medischen Reiches, das es vom achten bis zum sechsten Jahrhundert vor Christus gab.«

»Verstehe. Und was haben Sie im Rheinland gemacht?«

»Wir hatten vier Türen. Das gab gutes Geld.«

»Vier Türen« hieß, sie hatten in vier Diskotheken die Türsteher gestellt. Und von dem Geld, das in dem Schuppen umgesetzt wurde, besonders vom Drogenumschlag, blieb eine Menge beim Rockerclub hängen.

»War es gefährlich?«

»Manchmal schon.« Akin zeigte die Unterseite seines linken Arms. »Ein Typ hat mir mal mit einer Machete fast den halben Arm abgeschlagen. Hier.« Er zeigte eine große Narbe, die aussah, als wäre er von einem wilden Tier gebissen worden. Vom Weißen Hai vielleicht.

»Haben Sie es nie bereut, sich das alles anzutun?«, fragte Clara.

»Was heißt bereut? Ich hab mir den Scheiß doch selbst ausgesucht.« Er musterte Clara. »Kennen Sie den Film *Der Pate?*«

»Ja, sicher.«

»Jeder in unserem Chapter muss die Filme sehen. Teil eins bis drei. Das ist Pflicht. Ich stelle sogar Fragen zum Inhalt. Wissen Sie, was Hyman Roth in Teil zwei sagt? Als seine besten Kumpel von Michael Corleone umgelegt wurden?«

»Nein.« Clara schüttelte den Kopf. So genau kannte sie den Film nicht.

»I let it go and said to myself: This is the business we've chosen.« Akin grinste wie ein Kind, das seinen Eltern am Strand die von ihm erbaute Sandburg zeigt. »Ich ließ es durchgehen und sagte mir: Das ist nun mal das Geschäft, das wir uns ausgesucht haben.«

»Interessanter Vergleich«, sagte Clara. »Sie sind aber doch eher der Pate selbst als Hyman Roth?«

Akin lehnte sich zurück und spannte die Muskeln. »Da haben Sie gar nicht so unrecht. Ich bin aber noch viel mehr. Michael Corleone ist der italienische Boss einer italienischen Mafia. Ich hingegen bin der kurdische Vizechef einer deutschen Rockergruppe.«

Clara zog die Augenbrauen hoch. »Könnte man fast als Integrationserfolg betrachten.«

»Das kann man. In den orientalischen Kulturen ist der Zusammenhalt wichtig. Bei uns Rockern auch. Das passt.« Akin lächelte sie an. »Für 'nen Bullen sind Sie gar nicht so übel.« Clara wusste nicht, ob sie gerade angebaggert wurde oder nicht. »Aber erzählen werde ich Ihnen trotzdem nichts.«

»ACAB?«, fragte Clara. *»All cops are bastards?«*

»ACAB.« Akin nickte und lächelte. »Gilt leider auch für Sie.«

»Aber Ihnen ist der Tod von Stephan Schiller doch nicht egal?«

»Auf keinen Fall. Und die Jungs draußen werden sich schon um die Sache kümmern.«

»Mit der Polizei würde es bestimmt einfacher.«

»Der Starke ist am mächtigsten allein.« Akin lächelte. »Shakespeare. *Hamlet.*«

Clara staunte. MacDeath war offenbar nicht der Einzige, der gerne und oft Shakespeare zitierte. Mittlerweile war der unsterbliche Barde sogar bis in die Rockerclubs vorgedrungen.

»Wollte jemand Schillers Tod?«, fragte sie.

»Das denke ich mal«, erwiderte Akin gleichgültig. »Sonst würde er ja noch leben.«

»Wissen Sie, wie er ermordet wurde?«

»Ich werde Ihnen weder mit Ja noch mit Nein antworten, aber gehen Sie mal davon aus, dass ich es irgendwie erfahren werde.«

Clara war nicht sicher, ob das Bluff oder Wahrheit war. Zugetraut hätte sie dem Rockerboss beides. Sie beschloss, trotzdem etwas tiefer zu bohren.

»Und wer könnte ein Interesse am Tod von Stephan Schiller haben?«

»Da gibt's ein paar Leute.«

»Und was wird mit diesen Leuten passieren?«

»Es gibt Rache.«

»Von euch an ihnen?«

»Genau. Alle unsere Freunde ficken alle ihre Freunde. Und wir werden gewinnen.«

»Gewinnen gegen wen?«

»Gegen die, die Stephan umgelegt haben.«

»Und wer ist das?«

»Irgendwer. Werden wir rausfinden.«

Akin wand sich gut aus den Fragen heraus, das musste Clara ihm lassen. Es war wohl nicht das erste Verhör, das er über sich ergehen lassen musste.

»Und wenn ihr es herausgefunden habt?«

»Werden es die richtigen Leute erfahren. Und handeln.« Er machte eine Pause, fuhr dann fort: »Aber ihr Bullen erfahrt nichts. Erst recht nicht von uns. Und von mir schon gar nicht.«

»Okay, verstanden«, sagte Clara. »ACAB, mal wieder.« Sie schaute einen Moment aus dem hohen, vergitterten Fenster. »Glauben Sie nicht manchmal, es wäre einfacher, wenn ihr uns die Arbeit machen lasst?«

»Was wäre dann einfacher? Ihr nehmt die Leute mit, verhört sie lang und breit und lasst sie wieder frei. Was soll der Stuss? Wenn uns einer auf die Füße tritt, legen wir ihn um. Und dann ist Ruhe. Auge um Auge, Zahn um Zahn. Ist viel einfacher so. Steht schon in der Bibel. Lesen Sie die Bibel?«

»Manchmal.«

»Ich auch. Und den Koran. Kommt davon, wenn man Kurde ist. Dann kennt man beides. Ist auch wichtig. Ich vertraue niemandem, der nicht an Gott glaubt. Mein Vater hat gesagt: Ein Mann ohne Religion ist ein Mann ohne Treue.« Er zuckte die Schultern. »Kann sein, dass Gott scheiße findet, was ich mache. Wahrscheinlich ist es ihm sowieso egal. Aber ich glaube trotzdem an ihn. Ich glaube, wenn du Gott zeigst, dass er der Boss ist, hilft er dir bei allem.«

»Ihnen auch?« Clara ließ den Blick durch den Besucherraum schweifen.

»Mir auch.«

»Auch hier?«

Akin blickte sich um. »Auch hier! Geht's mir etwa schlecht? Na ja, geht so. Aber es gibt Leute, denen es viel schlechter geht. Jedenfalls habe ich mich nicht gestern an der Türklinke aufgehängt wie dieser Idiot aus Block drei.«

Clara hatte von diesem tragischen Fall bereits gehört. Sie wunderte sich einmal mehr, wie schnell der Flurfunk im Knast arbeitete, ohne Handys, ohne Facebook, ohne Kontakt, sogar in Isolationshaft. Manchmal war sie kurz davor, an Gedankenübertragung zu glauben.

»Selbstmord heißt, vor der Gefahr davonzulaufen«, sagte sie.

Akin zeigte mit dem Finger auf sie. »Genau richtig, Madam.«

»Wollen Sie sonst noch etwas sagen? Sie wissen sicher, dass eine Kooperation mit den Ermittlungsbehörden das Strafmaß positiv beeinflussen kann.«

»Jetzt spielen Sie hier nicht Strafvollzugsseminar. Ich weiß, was ich will. Vor allem, was ich *nicht* will.« Er lehnte sich zurück. »Lassen Sie uns über Fußball, Fusel oder sonst was reden, aber versuchen Sie nicht, einen bullengläubigen Spießer aus mir zu machen.«

Clara gab es auf. Aus dem Burschen war nichts herauszuholen. Und da sie hier nicht vor einem Kriegsgericht oder in Guantanamo Bay waren, konnten Clara und die Ermittlungsbehörden nur eins: immer wieder fragen. Aber wahrscheinlich war das, was nach langen Jahren Knast und Schweigen draußen auf Akin wartete, viel besser und großzügiger als das, was ihm von den Deathguards drohte, wenn er das Maul aufmachte, um ein paar Jahre früher aus dem Gefängnis zu kommen. Das bisschen Zeit saß er hier wahrscheinlich auf einer halben Arschbacke ab. Und so schlecht ging es ihm ja wirklich nicht.

»Gut«, sagte Clara und stand auf. »Ich denke, wir sind fertig.«

Akin nickte, blieb aber sitzen. »Ich sage das selten, aber Sie sind ein nettes Mädel.«

Nettes Mädel. So hatte Clara noch keiner genannt.

»Wenn Sie mal Stress mit irgendwelchen Typen haben«, fuhr Akin fort, »melden Sie sich bei mir. Dann bringen wir denen Manieren bei.«

Clara lächelte. »Danke für das Angebot, aber ich werde es wohl nicht annehmen.«

Die Wache öffnete die Tür und ließ Clara nach draußen.

»Weil Sie nicht wollen, oder weil Sie nicht dürfen?«, rief Akin ihr hinterher.

Doch da war Clara schon hinter der Tür verschwunden.

Sie ging mit dem Wachmann wieder den langen Gang hinunter, dessen Wände die Farbe von fauligem Wasser hatten.

Ihr Handy klingelte. Es war die Rechtsmedizin.

»Wir sind durch«, sagte von Weinstein, der stellvertretende Leiter des rechtsmedizinischen Instituts der Charité. »Wollen Sie vorbeikommen?«

»Habe gerade mit einem lebendigen Deathguard gesprochen«, antwortete Clara, »da verdient ein toter Deathguard doch erst recht meine Aufmerksamkeit.«

»Sie haben ja richtig Herz«, sagte von Weinstein und fügte hinzu: »Im Gegensatz zur Leiche.«

9.

Dr. von Weinstein empfing Clara am Eingang des Sektionsraumes der Rechtsmedizin in Moabit. Sein gebräunter Teint, die gegelten schwarzgrauen Haare und die Designerbrille ließen ihn eher so wirken, als käme er gerade von der Verleihung des Art-Director-Preises und nicht aus dem Sektionssaal der Rechtsmedizin. Aber das war nur eines von vielen Rätseln, das von Weinstein Clara jedes Mal aufgab.

»Er ist es«, sagte er zur Begrüßung.

»Stephan Schiller?«

»Ja, wir haben seine DNA mit der abgeglichen, die wir in Proben aus seinem Rasierer und in seinem Bad gefunden haben. War übrigens gar nicht so einfach, den Herrn hierher zu bekommen. Einige Mitglieder seiner Gang meinten, das sei ihr Job, nicht unserer.«

»Das hat mir sein Vizechef auch gesagt.«

»Sie haben ihn besucht? In einem Vereinsheim?«

»Einem speziellen Vereinsheim.« Clara lächelte. »Im Knast.«

»Na schön.« Von Weinstein wandte sich dem Obduktionstisch zu. »Kommen wir zu seinem ehemaligen Boss. Lassen Sie uns vorher aber ein paar Worte zu dem Hund verlieren.«

»Ich bin ganz Ohr.«

»Neben dem toten Tier lag ein kleiner Teppich. Er weist DNA-Spuren des möglichen Mörders auf, die wir auch sonst in der ganzen Wohnung gefunden haben.«

»Wissen wir schon Näheres, wer es sein könnte?«

Von Weinstein schüttelte den Kopf. »Nein, immer noch nicht.«

»Dann müssen wir das mit Interpol klären. Wäre doch seltsam, wenn dieser Killer nicht vorbestraft wäre und seine DNA nicht irgendwo gespeichert ist.«

»Könnte aber auch sein, dass diese Leute einen Auftragsmörder aus der Ukraine oder sonst wo einfliegen. Der kommt her, erschießt das Opfer, kassiert zehntausend Dollar und haut wieder ab. Bevor die Polizei aufwacht, ist der über alle Berge.«

»Aber ein Profi würde sein Opfer doch nicht auf so umständliche Weise umbringen«, meinte Clara. »Und dann auch noch das Herz rausschneiden.«

»Da haben Sie vermutlich recht. Also …« Von Weinstein wandte sich wieder dem Teppich zu. »Der Teppich weist DNA-Spuren des Täters sowie Bissspuren des Hundes auf.«

Clara dachte einen Moment nach. »Dann hat er sich den Teppich vielleicht um den Arm gewickelt, damit sich der Hund darin verbeißt. Was meinen Sie?«

»Exakt«, sagte von Weinstein. »Wir können an den Bissspuren sehr genau erkennen, was für eine Art Kiefer es war. Wir haben es ja leider in unserem Beruf nicht nur mit Tierbissen zu tun, sondern auch mit Menschenbissen.« Solche Fälle hatte auch Clara schon erlebt. Es gab sogar Eltern, die ihre Kinder bissen. »Vorsicht, bissige Eltern«, sagte von Weinstein immer dazu.

»Die Bissspuren«, fuhr er nun fort, »passen zum Kiefer des toten Hundes.« Er hob den durchsichtigen Asservatenbeutel in die Höhe, in dem sich der Kugelschreiber befand, an dem blutige Hirn- und Gewebereste klebten.

Clara betrachtete den Kuli. »Das heißt, als der Hund sich verbissen hat, hat er ihm den Kugelschreiber ins Auge gebohrt?«

Von Weinstein nickte. »Das deckt sich mit unseren Untersuchungen, auch was die DNA des Hundes angeht.«

»Dieser Mann muss eiskalt sein«, sagte Clara.

»Ja, und es ist das zweite Mal, dass wir hier eine Leiche gemeinsam mit einem Hund im Sektionssaal haben.« Von Weinstein blickte sie an. »Wissen Sie noch?«

Clara schüttelte sich innerlich. »Leider ja.« Als sie beim LKA anfing, hatte sie einmal dabei zugesehen, wie ein Kampfhund seziert wurde, weil er ein Kleinkind auf dem Spielplatz totgebissen hatte. Die Sektion diente vor allem zur Feststellung, ob der Besitzer des Hundes, ein Zuhälter, das Tier mit Amphetaminen scharfgemacht hatte. Das aber war nicht der Fall gewesen. Dafür hatten sie im Magen des Hundes halb verdaute Teile vom Gesicht des Kindes gefunden, das der Hund verschlungen hatte. Die Gesichtshaut im Magen des Hundes war noch immer eines der grausamsten Bilder, die sich während Claras Polizeikarriere in ihr Gedächtnis eingebrannt hatten.

»So viel zu dem Hund«, sagte von Weinstein abschließend und legte den kleinen Teppich und den Kugelschreiber wieder neben den Obduktionstisch. »Jetzt kommt das Herrchen.«

Stephan Schillers Leiche lag nackt auf dem Tisch. Die Rechtsmediziner hatten den ursprünglichen Schnitt in der Brusthöhle um den klassischen Y-Schnitt erweitert: Vom Schlüsselbein jeweils ein Schnitt nach unten und dann von der Brust senkrecht bis zum Schambein. Sämtliche Organe waren entnommen worden; so schrieb es Paragraf 89 der Strafprozessordnung vor. Alle drei Körperhöhlen waren zu öffnen, Brust-, Bauch- und Kopfhöhle, und die Organe mussten seziert werden.

»Schauen wir uns erst einmal den Kopf im CT an. Wir haben ihn natürlich vor der Sektion durch die Computertomografie geschoben«, sagte von Weinstein und lotste Clara zum Computer im Sektionssaal, auf dem die CT-Daten zu Bildern rekonstruiert wurden. Er rief ein dreidimensionales Bild des Schädels auf. »Hier sehen wir eine Fraktur des Schädels und subdurale Blutungen, also Blutungen unter der harten Hirnhaut.«

»Hat der Mörder ihm eine Eisenstange oder so etwas über den Kopf gehauen?«, wollte Clara wissen.

»Nun, wir haben es hier mit massiver Gewaltanwendung gegen das Opfer zu tun, in diesem Fall gegen den Kopf des Opfers. Es muss aber kein Gegenstand gewesen sein, möglicherweise war es ein sehr harter Tritt. Jedenfalls hat das Opfer ein schweres Schädel-Hirn-Trauma mit Schädelinnenraumblutungen erlitten. Gleichzeitig kam es durch die Verletzungen zu einer Hirnschwellung. Nicht anders, als wenn man sich etwas prellt und die betroffene Stelle am Körper anschwillt. Irgendwann wäre es durch den Druck zu einer Einklemmung des Hirnstamms gekommen.« Von Weinstein zeigte auf ein weiteres CT-Bild des Schädels auf dem Monitor. »In einem solchen Fall muss man Teile des Schädelknochens entfernen. Der Mediziner nennt das entdeckeln. Sinn des Ganzen ist, den Druck im Schädelinnenraum zu reduzieren, sonst ...« Er blickte Clara ermunternd an.

»Sonst kommt es zu irreversiblen Hirnschäden?«, ergänzte Clara.

»Nein, es kommt zum Tod«, sagte von Weinstein, »da sich im eingeklemmten Hirnstamm sämtliche lebenswichtigen Zentren befinden.«

Clara blickte zu dem aufgesägten Schädel auf dem Obduktionstisch. »›Entdeckeln‹ trifft es ziemlich gut.« Manchmal konnte sich auch Clara einen dummen Spruch nicht verkneifen.

»In der Tat. Wir öffnen den Schädel bei jeder Obduktion. Nur ist der Patient dann leider schon tot und hat nichts mehr von der Drucksenkung.«

Clara blickte auf die Leiche, auf die Schnitte an den Armen und den offenen Brustkorb. »Der Mörder hat ihm diese

Schnitte beigebracht«, sagte sie. »Und das Herz herausgerissen. War der Mann da etwa noch am Leben?«

Von Weinstein nickte. »Ja. Wir haben sowohl bei den Schnitten an den Armen als auch an der Brust an sämtlichen Wundrändern sogenannte Einblutungen. Das sind deutliche Vitalitätszeichen. Tote bluten nicht. Der hier hat geblutet, also hat er noch gelebt. Hier …« Er zeigte auf einen Schnitt am Brustbein, der in weiten Teilen deckungsgleich mit dem späteren Schnitt der Rechtsmedizin war. »Hier sehen wir den Schnitt, mit dem der Täter Haut und Muskeln durchtrennt hat.«

»Und wie ist er durch die Rippen gekommen? Er wollte ja an das Herz gelangen, nicht wahr?«

»Ja, offensichtlich.« Das Brustbein mit den Rippenansätzen lag am Fußende der Leiche in der Organwanne. »Der Mörder hat die Rippen durchtrennt. Wahrscheinlich mit einem Jagdmesser oder einer anderen scharfen und gleichzeitig schweren Waffe.«

»Man kann Rippen durchschneiden?« Clara trat näher an die Leiche heran. »Ich dachte, ihr nehmt hier immer diese Rippenscheren.«

»Die hier?« Von Weinstein hielt eine der Rippenscheren in die Höhe. Sie sah wie eine Mischung aus chromverkleideter Kneifzange und Heckenschere aus und hatte es wegen ihrer morbiden, kalten Ästhetik schon auf die Cover diverser Thriller geschafft.

»Schauen Sie hier.« Von Weinstein lotste Clara an ein Schauskelett im Vorraum des Sektionssaales und tippte gegen den Brustkorb des Gerippes. Clara wusste, dass dieses Skelett echt war und von Drahtösen zusammengehalten wurde. »Hier verläuft die sogenannte Knorpel-Knochen-Grenze. Sehen Sie? Und zum Brustbein hin befindet sich reines Knorpelmaterial. Dieser Knorpelbereich der Rippen ist etwa vier bis fünf Zentimeter breit.« Von Weinstein tippte erneut auf die Rippen des

Skeletts. »Bei diesem Skelett, das ja aus echten Knochen besteht, wurde der Knorpel durch Plastik ersetzt, da der ursprüngliche Knorpel beim Auskochen der Knochen aufgelöst wird. Sehen Sie?« Er zeigte auf den Zwischenraum. »Wenn man das Messer mit genügend Druck ansetzt, kann man mit einem kräftigen Schnitt die Knorpel zwischen den Rippen durchschneiden und das Brustbein mit den Rippenansätzen in einem Stück entnehmen.«

»Warum benutzen Sie dann diese Rippenscheren beim Sezieren?«

»Weil die Messer sonst sehr schnell stumpf werden würden. Und dann bekämen wir Ärger mit unseren Sektionsassistenten, weil sie die Messer ständig schleifen müssen. Außerdem kann man mit einem Messer leichter abrutschen und sich schneiden, und dann landet man womöglich selbst auf diesem Tisch. Oder man erwischt die Organe darunter und beschädigt unter Umständen Beweismaterial. Manchmal benutze ich diese Technik aber trotzdem, der Schnitt geht einfach schneller.«

»Verstehe.« Claras Blick wechselte zwischen dem Skelett und der Leiche. »Wahrscheinlich ging es dem Killer darum, das Ganze möglichst schnell zu erledigen.«

»Das kann ich mir auch vorstellen. Vielleicht konnte er es gar nicht erwarten, das Herz endlich in Händen zu halten. Das Herz des anderen zu erobern, könnte man sagen.«

»Sie sind mir vielleicht ein Herzchen«, sagte Clara schmunzelnd, denn sie kannte von Weinsteins Zynismus. »Also noch mal zum Mitschreiben. Der Mörder hat erst den Hund unschädlich gemacht. Dann hat er diesem Schiller im Nahkampf den Schädel gebrochen und ihn auf diese Weise ausgeschaltet.«

»Und zwar gründlich.« Von Weinstein nickte.

»Dann hat er ihm diese Zeichen ins Fleisch geschnitten. Und

als Letztes hat er ihm den Brustkorb aufgeschnitten, das Brustbein entnommen und das Herz herausgeschnitten.«

»Ich würde sagen, so war es.«

»Und das alles bei lebendigem Leib?«

Von Weinstein nickte gequält. »Ja. Das Herz schlug noch in dem Moment, als es herausgeschnitten wurde.«

Clara fröstelte. »Und das Herz selbst ...«

»Ist nach wie vor verschwunden«, sagte von Weinstein.

Clara betrachtete einen Moment lang die aufgeschnittene Leiche auf dem Obduktionstisch. *Der Tote*, dachte sie. *Der Tote, der Killer und das Herz.* Wo war das Herz? Konnte es sein, dass der Mörder es mitgenommen hatte? Aber was sollte er damit anstellen?

Es wurde höchste Zeit, mit MacDeath zu sprechen.

10.

Der Mann trug den Steinewerfer wie einen Sack über den dunklen Hinterhof. Zwei Männer, die gerade aus einem Haus kamen, beäugten ihn misstrauisch.

»Hat zu viel getrunken, der Knabe«, sagte der Hüne.

Die beiden nickten nur und machten, dass sie weiterkamen. Der Anblick des riesigen Mannes jagte ihnen sichtlich Angst ein.

Über einen der Hinterhöfe gelangte der Riese zu einem großen, abbruchreifen Gebäude, das vor vielen Jahren offenbar eine Werkstatt gewesen war.

»Tolle Sache, diese Kapuzenpullover, findest du nicht auch?«, sagte der Hüne. »Keiner sieht, was mit deiner Visage passiert ist.«

Er brach mit einem wuchtigen Fußtritt die Tür auf und betrat mit seiner Fracht das Haus. Der Steinewerfer gab dann und wann ein glucksendes Stöhnen von sich.

Im Untergeschoss des Hauses befand sich ein Kellerraum mit hoher Decke. Der Hüne warf den Mann auf einen der staubigen Tische. Die Kapuze war noch immer vollständig über sein Gesicht gezogen. Blut sickerte an den Rändern hervor. An der Form der Kapuze konnte der Hüne erkennen, dass er seinem Opfer Jochbein, Kiefer und Nase gebrochen hatte.

Er schaute sich um. Dann zog er ein langes Jagdmesser aus seinem Stiefel.

»Kannst du mich hören, du Stück Dreck?«, fragte er den Steinewerfer. »Hast du einen Namen?«

Der blutüberströmte Mann gab nur ein heiseres Keuchen von sich.

»Gut, dann heißt du jetzt Baldtot. Weil du bald tot bist. Gefällt dir der Name?«

Der Hüne hob das Messer. Dann schlitzte er mit zwei schnellen Schnitten den Kapuzenpullover des Mannes auf und warf das Kleidungsstück hinter sich. Jetzt sah er Baldtots Gesicht. Blutig und zerbrochen, die Augen fast zugeschwollen. Die Zähne, die schon vorher nicht in sonderlich gutem Zustand gewesen waren, ragten wie eine Reihe schiefer, blutiger Grabsteine aus dem Kiefer.

Habe ich zu fest zugeschlagen?, fragte sich der Hüne. *Ach was, er wird vom Höhepunkt unserer Show schon noch was mitbekommen.*

»Du sagst ja gar nichts«, bemerkte der Hüne.

Baldtot sagte in der Tat nichts, gab nur hin und wieder ein schmerzerfülltes Röcheln von sich, untermalt vom Geräusch der Knochen- und Zahnsplitter, die in seiner Mundhöhle schwammen.

»Wir spielen jetzt ein kleines Spiel«, sagte der Hüne. »Den Stein hier, Freund Nummer eins, hatten wir eben. Jetzt kommt Freund Nummer zwei.«

Mit diesen Worten hob er das Messer.

* * *

Nach fünf Minuten waren der Oberkörper und die Arme Baldtots fürchterlich zugerichtet. Zitternd lag er auf dem Tisch. Ein Schweißfilm bedeckte seinen Körper und vermischte sich mit dem Blut, das aus den Schnittwunden floss, wo der Hüne ihm Zeichen ins Fleisch geschnitten hatte. Zwischen Baldtots Beinen war ein großer feuchter Fleck; der Geruch, den er verströmte, ließ erkennen, dass er sich vor Angst und Schmerz in die Hose gemacht hatte.

»Wie gefällt dir mein Werk?«, fragte der Hüne, das blutige

Messer in der einen Hand, in der anderen den Stein, den er Baldtot vorhin abgenommen und mit dem er ihm das Gesicht zerschmettert hatte.

Der Mann auf dem Tisch sagte nichts. Mit letzter Kraft öffnete er die Augen.

»Was … bist du?«, fragte er flüsternd zwischen zerbrochenen Zähnen und blutigen Luftblasen hindurch. »Ein Nazi?«

Der Hüne hob interessiert die Augenbrauen. Gleichzeitig hob er das Messer in seiner rechten Hand.

»Ich bin kein Nazi«, sagte er und hielt einen Moment inne. Es war, als würde in einem Film kurz vor dem Finale der Projektor gestoppt. »Ich bin der Tod.«

Mit diesen Worten stieß er das Messer in den Brustkorb des Mannes und begann sein Werk. Das, wofür er hier war.

Der Schrei aus Baldtots Mund war ein grässliches Geräusch, eine gurgelnde Mischung aus Blut und Zahnsplittern. Noch einmal steigerte sich der Schrei zu einem furchtbaren Kreischen, um dann abrupt abzubrechen.

Baldtot zuckte, dann hatte aller Schmerz ein Ende.

Der Hüne hielt das blutige Herz in der Hand.

Dann ließ er den Stein auf den Kopf des Mannes niedersausen wie ein Fallbeil. Es gab ein Geräusch, das irgendwie zwischen einer geknackten Nuss und einer geplatzten Melone lag, eine Mischung aus zerbrochenen Knochen und zerschmetterter Gehirnmasse.

Baldtot zuckte ein letztes Mal.

Dann war er … ganz tot.

Schließlich warf der Hüne den Stein in eine Ecke des Raumes. Zufrieden betrachtete er ein letztes Mal sein Werk, ehe er wie ein Schatten in der Dunkelheit der Nacht verschwand.

11.

Es roch nach Earl Grey, als Clara das Büro von Dr. Martin Friedrich, genannt MacDeath, betrat.

MacDeath stand vor seinem Schreibtisch, auf dem er Berge von Papieren und Fotos ausgebreitet hatte. Auch der Beistelltisch hinter dem Schreibtisch war voll davon. Er starrte angestrengt auf die Bilder und kratzte sich am Kopf, als Clara hereinkam. Eine Kanne Tee und eine Tasse nahmen den einzigen Platz auf dem Tisch ein, der nicht von Papieren überhäuft war.

»Ich sehe, hier wird gearbeitet«, sagte Clara.

»Allerdings«, entgegnete MacDeath. »Diese Zeichen an der Leiche … Irgendwie gehen sie mir nicht aus dem Kopf.« Er hob den Blick. »Ich habe schon den Bericht über das Verhör von diesem Akin gelesen. Wie zu erwarten, war nichts aus ihm herauszubekommen, stimmt's?«

»Stimmt.« Clara stellte ihre Tasche auf den Tisch vor der Couch im hinteren Teil des Büros. Die Couch sah aus wie die von Sigmund Freud in Wien, ein Ungetüm aus braunrotem Samt, was sicher mehr Absicht als Zufall war. »*All Cops are Bastards*, das ist deren Devise. Die teilen keine Geheimnisse mit uns.«

»Dann müssen wir halt selbst drauf kommen. Wofür gibt es uns schließlich«, sagte MacDeath. »Wie war der Besuch bei Weinstein?«

»Alles so, wie wir's uns gedacht haben. Der Täter hat den Hund getötet, dem Mann den Schädel eingeschlagen, hat ihm die Schnittwunden zugefügt und dann das herausgeschnittene Herz mitgenommen.«

MacDeath schüttelte den Kopf. »Das Herz mitgenommen. Wie archaisch das klingt. Aber weißt du, was mich am meisten umtreibt? Diese Schnittwunden, die er dem Opfer beigebracht hat, als es noch bei Bewusstsein war.« Er legte zwei Fotos nebeneinander. »War es purer Sadismus, oder hatte es irgendeine Bedeutung?«

»Du sagtest, du hättest diese Schnitte, dieses Zeichen schon einmal gesehen.« Erst jetzt hatte Clara Zeit, das blutige Zeichen genauer in Augenschein zu nehmen. Jeweils eines befand sich an den Oberarmen, direkt am Schultergelenk, eines unmittelbar darunter, und schließlich eines gleich oberhalb des Herzens, das direkt an die gähnende Höhlung angrenzte, wo der Killer den Brustkorb geöffnet hatte. Das Zeichen sah aus wie eine Rune. Wie ein stilisierter Pfeil. Manchmal tauchte das Zeichen einzeln auf, manchmal standen sie untereinander.

Λ

»Was ist das?«, fragte Clara. »Eine Wikingerrune?«

MacDeath zuckte die Schultern. »Könnte sein. Wenn es ein Bandenkrieg war, könnten das irgendwelche Rechtsextreme sein. Neonazis, Bonehead-Skins, was auch immer. Ich habe gehört, dass die rechten Gruppen in den USA – Arian Brotherhood, White Supremecists und so weiter – mittlerweile Filialen in Deutschland aufmachen.«

»Aber würden die so weit gehen, das Herz eines Opfers mitzunehmen?«, fragte Clara.

»Gute Frage. Das Herz mitzunehmen hat jedenfalls irgendeine symbolische Bedeutung, da bin ich mir sicher. Das wäre untypisch für Bandenkriege. So etwas machen eher Sexualmörder oder kannibalistische Killer. Perverse, die eine Trophäe wollen. Von Rechtsradikalen habe ich so etwas noch nicht gehört. Und auch die Araber-Clans hier in Berlin nehmen keine Veränderungen an den Leichen vor. Die knallen die Leute ab oder erstechen sie, alles andere wäre viel zu umständlich.«

»Wir sind uns also einig, dass das Tatverhalten anders ist, als es bei einem Bandenkrieg wäre?«

MacDeath nickte. »Davon gehe ich aus.«

»Wenn es kein Racheakt oder Bandenkriminalität ist, dann ist es vielleicht ein sexuell motivierter Psychopath, der Körperteile oder Organe mitnimmt, um damit sonst was anzustellen.«

MacDeath schaute sie an. »Ja. Wie Jeffrey Dahmer.«

»Aber solche Killer suchen sich doch Opfer, mit denen sie fertigwerden. Die schwach sind. Die sie leicht besiegen und auf deren Kosten sie ihre Allmachtsfantasien ausleben können. Dahmer hat seine Opfer ja auch mit K.-o.-Tropfen betäubt.«

»Ja.« MacDeath nickte. »Ein Anführer der Deathguards, der obendrein bewaffnet ist, dürfte allerdings kein leichtes Opfer sein. Da gibt es in Berlin andere, die man leichter um die Ecke bringen kann.«

»Das stimmt wohl. Und die meisten Sexualstraftäter sind Männer und töten gemäß ihrer sexuellen Präferenz. Und da die meisten Männer heterosexuell sind, sind die Opfer von Serienkillern meist Frauen.«

»Stimmt genau, Kollegin. Allerdings gab es auch homosexuelle Serientäter wie der erwähnte Jeffrey Dahmer.«

»Dahmer hat sich aber leicht zu besiegende Opfer ausgesucht«, sagte Clara.

»Das stimmt«, gab MacDeath ihr recht. »Aber wir wissen noch nicht, ob es sich wirklich um einen Serienkiller handelt. Bis jetzt haben wir nur einen einzigen Mord, der auf diese Art und Weise verübt worden ist.«

»Aber wenn du so etwas schon mal irgendwo gesehen hast,

und es wäre der gleiche Täter, hätten wir es mit einem Serienmörder zu tun, nicht wahr?«

MacDeath nickte. »Wenn es so ist, ja.«

Clara schaute sich noch einmal nacheinander die Fotos an. »Weißt du, was mich wundert?«, sagte sie und setzte sich auf einen der Stühle vor MacDeaths Schreibtisch. »Wir haben eine Blutspur, die ungefähr einen Meter vom Tatort wegführt. Hier.« Sie zeigte auf eines der Fotos. »Und dann bricht diese Spur plötzlich ab.«

»Und was sagt dir das?«

»Dass er möglicherweise irgendetwas mit dem Herzen vorhatte. Die Blutspur endet abrupt, als hätte er das Herz irgendwie … eingepackt, um etwas damit anzustellen. Oder um es mitzunehmen. Ist nur so eine Vermutung. Vielleicht muss ich noch mal zum Tatort.«

Auch MacDeath blickte wieder auf die Fotos. »Kann sein. Aber mich beschäftigen eher diese seltsamen Zeichen. Ich sagte ja bereits, ich habe sie schon irgendwo gesehen. Ich weiß nur nicht mehr wo. Verdammt!« Er schaute aus dem Fenster. Mittlerweile war es dunkel geworden. »Ich habe noch ein paar Unterlagen zu Hause. Aus meiner Zeit in den Vereinigten Staaten.«

»Meinst du, es hat damit zu tun?«

»Das hoffe ich. Sonst tappen wir völlig im Dunkeln. Der Killer hinterlässt überall Fingerabdrücke, und die DNA ist nirgends gespeichert. Wie ein Phantom.« Er schaute Clara an. »Oder konnten wir die DNA schon zuordnen?«

Sie schüttelte den Kopf. »Nein, weder LKA noch BKA noch Europol haben was gefunden.«

»Na prima.« MacDeath blickte resigniert auf die Fotos und trank einen Schluck Tee. »Oh, entschuldige, möchtest du auch einen?«

Clara stand auf. »Nein. Ich habe eine bessere Idee. Ich fahre noch mal zum Tatort. Du schaust zu Hause in deinen Unterlagen nach. Und dann reden wir weiter. Am besten, wir treffen uns. Was meinst du?«

MacDeath Gesicht hellte sich auf. »Wie sagte Robert Ressler immer? *Sounds like a plan.* Hört sich nach einem Plan an.«

12.

Clara stand in der Wohnung von Stephan Schiller. Draußen warteten die Einsatzkräfte. Das Licht funktionierte wieder; offenbar war die Sicherung ausgetauscht worden. Doch die Jalousien waren noch immer heruntergelassen, und das war gut so.

Sich noch einmal zu einem Tatort zu begeben war für Clara wie ein Déjà-vu. Manchmal sah sie dann Dinge, die sie schon einmal gesehen hatte, an einem anderen Ort. Und manchmal sah sie Dinge, die ihr zuvor entgangen waren.

Sie kannte den Ablauf genau. Was zu tun war, wenn man das erste Mal an einen Fund- oder Tatort kam. Denn in ihren Fällen wurde der Fundort schnell zum Tatort und die Tat schnell zum Mord.

Den Tatort eingrenzen. Sichern. Sich eine erste Übersicht verschaffen. Die Szene beschreiben. Protokollieren. Fotografieren. Einen Raumplan erstellen. Fingerabdrücke und DNA sichern. Das alles war die Pflicht. Die Kür war, einen Tatort noch einmal aufzusuchen, obwohl dort im Grunde schon alles erledigt war.

Clara verzog das Gesicht. Sich erneut an einen Tatort zu begeben war eine Gewohnheit, die sie mit den Mördern teilte, die sie jagte. Viele von ihnen suchten den Ort, an dem sie getötet hatten, noch einmal auf. Besonders, wenn es der Ort war, an dem sie ihren ersten Mord begangen hatten. Dann bekam dieser Ort eine symbolische, beinahe religiöse Bedeutung. Ingo M., der Mann, der Jahre zuvor Claras Schwester Claudia ermordet hatte, hatte sich sogar angewöhnt, auf der Beerdigung seiner Opfer zu erscheinen. Auch auf der Beerdigung Claudias war er aufgetaucht. Im schwarzen Anzug, als wäre er einer der Trauernden. Er hatte Fotos vom Grabstein gemacht, hatte sie zu Hause entwickelt und beim Anblick der Bilder und des Grabes onaniert. Manche Mörder gingen sogar so weit, dass sie die Leiche ausgruben und sie wieder an den Ort des Mordes brachten, um sie dort symbolisch noch einmal zu töten.

Was hatte Aristoteles gelehrt? Das Erkennen war immer ein Wiedererkennen. Man konnte nur sehen, was man schon einmal gesehen hatte. Und manchmal konnte man Dinge nur dann wirklich sehen, wenn man sie zum zweiten Mal sah.

Clara stand vor dem Tisch, auf dem man die Leiche gefunden hatte. Jetzt war alles weggeräumt; nur die Blutlache am Boden war noch zu sehen.

Warum bringt der Killer solche Menschen um?, überlegte Clara. *Kann es eine Frau gewesen sein, die Männer hasst?*

Nein, nur ein Mann konnte diese Körperkraft besitzen. Aber wenn ein Serienmörder heterosexuell ist, sind fast immer Frauen seine Opfer. Dieser Täter jedoch war ein Mann, und sein Opfer ebenfalls. War der Mörder homosexuell? Aber nichts an der Leiche hatte auf ein sexuell motiviertes Verbrechen hingedeutet.

Und noch etwas war seltsam: Den meisten Killern war es wichtig, ihre Dominanz zu zeigen. Stärker als ihr Opfer zu sein. Das war auch hier geschehen. Doch die meisten Killer überließen nichts dem Zufall. Sie wollten sichergehen, dass sie ihr Opfer beherrschten, dass sie die Stärkeren waren. Das hatte dieser Killer nicht getan. Er hatte sich mit einem körperlich sehr kräftigen Gegner eingelassen, was immer ein Risiko bedeutete. Oder war es für diesen Täter wichtig, dieses Wagnis einzugehen? Dem Opfer zu zeigen, dass er der Stärkere war, egal wie stark sein Opfer sein mochte? So, als wollte er sich selbst etwas beweisen?

Clara ließ den Blick durchs Zimmer schweifen.

In der anderen Ecke führte eine Treppe nach oben auf die Galerie im zweiten Stock. Dort waren Schlafzimmer und Bad. Daneben befand sich wahrscheinlich ein weiteres Gästezimmer.

Von da oben, überlegte Clara, *muss man einen guten Blick auf die Wohnung haben. Und wer immer da oben steht, hat einen hervorragenden Blick auf den Tisch, auf dem die Leiche gelegen hat.*

Wenn es diesem Killer wichtig war, körperlich kräftige Menschen zu besiegen, um sich selbst etwas zu beweisen, wollte er doch sicher auch das Resultat seiner Arbeit sehen …?

Natürlich!, schoss es Clara durch den Kopf. *Natürlich will er das Ergebnis seiner Arbeit sehen! Und zwar von da oben, aus einer Position der Stärke und Überlegenheit, um von dort seinen Triumph auszukosten!*

Ob die Spurensicherung daran gedacht hatte?

Clara eilte mit schnellen Schritten die Treppe hinauf. Eine Balustrade säumte die Galerie, von der aus man wie ein Herrscher auf die untere Etage blicken konnte. Wie ein König, der auf sein Reich hinunterschaut.

Clara ging über den Teppich, der schwer, dick und flauschig war. Wo war die Stelle, von der aus man den Tisch und damit die Leiche am besten hatte sehen können? Kurz hinter der Treppe? Vor der Tür zum Schlafzimmer? An der Tür zur Dachterrasse?

Clara blickte immer wieder nach unten und blieb schließlich stehen.

Hier. Genau hier!

Clara schaute nach unten. Sah den Tisch. Stellte sich die Leiche auf diesem Tisch vor. Der Kopf in Richtung des großen Fernsehers, die Füße in Richtung Ausgang. Ja, genau, so konnte man die Leiche am besten sehen.

Hier hatte der Killer gestanden. Hatte nach unten geschaut.

Hatte er das Herz dabeigehabt, das er unten eingepackt hatte, sodass es keine Blutspuren gab? Möglich. Was hatte er noch getan? Hatte er vielleicht vor der Szenerie onaniert? Gab es Spuren?

Clara blickte auf den flauschigen Teppich.

Und dann sah sie es.

Aufgeregt nahm sie eine Pinzette und einen kleinen Plastikbeutel aus ihrem Asservatenkoffer, griff in den flauschigen Teppich hinein und zog das, was sie entdeckt hatte, behutsam hervor.

Es war kein Sperma. Es war konsistent. Ein kleines, rosiges Stück Fleisch. Jedenfalls, wenn ihr erster Eindruck sie nicht täuschte. Es war irgendeine Art organisches Gewebe. Was genau es war, konnte Clara nicht erkennen. Aber sie hatte eine Ahnung.

Instinktiv wählte sie von Weinsteins Nummer. Er nahm nach dreimaligem Klingeln ab.

»Sind Sie noch im Büro?«

»Sie haben Nerven«, sagte von Weinstein. »Wissen Sie, wie spät es ist? Aber gut, ja, ich bin zufällig noch da. Allerdings nicht mehr lange.«

»Bleiben Sie noch fünfzehn Minuten. Ich habe etwas für Sie. Ich bin sicher, es lohnt sich, wenn Sie warten.«

»Das hoffe ich für Sie.«

Clara steckte den Beutel in den Asservatenkoffer, eilte die Treppe hinunter, stieg ins Auto und fuhr in Richtung Moabit.

13.

Er stand in Dunkelheit und Regen. Seine Gestalt spiegelte sich im Fenster, und das Blut an seinen Händen besaß in der Finsternis die Farbe von Pech.

Die Leiche lag vor ihm. Der Kopf zerschmettert, der Brustkorb ein klaffendes Loch, Oberkörper und Arme von Schnitten bedeckt. *Seinen* Schnitten.

Dabei ist dieser Bursche gar nicht im Plan enthalten, dachte der Hüne. *Aber er hat das Auto angegriffen, und darauf steht die Todesstrafe.*

Dabei hatte er diesen Drecksack, der sich an seinem SUV vergangen hatte, vergleichsweise gut behandelt. Schließlich hatte er ein scharfes Messer genommen – es hätte auch stumpf sein können. Aber der Hüne hatte sein Jagdmesser mit verschiedenen Schleifsteinen so scharf geschliffen, dass es vielleicht sogar den Seidentest der japanischen Samuraischwerter bestanden hätte, bei dem man ein Seidentuch auf die Klinge des Schwertes fallen ließ. Wurde das Tuch sauber durchtrennt, war die Klinge gut geschliffen. Alles andere war Pfusch, jedenfalls nach Meinung der japanischen Schmiedemeister.

So scharf braucht die Klinge gar nicht zu sein, dachte der Hüne. *Alle, die ich damit schneiden werde, sind weniger wert als ein Stück Seide.*

Er erhob sich, rieb sich mit der Hand über den Schädel. Auf beide Schläfen war eine geflügelte Rune tätowiert, ein »S«. Man sah sie nur schwach und unscharf durch die kurzen Haare schimmern, aber die Runen waren auch nicht für die Leute gedacht, sondern für ihn. Genauso wie die Tätowierung auf seinem Rücken, die einen Adler zeigte, der sich aus einem Meer von Totenschädeln erhob. Der Hüne zeigte diese Tätowierung kaum jemandem, aber er wusste, sie gab ihm Kraft. Sich wie ein Adler zu erheben und auf seine besiegten Feinde hinunterzublicken, war für ihn der Sinn des Lebens.

Was ist gut?, hatte Friedrich Nietzsche gefragt. *Alles, was den Willen zur Macht erhebt, nicht Frieden, sondern Krieg. Was ist schlecht? Alles, was aus der Schwäche stammt. Nicht Zufriedenheit, sondern mehr Macht. Das Mitleid mit allem am Boden Kriechenden, Niederen.*

Der Hüne nickte, nachdem er sich dieses Zitat in Erinnerung gerufen hatte. Mitleid war immer nur eine Ausrede für Passivität. Mitleid allein half nie. Aktive Hilfe half, aber kein passives Mitleid. Vom Standpunkt des Mitleidenden war Mitleid immer nur eine Ausflucht, um nicht wirklich helfen zu müssen. Und vom Standpunkt des Mitleid-Erregenden war Mitleid nur die letzte Waffe der Schwachen, um anderen Schmerz zuzufügen: Mit-leiden.

Die, die er bald besuchen würde, würde er ebenfalls zum Mitleiden animieren. Aber er würde es nicht auf die weinerliche Tour tun. Er würde sie zwingen mitzuleiden.

Aber sie würden nicht nur mit-leiden.

Sie selbst würden leiden.

Ganz real.

Und schrecklich.

Und am Ende würden sie sterben.

Der Hüne dachte an die Leiche vor sich auf dem Tisch. Dachte an die anderen drei schwarz Vermummten, von denen der eine, dem er die Rippenknochen in die Lunge getreten hatte, mit Sicherheit tot war. Bei den anderen beiden wusste er es nicht. Er hatte ihnen den Kiefer gebrochen und dabei versucht, den Schlag so anzubringen, dass der Kieferknochen ins Hirn getrieben wurde. Er wusste, wie das geht; er hatte es schon dutzende Mal getan. Der Gelenkfortsatz des Kiefergelenks wurde durch den Schlag ans Kinn aus den Angeln gerissen und bohrte sich durch den Rückenmarksfortsatz ins Kleinhirn.

Hatte er die beiden getötet? Er wusste es nicht. Aber sie waren auch nicht von Interesse. Vielleicht waren sie von nun an querschnittsgelähmt. Dann hatten sie Pech gehabt. Diesmal hatte er ein paar Dinge dem Zufall überlassen. Sie waren nicht geplant gewesen. Man konnte nicht immer alles planen. Es war auch egal. Die drei Figuren – der Steinwerfer und die drei anderen Schlappschwänze – zählten nicht. Sie waren wertlos. Sie waren keine würdigen Opfer. Was kümmerten sie ihn. Diese vier vermummten Idioten hatten ihn zum Handeln gezwungen. Doch eigentlich bestimmte *er*, wann es losging. *Er* war der Jäger, der sich seine Beute suchte, nicht umgekehrt.

Bald war es wieder so weit.

Es wurde Zeit, sich nach etwas Neuem umzusehen.

Und diesmal brauchte er etwas Größeres, Besseres, Stärkeres.

14.

Von Weinstein erwartete Clara am Eingang zum rechtsmedizinischen Institut und schaute demonstrativ auf die Uhr. »Wie es aussieht, sind wir zwei die einzigen Dummen, die um diese Zeit noch arbeiten«, sagte er und schaute missmutig zum Himmel. Schwarze Regenwolken türmten sich über ihnen.

»Ja, hat ganz den Anschein«, sagte Clara und schloss den Wagen ab. »Ein erster Arbeitstag nach dem Urlaub sollte anders aussehen.«

»Stimmt ja, Sie hatten Urlaub. Wie war's?«

»Sehr schön. Ich fürchte allerdings, jetzt wird es hässlich.«

Im Labor angekommen zeigte sie von Weinstein den Asservatenbeutel. »Ich habe hier eine Gewebeprobe vom Tatort.«

Von Weinstein blickte Clara verwundert an. »Ist das der Spurensicherung denn nicht aufgefallen?«

»Keine Ahnung. Vermutlich waren sie nicht da oben.«

»Wo oben?«

»Auf der Galerie in Schillers Wohnung. Es führt eine Treppe hinauf. Von da oben kann man die ganze Wohnung überblicken. Auch den Tisch, auf dem Schillers Leiche gelegen hat.«

»Und da haben Sie diese Gewebeprobe gefunden?«, fragte von Weinstein.

Clara schüttelte den Kopf. »Nein. Auf der Galerie liegt ein Teppich. Schwarz, tief, flauschig. Da kann man einiges übersehen.«

Von Weinstein rückte seine Brille zurecht und musterte den Beutel. »Verstehe. So etwas wie das hier zum Beispiel.«

Clara nickte. »Genau. Ich muss wissen, was das ist und ob es die DNA von Schiller enthält.«

»Das können wir relativ schnell herausfinden.«

»Wie schnell?«

»Wenn es heute Nacht noch ins Labor geht, haben Sie den Befund morgen im Laufe des Tages. Wir haben die DNA von Schiller hier gespeichert. Kommen Sie mit.«

Er legte die Gewebeprobe auf einen Objektträger unter ein großes Mikroskop und schaute in das Gerät. »Das ist Muskelgewebe, wie es aussieht«, murmelte er. »Und rote Blutkörperchen.«

Clara hob den Kopf. »Könnte es der Herzmuskel sein?«

Von Weinstein wechselte die Vergrößerungseinstellung des Mikroskops. Dann nickte er. »Ja, das ist sogar eindeutig Herzmuskelgewebe. Die Zellkerne liegen im Vergleich zum Skelettmuskelgewebe in der Mitte, nicht am Rand. Und ich sehe die typischen Glanzstreifen. Jetzt müssen wir nur noch abwarten, was der DNA-Vergleich morgen besagt.« Er öffnete auf dem Computer ein Programm und suchte in einer Datenbank nach der DNA von Stephan Schiller.

»Ich bekomme den Befund morgen im Laufe des Tages?«, fragte Clara.

»Ja.«

»Geht es nicht früher?«

»DNA-Tests dauern ihre Zeit«, antwortete von Weinstein. »Und wir können ja schon mal festhalten, dass es sich um Muskelgewebe handelt, das möglicherweise aus dem Herzen von Schiller stammt. Falls er es ist.«

»Könnte ... wenn ... falls. Können wir die DNA-Analyse nicht irgendwie beschleunigen?«, hakte Clara nach. »Nicht dass wir uns hier mit einem Stück Hundefutter aufhalten.«

»Das kann ich definitiv ausschließen. Es handelt sich eindeutig um menschliches Herzgewebe. Selbst ein Boss der

Deathguards dürfte seinen Kampfhund nicht mit Menschenfleisch füttern.« Er schaute noch einmal ins Mikroskop, dann auf den Beutel. »Warum lag das da oben auf der Balustrade?«

»Das frage ich mich auch«, sagte Clara. »Und wieso ist das Stück so klein? Ich ...« Sie verstummte, als sie das Blinken am Computer sah.

»Interessant«, murmelte von Weinstein. »Offenbar sind da Spuren einer anderen DNA.« Er blickte ins Mikroskop. »Das sind Bakterien, wie man sie in der Mundschleimhaut findet.«

»Im Speichel?«

»Ja.«

»Könnte diese andere DNA aus dem Speichel des Mörders stammen?«

»Ja, gut möglich«, sagte von Weinstein.

»Dann prüfen Sie morgen doch bitte nach, ob diese DNA mit der des Killers übereinstimmt.«

»Sie meinen den Unbekannten, der in keiner Datenbank gespeichert ist?«

»Ja. Das sollte doch gehen, oder? Auch wenn wir nicht wissen, vom wem die DNA stammt?«

»Sicher. Wir können überprüfen, ob A gleich A ist, auch wenn wir nicht wissen, *wer* A ist.«

»Sehr gut«, sagte Clara. »Rekapitulieren wir. Wir haben Muskelgewebe, vielleicht das Herz, und wir haben Speichel vom Mörder, falls er es ist. Wenn wir davon ausgehen, dass der Mörder das Herz mitgenommen hat, vielleicht nach oben auf die Balustrade, dann hat er dort ...« Sie verstummte, dachte ein paar Sekunden nach. »Dann hat er dort das Herz gegessen, zumindest ein Stück davon. Oder er hat hineingebissen. Was meinen Sie? Haben Sie eine andere Erklärung?«

Von Weinstein wiegte den Kopf. »Kann sein. Vielleicht hat er hineingebissen und ein paar Fasern zwischen die Zähne bekommen. Davon sind dann Spuren auf den Teppich gefallen.«

Clara runzelte die Stirn. »MacDeath hat davon gesprochen, dass kannibalistische Killer Organe mitnehmen. Könnte es sein, dass wir es hier mit einem Kannibalen zu tun haben?«

»Gegessen hat er das Herz ganz sicher nicht«, antwortete von Weinstein.

»Wieso?«

»Weil man rohe Muskeln praktisch nicht zerbeißen kann. Jedenfalls kein menschliches Gebiss. Nicht einmal Raubtiere. Beim Zubeißen packen sie das Fleisch mit den Eckzähnen und zerreißen es.« Er hob den Zeigefinger. »Darum heißt es ja auch, der Löwe reißt seine Beute.«

»Hört, hört«, sagte Clara. »Es kann aber dennoch sein, dass er das Herz mit auf die Balustrade genommen und dort hineingebissen hat, nicht wahr?«

»Klar. Nur wüsste ich nicht, warum er das tun sollte.« Von Weinstein zuckte die Schultern. »Aber wenn es ihn glücklich macht. Des Menschen Wille ist bekanntlich sein Himmelreich.«

Clara stand auf. »Sie haben mir sehr geholfen.« Sie gab ihm die Hand. »Ich wünsche Ihnen einen schönen Feierabend. Beziehungsweise eine gute Nacht. Nochmals danke für Ihre Hilfe.«

Von Weinstein blickte sie an. »Wenn es weiter nichts ist.« Er zeigte auf den Asservatenbeutel. »Die Probe gebe ich gleich ins Labor und sorge dafür, dass Sie morgen das Ergebnis bekommen. So früh wie möglich. Den Rest lege ich zu den anderen Asservaten.«

»Gut, danke.«

»Eine Tatortprobe«, sagte von Weinstein, »die von Herzen kommt.«

Clara blickte ihn tadelnd an, sagte aber nur: »Bis morgen.«

Clara verließ das Gebäude.

Das starke Opfer. Die Selbstbestätigung, die sein Tod bringt.

Die erhöhte Position des Beobachters. Und dann das Herz, dachte Clara, als sie in ihren Wagen stieg und vom Klinikkomplex in Moabit fuhr.

Der Mörder hatte offenbar in das Herz seines Opfers gebissen, während er von der Galerie aus auf die Leiche hinuntergeschaut hatte. Vielleicht war das der Schlüssel zum Verständnis dieses Verrückten.

Es wurde Zeit, mit MacDeath zu sprechen. Er war bestimmt noch auf.

15.

Die Straßen waren still, und der mitternächtliche Mond dieser Spätsommernacht war von schweren, tief hängenden Wolken verhüllt. Der Mann zerlegte die Leiche, die auf dem Tisch im Kellergeschoss lag, mit äußerster Präzision. Er konnte nicht behaupten, dass er sich nichts Schöneres vorstellen konnte, als Leichen zu zerteilen. Er konnte aber auch nicht behaupten, dass er es schlimm fand. Und vor allem wurde es gut bezahlt.

Alles in allem war es das Beste, was ihm passieren konnte: Mit dem Tod Geld zu verdienen.

»Entbeinen« nannte man den Prozess, bei dem eine Leiche fachgerecht zerteilt wird. Der Mann wusste, wie das ging. Wie er den Arm auskugeln musste, um die Gelenkverbindung zu trennen, sodass der Arm nur noch an Fleisch hing, an der Haut, an Muskeln und Sehnen. Die konnte er leicht mit seinem Skalpell durchtrennen. Manchmal musste er bei der Gelenkpfanne und der Knorpelmasse ein wenig nachhelfen. Aber mittlerweile war er so weit, dass er einen Arm in weniger als zwei Minuten abtrennen konnte. Er hatte es auch auf Video gesehen. In dem Film *Guinea Pig – The Flowers of Flesh and Blood.* In diesem Steifen wurde ein wahnsinniger Samurai gezeigt, der sein Opfer, eine Frau, betäubte, an ein Bett fesselte und fachgerecht zerlegte. Lebend. Dabei spritzte sehr viel Blut.

Der Film sah dermaßen echt aus, dass ein Hollywoodschauspieler Anzeige erstattet hatte. Die japanischen Regisseure mussten sich vor der Polizei verantworten. Aber das grausige Geschehen im Film war nicht echt. Es gab sogar Szenen, die eine Art »Making-of« zeigten. Die Frau, die mit abgeschnittenen Armen im Bett lag und sich dann plötzlich erhob, lächelte und winkte. Mit Armen, die offenbar doch noch vorhanden waren. Arme, die in Löchern unter der Matratze versteckt gewesen waren, während es sich bei den scheinbar abgeschnittenen Armen um perfekte blutige Kopien handelte.

Aber es gab nur wenige andere Horrorfilme, die so glaubwürdig wirkten. Was das anging, zeigte *The Flowers of Flesh and Blood* eine Akribie, wie man sie nur bei Japanern findet; eine Präzision, wie man sie nur bei den Samuraischwertern und dem späteren Kaizen, der perfekten Produktionskette, beobachten kann.

Natürlich war der Film verboten. Doch er besaß ihn. Ganz klassisch auf Video. VHS. Er schaute sich den Film nur einmal im Jahr an, um das Band zu schonen. Es war jedes Jahr ein besonderer Tag für ihn.

In *The Flowers of Flesh and Blood* flossen Ströme von Blut. Hier nicht. Denn der Mensch, der hier auf dem Tisch lag, lebte nicht mehr. Sein Herz schlug nicht mehr, es gab keinen Puls mehr, keinen Blutdruck. Deshalb konnte kein Blut spritzen. Alles war ganz sauber. Und ganz einfach.

Er nahm den Arm, packte ihn in eine Plastiktüte und legte ihn vorsichtig in eine der großen Styroporkisten auf Trockeneis. Gleich würde er alles mitnehmen und zu seinem Auftraggeber bringen.

Jetzt kam der andere Arm an die Reihe. Wieder durchschnitt er Haut und Muskeln um die Gelenkpfanne herum, durchtrennte Sehnen und Arterien. Früher hatte er Leichen mit einer Kettensäge seziert. Aber das war nervtötend laut und außerdem nicht gut für die Kettensäge, weil Sehnen und Gewebereste in der Kette hängen blieben, und dann musste sie gereinigt werden. Und das musste er selbst machen; er konnte die Säge ja schlecht irgendwo hinbringen und sagen: Guckt mal, diese Schweinerei, aber ich habe mit dem Ding eine Leiche zersägt.

Wahrscheinlich lag es an dem Lied, das er in seiner Jugend oft gehört hatte, seiner stillen und einsamen Jugend. Ein Lied, bei dem es ebenfalls um einen jungen Mann mit einer Kettensäge ging:

Schon damals, als er klein war, da hat er es gewusst.
Ein rabenschwarzes Herz schlägt laut in seiner Brust.
Und als er achtzehn war, da hat er sie gekauft,
blutig rot lackiert und ›Kumpel‹ getauft.
Kumpel ist 'ne Motorsäge, wie ihr sie alle kennt.
Kumpel ist sein bester Freund, den ihm keiner nimmt.

Damals hatte er sich auch diese Filme angeschaut. *Texas Chainsaw Massacre.* Leatherface, das Ungeheuer, das sich die Gesichtshaut seiner Opfer über das entstellte Gesicht streifte und dann mit einer Kettensäge loszog.

Diese Filmfigur hatte ihn fasziniert. So sehr, dass er versuchen musste, Leatherface nachzueifern. Er musste selbst sehen, wie es war, mit einer Kettensäge durch Fleisch und Gewebe zu schneiden. Es war eine perverse Faszination. Er hatte schon früh tote Tiere mit nach Hause genommen. Hatte die Haut mit Säure abgelöst. Schon damals hatte er dem Tod in die Augen geblickt und die geschlossenen Lider der Kadaver zu durchdringen versucht, um eine geheime, verbotene Botschaft zu lesen, die dahinter verborgen war. Es war ein bizarrer und bösartiger Einfluss, der von der Leiche ausging und der ihn mit magnetischer Faszination in seinen Bann schlug.

Da muss doch noch irgendetwas sein, hatte er sich gesagt. Er hatte gehofft, dass die Augen sich ein letztes Mal öffnen würden, vielleicht aus Schmerz oder fassungslosem Erstaunen, wenn er die Säge in die Leichen grub. Aber nichts war geschehen. Die Augen blieben tote, seelenlose Materie.

Er war nun mit dem zweiten Arm fertig, hatte ihn leise und elegant mit dem Skalpell abgetrennt, nicht laut und schmutzig mit der Kettensäge. Anschließend trennte er Beine und Kopf säuberlich vom Rumpf. Dabei musste er an seinen Vater denken, wie er zu Weihnachten den Truthahn tranchiert hatte, während die ganze Familie im Licht des Tannenbaums andächtig auf die Szenerie schaute. Doch hier gab es keinen Truthahn und keinen Vater, und Weihnachten war auch lange vorbei. Hier war er in seinem Element.

Vorsichtig zertrennte er den Torso auf Höhe des Bauchnabels in zwei Teile. Als sein Skalpell den Oberkörper durchschnitt, fühlte es sich nicht anders an, als würde er mit einem scharfen Brieföffner einen Brief aufschneiden. Schließlich betrachtete er sein Werk zufrieden, als hätte auch er soeben einen Truthahn tranchiert.

Nachdem er sämtliche Teile in Plastiktüten verpackt hatte, legte er die Beine, den Torso und den fehlenden Arm in die Styropor-Box auf das Trockeneis. Nur den Kopf mit dem Torso ließ er dort. Dann schob er die Styroporkisten in den großen Metallcontainer und ließ krachend das Schloss einrasten. Als das scheppernde Geräusch in dem Keller mit der hohen Decke verklungen war, zog er den Metallcontainer auf seinen Rollen die Treppe hoch.

Die Arbeit war getan. Für heute. Denn es würden mehr Leichen kommen. Noch viel mehr. Der Tod war wie der Rhythmus von Tag und Nacht, von Licht und Dunkel.

Er hörte niemals auf.

Und das war gut so.

Denn in einer unsicheren, feindlichen Welt war nur der Tod immer für ihn da.

Sonst niemand.

16.

Die schwarzen nächtlichen Gewitterwolken entluden sich, und ein gewaltiger Platzregen ging nieder, als Clara die zwei Treppenfluchten zu MacDeaths Wohnung hinaufstieg.

Er öffnete die Tür. »Da bist du ja.«

Clara lächelte ihn an. »Da bin ich.«

»Einen Whisky?« MacDeath hatte die Krawatte abgenommen, trug aber noch immer sein weißes Hemd. Für den obligatorischen Pullunder war es ihm offenbar zu warm.

Sie schüttelte den Kopf. »Erst mal eine Cola light. Whisky hat wieder Zeit bis morgen. Oder übermorgen.«

Sie musterte die Wohnung. Sie war bisher nur einmal hier gewesen. An dem Abend, als sie zusammen im Bett gelandet waren. Was Clara wieder zu der Frage brachte, was eigentlich aus ihnen beiden werden sollte. Aber das hatte Zeit für ein anderes Mal. Die Information, die sie gerade bei von Weinstein erhalten hatte, war zu wichtig.

Sie gingen in MacDeaths Arbeitszimmer. Auch hier war alles voller Bücher und Unterlagen. Eine ansehnliche Videothek mit DVDs, viele davon Reportagen über Serienmörder. Jede Menge Horrorfilme und B-Movies ergänzten das ansonsten so bildungsbürgerliche Ambiente auf seltsame Art und Weise.

»Ich habe einiges gefunden«, sagte MacDeath, und es lag ein Hauch von Stolz in seiner Stimme. »Aber erzähl du erst mal.«

Sie setzen sich. MacDeath schenkte zwei Gläser ein – eines mit Cola light und Eis für Clara, eines mit Laphroaig-Whisky mit einem Schuss Wasser für ihn selbst. »Laphroaig gehört mittlerweile zu einem japanischen Konzern«, sagte er, »aber heutzutage gelten die Japaner im Vergleich zu den Schotten ohnehin als die besseren Whiskybrenner. Wer hätte das gedacht.« Er nahm einen Schluck. »Okay, dann schieß los.«

Clara erklärte alles in knappen Worten.

»Du hast Teile des fehlenden Herzens gefunden?«, fasste MacDeath schließlich Claras Ausführungen zusammen.

Sie nickte bloß.

»Und du glaubst, der Täter hat dort, in der Wohnung, in das Herz seines Opfers gebissen?«

»Ja.«

»Und in einer Furche des Teppichs war Muskelfaser-Gewebe mit Speichel?«

»Ja.«

»Und von Weinstein sagt, morgen sind die DNA-Spuren ausgewertet, sodass wir dann genau sagen können, ob das Muskelfleisch aus dem Herzen von Schiller stammt und die DNA im Speichel vom Mörder?«

Clara nickte wieder.

»Okay.« MacDeath erhob sich und ging im Arbeitszimmer auf und ab. Die Goya-Holzschnitte an den Wänden, die gerahmten, vergilbten Seiten aus alten Anatomiebüchern und die Gipsköpfe berühmter Philosophen auf dem Eichenregal hätten genauso gut bei Sigmund Freud in Wien im Behandlungszimmer stehen können. »Komisch, dass das vorher niemand bemerkt hat.«

Clara wunderte sich ebenfalls darüber. Allerdings nicht allzu sehr. Sie hatte es sich angewöhnt, häufig die Arbeit der anderen zu machen. Weil sie dann manchmal etwas entdeckte, was die anderen nicht sahen. Und weil für sie die Arbeit erst beendet war, wenn der Mörder kein Unheil mehr stiften konnte und nicht, wenn Feierabend war, wie für viele ihrer Kollegen. »Wahrscheinlich ist niemand von der Spurensicherung auf die Idee gekommen, sich da oben den Teppich anzusehen.«

»Ein typischer Denkfehler«, sagte MacDeath. »Der Mord fand unten stand, also muss man oben nicht suchen.«

»Hast du eine Erklärung dafür, weshalb der Mörder sich oben auf die Balustrade stellt, von wo er die Wohnung überschauen kann?«, fragte Clara.

»Klassische Dominanzfantasie«, sagte MacDeath. »Er steht auf erhöhter Position und schaute auf die Leiche seines Gegners hinunter. Den Gegner, den er besiegt hat.«

»Von Weinstein sagt, das menschliche Gebiss sei nicht imstande, rohes Muskelfleisch zu zerbeißen. Man muss Fleisch kochen oder braten, um die Struktur so zu verändern, dass man es kauen kann. Selbst Raubtiere zerbeißen das Fleisch ihrer Beute nicht, sondern zerreißen es.«

»Das könnte erklären«, sagte MacDeath, »warum er das Herz mit nach Hause genommen hat. Vielleicht, um es dort zuzubereiten.« Er trank einen kleinen Schluck Whisky. »Zuvor aber musste er das Gefühl der Macht auskosten, indem er auf die Leiche hinunterschaut und seinen Sieg auf eine primitive, symbolische Art und Weise komplettiert, indem er in das Herz beißt. Es ist der Moment des absoluten Sieges, des vollkommenen Triumphs.«

Clara stellte sich den Killer vor, wie er die Zähne in das Herz schlug, wie seine Kiefer mahlten, während das Blut und sein Speichel trieften, wobei er auf die Leiche seines getöteten Gegners starrte. Es hätte gepasst, hätte er dabei an Ort und Stelle onaniert, aber Spermaspuren hatte sie auf dem Teppich keine entdeckt. Auch bei von Weinsteins Analyse waren keine derartigen Spuren aufgefallen.

»So etwas wie Kannibalismus?«, fragte Clara.

»Ja.« MacDeath nickte. »Medizinisch nennt man es auch Anthropophagie, das Verspeisen von Menschen. Im Tierreich gibt es das ohnehin. Es gibt sogar Haie, die im Mutterleib andere Haiföten fressen, sodass am Ende manchmal nur zwei Haie zur Welt kommen.«

»Wieso zwei? Wenn einer alle anderen frisst?«

»Haie haben zwei getrennte Gebärmütter.«

»Wieder was gelernt.«

MacDeath fuhr fort: »Angeblich kommt das Wort Kannibalismus von Kolumbus. Er hatte beobachtet, dass die Einwohner der Westindischen Inseln Angst vor den Caniba hatten, den menschenfressenden Einwohnern einer Nachbarinsel. Im Spanischen sprach man von ›Cariba‹, woraus dann Karibik wurde. Im englischen und deutschen Sprachraum bürgerten sich die Begriffe ›Cannibal‹ und ›Kannibale‹ ein.«

»Ist unser Killer Kannibale?«

»Möglich. Das ist beileibe kein neues Phänomen. Die Kunstfigur Hannibal Lecter verspeiste andere Menschen, um die Welt von unhöflichen oder inkompetenten Figuren zu befreien. Dann gab es Dieter Kürten in Deutschland und Albert Fish oder Jeffrey Dahmer in den USA. Über die hatten wir ja vor einiger Zeit schon mal gesprochen.«

Clara erinnerte sich. »Und dieser Haarmann in den Zwanzigerjahren? Der war doch auch Kannibale, nicht wahr?«

»Ja, und ein Schlachter noch dazu. Er hat in Hannover mehr als zwanzig Jungen ermordet, alle zwischen zehn und zweiundzwanzig Jahre. Die hat er zu Wurst verarbeitet und zum Teil selbst gegessen, zum Teil verkauft. Die Leute nannten ihn den ›Menschenfresser‹.«

MacDeath zitierte ein damals gängiges Gedicht aus dem Gedächtnis: »Warte, warte noch ein Weilchen, dann kommt Haarmann auch zu dir, mit dem kleinen Hackebeilchen macht er Hackefleisch aus dir.«

»Da hatte Goethe wohl einen schlechten Tag«, sagte Clara.

MacDeath schien sie gar nicht zu hören; er war in seinem

Element. »In Russland gab es nach dem Auseinanderbrechen der Sowjetunion ziemlich viele Fälle von Kannibalismus. Ein besonders übler Zeitgenosse war Alexander Spessiwzew. Er hatte gemeinsam mit seiner Mutter fast zwanzig junge Mädchen entführt, gefoltert, getötet und gegessen, darunter auch vier Kinder. Die Behörden nahmen die Sache aber erst nicht ernst. Außerdem war alles von der Mafia korrumpiert. Es flossen Schmiergelder, und die Polizei hatte Angst, den ganzen Filz zu entflechten. Irgendwann wurden sie dann doch aktiv, und man fand die Reste der Leichen im Keller des Hauses.«

»Aber hier bei uns gab es auch Fälle«, sagte Clara. »Diesen Armin Meiwes in Rotenburg, zum Beispiel.«

MacDeaths Miene hellte sich auf, als wäre es eine besonders erfreuliche Geschichte. »Oh ja, der. Ich habe mir damals die Fallunterlagen angeschaut. Und ich sehe noch die Schlagzeilen vor mir: ›Menschenfresser aß Berliner.‹ Und damit war kein Berliner Pfannkuchen gemeint.« Er grinste.

Clara fand das nicht besonders lustig.

»Meiwes hatte als Jugendlicher *Robinson Crusoe* gelesen. Die Schilderung, wie Menschen geschlachtet und gegessen werden. Da hat es bei ihm klick gemacht, könnte man sagen.«

»Der Fall war aber doch ganz anders«, wandte Clara ein. »Wollte Meiwes' Opfer, dieser Mann, nicht gegessen werden? Ist er nicht deshalb 2001 extra nach Rotenburg zu ihm gekommen?«

»Ja. Ein Ingenieur aus Berlin. Er hatte den Wunsch, spurlos zu verschwinden. Der Mann hatte wohl vorher schon in einschlägigen Foren gesucht. Er hatte sogar mehrere Berliner Prostituierte aufgefordert, ihn zu verstümmeln und zu essen. Meiwes bat er, nach seinem Tod seine Knochen zu zermahlen und zu vernichten. Alle Erinnerungen an ihn sollten ausgelöscht werden. Es ist das, was man im Englischen *Oblivion* nennt.«

»Ich kann mir kaum vorstellen, dass Stephan Schiller unbedingt wollte, dass jemand sein Herz isst. Und er wollte sicher auch nicht verschwinden.«

MacDeath schüttelte den Kopf. »Bei dem Geltungsdrang? Der bestimmt nicht. Und hier war es auch sicher nicht freiwillig. Im Fall Meiwes hingegen stellte sich eine ganz andere Frage: Ist es Mord, wenn jemand sich die eigene Ermordung wünscht und der andere diesen Mord nur nach Weisung ausführt? So eine dunkle Form der Sterbehilfe. Laut Gerichtsprotokoll hat der Mann etwa zwanzig Schlaftabletten eingenommen und eine halbe Flasche Schnaps getrunken. Dann sollte Meiwes ihm den Penis abschneiden und essen, was er auch getan hat. Er hat es sogar gefilmt. Die Band Rammstein hat dazu ein Lied gemacht. *Mein Teil*, heißt der Song.«

»Mein Teil?«

»Ja. Doppeldeutig, was? Einerseits ist damit der Penis gemeint, andererseits möchte jemand ein Teil von jemand anderem werden, indem er gegessen wird. Und der andere möchte einen Teil des anderen in sich aufnehmen. Oft wollen diese Kannibalen damit die innere Leere in sich auffüllen.«

»Du meine Güte. Und das tun sie, indem sie jemanden verspeisen?«, fragte Clara fassungslos.

»Ja.«

»Na, ich lese lieber, wenn ich eine innere Leere verspüre.«

»Wie ging der Text noch mal …« MacDeath dachte nach und zitierte dann einen Vers des reichlich geschmacklosen Liedes. »Ich hab's. ›Heute treffe ich einen Herrn, der hat mich zum Fressen gern. Weiche Teile und auch harte, stehen auf der Speisekarte.‹«

Clara schüttelte den Kopf. »Sternstunden deutscher Lyrik.«

»Es gab auch einen Film dazu, *Rohtenburg*, absichtlich falsch geschrieben. Meiwes klagte dagegen, und der Film wurde verboten. Dann aber ging es in Revision, und jetzt gibt es den Film doch. Viel interessanter ist allerdings der Film *Aus dem Tagebuch eines Kannibalen.* Der stellt alles fast exakt so dar, wie es gewesen ist. Ist natürlich gleich verboten worden. Fällt unter Paragraf hundertvierundachtzig Strafgesetzbuch über das Verbot der Verbreitung pornografischer Schriften.«

»Aber du hast den Film trotzdem?«

»Natürlich.«

Falls aus ihr und MacDeath doch etwas Längerfristiges werden sollte, müsste Clara ihm diese geschmacklosen Zitate und die Freude an minderwertigen B-Movies abgewöhnen. Die Faszination für überhaupt alles Geschmacklose. Aber offenbar wäre MacDeath nicht so gut in seinem Job, gäbe es diese Faszination nicht.

»Meiwes ist noch immer im Gefängnis?«, fragte sie stattdessen.

»Ja, in der JVA Kassel-Wehlheiden. Kommt frühestens 2017 raus.«

»Und das Herz hat er nicht gegessen? Ist es für einen Kannibalen nicht das wichtigste Organ? Das war doch schon bei den Ritualen der Azteken so.«

»Nein, Meiwes hat das Herz in der Tat nicht gegessen, obwohl er es gerne essen wollte.«

»Warum hat er es dann nicht getan?«

»Er hatte Angst, es könnte Krankheitskeime enthalten.«

»Im Herzen? Krankheitskeime?«, fragte Clara verwirrt. »Aber im Penis nicht, was?«

MacDeath zuckte die Schultern. »Man muss sich abgewöhnen, bei solchen Leuten nach Logik zu fragen. Der Augenblick verschafft ihnen den Kick. Meiwes sagte später aus, es sei faszinierend für ihn gewesen, dass der Mann ein Teil von ihm wurde. Immer wenn er später daran gedacht hat, bekam er einen Orgasmus.«

»Verstehe«, murmelte Clara. »Tja, unser Killer hatte offenbar nicht dieses Glück. In der Wohnung von Stephan Schiller waren keine Spermaspuren auf der Balustrade.«

»Guter Punkt«, sagte MacDeath. »Das Motiv ist hier auch ein anderes. Kein sexuell konnotierter Kannibalismus wie bei Meiwes, wo jemand möchte, dass der andere ein Teil von einem wird.«

»Sondern?«

»Soviel ich weiß, gibt es verschiedene Arten des Kannibalismus. Von all diesen Auswüchsen muss man den Kannibalismus in Extremsituationen unterscheiden, wenn Menschen andere Menschen verspeisen, weil sie sonst verhungern. So wie die Japaner 1942 auf Papua-Neuguinea, die erst die australischen Soldaten aßen und dann ihre Nahrung in den eigenen Reihen suchten, sozusagen.«

»Und die anderen Formen?«

»Sexuellen Kannibalismus gab es schon bei den Azteken. Es gab Priester, die sich in die abgezogene Haut einer Frau kleideten, die sie vorher gegessen hatten. Freud geht sogar so weit, das Saugen des Kleinkindes an der Mutterbrust als frühe Form des Kannibalismus zu betrachten.« Er faltete die Hände. »Sogar die Eucharistie in der katholischen Kirche, wenn die Gläubigen den Leib Christi essen, um damit das Göttliche in sich aufzunehmen, ist gar nicht so weit weg von der Motivation des Armin Meiwes.«

»Und unser Killer ist anders motiviert?« Clara schaute auf die Uhr und sah, dass es schon spät war. »Jedenfalls bin ich sicher, dass Stephan Schiller nicht gegessen werden wollte.«

»Bestimmt nicht. Bei unserem Killer sind es möglicherweise rituelle Motive. Er möchte die Kraft des anderen in sich aufnehmen, um sich selbst zu bestätigen, ohne den anderen zu begehren.«

Clara dachte einen Moment nach. »Und es gibt tatsächlich diese Kannibalismusforen, wo sich Leute ... wie soll ich sagen ...«

»Zum Essen verabreden?« MacDeath lächelte ein wenig gequält. »Soviel ich weiß, ja.«

Clara zog ihr Handy hervor. »Das muss ich Hermann gleich mal fragen. Vielleicht ist er noch wach. Er spielt ja nachts gerne *World of Warcraft* und solche Sachen, was seine Freundin immer wieder ausrasten lässt. Ich rufe ihn mal an. Er soll einen Blick in ein solches Forum werfen, wenn er Zeit hat.«

»Nur zu. Und guten Appetit.«

17.

Nach dreimaligem Klingeln nahm Hermann ab. Clara erläuterte ihm kurz ihre Frage.

»Ja, habe ich schon mal gesehen«, sagte Hermann und kaute auf irgendetwas herum, was typisch für ihn war. Clara war sich allerdings sicher, dass es sich lediglich um Gummibärchen handelte und nicht um Herzen. »Okay, ich nehme meinen geschützten Rechner.« Clara hörte, wie er auf der Tastatur tippte. »Vorsicht ist besser als Nachsicht. Man kommt zwar leicht auf diese Kannibalismus-Foren, aber …«

»Wie denn?«, unterbrach Clara ihn.

»Ganz einfach, indem man bei Google ›Kannibalismus-Forum‹ eingibt. Noch zwei Klicks, und man ist da. Diese Foren sind allerdings voll mit Malware und Trojanern. Da braucht man eine gute Firewall. Die richtig krassen Sachen findet man eh nur im Deep Web, und das geht nicht so einfach, aber für den Moment … Ah, hier haben wir schon was.«

Clara schaltete den Lautsprecher in ihrem Handy an. MacDeath reckte den Hals.

»Hier sind ein paar Longpigs auf der Seite.«

»Longpigs?«

»Langschweine. So nennt man in der Szene Leute, die gegessen werden wollen. Frag mich nicht, warum die so heißen. Möglicherweise hat es mit der Schifffahrt zu tun. In früheren Zeiten wurden lebende Schweine mit auf See genommen. Da gab es ja noch keine Kühlschränke. Und die hießen wohl auch Langschweine. Longpigs.«

»Und was machen diese Longpigs im Internet?«

»Die reden hier in den Foren mit den sogenannten Chefs. Die Chefs sind die, die kochen und essen. Ein bisschen wie Yin und Yang. Was haben wir denn hier?« Er scrollte durch den Text. Dann las er vor: »Möchte mich lebend grillen lassen. Ob auf dem Grill oder am Spieß, ist mir egal.«

»Hauptsache gut durch«, sagte MacDeath.

Clara blickte ihn strafend an.

»Gibt's noch andere solcher Foren?«, fragte Clara. Sie dachte an die normalen Redewendungen, die irgendwie auch etwas Kannibalistisches hatten: Jemanden zum Fressen gern haben. Sich von jemandem eine Scheibe abschneiden. Jemanden in die Pfanne hauen.

»Sieht so aus«, antwortete Hermann. »Sucht ihr was Bestimmtes?«

Clara schaute MacDeath an. Der schüttelte den Kopf.

»Erst mal nicht, Hermann«, sagte sie. »Okay, das war's. Vielen Dank. Bis morgen.«

Sie beendete die Verbindung.

»Ich glaube nicht«, meinte sie dann, »dass wir unseren Killer in solchen Foren finden.«

»Das würde mich auch wundern«, erwiderte MacDeath. »Falls er körperlich kräftige Opfer bevorzugt, wie diesen Schiller, ist es ihm doch gerade wichtig, dass sie Widerstand leisten und eben *nicht* wollen, gegessen zu werden. Der Modus Operandi ist ein anderer.« Er stand auf und ging zu seinem Schreibtisch. »Aber jetzt schau mal hier«, sagte er und zeigte auf den Papierstapel. »Ich habe einiges gefunden, was uns vielleicht schneller nach vorne bringt.« Er förderte ein Foto zutage und reichte es Clara. »Das hier.«

Clara betrachtete das Bild. »Das ist von unserem Tatort. Allerdings sehr blass. Wie kommt das?« Die Aufnahme zeigte die Schnittwunden, die der Killer dem Rockerboss beigebracht hatte. Aber das Foto sah mitgenommen aus, als wäre es jahrealt, oder als hätte MacDeath es tagelang in der Hosentasche getragen.

»Weil es ein anderes Bild ist«, sagte MacDeath und machte ein Gesicht wie ein Kind bei der Weihnachtsbescherung.

»Wie bitte?«

»Und weil es nicht unser Rockerboss ist.«

Clara blickte irritiert auf das Foto. »Nicht unser Rockerboss? Aber die Schnitte sind doch genau die gleichen. Was ist das für eine Aufnahme?«

»Dieses Bild und ein paar andere«, sagte MacDeath, »sind mehr als zehn Jahre alt. Und sie kommen aus den USA.«

»Wie bitte?«

»Ich habe sie mir damals angeschaut, als ich bei der Abteilung für Verhaltensforschung an der FBI-Akademie in Quantico gewesen bin. Mir wurde gestattet, ein paar Abzüge davon zu machen.«

Die Zeit in Quantico, dachte Clara. MacDeath hatte ihr vor Kurzem erzählt, dass er in den USA geheiratet und dann seine Frau verloren hatte. Sie hatte für das Pentagon gearbeitet und war bei einem Einsatz hinter der Front in Afghanistan ums Leben gekommen. Einer dieser Einsätze, wo eigentlich nichts passieren sollte und wo es dann doch passierte.

Dinge werden einem weggenommen, dachte Clara. *Im Leben und im Job.* Da hatte sie ständig mit Scheusalen zu tun, die anderen das Leben nahmen und auf diese Weise wieder anderen die Ehepartner, Kinder, Eltern oder Freunde raubten.

Clara löste sich von diesem Gedanken. »Und diesen Killer habt ihr gejagt?«, fragte sie und zeigte auf das Foto.

»Nicht wir direkt. Die Abteilung für Verhaltensforschung des FBI hat damals die Polizei von Los Angeles unterstützt. Einer meiner Mentoren, Ted Williams, arbeitete direkt beim FBI in Quantico und hat dem zuständigen Detective beim Los

Angeles Police Department eine Reihe von Analysen über die Psyche des Killers geliefert. Kalifornien war schon immer das Land der Träume und Alpträume.« Er schaute noch einmal auf das Foto. »Die Ähnlichkeit ist frappierend, nicht wahr?«

Das war sie in der Tat. Genau die gleiche runenartige Gravur:

Λ

»Ich glaube, sie nannten ihn damals den Angel of Death. Den Todesengel. Du weißt schon, der Todesengel im Alten Testament, der die Erstgeborenen des Pharao getötet hat. Um ihn abzuwehren, mussten die Israeliten Lämmerblut an die Türschwelle schmieren.«

»Ja. Das macht unser Killer hier aber nicht.«

»Stimmt«, sagte MacDeath. »Doch in den USA hat er es offenbar getan. Vielleicht tut er es auch hier, nur haben wir es einfach noch nicht gesehen.«

»Ihr habt das LAPD von Quantico aus unterstützt? Oder warst du auch vor Ort in L. A.?«

»Nein. Ein paar andere waren dort. Bei dieser Sache war ich die ganze Zeit in Quantico«, sagte MacDeath. »Aber ab und zu *waren* wir in Kalifornien, besonders in Los Angeles. Eine Stadt, die irgendwie für Serienkiller wie geschaffen ist. Die Manson Family hat in Bel Air das Massaker an Sharon Tate verübt. Und dort wurden angeblich die berüchtigten Snuff Movies erfunden.«

»Mein Gott.«

»Ich glaube, Gott hat nichts damit zu tun«, sagte MacDeath. »Dieses ganze Freiheitsdenken, der Hippie-Kult, das alles ist ziemlich nahe an der Unfreiheit. Das ist schon bei den Werken des Marquis de Sade so, die aus dem Geist der Aufklärung entstanden sind. Doch hier wird Aufklärung zur Versklavung. Ich glaube, das ist keine Ausnahme, das ist Ursache und Wirkung. Auch Helter Skelter 1969, die Sache mit der Manson Family und Sharon Tate, war kein Ausreißer in der sonst so friedlichen Hippie-Ideologie. Sie war Teil davon. Und die Serienkiller der Neunzigerjahre waren die Nachfahren der Hippies aus den sechzigern. Exploitation, wie man das nennt. Adorno hat mal darüber geschrieben, wie die Aufklärung genau das Gegenteil bewirkt. Dass die Freiheit des Denkens oft den Keim zu jenem Rückschritt enthält, der diese Freiheit wieder abschaffen kann. Bei den Morden, die wir in Los Angeles und Kalifornien gesehen haben, ging es um Dominanz, Exploitation und Kontrolle. Diejenigen, die unten liegen, ziehen den Angriff umso mehr auf sich.«

»Erklär mir das bitte genauer«, sagte Clara.

»Es ist wie bei den Leuten, die Pennern Geld geben, damit die sich gegenseitig verprügeln. Dazu gibt es reichlich Videos bei YouTube. Oder die Leute, die gleich die Penner selbst verprügeln oder anzünden. Denen macht es am meisten Spaß, die Menschen zu erniedrigen, denen es ohnehin schon dreckig geht. Um noch einmal Adorno zu zitieren: Erniedrigung anzutun macht da die größte Freude, wo das Unglück die Menschen schon vorher getroffen hat.« Er verzog das Gesicht. »Je weniger Gefahr für den, der oben liegt, desto größer seine Lust an den Qualen desjenigen, der unten liegt.« Er hielt einen Moment inne. »Das ist bei unserem Mörder ganz anders. Genau wie bei dem Killer damals in Kalifornien.«

»War es denn da auch so?«

»Ich weiß es nicht mehr genau, aber wenn ich mich richtig erinnere, hat auch der Täter in Kalifornien sich körperlich kräftige Menschen ausgesucht, die er in direkter Konfrontation besiegt hat.«

»Und hat er auch ihre Herzen herausgeschnitten und mitgenommen?«

MacDeath dachte angestrengt nach. »Ich komme nicht mehr darauf. Ich habe damals nur die Fotos gesehen. Ich müsste jemanden anrufen, der bei den Ermittlungen dabei war.«

Er schaute auf die Uhr. Mitternacht.

»Die Ostküste. Zeitverschiebung sechs Stunden«, murmelte er. »Bei denen ist es jetzt achtzehn Uhr. Vielleicht ist Ted Williams noch im Büro.«

Er ging zu seinem Schreibtisch und wählte die Nummer.

18.

Marine Corps Base Quantico, Virginia, USA

Fidelity, Bravery, Integrity stand auf dem Wappen des FBI an der Wand des Seminarraumes der Academy, in dem Ted Williams unterrichtete. *Treue, Tapferkeit, Rechtschaffenheit.*

Die Behavioural Research and Instruction Unit, kurz BRIU, die ehemalige Abteilung für Verhaltensforschung, befasste sich mit allem, was mit dem menschlichen Tun und seinen gefährlichen Auswüchsen zu tun hatte. Man beschäftigte sich hier mit Kriminologie, Profiling, Fallanalyse, Krisenmanagement, Geiselverhandlungen, psychosozialem Verhalten, Bandenkriminalität und immer stärker auch mit Cyber-Kriegsführung und Terrorismus. Hier, an diesem Ort, war der Begriff »Serial Killer« entstanden, »Serienmörder«, und hier hatte man die investigative, kriminologische Analyse erfunden, auch Profiling genannt. Hier befand sich auch das 2008 gegründete Evil Minds Research Museum, in dem die Fälle berühmter Serienkiller und ihre Hinterlassenschaften ausgestellt wurden – Waffen, Briefe, Zeitungsartikel sowie Malereien und Zeichnungen der Killer, zum Teil drastische Darstellungen. Das Evil Minds Research Museum war die vielleicht einzige Einrichtung ihrer Art, zu der nur Gesetzesbeamte und besondere Gäste des BRIU Zutritt erhielten, und auch das nur nach Vereinbarung. Ted Williams war froh darüber, denn das Museum, das wusste er, wäre anderenfalls mit den Anfragen sensationslüsterner Interessenten bombardiert worden.

Williams war schon seit vielen Jahren beim FBI. Der Captain

und ehemalige Special Agent war zwar so gut wie im Ruhestand; dennoch ließ er es sich nicht nehmen, die jungen Kadetten und angehenden Special Agents in der operativen Fallanalyse und dem Profiling zu unterrichten. Sein kurz gestutzter grauer Bart umrahmte seine Wangen, und seine nachdenklichen dunklen Augen lagen tief in den Höhlen, als er den Blick nun über seine Zuhörerschaft schweifen ließ. Das Seminar war fast zu Ende, doch die zwanzig Teilnehmer hörten noch immer aufmerksam zu. Draußen vor den Fenstern sah man das Übungsgelände der Academy sowie die künstliche Stadt »Hogan's Alley«, die für das Training von Häuserkämpfen und Verfolgungsjagden genutzt wurde. Dahinter lagen die bewaldeten Hügel von Virginia.

Ein Beamer warf das Foto einer toten, aber bekleideten Frau auf eine Leinwand, auf die Williams nun zeigte. »Wir unterscheiden zwischen organisierten und unorganisierten Mördern«, sagte er zu seinen Zuhörern. »Sehen wir uns einmal an, wie sich das äußert. Die Frau auf diesem Foto wurde vergewaltigt, wobei sie vorher vom Killer ausgezogen worden war. Das hat die Rechtsmedizin ermittelt. Da die Frau bekleidet ist, hat der Mörder ihr nach der Vergewaltigung offenbar befohlen, sich wieder anzuziehen.« Williams zeigte auf die Kleidung. »Hätte der Killer die Frau selbst angezogen, säße die Kleidung ganz anders.« Wieder ließ er den Blick über seine Zuhörer schweifen. »Was sagt uns das?«

Keine Antwort. Entweder wussten die Teilnehmer es nicht, oder sie waren am Ende des langen Tages müde geworden.

»Es sagt uns«, fuhr Williams fort, »dass wir es mit einem organisierten oder geordneten Täter zu tun haben, der in der Lage ist, strukturierte Anweisungen zu erteilen. Auch an sein Opfer. Allein die Unterscheidung zwischen organisiert und desorganisiert lässt wichtige Schlüsse über das Profil eines Täters zu. Die Art und Weise, wie das Opfer nach der Tat bekleidet ist, kann uns einiges über die Psyche des Täters sagen. Okay, Leute. Wie es in diesem speziellen Fall weiterging, werden wir morgen behandeln. Ihnen allen einen schönen Abend.«

Die Studenten klopften auf die Tische und verließen den Seminarraum.

In diesem Moment vibrierte Williams' Handy, das auf seinem Pult lag. Es war wegen des Unterrichts leise gestellt, aber er sah, wie das Display blinkte.

Eine lange Zahlenreihe war zu sehen. Es schien eine deutsche Nummer zu sein.

Williams nahm den Anruf entgegen.

19.

Die Scheinwerfer seines Transporters durchschnitten die Dunkelheit, als er mit seiner grausigen Fracht über eine einsame Straße im Norden Berlins fuhr.

Die Toten waren hinter ihm im Frachtraum. Sie lagen auf Trockeneis in Styroporbehältern, die sich in einem großen Metallcontainer befanden, der wie ein Essenswagen für Krankenhäuser aussah. Hier waren es allerdings keine Menülieferungen. Das war allein schon an dem Symbol für Biogefährdung zu erkennen, das garantiert bei niemandem Appetit auf Pizza hervorrief. Drei Kreise und sechs Striche, die wie Stacheldraht aussahen. Das unmissverständliche Zeichen für Gefahr.

Doch für ihn waren die Toten nicht gefährlich. Im Gegenteil.

Er und die Toten. Das war schon immer ein Kapitel für sich gewesen. Er hatte als Bestatter angefangen, weil Leichen ihn faszinierten. So sehr, dass er irgendwann eine Nacht bei ihnen verbracht hatte. Als sein Chef ihn am Morgen fand, lag er in tiefem Schlaf in einem Sarg und hielt mit beiden Amen einen Toten umschlungen.

Der Chef hatte ihn unsanft aus seinen schwarzen Träumen geweckt, Träume voller süßlicher Gerüche und ghoulischer Fantasien, während er die kalte, steife Leiche umklammert hatte. Noch am gleichen Tag war er seinen Job als Bestatter los gewesen.

Er fing in einer Großschlachterei an. Der Betrieb war die Hölle auf Erden. Jeden Tag sah er Tausende von Schweinen, Hühnern und anderes Schlachtvieh. Sah, wie die Tiere einander fraßen. Sah die Hühner, die sich gegenseitig die Federn auspickten, weil es hier nur Kraftfutter gab. Oder sie hieben ihre Schnäbel in die Kloake anderer Tiere, zogen die Eingeweide aus den zuckenden Körpern und fraßen sie. Und dann den Rest.

Nur die Toten haben es hinter sich, ging es ihm durch den Kopf, während er durch die Nacht fuhr. Keine Schmerzen mehr, keine Angst. *Nach dem Tod kommt nur die Fäulnis,* hatte mal ein Bestatter zu ihm gesagt, *und die tut nicht weh.*

Und er war bei ihnen auf dieser Fahrt heute, so wie der Fährmann, der die Seelen über den Unterweltfluss Styx brachte.

In dieser Nacht, als er im Norden Berlins unterwegs war, sah er den Mond, dessen Sichel einer runden Klinge gleich am Himmel hing, wie das blutige Pendel in der Geschichte von Edgar Allan Poe. Das Mondlicht fiel auf die einsame Landschaft, hob sie bleich und gespenstisch vom schwarzen Nachthimmel ab. Es kam ihm so vor, als würde der Mond genauso scheinen wie damals, als er die Nacht bei der Leiche verbracht hatte. Damals, als er vorher noch auf dem Friedhof gewesen war und gesehen hatte, wie die äußere Welt sich mit der inneren verband. Wie seine Seele Teil der riesigen Armee der Toten wurde – kalte, starre Leichen, wie sie jetzt in den mit Trockeneis gekühlten Behältern im hinteren Teil des Wagens lagerten. Sie sprachen zu ihm mit verwesten Zungen und schwarzen Zähnen. Blickten ihn aus zerbröselnden Augen an.

Er wusste, dass es ihnen nichts ausmachte, wenn er sie zerteilte. Sie »entbeinte«, wie es fachmännisch hieß. Es machte ihnen auch nichts aus, dass er sie in Behältern verstaute und wegbrachte.

Und es störte sie nicht, dass er Geld mit ihnen verdiente.

20.

Das Freizeichen ertönte viermal, dann meldete sich eine Stimme. »Williams.«

»Ted«, sagte MacDeath. »Ich bin's, Martin Friedrich.«

»Martin?«

»MacDeath.« Er hatte das Telefon auf laut gestellt.

»MacDeath!«, rief Williams. »Verdammt, ist lange her.«

»Oh ja. Und jetzt brauche ich deine Hilfe, Ted.«

»Was ist passiert?«

»Erinnerst du dich an diesen Killer vor ungefähr zehn Jahren, der seinen Opfern die Zeichen in die Haut geschnitten hat?«

Williams überlegte kurz. »Ja, sicher«, sagte er dann. »Der Angel of Death. Der Blutsommer von Los Angeles. Wann war das? Vor zehn Jahren, sagst du? Könnte stimmen. 2004, nicht wahr?«

»Ja«, sagte MacDeath.

»Wie kommst du gerade jetzt auf den?«

»Weil ...« MacDeath wählte seine Worte mit Bedacht. »Weil wir Grund zu der Annahme haben, dass er sich jetzt in Berlin aufhält. Und weitermacht.«

»Wie bitte?« Williams' Verblüffung war sogar über den Großen Teich hinweg in seiner Stimme zu hören.

»Wir haben eine Leiche und ein ähnliches Verhaltensmuster des Täters. Und ganz ähnliche Schnittwunden.« MacDeath machte eine kurze Pause, ehe er fragte: »Gilt deine FBI-Mail noch?«

»Ja, bin zwar halb im Ruhestand, aber noch immer für die Academy tätig.«

»Dann bekommst du gleich was von mir.«

Nach kurzer Zeit waren die Fotos bei Williams. Der starrte auf den Monitor. »Die Schnittwunden sind beinahe identisch.«

MacDeath nickte. »Das dachte ich auch.«

»Und das Opfer? Wieder ein Mann? Ein kräftiger Mann?«

»Ja«, sagte MacDeath. »Boss einer Rockerbande.«

»Schmiert der Täter Blut an die Türrahmen?«

»Bisher nicht«, antwortete MacDeath.

»Wie viele Morde?«

»Bis jetzt nur einer, von dem wir wissen.«

»Und das Herz?«

»Fehlt.«

»Mein Gott.«

Clara und MacDeath blickten einander schweigend an. Auch Williams sagte ein paar Sekunden kein Wort.

»Ted«, begann MacDeath dann wieder, »du hast mich damals ausgebildet, zusammen mit Robert. Wie hoch ist die Wahrscheinlichkeit, dass er es ist?«

»Es könnte ein Nachahmer sein«, sagte Williams. »Möglich, dass der Angel of Death es gar nicht gewesen sein kann, weil er in einem anderen Bundesstaat im Knast sitzt.«

»Kannst du das herausfinden?«, fragte MacDeath.

»Ich werd's versuchen«, erwiderte Williams. »Gib mir eine halbe Stunde. Ich checke das in der VICAP-Datenbank und melde mich gleich wieder bei euch.«

Die Verbindung endete.

21.

Vor dem Fenster von Ted Williams' Büro an der FBI Academy versank die Sonne zwischen den diesigen Bergen, doch Williams' Blick war nicht auf dieses malerische Schauspiel gerichtet, sondern auf den Bildschirm, auf dem die Website des Violent Criminal Apprehension Program geöffnet war. Das VICAP war eine Datenbank, deren Ursprünge mehr als sechzig Jahre zurücklagen. In den Fünfzigern des letzten Jahrhunderts war einem Detective aus Los Angeles während einer Mordermittlung aufgefallen, dass die Opfer, die ein bestimmter Killer zurückließ, immer auf eine ganz bestimmte Weise gefesselt waren. Daraus zog der Detective den Schluss, dass die aktuellen Opfer des Unbekannten nicht die ersten und auch nicht die letzten sein würden. Er folgerte, dass es umso einfacher wäre, den Killer zu schnappen, je mehr Opfer man von ihm finden und untersuchen könnte. Falls der Killer in unterschiedlichen Bundesstaaten mordete, war es hilfreich, wenn man auch dort von ähnlichen Morden wusste. Leider war das nicht der Fall.

Daraufhin beschloss der Detective, an freien Tagen in der städtischen Bibliothek regionale Zeitungen aus anderen Städten und US-Bundesstaaten zu lesen, insbesondere die Verbrechensmeldungen. Er fand einen Artikel über einen ganz ähnlichen Mord und kontaktierte die Polizei. Schließlich gelang es dem Beamten aufgrund all dieser Hinweise, den Killer zu schnappen.

Aus dieser Sammlung von Zeitungen wurde in den Achtzigerjahren die erste computergestützte Datenbank für Gewaltverbrechen. Sie wuchs rasant, denn sie wurde von den verschiedenen Polizeidienststellen immer mehr und immer schneller gefüttert, bis sie im 21. Jahrhundert das war, was ihr Erfinder sich in den Fünfzigerjahren gewünscht hatte: Die weltweit umfassendste Datenbank über Morde und Gewaltverbrechen, die immer und überall zur Verfügung stand und das gesamte Wissen des FBI und der lokalen Polizeiverwaltungen bündelte.

Williams gab die Daten des Angel of Death ein und schaute unter der ersten Rubrik nach: Ungelöste Morde. Der letzte Mord, so stand dort, war am 9. August 2004 in Los Angeles verübt worden. Das Opfer war Vincent Calitri, Sohn von David Calitri, dem damaligen Polizeichef von Los Angeles. Sie hatten zahllose Spuren verfolgt, aber der Mörder war nie gefasst worden. Der Killer hatte den Opfern in mehreren Fällen das Herz herausgeschnitten und ihnen vorher seltsame Zeichen in die Haut geschnitten. Nach dem 9. August 2004 war keine andere Leiche mehr mit ähnlichen Verletzungen aufgefunden worden.

War der Angel of Death tot? Im VICAP jedenfalls war nichts gemeldet. Ebenso wenig eine Gefängnisstrafe des Angel of Death. Er war »wie vom Erdboden verschluckt«, stand in dem Dokument.

Kann es sein, fragte sich Williams, *dass er zehn Jahre verschwunden war und jetzt in Berlin wieder auftaucht?*

Er griff zum Telefon und wählte die deutsche Nummer.

22.

Es war tiefe Nacht, als das Handy klingelte. MacDeath hatte Clara und sich selbst Whisky eingeschenkt, während sie auf Williams' Anruf warteten.

»Das ist er«, sagte MacDeath, als er endlich die Nummer im Display sah. Er stellte das Handy auf laut und nahm den Anruf entgegen. »Und?«

»Er ist weg«, sagte Williams.

»Weg?« MacDeath warf Clara einen verwunderten Blick zu.

»Mit seinem letzten Mord enden die Einträge«, fügte Williams hinzu.

»Könnte es sein, dass noch nicht alles aktualisiert ist?«

»Martin«, sagte Williams, »das ist zehn Jahre her. Außerdem ist das VICAP seit 2004 gründlich überholt worden. Seitdem sind auch alle Sexualdelikte drin. Wie auch immer – nichts von unserem Mann.«

»Er war ein Serienkiller«, sagte MacDeath. »So einer hört eigentlich nie auf.«

»Nur wenn er geschnappt wird«, entgegnete Williams. »Und im Knast sitzt.«

»Und im Knast …?«

»Sitzt er auch nicht.«

»Hinrichtung?«

»Nein.«

»Lebt er überhaupt noch? Er könnte tot sein.«

Williams machte eine kurze Pause. »Da müsste ich raten, denn hier steht nichts.«

MacDeath senkte die Stimme. »Dann könnte es wirklich sein, dass er hier in Berlin ist?«

»Sicher ist es nicht«, sagte Williams, »aber möglich.«

»Gut, dann …« MacDeath wusste für einen Augenblick nicht, was er sagen sollte. Wobei Clara das Wort »gut« in diesem Fall ziemlich fehl am Platze fand.

»Hör zu«, sagte Williams. »Ich rufe Detective Brooks aus Los Angeles an. Der saß damals an dem Fall, als der Kerl in L. A. gewütet hat. Kennst du Brooks?«

»Nein. Ich war damals nicht mit in L. A.«

»Okay, ich werde ihm sagen, was passiert ist. Und was Berlin angeht …«

»Ja?«

»Vielleicht ist es eine Einzeltat und hat nichts mit dem Killer zu tun. Falls aber noch mal etwas Ähnliches passiert, ein Mord mit ähnlichem Modus Operandi, mit diesen Schnittwunden, dem rausgeschnittenen Herzen, was auch immer, sagst du sofort Bescheid, und ich bin da. Okay?«

»Okay.« MacDeath überlegte kurz. »Sag mal, könnt ihr uns die DNA schicken? Die von damals, vom Tatort?«

»Hm, mal sehen. Ich werde auf jeden Fall versuchen, die entsprechenden DNA-Proben zu bekommen.«

»Das wäre großartig.«

»Wir haben das damals angefangen, wir müssen es auch zu Ende bringen, Martin.« Williams war einer der wenigen, die MacDeath mit Vornamen anredeten. »Wir müssen es zu Ende bringen. Wenn wir noch einen ähnlichen Mord haben, ist es eine Serie. Dann kann es gut sein, dass der Mann es tatsächlich ist. Erst in Los Angeles, jetzt in Berlin.«

»Danke, Ted«, sagte MacDeath, »wir melden uns, wenn wir Neues wissen.«

»Und ich melde mich gleich bei Detective Brooks«, erwiderte Williams. »Ihr hört von mir.«

Clara sank auf die Couch zurück. Es war ein Uhr morgens.

»Das war's für heute, nehme ich an. Oder?«

MacDeath nickte. »Kannst du noch fahren?«

»Klar, war ja nur ein Whisky«, entgegnete Clara und fügte in Gedanken ein wenig bitter hinzu: *Sehr romantisch*. Eigentlich hatte sie am Abend mit MacDeath darüber sprechen wollen, was nun eigentlich zwischen ihnen gewesen war. Nun aber war sie so müde, dass ihr die Augen zufielen.

Sie wollte nur noch ins Auto, ab nach Hause und ins Bett.

* * *

»Ein Uhr morgens«, sagte Clara, als sie und MacDeath kurz darauf zur Eingangstür gingen. »Man kann nicht behaupten, dass ich an meinem ersten Arbeitstag nach dem Urlaub Dienst nach Vorschrift gemacht habe. Immerhin habe ich den Gerichtstermin mit dem Inkubus noch dazwischenquetschen können. Auch wenn ich ansonsten nur drei Mails gelesen habe, und meine Mailbox überquillt wie ein Mülleimer auf der Love-Parade.« Sie lächelte. »Aber wie sagt man in der Wirtschaft? Clients first. Oder hier: Killers first.«

»Das war wirklich kein Dienst nach Vorschrift«, sagte MacDeath, »du warst mit Herzblut bei der Sache.«

Herzblut. Vor Claras Augen erschien die Probe mit den Herzmuskelfasern, die sie im Teppich in Schillers Wohnung entdeckt hatte. Das schlimmste Szenario war oft das realste. Das hatte Clara in ihrem Job gelernt. Wahrscheinlich stammte das Muskelgewebe tatsächlich vom Herzen des Ermordeten, und die DNA im Speichel war tatsächlich die des Killers. Dazu die Information von Williams. Und die VICAP-Dateien.

Wahrscheinlich ist der Killer hier in Berlin, dachte Clara, als sie kurz darauf mit müden, brennenden Augen Richtung Schönhauser Allee fuhr. *Die Bestie ist erwacht.*

23.

Los Angeles, Sommer 2014

Spätsommerliche Hitze lastete über Los Angeles. Sergeant John Brooks schwitzte wie ein Truthahn im Backofen an Thanksgiving. Er hatte gerade zu Mittag einen Burger und eine Cola light zu sich genommen und stieg nun wieder in seinen Chevrolet Impala. Obwohl ihm eigentlich nicht nach Essen zumute sein sollte, nach dem, was er gesehen hatte. Doch übersteigerte Sensibilität hatte er sich schon zu Beginn seiner Karriere abtrainiert. Zu viel Empfindlichkeit schadete nur.

Wenn du einen Freund brauchst, kauf dir einen Hund, hatte einer der älteren Kollegen Brooks zu Beginn seiner Karriere gesagt. Doch wir Detectives haben keine Hunde, dachte Brooks, nur die Hundestaffel des LAPD hat welche. Unsere Freunde heißen Beretta, Glock und Smith & Wesson. Die gängigen Waffen, die wir beim LAPD benutzen.

Und Jack Daniel's, hatte Brooks damals in Gedanken hinzugefügt. Und darüber nachgedacht, genau diesen Freund heute Abend zu sich einzuladen. Sich vor die Flimmerkiste zu setzen und zu saufen wie ein Walfisch.

Das, was er eben erlebt hatte, zeigte drastisch, dass diese verdammte Stadt in diesem verdammten Land Sinn für Geschmacklosigkeiten der übelsten Art hatte. Brooks hatte einen dubiosen Frauenarzt und dessen Gang verhaftet, die gemeinsam mit Satanisten sogenannte Abortion Partys gefeiert hatte. Partys, auf denen eine Abtreibung vorgenommen wurde. Das klang nicht nur pervers, das war es auch. Der Mann hatte auf einer Insiderparty eine Abtreibung vor aller Augen vorgenommen. Dann wurde der Fötus zermalmt, durchgeknetet und von den Teilnehmern gegessen. Anschließend fand eine wollüstige Sexorgie statt.

Aber dabei blieb es nicht. Die Gang entführte seit längerer Zeit schwangere Frauen, die gar nicht abtreiben wollten. Manchmal, wenn die Frau hochschwanger war, nahmen sie an Ort und Stelle eine Entbindung vor und stellten mit dem Neugeborenen schreckliche Dinge an, alles im Namen Satans oder wessen auch immer.

Brook schauderte. *Verdammt, wie krank können Menschen sein.*

Im Garten des Arztes hatten die Ermittler so viele Babyknochen gefunden, dass es erschreckend viele Opfer gegeben haben musste, aber die Rechtsmediziner vermuteten, dass die Zahl der Leichen noch um einiges höher lag, da einige Föten von den Satanisten mit Haut und Knochen vertilgt worden waren.

Es ist immer dasselbe in dieser verdammten Stadt, dachte Brooks. *Die Hippies und die Satanisten sind einfach nicht totzukriegen.*

1966 hatte Anton La Vey die Church of Satan in San Francisco gegründet – ausnahmsweise mal nicht in Los Angeles. 1967 kam die Process Church of the Final Judgement hinzu. Und wer konnte wissen, welche sogenannten Kirchen dieser verrückte Arzt im Geheimen noch gegründet hatte, um sich als Priester seiner Religion auszugeben und damit auch noch Steuern zu sparen?

Brooks war ein paar Stunden später passenderweise auf einer Podiumsdiskussion zum Thema Todesstrafe eingeladen gewesen. Genauer gesagt, gegen die Todesstrafe, denn im Golden State wurde noch immer munter hingerichtet. Old Sparky, der elektrische Stuhl, war zwar ausrangiert worden, aber dafür erlebte die Giftspritze Hochkonjunktur. Und fast siebzig Prozent der Bevölkerung waren dafür; so funktionierte nun mal Demokratie. Für Brooks war es okay, dass Kreaturen wie die Teilnehmer der Abortion Party und besonders der perverse Arzt in St. Quentin eine Giftspritze bekamen. Einen schönen Cocktail aus Thiopental, das bewusstlos machte, Pancuroniumbromid, das die Atmung stoppte, und Kaliumchlorid, das dafür sorgte, dass das Herz stehen blieb.

Meistens waren es Männer, die es erwischte. Nur drei Prozent der Todeskandidaten waren weiblich. Männer machen nun mal alles im Extremen, hatte ein guter Bekannter von Brooks gemeint. Das Gute und das Schlechte. Es gibt keinen weiblichen Mozart, weil es keinen weiblichen Jack the Ripper gibt.

Brooks verstand nur eines nicht: Warum diese Typen immer eine halbe Ewigkeit im Death Row absitzen mussten, bis sie ihren letzten Cocktail auf Erden bekamen. Von den Kosten ganz zu schweigen. Denn schätzungsweise saßen mehr als siebenhundert Todeskandidaten in ihren Zellen und warteten auf den Giftcocktail. Manche Richter glaubten offenbar, dass diese Leute wie Wein waren und mit dem Alter besser wurden. Brooks hatte da seine Zweifel.

Was er bei der ganzen Sache aber immer viel interessanter fand, war die Frage nach der Henkersmahlzeit. Zunächst einmal konnte er sich kaum vorstellen, dass man im Angesicht des Todes, voller Angst, überhaupt einen Bissen herunterbekam, aber das schien für die meisten Insassen der Todeszellen kein Problem zu sein. Angeblich sollte der Verurteilte sich symbolisch mit der strafenden Gesellschaft versöhnen, anstatt sie zu verfluchen. Diese Denkweise stammte wahrscheinlich noch aus der Zeit, als die Menschen Angst vor den Flüchen der Toten hatten, und dieser Aberglaube hatte sich offenbar gehalten.

Manchmal kam es auch zu Stilblüten. Ein Gefangener in der Death Row hatte zwölf Hotdogs bestellt und erklärt: »Ich muss mir ja keine Gedanken mehr um das schwere Essen machen.« Wo er recht hatte, da hatte er recht: Wenn es eine Mahlzeit gab, die durch und durch ungesund sein durfte, war es die Henkersmahlzeit. Gesund aß man meist nur, weil man die mittel- bis langfristigen Folgen von zu viel Junkfood fürchtete – ein Problem, mit dem Todeskandidaten sich nicht mehr konfrontiert sahen. Aber auch das hatte Grenzen, denn Kalifornien war pleite, trotz der von Geld strotzenden Internetkonzerne, und so durfte eine Henkersmahlzeit nicht mehr als vierzig Dollar kosten.

Na gut, dachte Brooks. *Kommt darauf an, wohin man geht.* Bei McDonald's, Wendy's oder beim Diner um die Ecke bekam man für vierzig Dollar schon einiges, während sie einem in den hippen Restaurants am Sunset Boulevard dafür gerade mal den Stuhl unter dem Hintern wegzogen, damit man sich setzen konnte, und mit schleimigem Lächeln einen vergleichbaren Betrag als Trinkgeld erwarteten.

Die Todesstrafe, dachte Brooks. Gouverneur Schwarzenegger, der Terminator, hatte als letzte Amtshandlung noch ein paar schwere Jungs ins Jenseits befördern lassen. Während im Staat New York das letzte Mal 1963 ein Todeskandidat in die Ewigen Jagdgründe geschickt worden war, drückte Kalifornien, genau wie Texas, nach wie vor aufs Gaspedal. Oder auf die Spritze. Und so flammte die Diskussion über die Todesstrafe immer wieder auf. Besonders die Demokraten sprachen sich dagegen aus.

Die verdammten Demokraten, dachte Brooks. Er glaubte nicht, dass sie per se gegen die Todesstrafe waren. Sie wären für und gegen alles, solange es ihren Prinzipien entsprach. Solange der Elektrostuhl seinen Strom aus Solarenergie bezog, solange die Gefangenentransporte die rechte Spur für Autos mit mehr als einem Fahrgast auf den Highways benutzten, solange es bei der Henkersmahlzeit auch ayurvedisches, veganes Zeug gab und bei der Leichenentsorgung auf Mülltrennung geachtet wurde, würde jeder Demokrat die Todesstrafe bis zum Tag des Jüngsten Gerichts durchwinken.

Vorteil der Todesstrafe war jedenfalls, dass man die Ganoven nur einmal fangen musste. Schließlich wurden sie nicht wieder freigelassen, und in der Regel wurden sie nicht mehr rückfällig, jedenfalls nicht in dieser Welt.

Brooks schaute auf die Uhr. Gleich musste er rüber ins verdammte Compton, einen Zuhälterring hochnehmen, der Mädchen aus Lateinamerika einschleuste.

In diesem Moment klingelte das Telefon.

»Brooks.«

»Hallo, John. Ich bin's, Ted Williams. Ich bin morgen in Los Angeles und halte dort 'nen Vortrag. Wir müssen uns dringend unterhalten.«

Ted Williams? Mit dem hatte er vor Ewigkeiten mal zu tun gehabt. Und eigentlich nur bei einem Fall. Seltsam.

»Ich dachte, du bist schon im Ruhestand«, sagte Brooks.

»Manchmal bin ich noch im Dienst.«

»Du kriegst offenbar nie genug.«

»Wann ist es bei dir so weit?«

»Noch sieben verdammte Jahre«, antwortete Brooks und schaute auf die Fassade des Hauses, vor dem er gerade stand. Gras wucherte aus dem Boden der Veranda, sodass sie wie ein kleiner Privatwald wirkte. Flecken abblätternder Farbe ließen erkennen, dass das Haus früher hellbraun gestrichen war. Aber man brauchte schon einiges an Fantasie, um das zu erkennen. »Worum geht es denn?«

»Um den Sommer 2004. Den Blutsommer. Und den Killer von damals, den Angel of Death. Er ist vielleicht wieder da.«

»Was sagst du da? Hier in Los Angeles?«

»Nein, in Europa.«

»Du glaubst, er ist dort?«

»Ich weiß es nicht. Aber ich will nicht glauben, ich will wissen. Wir müssen reden.«

»Und morgen bist du in L. A.?«

»Ja.«

»Melde dich, sobald deine Maschine gelandet ist und du Zeit hast«, sagte Brooks. »Dann treffen wir uns.«

»Wird gemacht.«

Die Verbindung endete.

Der Blutsommer.

Der Angel of Death.

Mit einem Mal hatte Brooks das Gefühl, dass eine eiskalte Hand sein Herz in einen Klammergriff nahm.

24.

Es war abgemacht, dass er seinem Kontaktmann in der Firma eine SMS schicken sollte. Er stand etwa hundert Meter von der Schranke entfernt und drückte auf den »Senden«-Knopf.

Stille.

Dann kam eine SMS zurück.

Fahr zum Tor. Ich bin dort.

Er ließ den Motor an. Der Transporter bewegte sich langsam in Richtung Schranke, wie ein Raubtier, das sich an seine Beute heranschleicht. Er sah die Fassade des riesigen Gebäudes dahinter. Den Pförtner, der in seinem Häuschen saß. Das kalte Licht, das die Einfahrt beleuchtete.

Hinter ihm war seine Fracht. In dem Metallcontainer mit dem Symbol für Biogefährdung. Nur die Gehirne transportierte er anders. Die kamen in große weiße Eimer. Dann kam Formalin dazu. »Formalinfixiert«, sagte man. Doch heute hatte er keine Gehirne dabei.

Ein Mann stand vor der Schranke. Mit einer dicken schwarzen Brille. Der Mann im Transporter kannte ihn. Er gab dem Pförtner ein Zeichen, und die Schranke hob sich.

Der Mann im Transporter fuhr langsam durch die Schranke, hielt an, stieg aus und kletterte auf die Ladefläche. Dort öffnete er den Metallcontainer, hob die Kisten heraus und stellte sie ab.

Zwei Männer in Overalls kamen dazu. Ein dritter Mann mit dicker Brille hielt einen DIN-A5-Umschlag in der Hand. Er schaute die Kisten prüfend an; dann gab er den anderen zwei Männern ein Zeichen. Sie legten die Kisten auf eine Euro-

Palette und hoben sie auf einen Hubwagen, den sie dann langsam ins Gebäude schoben. Der Mann mit der Brille drückte dem Fahrer des Transporters den Umschlag in die Hand.

Der Fahrer ertastete dessen Inhalt. Scheine. Geldscheine. Bargeld. So war es ihm am liebsten. Keine Überweisungen. Keine Daten. Keine Fragen. Nur kaltes, hartes Cash. So kalt wie seine Leichen. So hart wie ihre erstarrten Muskeln. Es passte alles zusammen. Und das war gut so.

Der Hubwagen war im Innern des Gebäudes verschwunden. Eine Schleuse schloss sich zischend. Der Pförtner blickte kurz von seinem Kreuzworträtsel auf, als er die Schranke wieder öffnete.

Der Fahrer des Transporters stieg ein, nickte dem Mann mit der dicken Brille kurz zu und legte den Umschlag ins Handschuhfach.

Dann fuhr er langsam rückwärts aus der Einfahrt und zurück auf die dunkle Straße in der nächtlichen Stadt.

Einsam wie seine Toten.

In einer Nacht, so schwarz wie seine Seele.

25.

Die Nacht war kurz gewesen, viel zu kurz. Obendrein hatten sie zu viel Whisky getrunken.

Clara saß morgens an ihrem Rechner und klickte unmotiviert und müde durch ein paar Websites.

»Kannibalismus« hatte sie in die Suchmaschine eingegeben. Nun sah sie Bilder aus der Kunstgeschichte. Gemälde von Rubens und Goya. Kronos, der seine Kinder verspeist. Alle bis auf einen, Zeus, der dann wiederum Kronos vernichtete.

Clara dachte an das, was sie von Williams gehört hatte.

Ist er im Knast? Nein.

Ist er tot? Nicht dass wir wüssten.

Wo ist er dann? Wir wissen es nicht.

Hermann steckte den Kopf zur Tür herein. Clara hatte ihm bereits mit knappen Worten von den Erkenntnissen der letzten Nacht berichtet.

»Bei Interpol ist nichts«, berichtete Hermann. »Europol auch nicht. Und was das FBI angeht«, er zeigte mit dem Kopf nach draußen, »habt ihr ja selbst offenbar den besten Kontakt.«

»Ja«, entgegnete Clara. »Ist nur die Frage, ob er uns etwas nützt. Ich wage es zu bezweifeln.« Sie rieb sich die Augen. »Weißt du, was ich mich frage?«

Hermann erriet ihre Frage. »Was dieser Psycho in der Zwischenzeit gemacht hat, stimmt's?«

»Genau. Immerhin sind zehn Jahre vergangen. Und da ist er einfach so von der Bildfläche verschwunden?«

»Vielleicht eine Auszeit«, meinte Hermann. »Mal entspannen vom anstrengenden Beruf des Serienkillers. Alles hinter sich lassen. Meditation, Schnorcheln in Thailand, ein Buch schreiben, Weltumseglung ...«

Clara musste wider Willen lachen. »Du bist ein echter Witzbold, weißt du das?«

Ein Klopfen. Dann öffnete sich die Tür. Es war MacDeath.

»Guten Morgen«, sagte er, eine blaue Akte unter dem Arm. »Bin kurz auf Zwischenstation hier und dachte, wir stimmen uns noch mal ab. Wissen wir schon Näheres über die DNA?«

»Von Weinstein wollte sich heute Vormittag melden. Ich rechne jederzeit mit seinem Anruf.« Clara schaute auf das Telefon. »Wo bist du denn gleich?«, fragte sie dann. In diesem Moment wurde ihr bewusst, dass sie MacDeath gerade geduzt hatte, aber außer Hermann war niemand in der Nähe, und den duzte sie ja auch.

»Ich fahre zu Medic Research«, antwortete MacDeath.

»Dem Pharmakonzern?«

»Ja, die laden mich des Öfteren ein, wenn sie neue chirurgische Instrumente haben.«

»Ein Pharmakonzern?«, sagte Hermann. »Die haben doch das dicke Geld. Gibt's da Häppchen und so?«

»Ja, eine Art zweites Frühstück.«

»Apropos Frühstück«, sagte Clara und zeigte auf ihren Monitor, »ich habe in Bezug auf Kannibalismus mal weitergeschaut, aber irgendwie hängen wir da fest. Die meisten Kannibalen suchen so eine Art ... na ja, Einheit mit ihrem Opfer.« Sie zeigte auf die Fotos, auch auf das Bild, das den gebrochenen Schädel Stephan Schillers in Nahaufnahme zeigte. »Aber das trifft bei diesem Brutalo ja nun wirklich nicht zu.«

MacDeath nickte. »Darum wäre es gut, wenn Williams hier wäre. Der ist Experte für dieses Thema.«

»Ein Experte für Kannibalismus?«, fragte Hermann.

»Ja. Allerdings nicht aus eigener Erfahrung, bevor du dir

jetzt wieder einen deiner dummen Scherze erlaubst. Die Frage ist nur, ob das FBI die Flugkosten übernimmt, denn die Geizhälse bei uns werden sich bestimmt nicht an den Kosten beteiligen, auch wenn Williams uns helfen kann, einen brandgefährlichen Killer aus dem Verkehr zu ziehen. Aber wichtig ist jetzt erst einmal, dass sie uns die DNA-Probe vom Angel of Death schicken.«

»Wenn wir einen weiteren Mord mit demselben Modus Operandi haben, kommen sie vielleicht sogar nach Deutschland, oder?«, fragte Clara.

MacDeath setzte sich auf einen der Stühle in ihrem Büro. »Ich hoffe es«, sagte er und blätterte in der Akte, die er unter dem Arm getragen hatte. »In den USA hat dieser Verrückte die Türschwellen zu den Wohnungen seiner Opfer mit Blut bestrichen«, fuhr er fort. »Darum haben sie ihn Angel of Death genannt, Todesengel. Wir hatten ja gestern schon darüber gesprochen.« Er schaute Clara und Hermann an. »Kennt ihr die Geschichte?«

»So in etwa«, sagte Clara. »Der Begriff ist aus der Bibel, nicht wahr?«

»Ja.« MacDeath machte ein Gesicht, als würde er seine Tasse Earl Grey vermissen. »Die Israeliten waren von den Ägyptern versklavt worden. Moses sollte sie befreien. Um ihm zu helfen, suchte Gott die Ägypter mit den sieben Plagen heim. Gleichzeitig ging der Todesengel um. Er sollte jeden Erstgeborenen der Ägypter erschlagen.«

»Der Angel of Death.«

»Genau. Um zu verhindern, dass der Todesengel sozusagen versehentlich einen Erstgeborenen der Israeliten umbrachte, sollten sie das Blut eines Lammes an ihren Türrahmen streichen. Das Lamm, das sie vorher beim Paschamahl, dem Vorläufer des Osterfestes, gegessen hatten.«

»Danke für diesen Exkurs zum Todesengel der Israeliten anhand der biblischen Quellentexte.« Clara verbeugte sich halb. »Hilft uns aber auch nicht weiter. Kann dieser Williams uns nicht die Unterlagen zu dem Fall damals schicken?«

MacDeath nickte. »Grundsätzlich schon. Soweit ich weiß, stellen sie uns schon was zusammen. Hilfreicher wäre es allerdings, wenn wir wüssten, dass es derselbe Täter ist. Wir wissen ja leider nicht genau, ob es der gleiche Serienkiller wie in den USA ist.«

»Und diese Ägyptensache? War der Angel of Death ein religiöser Täter? Weiß man das in den USA?«

MacDeath zuckte die Schultern. »Schauen wir mal, was Williams uns schickt.«

Hermann blickte auf die Uhr. »Ich ruf noch mal bei Interpol an. Der Kollege ist jetzt wieder zurück. Hab ihn vorhin nicht erreicht. Viel Glück noch.«

Clara und MacDeath blieben in Claras Büro zurück.

»Und was ist das jetzt für ein seltsames Event bei diesem Pharmaunternehmen?«, fragte Clara.

»Du meinst, bei Medic Research?«

Clara nickte.

»Da arbeitet ein früherer Studienkollege, den ich noch vom Medizinstudium aus Berlin kenne. Herbert Wolfsen. Wir nannten ihn Herbert West.«

»Warum? Kam er aus dem Osten und wollte immer in den Westen?«

MacDeath lachte. »Nein, es gibt eine Kurzgeschichte von H. P. Lovecraft, *Herbert West, der Wiedererwecker.* Darin geht es um einen verrückten Arzt, der Tote lebendig machen will. Was auch funktioniert, aber nicht so, wie er sich das vorstellt. West, ich meine, Wolfsen, war auch so ein schräger Vogel. Schon während des Studiums. Er wurde dann Chirurg. Bis ...«

»Bis?«

»Bis man ihm die Approbation entzogen hat.« MacDeath

schien die Sache unangenehm zu sein. »Es gibt da ein paar Gerüchte, aber ich habe nie nachgebohrt, ob da etwas dran ist.«

»Was für Gerüchte?« In Clara erwachte die Kommissarin.

MacDeath wand sich, als wäre es ihm tatsächlich unangenehm, was für seltsame Bekannte er hatte. Wobei man schräge Bekannte bei MacDeath eigentlich erwartete. »Er hat angeblich mit geistig Behinderten experimentiert. Hat Lobotomien und ähnliche Eingriffe vorgenommen.«

»Lobotomie? Diese Operation, bei der man ins Gehirn sticht und bestimmte Nervenbahnen durchtrennt?«

»Ja.« MacDeath nickte verkniffen. »Jetzt arbeitet er bei Medic Research. Sie erproben dort neue chirurgische Instrumente.«

»War Medic Research nicht selbst mal in die Schlagzeilen geraten?« Clara hatte den Namen des Unternehmens bereits in einem anderen Zusammenhang gehört.

»Ja, damals diese Geschichte mit dem Medikament, das die Erbsubstanz schädigt«, erwiderte MacDeath. »Das Mittel war eigentlich als Antidepressivum gedacht. Nur hatte man leider übersehen, dass es eine teratogene Wirkung hat.«

»Auf Deutsch bitte.«

»Fruchtschädigend. Man wusste damals noch nicht, dass es linksdrehende und rechtsdrehende Moleküle gibt. Eine Version ist ungefährlich. Bei der anderen jedoch kommen die Kinder missgebildet zur Welt. Das Ganze war umso schlimmer, als das Medikament ursprünglich als Mittel gegen Depressionen gedacht war. Wenn es heute verabreicht wird ...«

»Ist das denn noch legal?«

»Hier bei uns nicht. Aber Medic Research sieht das ziemlich locker und verkauft das Medikament weiterhin außerhalb Europas. Wenn es in Afrika oder Asien verabreicht wird, dann immer zusammen mit der Antibabypille. Da drüben experimentieren sie nach wie vor mit dem Zeug. Ob es funktioniert, weiß ich nicht. Ich möchte aber nicht wissen, wie viele missgebildete Kinder dort noch heute geboren werden, trotz beigemischter Antibabypille.«

»Medic Resarch scheint nicht viel daraus gelernt zu haben.«

MacDeath zuckte die Schultern. »Ich fürchte, denen ist es egal. Wenn man ohnehin schon als der Buhmann gilt, kann man Dinge tun, die andere nicht wagen. Außerdem weiß heute kaum noch jemand, dass Medic Research mit der Affäre um dieses Antidepressivum zu tun hatte. Die Endkunden sowieso nicht. Ein paar Journalisten reiten noch auf der Sache herum, aber das kann die Firma verschmerzen. Ihr Ruf als Marktführer bei der Entwicklung chirurgischer Instrumente hingegen ist tadellos. Darum geht es heute übrigens auch. Um die Erprobung neuer chirurgischer Instrumente an ...« Er stockte.

»An was?«, fragte Clara, obwohl sie sich denken konnte, was jetzt kam.

»An Leichen.«

»Das ist jetzt also deine Vormittagsbeschäftigung? Frühstück mit Leichen?«

»So in etwa. Es ist gut, auf dem neuesten Stand zu bleiben, was die medizinische Forschung angeht. Schließlich bin ich Mediziner. Und die Welt der Pharmazie ist ganz anders als unsere. Es kann bisweilen inspirierend sein, mal aus anderer Perspektive auf die Dinge zu schauen.«

Clara war ein wenig verärgert, dass MacDeath zu diesem Event ging und sie hier mit dem Killer sitzen ließ, sagte aber nichts.

Er ging zur Tür. »Ich bin zwei Stunden weg, okay? Melde dich, falls etwas ist. Ich rufe sofort an, wenn Williams sich meldet.«

Clara nickte missmutig. »Machen wir so.«

MacDeath verschwand.

In dem Augenblick, als die Tür sich schloss, klingelte Claras Telefon. Es war die Rechtsmedizin.

»Der DNA-Vergleich ist durch«, sagte von Weinstein.

»Und?« Clara war mit einem Mal so aufgeregt, als würde sie gleich erfahren, ob sie das Abitur bestanden hatte. Es war bei jedem dieser Anrufe dasselbe.

»Das Herzgewebe stammt von Stephan Schiller«, sagte von Weinstein. »Gleichzeitig haben wir ein anderes DNA-Profil gefunden.«

»Das eines Mannes?«, fragte Clara gespannt.

»Ja.«

»Identisch mit den anderen DNA-Proben, die am Tatort genommen wurden?«

»Ja«, antwortete von Weinstein. »Die DNA im Speichel entspricht der, die wir am Tatort gefunden haben.«

»Also ist es die DNA vom Mörder?«

»Alles spricht dafür.«

»Dann hat der Mörder in Schillers Herz gebissen?« Clara merkte, wie ihr Puls immer schneller ging.

»Sieht ganz so aus.«

26.

MacDeath hatte sich an der Rezeption von Medic Research gerade seinen Besucherausweis abgeholt, als eine Hostess ihm entgegenkam.

»Dr. Friedrich?«, fragte sie. Er nickte. »Hier entlang, bitte.«

Sie fuhren in den vierten Stock. In einem Versammlungsraum hatte die Firma ein großes Frühstücksbuffet aufgestellt. Bedienstete deckten die Tische und trugen silberne Tabletts hinein. Espresso- und Cappuccinomaschinen waren aufgestellt worden, dazu Sektkühler mit diversen Champagnerflaschen auf Eis.

In einer Ecke standen mehrere Männer, jeder eine Tasse Cappuccino in der Hand, und unterhielten sich mit gedämpfter Stimme. Nach dem, was MacDeath aufschnappte, ging es um medizinische Themen.

»Martin«, sagte eine Stimme. »Herzlich willkommen.«

MacDeath drehte sich um. Vor ihm stand Herbert Wolfsen und blickte ihn durch seine schwarze Brille an. Mit dem dünnen Hals, der aus dem Hemdkragen ragte, und den schwarz umrandeten Brillengläsern erinnerte er MacDeath an einen Geier. Und über Leichen kreiste er ja auch. »Schön, dass du es geschafft hast. Heute haben wir etwas ganz Besonderes. Darf ich dir einen kleinen Snack und einen Kaffee anbieten? Das große Frühstück gibt es erst nach der Arbeit, aber es schadet ja nicht, sich vorher schon mal zu stärken.«

MacDeath nahm sich einen Kaffee und ein Mini-Croissant. Dabei schaute er auf einen mobilen Kühlschrank, der in den Raum gerollt wurde und in dem sich frisches Sushi befand. Man hätte glauben können, in einem Fünfsternehotel zu sein.

»Irgendwas mache ich falsch«, sagte MacDeath, während er in das Croissant biss. »Ihr scheint in der Pharmabranche ja richtig gut versorgt zu werden. Bei uns in der Kantine gibt es immer nur trockene Brötchen von vorgestern, für die wir auch noch bezahlen müssen. Bei euch hier fehlt nur noch Live Cooking.«

»Wir machen Live Surgery«, sagte Wolfsen und lachte leise. »Operationen in Echtzeit. Nur das Fernsehen überträgt bei uns nicht.«

»Und diese Events?«, fragte MacDeath. »Finden die jetzt häufiger bei euch statt?«

Wolfsen nickte. »Ja. Unsere Kunden, also Krankenhäuser und Chirurgen, schätzen es sehr, wenn sie sich unsere neuen Instrumente sozusagen am lebenden Objekt oder, besser, am toten Objekt anschauen können.«

»Ihr habt also echte Leichen?«

»Aber ja. Nichts ersetzt echte menschliche Materie, wenn es um die Heilung des Menschen geht. Nahtmaterial, künstliche Herzklappen, Osteosynthesen für Knochen, Platten, Nägel, OP-Technik – das alles geht mit menschlichem Material sehr viel besser. Und man kann auch sehr viel besser damit üben.«

»Und was steht heute an?«, fragte MacDeath.

»Neue Instrumente«, antwortete Wolfsen.

»Tja, in der Chirurgie warst du immer schon besser als ich«, sagte MacDeath. »Weißt du noch, damals mit den Schweinepfoten?«

»Oh ja, das werde ich nie vergessen.«

Im Medizinstudium hatten sie das Vernähen von Wunden geübt. An Schweinepfoten, weil die Haut von Schweinen der menschlichen Haut am nächsten kam.

»Deshalb bist du ja Chirurg geworden«, sagte MacDeath,

»Neurochirurg sogar.« Dass Wolfsen seine Zulassung verloren hatte, musste er ihm ja nicht aufs Brot schmieren. »Während aus mir ein Seelenklempner geworden ist.«

»Obendrein für die ganz schweren Fälle. Für Serienkiller und ähnlich sympathische Zeitgenossen.« Wolfsen riss in gespielter Furcht die Augen auf. »Lass uns nachher beim Frühstück mal in Ruhe schnacken. Jetzt wird es erst mal ernst. Komm mit.«

MacDeath trank seinen Kaffee aus und folgte Wolfsen und den anderen durch einen langen, von Neonlicht erhellten Korridor.

Nachdem alle Teilnehmer blaue OP-Kittel und sterile Handschuhe angezogen hatten, betraten sie den Saal. Auf einem OP-Tisch lag ein abgetrennter menschlicher Arm. Ein rechter Arm, wie MacDeath gleich auffiel.

Wolfsen ging zu dem OP-Tisch, in der rechten Hand ein Skalpell, in der linken Hand etwas, das wie eine große dünne Spritze aussah. Offenbar das besagte neue Instrument. Eine medizinische Assistentin stand hinter ihm.

»Meine Damen, meine Herren«, begann Wolfsen, »heute werden wir Ihnen zeigen, was Medic Research an neuen OP-Instrumenten für das sogenannte Karpaltunnensyndrom bereithält. Bei diesem Krankheitsbild wird der Nerv des Handgelenks eingequetscht, was darauf zurückzuführen ist, dass wir alle immer mehr und immer längere Zeit in unnatürlicher Handhaltung vor dem Rechner sitzen. Ich nehme an, viele von Ihnen kennen das Syndrom, denn es ist eine Volkskrankheit, an der Hunderttausende von Menschen leiden.«

Er hob das Skalpell und vollführte einen Schnitt quer über das Handgelenk des Armes. »Wie sieht das nun genau aus«, kommentierte er und lieferte die Antwort gleich mit, indem er auf die offene Wunde zeigte, deren Bild mittels einer Kamera auf einen großen Bildschirm an der Wand projiziert wurde.

»Das hier«, sagte er, »ist das Retinaculum Flexorum, das Beugersehnenband. Es hält die Sehnen fest, die zwischen Ellbogen und Hand verlaufen.« Er zeigte den Querschnitt eines Handgelenks. »Hier sind die Handwurzelknochen, hier oben das besagte Band. Dazwischen verlaufen neun verschiedene Beugesehnen für die Finger und den Daumen, alles auf engstem Raum und unter hoher Spannung. Gäbe es dieses Band nicht, würden die Sehnen bei jeder Beugung des Handgelenks hervortreten, ähnlich wie ein ausgeleiertes Gummiband.«

Er machte noch einen Schnitt. »Nun ist es so, dass genau dieses Band«, er zeigte mit dem Skalpell auf das Sehnenband an der Hand der Leiche, »aufgrund von Büroarbeiten und dem ständigen Tippen auf Tastaturen bei vielen Menschen zu eng ist. Viele Schreibtischarbeiter sitzen mit klauenartiger Handhaltung vor Tastatur und Maus, was dazu führt, dass vielen die Hand einschläft. Es beginnt meist nachts. Sie wachen auf, spüren Schmerzen oder Fehlempfinden in den Fingern. Brachialgia paraesthetica nocturna nennt man diese nächtliche Störung.« Einige der Kollegen nickten. »Was wiederum darauf zurückzuführen ist, dass das zu enge Band auf die Gefäße und Muskeln drückt.«

Er hob einen anderen Gegenstand in die Höhe. »Um diese Operationen so einfach wie möglich zu machen und dabei den größtmöglichen Nutzen für unseren Patienten zu erzielen, haben wir diese mikroinvasiven Instrumente hergestellt.« Er hielt das spritzenartige Gerät in die Höhe. »Früher musste man aufwendig in das Band schneiden oder es spalten. Das ist heute nicht mehr erforderlich.« Er schaute seine Zuhörer erwartungsvoll an. »Jetzt stechen wir mit diesen neuen Kanülen in das Band hinein und dehnen es auf diese Weise. Dadurch verringert sich der Druck auf die Sehnen, und die Beschwerden nehmen ab. Und nun können Sie das alles selbst ausprobieren.« Er lächelte, jetzt nicht nur wie ein Geier, sondern wie ein diabolischer Geier, fand MacDeath. »An die Arbeit.«

27.

Los Angeles, Sommer 2013

Sergeant John Brooks vom Robbery Homicide Squad, der Abteilung Raub und Mord bei der Polizei von Los Angeles, blickte missmutig auf die berühmten drei Palmen, die in L. A. mittlerweile ebenso legendär waren wie der Hollywood-Schriftzug auf dem Mount Lee, denn hinter den Palmen erhob sich das Hauptquartier des LAPD, ein riesiger Glaswürfel, der von einem noch größeren Betongebäude umschlossen wurde. Brooks musste jedes Mal an einen Eiswürfel denken, den ein Titan mit einer riesigen Zange in ein Whiskyglas werfen wollte. Einen Whisky on the rocks hätte er jetzt auch gern, den Blick auf das Hauptquartier nicht.

»Müssen wir uns von allen verdammten Plätzen in L. A. ausgerechnet hier treffen?«, sagte er mürrisch. Er hatte sein Büro in einem anderen Distrikt und kannte die LAPD-Zentrale eigentlich nur von Gesprächen, in denen er wegen irgendwelcher Nichtigkeiten zusammengestaucht wurde. »To protect and to serve« war das Motto des Los Angeles Police Departments, »schützen und dienen«. Immerhin hatte das LAPD 2006 einen eigenen Stern auf dem Walk of Fame erhalten. Auch wenn die Demokraten, die Liberalen und die Hippies die Polizei nicht besonders mochten, abschaffen würden sie das LAPD nicht, weil sie wussten, dass auch ihr eigener Hintern in Gefahr wäre, würde in L. A. Anarchie herrschen.

Ted Williams, der heute Morgen von der Ostküste gekommen war und trotz Zeitverschiebung die Vitalität in Person zu sein schien – was Brooks nicht von sich behaupten konnte –, hatte in dem kleinen Straßencafé, in dem sie saßen, zwei Kaffee bestellt. Die South Spring Street lag wegen der hohen Bürogebäude noch im Schatten der grellen Vormittagssonne. Direkt gegenüber befand sich die Zentrale der *Los Angeles Times*. Soeben hielt ein Konvoi aus schwarzen Limousinen und Sicherheitskräften vor dem Eingang. Offenbar wurde dort irgendein Promi interviewt.

»Ich halte hier gleich einen Vortrag«, sagte Williams und zeigte auf das Hauptquartier des LAPD. »Das ist einfacher, als wäre ich erst ins Hotel gefahren. Du bist natürlich herzlich eingeladen.«

»Ich weiß nicht. Wovon handelt denn dein Vortrag?« Brooks blies in seinen Kaffee, während er eine Zigarette aus der Packung klopfte. Da hier zwar ein Rauchverbotsschild stand, obwohl sie draußen saßen, gleichzeitig aber ein Aschenbecher auf dem Tisch stand, ging Brooks davon aus, dass er rauchen durfte.

»Täterprofile und Ritualmorde«, antwortete Williams.

»Na, das wird ja erbaulich.« Brooks zündete die Zigarette an und lehnte sich zurück.

»Und wo bist du gerade dran?«, fragte Williams.

»Ich … nun ja.« Brooks blies Rauch in den Morgenhimmel. Er zog es vor, nichts von den Abortion Partys zu erzählen, weil Williams das Ganze dann gleich als Fallstudie für die FBI Academy haben wollte, wie Brooks nur zu gut wusste, und das bedeutete Papierkram und Arbeit. Also erzählte er von einem anderen Fall. »Wir verfolgen seit längerer Zeit eine Gang, die in Wohnhäuser eindringt, die Leute fesselt und aus ihnen herausquetscht, wo die Wertsachen sind. Dann quälen sie ihre Opfer noch mit Lötlampen, Kneifzangen, Schraubenziehern oder ähnlichen Dingen und erschießen sie dann.«

»Heilige Scheiße«, stieß Williams hervor.

»Das Problem ist, dass die Schweinebacken sich nach der Tat jedes Mal über die Landesgrenze absetzen. Wie du weißt, sind die Typen so gut wie sicher, sobald sie über die Grenze sind. Wenn sie von Kalifornien nach Nevada gehen, ist Nevada zuständig. Flüchten sie nach Arizona, ist Arizona zuständig. Hauen sie ab nach Oregon, ist Oregon am Zug. Dann machen sie da weiter und kommen wieder zurück zu uns, nach Kalifornien. So geht das seit Jahren.« Er paffte Rauch in die Morgenluft. »Und in jedem Staat stellen die Gesetzesbeamten sich auf den Standpunkt, dass ihr Zuständigkeitsbereich an der Grenze aufhört. Also jagen wir immer wieder ein und dieselben Drecksäcke und können nichts machen, sobald sie eine halbe Arschbacke über die Grenze gesetzt haben.«

»Und das FBI? Dafür ist die Bundespolizei zuständig.«

»Das FBI interessiert sich einen Dreck dafür.« Brooks lehnte sich zurück und schaute einer leicht bekleideten Frau hinterher. »Also, zur Sache. Du glaubst, unser Angel of Death ist in Europa aufgetaucht?«

»Es sieht so aus.«

Brooks schüttelte den Kopf. »Man, was war das damals für eine Scheißzeit. Der Blutsommer. Fast jede Woche gab es einen Mord. Insgesamt zehn, nicht wahr?«

»Zehn, von denen wir wissen«, erwiderte Williams.

»Und dann war auf einmal Schluss.«

»Stimmt, von einem Tag auf den anderen.« Williams trank erst jetzt von seinem Kaffee. »Der Typ hat unsere sämtlichen Analysen durcheinandergebracht. Wir dachten, auch auf ihn ist die Teufelstreppe anwendbar, die Devil's Staircase, wie wir es in Quantico nennen. Du erinnerst dich?«

»Devil's Staircase?« Brooks schüttelte den Kopf. »Kenn ich nicht. Ich hab nicht so viel Zeit mit den Eierköpfen von der FBI Academy verbracht. Ich war meistens an Tatorten, in irgendwelchen dunklen, bluttriefenden Zimmern.«

»Sobald ein Killer glaubt, dass er wieder morden sollte«, begann Williams, »werden im Gehirn bestimmte Botenstoffe freigesetzt.«

»Und wenn er gerade erst einen Mord verübt hat?«, fragte Brooks.

»Ummittelbar nach einer Tat können keine Botenstoffe mehr ausgeschüttet werden. Das ist ähnlich wie bei Epileptikern. Teilweise sind die Muster, wann ein epileptischer Anfall erfolgt und wann ein Killer mordet, sogar identisch. In der Zeitspanne zwischen den Morden bilden die Nervenzellen wieder neue Botenstoffe, die nach einer bestimmten Zeit erneut ausgeschüttet werden, sodass der Killer wieder tötet.« Williams zeichnete ein Diagramm auf eine Serviette. »Auf der x-Achse haben wir die Zeit, auf der y-Achse die kumulative Anzahl der Morde. Am Ende steigt im Zeitablauf die Gesamtzahl der Morde. Der Graph hat dann die Form einer Treppe, der Teufelstreppe.«

»Tja«, sagte Brooks drückte seine Zigarette aus. »Gefasst haben wir diesen Irren damals trotzdem nicht. Dieser Mathescheiß hat uns nichts gebracht!«

»Ja«, sagte Williams. »Weil es beim Angel of Death völlig anders ist. Die Morde haben einfach aufgehört. Die Teufelstreppe wurde genau genommen zur Ebene, und es kamen keine neuen Morde mehr hinzu.«

»Vielleicht ist der Schweinepriester tot.«

»Habe ich alles geprüft«, sagte Williams, »er ist weder tot noch im Knast. Das bedeutet, er ist noch frei. Und offenbar in Europa.«

»Bist du sicher?«

»Ziemlich.«

Brooks lächelte zum ersten Mal an diesem Tag. »Ted, du weißt doch, was sie uns beigebracht haben. Hast du mir das nicht sogar erzählt? Nicht glauben, sondern wissen. Das sagte man immer beim FBI.«

Ted lächelte ebenfalls. »Ja. Das sagt man heute noch. *Never assume. If you assume, you make an ass of you and me.* Keine Vermutungen, sonst machst du einen Esel aus dir und mir.« Williams schaute auf die große Ausfallstraße. Die Limousinen vor der *Los Angeles Times* waren bereits wieder verschwunden.

»Okay«, sagte Brooks. »Gehen wir davon aus, dass der Killer in Europa ist. Was uns eigentlich egal sein könnte. Wenn ich nicht mal Gangs nach Arizona oder Nevada verfolgen darf, warum sollte ich dann nach Europa? Kann uns doch scheißegal sein. Mir jedenfalls ist es egal.«

»Aber uns nicht, John«, sagte Williams. »Und wenn du ehrlich zu dir selbst bist, auch dir nicht. Du willst ihn doch auch erwischen. Du hast damals fast einen Herzinfarkt gekriegt. Dann kam die Scheidung. Du hast noch was offen mit diesem Typen. Ich bin sicher, es geht dir besser, wenn wir ihn fassen.«

»Es würde vielen Leuten besser gehen«, sagte Brooks ungewohnt leise.

Williams öffnete seine Aktentasche. »Lass uns noch mal die Bilder von damals anschauen. Hast du den Brief dabei?«

Brooks nickte. »Den könnte ich niemals wegwerfen. Okay, zeig mal, was du hast. Vielleicht entscheide ich mich ja doch noch anders.«

28.

MacDeath blickte zur Tür, als Assistenten drei weitere mobile OP-Tische in den Raum fuhren. Auf diesen Tischen lagen OP-Besteck, Skalpelle, Nadel und Faden. Nur Tupfer fehlten; sie wurden nicht gebraucht, weil Leichen nicht mehr bluten. Neben dem Besteck sah MacDeath eine Platte aus Edelstahl, die wie ein Tablett aussah. Auf diesem Tablett lagen zwei Arme. Verrückterweise musste MacDeath an den Cateringservice denken, der die kalten Platten für das Frühstück hereingefahren hatte.

Mal Sushi, mal Croissant, mal Leichenteile, dachte er mit seinem typischen schwarzen Humor.

»Spalten Sie den Karpaltunnel und verringern Sie damit den Druck auf die Sehnen«, riss Wolfsens Stimme ihn aus seinen Gedanken. »Mal sehen, wie Ihnen das mit unseren neuen Instrumenten gelingt.«

Wolfsen stand in blauem OP-Kittel und sterilen Handschuhen gemeinsam mit zwei anderen Chirurgen an einem Tisch, als er den ersten Schnitt am Arm der Leiche ansetzte. Einen Mundschutz brauchte niemand zu tragen, da keine Gefahr bestand, dass Speichel oder Bakterien das Gewebe auf dem OP-Tisch infizierten. Das Gewebe auf dem OP-Tisch war ja schließlich schon tot und konnte nicht mehr infiziert werden.

Der eine Arm war über und über mit Tätowierungen bedeckt. Pentagramme, Totenschädel, Fledermausflügel. MacDeath fühlte sich an seinen vorletzten großen Fall erinnert, den »Drachen« und die Satanisten, zu denen skurrile, über und über tätowierte Typen gehört hatten.

»Meine Güte«, sagte einer der Chirurgen, »der Besitzer diese Arms muss ein schräger Vogel gewesen sein. Wo kriegt ihr so was bloß her?«

»Das ist noch gar nichts«, erklärte ein anderer Chirurg an einem Nebentisch, auf dem der andere Arm lag. »Der hier hat sich sogar Zeichen in die Haut geschnitten. Das gibt es sonst nur bei primitiven Stämmen.«

MacDeath war sofort hellwach. »Er hat *was?*«

»Er hat sich Zeichen in die Haut geschnitten«, sagte der Chirurg. »Schauen Sie mal.«

MacDeath eilte zum Nebentisch.

Und erstarrte.

29.

Brooks und Williams beugten sich über die Fotos. Sie zeigten das letzte Opfer des Todesengels, Vincent Calitri.

»Was für ein kranker Hurensohn«, sagte Brooks. »Bevor er sich Vincent vorgenommen hat, hat er dessen Hund getötet. Hat ihm die Pfoten und den Kopf abgeschnitten.«

»Ja«, murmelte Williams. »Und die Gliedmaßen und den Kopf hat er neben und auf der Leiche verteilt. Vorderpfote an den Armen, Kopf am Kopf und so weiter.«

»Kein Wunder, dass David Calitri zusammengeklappt ist, als er das gesehen hat. Sein Sohn war sein Ein und Alles«, sagte Brooks. »Als Chef des LAPD hat David uns damals die Hölle heiß gemacht, dass wir den Killer seines Jungen finden. Aber dieser Psycho war ja wie vom Erdboden verschluckt!« Er zündete sich eine weitere Zigarette an. »Tja, vielleicht war es ein Fehler, was David getan hat, bevor sein Sohn ermordet wurde. Vielleicht war das der Auslöser.«

»Was hat er denn getan?«, fragte Williams.

»Er hat den Todesengel auf einer Pressekonferenz als hirnlose Bestie bezeichnet.« Brooks schaute auf die glühende Asche seiner Zigarette, als gäbe es da irgendetwas zu entdecken. »Das war wohl nicht so klug. Manche glauben, der Killer hätte erst da beschlossen, sich Davids Sohn als letztes Opfer auszusuchen. Deshalb hat David sich wohl ständig Vorwürfe gemacht. Bis … na, du weißt schon.«

»Hast du dich jemals gefragt, warum der Killer nicht gleich den Vater aufs Korn genommen hat?«

Brooks zuckte die Schultern. »Wollte er vielleicht, aber es

war wohl zu schwierig. Selbst ein Verrückter wie der Todesengel wusste, dass er an David Calitri nicht so leicht herankommt. An den Sohn aber schon ... hier!«

Brooks zeigte ein weiteres Foto. Darauf war das Herz des jungen Mannes auf einem silbernen Teller zu sehen. Auf der Serviette stand, mit Blut geschrieben: *Enjoy it d(e)ad.*

»Genieß es tot. Genieß es, Vater«, las Williams laut vor und schüttelte den Kopf. »Das war mehr als eine Kriegserklärung. Das Herz seines Sohnes als Essenseinladung an den Vater. Kein Wunder, dass David daran zerbrochen ist.«

»Kann man wohl sagen«, sagte Brooks. »Deshalb hat er sich umgebracht, als der Killer nach drei Jahren immer noch nicht gefasst war. Genau am Todestag seines Sohnes, am neunten August 2007, drei Jahre nach dem Mord. David wurde einfach nicht damit fertig. Er hat einen Abschiedsbrief geschrieben und sich dann in seinem Büro erschossen, wie du weißt. Vor dem Fenster. Da drüben.« Er zeigte auf das Hauptquartier des LAPD. »Irgendeines von den Fenstern dort muss es gewesen sein. Der Brief lag hinter David auf der Ablage. Als sein Schädel auseinandergeflogen ist, sind Blut und Hirn an die Wand und das Fenster dahinter gespritzt. Und auf den Brief. Es heißt, er hat sich absichtlich in seinem Büro erschossen, nicht zu Hause, um seiner Frau den Anblick zu ersparen.«

Williams kratzte sich am Kinn. »Man sagt, du hättest den Brief damals aufbewahrt. Du hättest ihn sogar noch heute, zur Erinnerung. Hast du ihn dabei?«

Brooks nickte und zog eine Klarsichthülle aus der Tasche. Darin steckte ein Blatt Papier mit rotbraunen Flecken. »Hier.«

»Okay. Und jetzt schau dir das an«, sagte Williams und zog einen Farbausdruck aus seiner Mappe. »Das ist in Berlin passiert. Anfang dieser Woche.«

Das Bild zeigte einen toten Hund. Eines seiner Augen war

nur noch ein blutiges Loch. Daneben lag ein silberner Kugelschreiber, mit Blut und Schleim besudelt.

»In dem Mordfall gibt es auch einen toten Hund?«

»Ja.« Williams nickte. »Der Killer hat dem Tier, einem Kampfhund, einen Kugelschreiber ins Auge gebohrt und dann sein Herrchen umgebracht. Einen lokalen Rockerboss, wie es aussieht.«

»Das könnte auch Zufall sein«, meinte Brooks.

»Ja, sicher, aber der Modus Operandi ist sehr ähnlich. Der Mörder in Berlin sucht sich kräftige Opfer. Auch Vincent Calitri hatte einen schwarzen Gürtel in Karate. Er machte damals schon das, was man heute als Mixed Martial Arts bezeichnet. Solche Leute bringt der Killer mit Vorliebe um. Leute, mit denen er es nicht leicht hat. Als wäre es für ihn eine Genugtuung, das Unmögliche, zumindest das Schwierige zu schaffen und sehr starke Gegner zu überwinden. Und vorher vernichtet er auf brachiale Art diejenigen, die man als Leibwächter bezeichnen könnte. Und er lässt die Opfer dabei zuschauen.«

»Wer hat die Sache in Berlin gemeldet?«, fragte Brooks.

»Martin Friedrich, ein Profiler. Er hat den Spitznamen MacDeath.«

Brooks lachte auf. »MacDeath? Wie kommt er denn an diesen Namen?«

»Wegen seiner Vorliebe für Shakespeare. Ein ziemlich smarter Typ, der sich sehr gut mit Forensik auskennt. Hat eine Zeit lang bei uns in Quantico gearbeitet. War mal mit einer Amerikanerin verheiratet, deshalb hat er neben der deutschen auch die amerikanische Staatsbürgerschaft. Er hat mich gestern Abend angerufen. Er und eine Kommissarin.«

»Eine Kommissarin?«, fragte Brooks. »Interessant. Ich glaube, das LAPD war die erste Polizeistation, wo eine Frau im Polizeidienst eingestellt wurde.«

»Stimmt genau«, sagte Williams. »Die Kommissarin in Berlin heißt Clara Vidalis. Sie und MacDeath haben wohl schon einige Scheusale in den Knast oder auf den Friedhof gebracht.«

»Vidalis? Klingt spanisch«, meinte Brooks. »Die könnte auch von hier sein.«

»Hör zu, John«, sagte Williams, »wir wissen noch nicht, ob der Mörder in Berlin der Todesengel ist. Wir wissen es aber spätestens dann, wenn sich in Berlin oder irgendwo sonst in Deutschland oder in Europa ein weiterer ähnlicher Mord ereignet.« Er fixierte seinen alten Kollegen. »Dann nämlich haben wir eine Mordserie. Dir ist doch klar, dass es in diesem Fall unsere Pflicht ist, die Geschichte von damals zu Ende zu bringen?«

»Eigentlich hatte ich mich auf ein paar ruhige Jahre und dann auf den Ruhestand gefreut.«

»Der Ruhestand kommt früh genug, glaub mir.« Williams tippte auf den blutbefleckten Abschiedsbrief in der Klarsichthülle. »Du schleppst den Brief doch nicht mit dir herum, weil dir die Sache egal ist. Wir haben die Chance, den Fall zu lösen, ein für alle Mal, und den Hurensohn seiner gerechten Strafe zuzuführen. Versprich mir nur eines.«

»Und was?«

»Falls es einen zweiten Mord gibt, möchte ich, dass du mich begleitest. Du kennst diesen Killer. Du hast ihn gejagt. Wir brauchen dich dabei.«

»In Deutschland?«

»Wo immer der Kerl steckt.«

»Da muss ich erst meinen Captain fragen, ob der mich weglässt.«

»Keine Sorge, das läuft dann übers FBI. Du brauchst dich um nichts zu kümmern. Den Flug und alles andere regle ich.« Er legte die Fotos zurück in die Mappe. »Also, bist du dabei?«

Brooks nahm einen Zug von seiner Zigarette und zerdrückte die Kippe im Aschenbecher. Er blickte zum Hauptquartier des LAPD, dann zum Gebäude der *Los Angeles Times* und schließlich zu Williams.

»Scheiße, ja«, sagte er. »Ich war schon lange nicht mehr in Europa.«

30.

MacDeath sah den Arm.

Keine Tätowierungen, dafür ein Zeichen am Oberarm unterhalb des Schultergelenks.

Mit einem Messer ins Fleisch geschnitten. Tief eingeschnitten. Mit Druck. Das Muskelfleisch schimmerte unter dem Schnitt schwarz-rot, als hätte der Täter die Klinge bis auf den Knochen gedrückt. Mit sehr viel Kraft und sadistischer Brutalität.

Der Arm sah noch recht frisch aus. MacDeath entdeckte keinen Schorf und kaum Anzeichen von Wundheilung. Das bedeutete, das Opfer hatte nur noch sehr kurze Zeit gelebt, nachdem jemand ihm die Schnitte beigebracht hatte.

MacDeath hatte dieses Zeichen schon einmal gesehen.

Bei Stephan Schiller.

Und in den Unterlagen aus Quantico.

Vom Blutsommer 2004 in Los Angeles.

Vor zehn Jahren. Gestern Morgen. Gestern Nacht.

Und jetzt wieder. Nur einen Tag später. Das gleiche Zeichen, mit einem Messer ins Fleisch geschnitten.

Λ

»Entschuldigen Sie mich«, sagte er und trat zurück.

Er holte sein Smartphone hervor, machte ein Foto und schickte es per SMS an eine amerikanische Nummer.

An Ted Williams.

Ted, schrieb er, *wir haben hier möglicherweise eine Mordserie. Die zweite Leiche, das gleiche Zeichen.*

Wie hypnotisiert starrte er auf den Tisch und lockerte seine Krawatte, während er die SMS mit dem Foto via Smartphone verschickte. Als Nächstes würde er Clara und das Team im LKA anrufen.

Er rieb sich über die Stirn, atmete tief ein und aus.

»Martin?«, fragte Wolfsen. »Alles in Ordnung?«

»Nein.« MacDeath holte noch einmal tief Luft. »Nichts ist in Ordnung. Gar nichts.« Er hob die Stimme: »Alle legen die Instrumente hin. Sofort. Das ist ein Befehl.«

Zweites Buch

Crushing all deceivers,
smashing non-believers,
Never ending potency,
Hungry violence seeker,
feeding off the weaker,
Breeding on insanity.

– Metallica, *Battery*

1.

Wolfsen und die anderen Ärzte blickten MacDeath verwundert an.

»Sorry, mein Freund, aber hier stimmt was nicht. Wir haben ein Problem«, sagte MacDeath zu Wolfsen. »Dieser Arm hier, dieses ins Fleisch geschnittene Zeichen … Wir haben zurzeit einen Fall mit einem Täter, der bei seinem Opfer ähnliche Zeichen hinterlassen hat.«

»Ein echter Killer?« Wolfsen fand diesen Gedanken offenbar aufregend.

»Ja. Und da stellt sich mir die Frage, wie dieser Arm zu euch kommt.«

Wolfsen überlegte einen Moment. »Na, wie üblich halt. Es gibt da Firmen …«

»Hör zu«, fiel MacDeath ihm ins Wort, »wir müssen den Arm beschlagnahmen und diese Veranstaltung hier erst einmal abbrechen. Das verstehst du doch?«

»Ja, sicher.«

MacDeath hob seinen roten LKA-Dienstausweis, sodass alle ihn sehen konnten. Anders als in den berühmten Krimi-Serien gab es bei der Kripo Berlin keine metallenen Marken, sondern kreditkartengroße Ausweise mit dem Aufdruck *Der Polizeipräsident von Berlin.*

»Bitte beenden Sie Ihre Arbeit auf der Stelle«, sagte MacDeath. »Mein Name ist Martin Friedrich, LKA Berlin.« Alle hielten inne. »Ich habe begründeten Verdacht, dass eines dieser Präparate aus einem Gewaltverbrechen stammt. Deshalb muss ich einige der Leichenteile beschlagnahmen.«

Wolfsen nickte den anderen zu. »Tun Sie, was Dr. Friedrich sagt.«

Die Männer und Frauen wichen von den Tischen zurück. Auf ihren Gesichtern spiegelte sich Verwunderung, aber auch Erstaunen, bei einigen sogar Faszination.

MacDeath machte noch zwei Fotos von dem Arm und schickte sie an Hermann und Clara.

Dann wählte er Claras Nummer beim LKA.

2.

Clara ging die Unterlagen noch einmal durch. Sie war immer noch müde.

Sie hatte mal eine Affäre mit einem Banker gehabt, der behauptete, nur jede zweite Nacht schlafen zu müssen. »Morgen habe ich meine Schlafnacht«, hatte er jedes Mal gesagt. Er behauptete, er brauche halt nicht so viel Schlaf, aber Clara war ziemlich sicher, dass Kokain der wahre Grund gewesen war.

Sie dachte an das, was von Weinstein ihr eben gesagt hatte: Das Herz stammte von Stephan Schiller, und es befanden sich DNA-Spuren des Mörders daran, weil er offenbar hineingebissen hatte. Clara hatte die Nachricht sofort an Hermann und Winterfeld weitergegeben und MacDeath auf die Mailbox gesprochen.

Warum tötete dieser Killer einen Mann wie Stephan Schiller? Wollte er ein Zeichen setzen? War es ihm wichtig, aller Welt zu zeigen, dass er eine solche Größe aus der Unterwelt besiegen konnte? Es war, als ob jeder über ihn sagen sollte: Schaut mal, was der fertigbringt. Oder war es eine Art Mutprobe? Und auch wenn er seinem Opfer das Herz herausgeschnitten und ihm die seltsamen Zeichen ins Fleisch geschnitten hatte – es war dem Mörder wichtig, dass sein Opfer gut zu erkennen war, ja, dass es sogar in der eigenen Wohnung gefunden wurde und deshalb einwandfrei identifiziert werden konnte. Dieser Killer hatte es nicht darauf angelegt, den Leichnam unkenntlich und damit unidentifizierbar zu machen.

Ganz im Gegenteil war die Identität des Opfers offensichtlich. Vielleicht, weil es vom Täter so gewollt war.

Eines allerdings wunderte Clara. Auch wenn der Killer große Körperkraft besaß, musste ihm doch klar sein, dass die Racheaktion der Deathguards nicht ausbleiben würde und dass solche Banden ein Opfer manchmal schneller fanden als die Polizei. Was den Schluss zuließ, dass der Killer unvorsichtig, ja leichtsinnig agierte. Er war außergewöhnlich kräftig, aber gegen zehn schwerbewaffnete Gangmitglieder oder einen gezielten Schuss hätte auch er keine Chance. Hielt er sich für stark genug, auch zehn Gegner zu besiegen? Oder gab es einen anderen Grund, der seinen Leichtsinn begründete?

Clara merkte, wie die Müdigkeit ihre Gedanken vernebelte.

Die Killer, dachte sie, und es kam ihr vor, als würde eine andere Stimme in ihrem Kopf sprechen. Obwohl die Polizei und andere hinter diesen Bestien her waren – einige von ihnen waren immer da draußen unterwegs, am hellen Tag und in dunkler Nacht, schattenhaft, gnadenlos und tödlich.

Ja, die Killer sind da draußen. Aber wir auch.

Clara setzte sich aufrecht hin, schüttelte die Müdigkeit ab und trank einen Schluck schwarzen Kaffee.

Warum war der Killer so unvorsichtig? Oder würde er an einem anderen Ort weiter morden, weit weg von Berlin, wie er es vielleicht in den USA getan hatte? Und falls er in Berlin weitermachte – warum hatte er keine Angst vor der Rache der Rocker? Was machte ihn so zuversichtlich? Oder war er wirklich wie ein Raubtier, wie ein Hai, der in einen Blutrausch geriet und alles vergaß, sogar das eigene Überleben? Über diese Fragen hatte sie mit MacDeath noch gar nicht gesprochen.

Hermann kam in ihr Büro, in der Hand einen kleinen Zettel.

»Schon was Neues von Interpol?«, fragte Clara.

Hermann schüttelte den Kopf. »Nein. Und die Amis haben

sich auch noch nicht gemeldet. Ich ruf mal MacDeath an, wenn der mit seiner Pharmafirma fertig ist. Dafür ...« Er stockte, als müsse er etwas Unerfreuliches loswerden.

»Dafür was?«, fragte Clara.

»Dafür haben wir eine neue Leiche. Oder das, was davon übrig ist.«

»Was sagst du da?« Clara war schlagartig hellwach. »Wo?«

»Ich hab die Adresse hier.« Hermann zeigte auf den Zettel. »Die Spurensicherung ist bereits vor Ort. Fährst du schon mal vor? Ich komme dann gleich nach.«

»Klar.«

Clara sammelte ihre Sachen zusammen und machte sich auf den Weg zur Tiefgarage.

Insgeheim hoffte sie, dass dieser Mord mit dem Todesengel zu tun hatte. Andererseits fürchtete sie sich davor.

Hoffnung und Furcht waren nicht nur ständige Begleiter des Menschen, sie waren auch Claras ständige Begleiter in ihrem Job beim LKA.

3.

Die Spurensicherung war bereits am Tatort, als Clara eintraf. Es war ein baufälliges Gebäude mit Hinterhof in Kreuzberg. Wie es schien, war die Leiche im Kellergeschoss des Hauses gefunden worden. Ein Einsatzbeamter unterhielt sich mit einem Obdachlosen, der mit seinem Hund, einem braunen Labrador, vor dem Eingang des heruntergekommenen Hauses stand. Clara ging zu den beiden Männern und stellte sich vor.

»Das ist Herr Peter Mendel«, erklärte der Polizist, »leider ohne Anschrift. Er ist auf die Leiche aufmerksam geworden.«

Clara blickte den Mann an. »Was haben Sie gesehen, Herr Mendel?«

»Was heißt gesehen. Mein Jerry hat was gerochen«, antwortete Mendel. Clara roch die Fahne des Mannes über anderthalb Meter hinweg. »Ich geh nirgends hin ohne meinen Jerry. Der gibt mir Halt und baut mich auf.«

»Sind Sie öfter in dieser Gegend?«, fragte der Polizist.

»Ja, ich mach seit acht Jahren Platte.« *Platte machen* hieß so viel wie auf der Straße leben. »Früher war ich mal verheiratet, hatte Kinder und 'nen Job. Dann reichte das Geld aber nicht, und ich hab zu klauen angefangen. War dreimal im Knast. Als ich rauskam, war die Frau weg. Der Job auch. Und jetzt bin ich hier.«

»Und was tun Sie hier?«, fragte Clara.

»Na, betteln, was denn sonst? Du kriegst gutes Geld, wenn du mit Hunden auf der Straße bist. Manchmal setz ich dem Jerry so ein Hütchen auf. Dann kriegen wir noch mehr. Abends bekommt er dann richtig gute Sachen von mir zu essen.« Er streichelte den Hund. »Schließlich arbeitet er hart und hilft mir beim Geldverdienen, da soll er auch gut essen. Ohne Hund kannst du auf der Straße nämlich einpacken. Dat is' so.«

Clara hatte schon oft von der symbiotischen Verbindung zwischen Obdachlosen und ihren Hunden gehört. Was sie nicht wunderte, waren die Tiere doch die Einzigen, die trotz allem zu diesen armen Kerlen hielten und sich nicht von ihnen abwendeten wie alle anderen.

»Wir kriegen auch oft Hundefutter«, fuhr Mendel fort. »Meistens sogar viel zu viel. Letztens haben wir was verschenkt, weil mein Jerry das gar nicht alles fressen könnte.« Der Hund gluckste, als würde er zustimmen. »Aber wie gesagt, die Hunde sind wichtig. Sonst würde einer wie ich hier alt aussehen. Schon wegen dieser Bettelbanden aus Osteuropa. Die kommen fast immer mit Behinderten, die Mitleid erregen sollen. Die meisten von denen sind aber gar nicht behindert. Die Leute sollten sich lieber mal den Ausweis zeigen lassen. Ein echter Behinderter hat kein Problem damit, seinen Behindertenausweis zu zeigen.«

»Verstehe, Herr Mendel.« Clara versuchte freundlich, den Mann zu bewegen, zur Sache zu kommen. »Sie haben da mit Ihrem Hund etwas Unheimliches entdeckt, habe ich gehört?«

»Also, das war so«, antwortete Mendel. »Der Jerry hat auf einmal ganz laut gebellt, als hätte er was Schlimmes gerochen. Hat an der Leine gezogen. Da bin ich hinterher. Und dann standen wir hier vor dem Haus. Die Tür war offen. Und ich bin runter in den ... na ja, in den Keller.«

Der Mann verzog das Gesicht, als würde die Erinnerung ihm Schmerzen bereiten. »Erst dachte ich, das liegt wieder am Fusel. Es war wie 'n Albtraum, obwohl einer wie ich keine Träume mehr hat. Oder es lag an den scheiß Drogen. Polamidon. Solange ich von dem Zeug nicht runter bin, krieg ich auch keine Therapie. Wie auch immer, ich war da unten im Keller. Und da dachte ich, ich seh nicht recht. Aber es war echt!«

»Was? Eine Leiche?« Clara hob die Augenbrauen.

»Ja, 'ne Leiche, aber ... aber ...« Mendel kniff die Augen zusammen. »Aber nicht ganz.«

»Wie darf ich das verstehen?«

»Na, nicht *ganz*.« Mendel zeigte auf den Keller des baufälligen Hauses. »Schauen Sie selbst nach, dann wissen Sie, was ich meine.«

4.

Es klingelte viermal, dann meldete sich Hermann. »Ja?«

»MacDeath hier. Wo ist Clara? Im Büro geht keiner ran.«

»Clara ist unterwegs«, sagte Hermann. »Zu einem Tatort.«

»Was für ein Tatort? Ein Mordfall?« MacDeath ging in die hintere Ecke des Raumes, damit niemand zuhören konnte.

»Sieht so aus.«

»Fehlt der Leiche ein Arm? Weißt du was darüber?«

»Nein. Clara ist gerade erst unterwegs. Wieso? Was hat es mit diesem Arm auf sich?«

»Wir haben hier bei Medic Research Leichenteile gefunden, bei denen das runenartige Zeichen ins Fleisch geschnitten wurde, dieser Pfeil, den der Mörder auch bei Schiller hinterlassen hat.«

»Kein Witz?«

»Nein«, sagte MacDeath. »Ich brauche die Kriminaltechnik hier. Kannst du sie so schnell wie möglich schicken? Komm am besten auch selbst vorbei. Ich brauche noch jemanden vom LKA hier. Ach ja, und einen Beschlagnahmungszettel für den Arm.«

»Nur ein Arm?«

»Nur einer. Okay, ich bereite die Leute hier auf die KT vor und kläre das mit von Weinstein.«

»Gut«, sagte Hermann. »Clara müsstest du über ihr Handy erreichen können.«

»Okay.« MacDeath beendete die Verbindung und wandte sich wieder an die Ärzte, die ihn anblickten, als wäre er der Showmaster in einer makabren Realityshow.

»Meine Damen, meine Herren«, verkündete MacDeath, »wie ich Ihnen bereits sagte, spielt dieser Arm möglicherweise eine Rolle in einem Mordfall. Für unsere Untersuchungen werden wir Spuren sichern müssen, auch hier bei Ihnen. Und wir brauchen Vergleichsmaterial. Auch von Ihnen.«

»Unsere Fingerabdrücke?«, fragte einer der Ärzte.

»Nein. Sie alle haben ja Handschuhe getragen. Aber die Mitarbeiter der Kriminaltechnik, die gleich hierher kommen, werden DNA-Proben nehmen.«

»Wieso das denn?« Einer der Ärzte lachte auf. »Sind wir verdächtig?«

»Keineswegs«, erwiderte MacDeath kühl. »Allerdings werden sich organische Spuren von fast jedem von Ihnen auf dem Arm befinden, da wir hier keinen Mundschutz tragen.« Er blickte den Arzt an. »Konnten Sie mir bis hierher folgen? Wir müssen also Ihre DNA analysieren, weil die Wahrscheinlichkeit hoch ist, dass sich an dem Arm verschiedene DNA-Spuren befinden. Wenn wir Ihre DNA kennen, können wir die Zahl der vorhandenen Spuren eingrenzen und die Täter-DNA leichter finden.«

»Wird uns dazu Blut abgenommen?«

»Das ist nicht nötig«, antwortete MacDeath. »Wir machen nur einen Abstrich der Wangenschleimhaut, das sollte reichen.« Er schaute alle nacheinander an. »Erklären Sie sich freiwillig zu diesem Test bereit?«

Alle nickten. Bei einigen sah es sogar aus, als wären sie ehrlich interessiert, an einer Mördersuche beteiligt zu sein.

MacDeath schaute Wolfsen an. »Dann wäre das geklärt.«

Wolfsen nickte. »Haben wir sonst noch was zu besprechen?«

»Ja. *Wir* haben noch einiges zu bereden.« MacDeath blickte seinen Studienkollegen durchdringend an. »Ich brauche Informationen darüber, woher ihr diese Leichenteile habt. Die musst du mir beschaffen.« Er tippte wieder eine Nummer in sein Handy, deshalb sah er nicht, wie sich Wolfsens Gesicht verfärbte.

Von Weinstein meldete sich bereits nach dem ersten Klingeln.

»Guten Morgen, Kollege«, sagte MacDeath. »Deine Jungs müssen mal vorbeikommen und etwas abholen.«

»Ist es sehr eilig?«

»Das ist es. Es könnte mit dem Mord an Schiller zu tun haben. Wir haben ähnliche Zeichen.«

»Sie meinen, eine Serie?«

»Vielleicht.«

»Dann komme ich am besten auch mit.«

»Ich glaube, das ist nicht nötig.«

»Das sehe ich anders. Für die Todeszeitbestimmung brauche ich die Ausprägung der sicheren Todeszeichen, der supravitalen Phänomene, die elektromuskuläre Erregbarkeit, die Umgebungstemperatur und die Rektaltemperatur. Da können viele Fehler passieren, wenn es nur die KT macht.«

MacDeath zog die Luft ein. »Die Rektaltemperatur zu messen wird hier etwas schwierig.«

»Wieso?«

»Weil der Hintern fehlt.«

»Was?«

»Wir haben nur einen Arm, sonst nichts.« MacDeath stellte sich von Weinsteins Gesicht vor. »Deshalb brauchen wir auch keine Trage.«

»Verstehe. Gut, dann holen die Kollegen von der KT nur ein Leichenteil. Das bekommt eine Vorgangsnummer und den Namen Unbekannt. Was ist mit der Spurensicherung?«

»Ist unterwegs.«

»In Ordnung«, sagte von Weinstein. »Wir holen uns das gute Stück.«

»Vielen Dank.«

MacDeath hatte das Gespräch gerade erst beendet, da meldete sein Handy sich schon wieder. Es war eine SMS von einer amerikanischen Nummer. Angehängt ein Foto. Ein Ausdruck von einem Flugplan von Los Angeles nach Berlin.

MacDeath vergrößerte das Foto.

Lufthansa Flight: LH 453

17:20 Los Angeles International, CA (LAX), Terminal B
13:40 München – Franz Josef Strauss (MUC), Terminal 2
Airbus Industrie A340–600
Travel Time: 11 h 20 min
Stay: 01 h 25 min

Lufthansa Flight: LG 2042

15:05 München – Franz Josef Strauss (MUC), Terminal 2
16:15 Berlin – Tegel (TXL)
Travel Time: 01 h 10 min

Die SMS war von Ted Williams. Sie hatten das Foto vom Arm mit dem Zeichen bekommen und sofort darauf reagiert.

Brooks and I will be with you tomorrow, stand da. *Can you pick us up?*

MacDeath blickte ungläubig auf das Display. Für einen Augenblick war seine Aufmerksamkeit von dem Arm abgelenkt, der doch eigentlich der Grund für diese SMS war.

Williams und Brooks.

Sie kamen tatsächlich.

Morgen würden sie hier sein.

5.

Clara stieg gemeinsam mit den Ermittlungsbeamten die Treppe hinunter. Der typische metallische Geruch von Blut stieg ihr in die Nase.

»Das ist hier mal eine Schlachterei gewesen«, sagte Schröder, einer der Beamten.

»Tja, jetzt ist es wieder eine.«

Die Leiche lag auf einem verstaubten Tisch in der Mitte des Raumes. Der Kopf des Toten war eine zerschmetterte Masse aus blutigem Fleisch, Hirnfragmenten und Knochensplittern. Und hier fehlte nicht nur ein Arm: Beide Arme und beide Beine waren an den Schulter- beziehungsweise Hüftgelenken abgetrennt worden. Die Gelenkpfannen leuchteten gespenstisch weiß im Halbdunkel.

Aber da war noch mehr. Der gesamte Rumpf der Leiche war von den Schlüsselbeinen bis zum Becken aufgeschnitten. In der Mitte der Brust klaffte eine riesige Öffnung, wie ein blutiger Grand Canyon.

Clara trat näher heran und blickte in den Brustkorb des Toten. Herz, Leber, Nieren und Milz waren herausgeschnitten worden, soweit sie es mit ihren anatomischen Grundkenntnissen beurteilen konnte. Die Lunge hingegen war noch vorhanden.

Schröder stand regungslos vor dem Tisch. »Ist das ein Kannibale? Der die Organe isst?«

»Bisher hat er nur das Herz mitgenommen.« Clara schaute nach unten. »Aber in diesem Fall …« Sie ging um den Tisch herum. »Er hat hier auch Leber und Nieren entfernt.«

Dann sah sie das Symbol inmitten der Ströme von Blut. Das Zeichen des Killers, das er auch diesem Opfer ins Fleisch geschnitten hatte. An der Brust, auf der rechten Seite.

Λ

Er war es, dachte Clara. *Aber hier ist die Vorgehensweise ganz anders als beim letzten Mord. Absicht? Oder ist er in einen Blutrausch geraten? Er hat dem Mann den Schädel eingeschlagen und das Gesicht zerstampft. Das spricht dafür, dass es tatsächlich ein Blutrausch war wie bei einem Hai …*

»Ach ja, dieser Obdachlose vorhin hat noch gesagt, er hätte spätnachts einen Mann gesehen«, unterbrach Schröder Claras Gedanken. »Angeblich ist er hier mit einer Kiste rausmarschiert.«

»Wie sah der Mann aus?«

»Das weiß der Penner nicht mehr.«

»Groß? Klein?«

Schröder zuckte die Schultern. »Haben wir ihn auch gefragt. Er sagte nur, ein Mann. Oder jedenfalls ein Mensch.«

»Toll. Davon gibt's sieben Milliarden. Wie ist der Kerl hierher gekommen? Zu Fuß? Mit einem Auto?«

»Einer der Zeugen sprach von einem monströsen, Jeep-artigen Ungetüm von Auto.«

»So ein SUV?«

»Ja, so nennt man die wohl.«

»Das muss sofort an die Zulassungsbehörde. Die sollen die gängigen Marken in Berlin und Umland abgleichen. Wer fährt so ein Ding?«

Claras Handy klingelte wieder. Es war MacDeath.

»Clara? Sie kommen! Sie kommen tatsächlich!«

»Wer?« Sie blickte auf den makabren Torso auf dem Tisch.

»Die Reiter der Apokalypse?« Der Tatort sah tatsächlich so aus, als wären die vier Herren hier gewesen.

»Gott bewahre. Nein, die Amis. Williams und Brooks. Ihre Maschine landet morgen Nachmittag hier in Tegel.«

»Womit hast du sie eigentlich überzeugt, so schnell hierher zu kommen?«

»Mit den Fotos dieser Runen, die ich ihnen geschickt habe. Ich habe die Zeichen hier vor Ort gerade gesehen.«

»Was denn.« Clara war mit einem Mal hellwach. »Noch eine Leiche? Ich dachte, du bist zum Brunch bei diesem Pharmaunternehmen.«

»Bin ich ja«, entgegnete MacDeath. »Auch wenn es eine Art Workshop ist, nicht bloß ein Brunch. Und nein, es ist keine ganze Leiche, nur ein Arm.«

»Ein Arm? Interessant.«

»Wieso?«

»Mir fehlen hier zwei. An einem Tatort in Kreuzberg.«

»Äh ... das musst du mir erklären.«

Beide brachten sich gegenseitig auf den neuesten Stand. »Dann habe ich Williams das Foto gesimst«, beendete MacDeath seine Ausführungen. »Das Foto vom Arm mit dieser Rune. Wie gesagt, deshalb landen Williams und Brooks morgen in Tegel.«

»Hoffentlich bringen sie Licht ins Dunkel«, sagte Clara. Wenn die beiden Männer extra aus den USA kamen, konnte wirklich etwas Großes dahinterstecken.

Clara dachte einen Augenblick nach. »Ich gebe Silvia Bescheid«, sagte sie dann. »Sie soll sich um ein Hotel kümmern. Am besten wäre das Westin Grand in der Friedrichstraße oder etwas in der Güteklasse.«

»Okay«, erwiderte MacDeath. »Wie sieht der Tatort bei dir aus?«

»Grauenhaft.« Clara schaute noch einmal auf die Leiche.

»Der Kopf ist völlig zerschmettert, Arme und Beine wurden abgetrennt. Möglicherweise ist einer der Arme ja dort, wo du gerade bist. Wo die anderen Gliedmaßen sind, wissen wir nicht. Könnten sie auch bei dem Pharmaunternehmen sein?«

»Meinst du, der Arm hier gehört zu der Leiche, vor der du jetzt stehst?«

»Das werden wir hoffentlich bald wissen, wenn die Rechtsmedizin durch ist.«

»Gut«, sagte MacDeath, »ich komme vorbei.«

»Tu das. Winterfeld hat sich auch schon angekündigt.«

»Wird ja ein richtiges Familientreffen.«

In diesem Moment kam eine Gestalt in einem weißen Spurensicherungsanzug aus Endlosfaserflies die Treppe herunter, in der Hand einen silberfarbenen Metallkoffer.

Doktor von Weinstein.

Er stellte den Koffer ab und blieb einen Moment vor der Leiche stehen.

»Der Rumpf ist hier, die Extremitäten und Organe sind verschwunden«, sagte er kopfschüttelnd. »Wissen Sie, Frau Vidalis, was Ubiquität ist?«

»Ist das nicht die göttliche Gabe, an mehreren Orten gleichzeitig sein zu können? Zeus und die anderen griechischen Götter hatten das drauf, nicht wahr?«

»Ja.« Von Weinstein nickte. »Aber so göttlich ist diese Gabe offenbar gar nicht.« Er zeigte auf den blutigen Torso. »Der hier scheint's auch draufzuhaben.«

6.

Ali Al Zaid wusste nicht, dass jemand ihn beobachtete.

Jemand, der ihn sehr genau kannte. Jemand, der wusste, dass seine Familie in den Siebzigerjahren in die deutsche Hauptstadt übergesiedelt war und sich seitdem zu einer der schlagkräftigsten Gangs des organisierten Verbrechens hochgearbeitet hatte. Dass sie in Revierkämpfe mit den Hells Angels, den Bandidos und den Deathguards verwickelt waren. Dass sie die Türen diverser Clubs beherrschten und Mädchen, Stricher und Transvestiten aus Osteuropa, aber auch aus Indonesien und Venezuela hereinschleusten. Für fünftausend Euro pro Kopf.

Die Kosten für den Transport mussten die Mädchen, Männer oder wer auch immer abarbeiten. Die Ware Mensch garantierte Mehrwert. Und war skalierbar, wie man so schön in den Unternehmensberatungen sagen würde, obwohl Al Zaid sich von solchen Firmen nicht beraten ließ. Das hatte er nicht nötig, denn nur wenige kannten sein Geschäft besser als er. Skalierbar hieß: Eine einzige Ressource machte immer wieder aufs neue Geld, ohne dass man sich als Besitzer dieser Ressource groß anstrengen musste. Frauen ließen sich immer wieder von einem Land ins andere verschieben, von einem Bordell ins nächste. Und sie brachten immer wieder Geld. Garantiert zweistellige Renditen mit wunderbaren Zweit- und Drittverwertungsoptionen. Irgendwann waren die Mädchen am Ende. Wurden in irgendwelchen Flatrate-Bordellen oder Billigpornos verheizt. Von einigen hieß es auch, sie würden in Snuff Movies entsorgt. Manche Mädchen gingen so weit, dass sie ihre Organe verkauften, um dann krank vor sich hinzusiechen.

Ihr Leben, das sie mit der Operation eigentlich hatten verbessern wollen, war dann vollkommen dahin.

Doch einige arbeiteten freiwillig für Al Zaid. Auch wenn sie dreißig und fünfzig Prozent von ihren Einnahmen abdrücken mussten, war es ihnen lieber, auf der Straße zu arbeiten und von den Zuhältern aus Al Zaids Imperium beschützt zu werden, statt bei irgendeiner Puffmutter mit rotgefärbten Haaren in einem Bordell in der Küche unter einem Tankstellenkalender zu hocken, fernzusehen, Kaffee zu trinken, zu rauchen und zu warten, bis irgendein bildungsferner, durchgeschwitzter Freier kam, um sie mit seinem beklagenswert kleinen Schwanz mehr oder weniger erfolgreich durchzufiedeln.

Meistens lief es eh nur auf mittelprächtigen Oralverkehr hinaus, weil diese Freier eh keinen mehr hochbekamen, aber dann fingen viele von den Typen an, ob das denn nicht ohne Gummi und mit Schlucken ginge. Im Puff konnten die Miezen wenig machen, auf der Straße aber war gleich einer der Luden aus Al Zaids Imperium da, der allzu unverschämte Gäste mit ein paar schlagkräftigen Argumenten zur Vernunft bringen konnte.

Zudem mussten die Mädchen bei den Puffbesitzern Provision und Miete hinblättern, während auf der Straße die Kunden das Stundenhotel zahlten. Überdies wurde ihnen im Bordell vorgeschrieben, wann sie zu arbeiten hatten. Auf der Straße hingegen arbeiteten sie, wann sie wollten oder wann am meisten los war, während sie in den stationären Freudenhäusern kostbare Zeit absitzen mussten, ohne dass Geld reinkam. Fehlte noch, dass irgendein Gewerkschafter daherkam und ihnen die Fünfunddreißigstundenwoche vorschrieb, womöglich jeden Tag von sieben bis dreizehn Uhr, genau in der Zeit, wo garantiert niemand in den Puff kam. Genau das fehlte noch. Doch was Al Zaid betraf – er hätte sich nicht gewundert, wenn es mal so weit käme.

Das einzige wirkliche Problem war das Internet, das es auch Prostituierten immer einfacher machte, ihre Kunden gezielt anzusprechen. Ohne Mittelsmann, der nur die Hand aufhielt. Aber die meisten Pferdchen, die Al Zaid am Laufen hatte, hatten keine Ahnung vom Internet.

Das alles wusste Al Zaid. Und das wusste auch der Mann, der ihn gerade beobachtete.

Al Zaid hatte ein paar Schwalben aus dem Bordell geholt. Sie hatten es besser bei ihm. Um seinen Willen durchzusetzen, musste er den Puffbesitzern hin und wieder demonstrieren, wer das Sagen hatte. Manchmal biss dabei jemand ins Gras, oder irgendein Laden ging in Flammen auf. Doch wenn dann vor Gericht jemand gegen Al Zaid aussagen wollte, merkten alle schnell, dass das gar nicht so einfach war. Der Arm dieses Mannes reichte weit.

Letztendlich aber war das System selbst daran schuld, dass der deutsche Rechtsstaat wehrlos war. Davon war Al Zaid überzeugt. Und das nutzte er aus. Zeugen ließen sich unter Druck setzen. Sie sagten nicht aus, weil sie nicht geschützt wurden.

Hinzu kam, dass die Zeugen nicht separat gesichert wurden. Die Meldeadresse stand immer in den Gerichtsakten. Auf die hatte auch der Strafverteidiger Zugriff. Und der gab die Adresse dann – zufällig – an die Gang weiter, deren Mitglieder er vor Gericht vertrat. Die schickten dem Zeugen dann ein paar Leute zum Einschüchtern vorbei. Oder sie erschienen gleich im Laden und nahmen sich den Betreffenden vor, wie vor Kurzem erst geschehen. Gesehen hatte natürlich niemand etwas.

Und dann war Ruhe. Ein anderes, zeugenfreundlicheres System wäre wahrscheinlich möglich gewesen, aber Al Zaid dankte jeden Tag Gott oder Allah oder wem auch immer, dass kein Politiker dieses Problem anpackte. Die hielten halt lieber Sonntagsreden, saßen sich in Aufsichtsräten für jede Menge

Kohle den Hintern wund oder eröffneten Baustellen, die niemals fertig wurden.

Oscar Wilde hat gesagt: Wer die Wahrheit sagt, wird früher oder später dabei ertappt.

Genau so war es.

Auch Ali Al Zaid hatte es sich abgewöhnt, die Wahrheit zu sagen. Die Wahrheit zu denken, das gestattete er sich noch.

Nun war er auf dem Weg nach Hause zu seiner Villa in Schöneberg.

Auch das wusste der Mann, der ihn beobachtete.

Und fuhr langsam hinter ihm her.

7.

Am Tatort wurde es immer voller. MacDeath war gekommen, kurz darauf Hermann.

»Ist Wolfsen schon im LKA?«, fragte Clara.

Hermann nickte. »Wir wollen ja nicht, dass er noch schnell irgendwelche Dateien löscht. Die werden wir nämlich brauchen, wenn wir an den Leichenlieferanten rankommen wollen.« Er blickte MacDeath an. »Das leuchtet ihm doch auch ein?«

MacDeath nickte. »Er weiß, dass wir ihm ein paar unangenehme Fragen stellen werden.«

Dann richteten sich aller Blicke auf den Toten. Von Weinstein hatte seinen Koffer ausgepackt und seinen Laptop aufgeklappt. Nun ließ er den Blick prüfend über die Leiche schweifen, in den behandschuhten Händen eine Pinzette und eine kleine Taschenlampe, mit der er in die Brusthöhle leuchtete. Dann besah er sich die Wunden, wo die Gliedmaßen abgetrennt worden waren, und verkündete: »Das hat er gut gemacht.«

»Wie bitte?«, fragte Clara.

»Ich meine professionell. Er hat Arme und Beine aus den Gelenken herausgelöst. Zunächst hat er die Haut und die Muskeln fein säuberlich durchtrennt, dann die Gelenkkapseln eröffnet und die Sehnen und Arterien durchgeschnitten. So wie man das macht, wenn man Tiere in der Schlachterei entbeint.«

»Entbeinen nennt man das?«, sagte Hermann. »Sieh einer an.«

»Er hat Arme und Beine postmortal abgetrennt«, fuhr von Weinstein fort und leuchtete auf die Wunden. »Keine Unterblutungen an den Wundrändern.«

»Wie lange ist der Mann jetzt tot?«, fragte Clara.

Von Weinstein zuckte die Schultern. »Zwischen vierundzwanzig und sechsunddreißig Stunden. Kann ich nicht exakt sagen. Jedenfalls ist die Rektaltemperatur nicht mehr aussagekräftig. Die hat sich bereits der Umgebungstemperatur angeglichen. Aber die Totenflecken sind nur noch partiell wegdrückbar, das spricht für einen bis anderthalb Tage Liegezeit.« Er machte eine Pause, fuhr dann fort: »Über die Ausdehnung der Totenstarre in den Gliedern kann ich leider nichts sagen. Dafür brauche ich Arme und Beine, und die habe ich ja nicht.« Er zuckte die Schultern, blickte auf den arm- und beinlosen Rumpf und grinste jungenhaft. Clara verdrehte die Augen.

MacDeath ging zum Kopfende des Torsos und zeigte auf das, was einmal ein Kopf gewesen war. »Das hier sieht aber weniger professionell aus«, sagte er. »Wie erklären wir uns das? Einerseits ein nahezu chirurgischer Ansatz, und dann diese blinde Vernichtungswut? Das ist vom Modus Operandi her reichlich ungewöhnlich.«

»Da hat der Kollege recht.« Von Weinstein verrenkte sich den Hals, um die Richtung der Schnitte an Brustkorb und Bauch zu vergleichen, ohne mit der Leiche in Berührung zu kommen. »Wir haben auch hier am Torso unterschiedliche Schnitte.«

»Inwiefern?«

»Einmal hat der Täter den Brustkorb eröffnet und das Herz entnommen. Dabei lebte das Opfer noch. Später, post mortem, wurde der Schnitt schräg nach unten Richtung Bauch erweitert, um die Leber und die Nieren zu entnehmen.«

»Wie ist er gestorben?«

»Wahrscheinlich, als ihm der Schädel zertrümmert wurde«, erklärte von Weinstein.

Clara trat an die Leiche heran. Blutige Hirnmasse suppte unter dem zerschmetterten Schädelknochen hervor.

»Das Herz hat er kurz vorher entnommen«, fuhr von Weinstein fort. »Es gibt noch ein paar zarte Einblutungen an den Wundrändern. Von daher kann der Schnitt unmittelbar vor Eintritt des Todes zugefügt worden sein. Es kann aber auch sein, dass das Herz noch einen Moment schlug, nachdem er ihm den Schädel zerschmettert hatte. In jedem Fall fanden beide Gewalteinwirkungen in kurzer Abfolge statt.«

»Also fast gleichzeitig?«, fragte Clara.

Von Weinstein nickte.

»Aber bedeutsam ist vor allem«, sagte MacDeath, »dass wir unterschiedliche Modi Operandi haben, nicht wahr?«

Von Weinstein nickte. »Ja. Die Art und Weise, wie der Täter ihm den Schädel zertrümmert hat, passt überhaupt nicht zu der professionellen Entbeinung, also der Abtrennung von Armen und Beinen. Und die Wundränder der Schnitte am Oberkörper, die er dem Opfer beigebracht hat, um das Herz entnehmen zu können, sind viel unregelmäßiger als die Schnitte im Bauchbereich, die erforderlich waren, um an Leber und Nieren zu kommen.«

»Also oben Schlamperei und unten saubere Arbeit?«, fragte Hermann.

»So ungefähr. Unten hui, oben pfui. Mal umgekehrt wie im Sprichwort.«

»Sehr witzig«, sagte Clara und drehte sich um, als sie schwere Schritte hörte. Kriminaldirektor Winterfeld kam in Begleitung Schröders die Kellertreppe herunter.

»Mein lieber von Weinstein«, sagte Winterfeld, als er die Leiche sah. »Obduzieren Sie die Leichen jetzt schon direkt am Tatort? Tüchtig!«

Von Weinstein musste über den geschmacklosen Witz lächeln. »War nicht nötig. Hier hat mir der Täter schon einiges an Arbeit abgenommen. Allerdings nicht ganz so, wie ich es machen würde.«

Da hatte er recht. Der Mörder hatte den Y-Schnitt angewandt, der von einer Schulter zur anderen führte und von der Drosselgrube zwischen den Schlüsselbeinen bis zur Schambeinfuge nach unten, wie man es immer in den Rechtsmediziner-Serien sah. In Berlin wurde allerdings fast immer der sogenannte Mittelschnitt angewandt, vom Kinn bis hinunter zur Schambeinfuge. Denn so konnte man die Einblutungen in der Halsmuskulatur, verursacht durch Gewalt gegen den Hals, zum Beispiel Würgen oder Drosseln, am besten erkennen. Den Y-Schnitt brauchte man eigentlich nur, wenn man die Leiche noch in Kleidung mit Ausschnitt aufbahren wollte. In den USA, so hatte es Clara von MacDeath gehört, gab es bei weiblichen Leichen sogar einen U-Schnitt unter den Brüsten, damit man die Toten besonders tief dekolletiert aufbahren konnte, ohne dass irgendwelche Sektionsnähte zu sehen waren.

Winterfeld blieb einen Moment vor der Leiche stehen und kniff die Lippen zusammen. So etwas sah selbst er als Chef der Mordkommission nicht allzu häufig. »Einen Arm haben wir?«, fragte er.

Von Weinstein nickte. »Der rechte Arm ist schon bei uns in Moabit. Die Wahrscheinlichkeit, dass Arm und Leiche zusammenpassen, ist ziemlich hoch. Fehlt also nur noch der linke Arm.«

»Das haben Sie ja prima kombiniert. Zwei Beine fehlen aber auch noch.«

»Und einige Organe.«

»Todesursache?«

»Höchstwahrscheinlich das schwere Schädel-Hirn-Trauma. Der Mörder hat ihm den Kopf regelrecht zu Brei zerstampft.«

Von Weinstein zog seine Handschuhe aus und ließ sie in einem Abfallbeutel verschwinden. »Kurz vorher hat er ihm das Herz rausgerissen. Vielleicht sogar, als er noch lebte.«

»Und die Arme und Beine?« Winterfeld musterte die exakten Schnittränder an Arm- und Beingelenken.

Clara zuckte die Schultern. »Wir haben keine Ahnung, warum er das getan hat. Vielleicht verkauft er die Leichenteile jedes Mal an Pharmafirmen.«

MacDeath hatte eine Zeit lang grübelnd vor sich hin gestarrt. »Im Internet«, sagte er dann, »gibt es eine Legende von lebenden Sextoys. Damit sind junge Mädchen gemeint, denen man Arme und Beine abschneidet und die dadurch zu lebenden Sex-Puppen werden.«

»*Was?*« Clara schüttelte sich.

»Diese Lolita-Sextoys?«, fragte Hermann. »Soll es angeblich im versteckten Internet geben. Aber gibt's die auch als Männer?«

MacDeath zuckte die Schultern.

»Der hier als Sextoy?« Winterfeld schüttelte den Kopf und zeigte auf die Leiche. »Ich glaube nie im Leben, dass jemand über diesen Drecklappen rüberrutschen wollte. Auch wenn er noch so pervers ist und unser toter Freund hier noch so wenig Arme und Beine hat.«

»Möglich ist alles«, sagte MacDeath.

»Klar«, sagte Winterfeld, »es gibt alles. Die Frage ist nur, ob es uns hilft. Es gibt Leute, die angeblich Sex mit ihrem Staubsauger haben wollen, aber die helfen uns hier auch nicht weiter.«

»So was gibt's tatsächlich«, meldete sich von Weinstein wieder zu Wort. »Ein Kollege aus der Urologie hat von einem erzählt, der …«

»Egal«, schnitt Winterfeld ihm das Wort ab. »Zur Sache. Wissen wir schon, wer der Tote ist?« Er schaute von Weinstein an.

»Noch nicht. Er hatte keine Ausweispapiere dabei. Einen Zahnstatus erheben wir gleich in Moabit. DNA-Proben entnehmen wir dann auch.«

»Dann los.«

Schröder kam nach unten. »Wir haben hier einen Freund des Opfers«, verkündete er.

»Wie soll das gehen?«, erwiderte Winterfeld. »Wir wissen ja noch gar nicht, wer das Opfer ist.«

»Der Mann behauptet, er weiß es.«

»Gut, dann reden wir mit ihm.«

8.

Der Mann, der sich als Kumpel des Toten ausgab, kannte seine Rechte. Er war nicht bereit, seine Personalien anzugeben, und der Name des Ermordeten wollte ihm partout nicht einfallen.

Die autonome Gewalt hat sich vom ersten Mai in Kreuzberg auf andere Tage und an andere Orte verlagert, sagte Winterfeld immer. Sie geht nicht mehr von den Massen aus, sondern von kleineren Gruppen. Dieser Mann war Teil einer solchen Gruppe.

»Sollen wir den Mord an Ihrem Freund nun aufklären oder nicht?«, fragte Clara ungeduldig. »Denn wenn Sie sich weiter so dumm anstellen, wird das verdammt schwer.«

»Wir sind gegen dieses Scheißsystem«, sagte der Mann, der sich Snake nannte und dessen letzte Dusche wahrscheinlich nicht Tage, sondern Wochen her war.

»Schwarzer Block?«, fragte Winterfeld. »Ihr seid gegen alles, habt aber keine Lösungen?«

»Nein«, erwiderte Snake, »wir sind gegen das System, aber friedlich.«

»Und ich bin Donald Duck«, sagte Winterfeld.

Clara sah, wie Hermann heimlich die Aufnahmefunktion seines Smartphones aktivierte.

»Mein Freund nannte sich Ratte«, erklärte Snake. »Weil er im schlimmsten Dreck überleben konnte. Na ja, bis jetzt jedenfalls.«

»So wie er jetzt aussieht, wird's in der Tat schwer mit dem Überleben.« Winterfeld drehte den Kopf und blickte zum Kellereingang. An Snakes Augen erkannte Clara, dass er wohl gerne die Leiche sehen würde.

»Hat man Ihnen gesagt, wie sie aussieht? Die Leiche, meine ich?«, fragte sie.

»Nur dass die Leiche tot ist.« Snake drehte sich mit zitternden Fingern eine Zigarette. Clara fiel auf, dass er den Markennamen der Tabakfirma auf der Verpackung mit schwarzem Klebeband abgeklebt hatte. Er wollte wohl nicht für das Schweinesystem Reklame laufen.

»Das haben Leichen so an sich, dass sie tot sind«, sagte Clara. »Also, ganz kurz. Ihrem Freund wurde mit einem Stein oder einem anderen harten Gegenstand der Schädel zertrümmert. Und wie es aussieht, wurde ihm bei lebendigem Leib das Herz rausgeschnitten. Danach noch mehrere andere Organe. Ach ja, und seine Arme und Beine wurden ebenfalls abgetrennt.« Dass Letzteres nach Eintritt des Todes geschehen war, verschwieg Clara.

Snake wurde blass und vergaß, seine Zigarette zu drehen. Die Schocktherapie hatte funktioniert. »Und wo sind die Arme und Beine?«, fragte er.

»Weg. Genau wie das Herz und die anderen Organe.«

»Okeeey ...«, sagte Snake gedehnt. »Das heißt also, der Typ, der das getan hat, ist ... ist ...«

»... ein ungeheuerlich unangenehmer Mistkerl«, führte Winterfeld den Satz zu Ende. »Der schmeißt nicht nur Steine, der macht so was. Schädel Matsch, Herz raus, Arme ab, Beine ab, Organe raus ...«

Clara nickte. Dass sie selbst Schwierigkeiten hatte, die Brutalität des Mordes einerseits und die chirurgische Effizienz bei der Amputation andererseits in eine Gleichung zu bringen, war ein Thema für die Diskussion nachher mit MacDeath. Hier ging es erst einmal darum, diesem Snake ein wenig Angst einzujagen und damit seine Zunge zu lösen.

»Wieso musste Ihr Freund sterben? Wieso Ratte?«, fragte sie. »Wer würde ihm so etwas antun?«

Snake zuckte die Schultern. »'n Dealer vielleicht? Ratte hat sich vor den Demos neuerdings immer Crystal reingepfiffen.«

»Crystal Meth?« Clara zog die Augenbrauen hoch.

Dieses Zeug war der reinste Teufel. Eine synthetische Droge, in der Fachwelt auch Amphetamin oder Meth-Amphetamin genannt. Man konnte es zu Hause in der Küche selbst herstellen, aus Substanzen, die in normalen Erkältungsmitteln enthalten waren. Die Gewinne waren immens, die Produktion kinderleicht. Das Zeug konnte überall produziert werden. Fast anderthalb Kilo hatte die Berliner Polizei im vergangenen Jahr sichergestellt. Crystal Meth war praktisch überall verfügbar, machte sofort abhängig und veränderte einen Menschen binnen weniger Tage.

Schon in der Wehrmacht war dieser Stoff verabreicht worden, damit Soldaten länger kämpfen konnten. Hitler war angeblich abhängig davon gewesen. Mittlerweile wurde Crystal Meth sogar in Nordkorea verkauft. Selbst Freiberufler und Manager griffen immer häufiger zu der Droge. Fünf Gramm ersetzten eine Woche Schlaf. Das Zeug war pures Gift. Es wirkte auf den sogenannten sympathischen Teil des vegetativen Nervensystems, machte hellwach, euphorisch und zuverlässig süchtig.

Mittlerweile konsumierten nicht nur Junkies in den grenznahen Regionen zu Polen und Tschechien den Stoff, um ihre Arbeitslosigkeit zu vergessen, es war in allen Schichten »in«, denen Kokain zu teuer, Haschisch zu stumpfsinnig und LSD zu bunt war. Mittlerweile war es in der Mitte der Gesellschaft angekommen. Nur fielen die Manager, die sich das Zeug reinpfiffen, weniger auf als die Leute auf der Straße, da es bei Managern keine Beschaffungskriminalität gab; sie hatten viel eher das nötige Kleingeld für den Stoff als Junkies, denen oft nur die Prostitution übrig blieb, um das Zeug zu bezahlen. Was aber nichts daran änderte, dass die Wirkung auch bei ihnen schlimmer war als bei anderen Drogen. Depressionen, Zahnausfall, Verwahrlosung. Selbst Heroinkonsumenten blieben oft zumindest teilweise sozial integriert, ebenso Kokainjunkies, doch Crystal Meth führte dazu, dass die Persönlichkeit und die Beziehungen kaputtgingen. Ein normales Arbeitsleben war bald nicht mehr möglich.

Aber gearbeitet hatte »Ratte«, wie sein Kumpel ihn nannte, wahrscheinlich ohnehin nicht.

»Genau«, sagte Snake nun. »Crystal Meth. Hat er irgendwo an der tschechischen Grenze gekriegt. Der konnte danach manchmal drei Tage am Stück nicht pennen. Ist aus zwei Wohnungen geflogen, weil er die ganze Nacht Musik gehört hat. Punk, The Exploited, Stooges und so. Viel aus England, aber auch deutsche Sachen. Ihr wisst schon ...« Er fing mit krächzender Stimme an zu singen:

»Zwei Drittel Heizöl, ein Drittel Benzin ... die richtige Mischung für Ostberlin ... wir woll'n keine ... dada dada Bullenschweine ... dada dada.«

Er verstummte und hielt sich den Mund zu wie eine höhere Tochter, die einen schmutzigen Witz erzählt hatte. »Okay, okay, war vielleicht 'n blödes Beispiel.«

»So machen Sie Mollie? Zwei Drittel Heizöl, ein Drittel Benzin?«, fragte Clara.

»Das spielt jetzt keine Rolle«, unterbrach Winterfeld. »Was ist nun mit Ratte? Oder besser, war?«

»Tja, Ratte«, sagte Snake. »Ich glaub, inzwischen lebt er auf der Straße. Besser gesagt, lebte. Sein Gesicht sah zuletzt etwas ... komisch aus. Wie in *World War Z*. Kennen Sie den Film? Mit Brad Pitt und den Zombies?«

»Kennen wir«, sagte Winterfeld. »Wobei sein Gesicht jetzt *noch* komischer aussieht.«

Clara blickte Winterfeld strafend an. »Dann war es vielleicht ein Dealer, der ihm eins auswischen wollte?«, fragte sie.

»Kann schon sein.«

»Kann es auch sein, dass der Kerl ein riesiges Auto gefahren hat?«

Snake zuckte die Schultern. »Ich habe ihn nicht gesehen. Aber da soll wohl so ein dickes Nazi-Auto rumgefahren sein. Wie ein Panzer. So 'ne Karre, die Imperialistenschweine aus Amerika fahren. Haben denn die anderen nichts gesehen?«

Wir müssen wissen, wer diesen Wagen fährt, dachte Clara.

»Tja, die anderen«, sagte Winterfeld. »Die Kollegen haben noch weitere Zeugen befragt. Drei Männer aus Rattes Umfeld sind schwer verletzt. Einer wird's wohl nicht überleben. Zweien wurde der Unterkieferknochen gebrochen, dem dritten, dessen Zustand sehr kritisch ist, hat jemand die Rippen in die Lunge getreten.«

Snake wurde noch blasser.

»Sind Sie sicher, dass Sie nicht doch mit den Namen Ihrer Freunde rausrücken wollen? Vielleicht macht der Mörder Jagd nach Leuten aus dem Schwarzen Block.«

»Irgend so ein Nazi?«

»Wer weiß.«

Snake starrte eine Zeit lang dumpf vor sich hin. »Ich ...«, setzte er schließlich an, »ich tu nichts Verbotenes.«

»Tatsächlich?«, sagte Winterfeld. »Sind Sie sicher, dass Sie immer gesetzestreu und gewaltfrei handeln? Dass niemand vom Deeskalationsteam Sie am Ersten Mai aus der Menge rausfischen muss, weil Sie wieder mal irgendwelche Steine geschmissen haben?« Winterfelds Gesicht näherte sich dem von Snake bis auf wenige Zentimeter. »Denn Ihrem Kumpel Ratte wurde das Gesicht mit einem der Steine zerschmettert, die ihr sonst so gerne werft.«

Snake schluckte. Doch sein Selbstbewusstsein behielt die

Oberhand. »Scheiße, Mann, wir werfen keine Steine! Wir finden den Kapitalismus zum Kotzen, aber wir protestieren friedlich!«

»Na schön.« Winterfeld seufzte. »Dann können wir ja davon ausgehen, dass mögliche Feinde von Ihnen sich genauso friedlich verhalten.« Er schaute noch einmal demonstrativ zur Kellertreppe. »Sie überlegen sich einfach, ob Sie nicht doch noch auspacken, okay? Der Mann, der Ratte in blutiges Hackfleisch verwandelt hat, läuft noch frei herum. Und Sie haben ja gehört, was er mit den drei anderen gemacht hat.« Winterfeld lächelte Snake väterlich an und klopfte ihm auf die Schulter. »Aber Sie sind ja friedlich, deshalb haben Sie nichts zu befürchten. Falls Ihnen doch noch etwas einfällt, warum wir Sie unter Polizeischutz stellen sollten, melden Sie sich einfach bei uns. Hier ist meine Nummer.«

9.

Pavel Grabowski hörte die Musik, die oben im Zimmer hinter dem großen, steinernen Balkon lief, der wie ein riesiger Kiefer aus Beton über den Garten ragte. Hinter dem Balkonfenster befand sich das Schlafzimmer seines Bosses Ali Al Zaid. Aus diesem Zimmer drang der Rapsong.

Grabowski kannte den Song. *Another body murdered* von Boo-Yaa T.R.I.B.E. und Faith No More. Gangsta-Rap der härtesten Sorte. So etwas musste Al Zaid gefallen.

Another body murdered, dachte Grabowski.

Manchmal konnte Musik etwas Prophetisches haben.

Grabowski betrat die Veranda und zog an seiner Zigarette. Al Zaid hatte ihn von der Russenmafia abgeworben, die ihn wiederum aus einer polnischen Untergrundbande rekrutiert hatte. Al Zaids Gang war ein bunt gemischter Haufen, dessen Existenz bewies, dass interkulturelles Management funktionierte, wenn alle nur das gleiche Ziel hatten. Und dieses Ziel war, möglichst viel Geld zu verdienen.

Grabowski wippte mit dem Kopf zu den Klängen der Musik und bewegte die Lippen zum Text.

Now I gotta murder da' murder ta' get away
The eyes gotta peer now the fool's gotta pay
And if they pay then they pay with their life
So watch another man try to hold on to his life

Der Song war hier draußen deutlich zu hören. Drinnen musste die Musik auf voller Lautstärke spielen. Wenn sich Al Zaid mit seinen Miezen beschäftigte, musste jedes Mal laute Musik dabei sein. Heute hatte er zwei Frauen bei sich oben, eine Weiße und eine Schwarze. Er nannte sie »Licht« und »Schatten«.

Zuerst erschien immer die platinblonde Licht. Dann kam Schatten, die Schwarze, die sich jetzt wahrscheinlich gerade umzog. Die eine musste Al Zaid gegenüber unterwürfig sein, die andere dominant. Es war seit Monaten das gleiche Ritual, und Al Zaid konnte sehr ungemütlich werden, wenn sich daran etwas änderte. Grabowski lauschte weiter dem Gangsta-Rap von Boo-Yaa T.R.I.B.E.

Cause' I keep lookin' and huntin' just like a lion
Let the sucka' know that it's them that be dyin'
I show no remorse to the source of the tales
And if they tell then the hungry better battle

Eine weiße und eine schwarze Frau. Licht und Schatten. Immer der gleiche Ablauf.

Grabowski blickte nach oben durchs Fenster und sah, dass Schatten sich gerade in einem der Nebenzimmer umzog. Grabowski sah durch einen Spalt in den Jalousien, wie sie ihre perfekte Figur in ein enges Latexkorsett zwängte. Er drückte die Zigarette aus und vergrub die Kippe in einem Blumenbeet – heimlich und verstohlen. Nicht auszudenken, wenn sein Boss die Kippe fand. Trotz aller Laster, denen er sonst frönte, war Al Zaid militanter Nichtraucher; das Rauchen war überall dort auf seinem Grundstück verboten, wo Rauchschwaden ins Innere des Hauses gelangen konnten.

Dafür trank er gerne, was vielleicht als rebellischer Ausgleich zu seiner streng muslimischen Erziehung zu betrachten war, die er in seiner Heimat Syrien genossen hatte, von der aber nicht mehr allzu viel hängen geblieben war. Doch heute wehte ein kräftiger Ostwind, der den Rauchgeruch von der Villa weg über die nahe Hauptstraße blies, sodass niemand etwas riechen konnte. Das war gut für Grabowski, der so in Ruhe rauchen konnte, während er seinen Rundgang machte.

Und weil der Wind nicht nur den Rauch, sondern auch die Geräusche davonwehte, war es auch gut für den Mann, der schon seit einigen Minuten im Gebüsch wartete.

* * *

Die Musik, die oben in voller Lautstärke lief, sorgte dafür, dass Grabowski das gelegentliche Knacken im Gebüsch kaum hören konnte.

Ein Geräusch, das erzeugt wurde, als der hünenhafte Mann seine massige Gestalt langsam durch die Sträucher bewegte, einen Fuß vor den anderen.

Aw I keep it comin' and comin' across the table
And if I miss, I never miss, 'cause I'm able
I'm lookin' forward and I'm lookin' over my shoulder
And I'll make a simple sin to make the bonus

Grabowski blickte durchs Fenster. Schatten war fast fertig damit, ihr Latexkorsett anzuziehen und ihre Utensilien zusammenzusuchen, die sie für den Einsatz bei Al Zaid gleich brauchen würde. Grabowski hatte riskiert, sich eine zweite Zigarette anzuzünden. Nun nestelte er an seinem blonden Ziegenbart und verrenkte sich beinahe den Hals, um durch die Jalousien hinter dem Fenster möglichst viel von Schatten zu sehen.

Er war zu sehr abgelenkt, um das Geräusch zu hören, das leise Knacken, ungefähr vier Meter von ihm entfernt.

»Hey!« Ein zischender, heiserer Laut erfüllte die Nacht.

Pavel Grabowski zuckte zusammen und warf die Zigarette auf den Boden. Auf einmal war Schatten unwichtig. Grabowski war hellwach. Primitive Instinkte rissen die Kontrolle über sein Handeln an sich. Instinkte, die augenblicklich reagierten, weil das, was jetzt passierte, kein Dummejungenstreich war, weil irgendetwas Gefährliches auf ihn wartete, weil er jetzt höllisch aufmerksam sein musste. Es war einer der Augenblicke, in denen es darauf ankam und für die ihn sein Boss bezahlte. Gut bezahlte.

Grabowski schaute sich um.

Nichts.

»Hey!«

Da war es wieder. Grabowski griff in das Holster unter seinem Sakko. Wer immer einen blöden Scherz mit ihm machen wollte, würde gleich Bekanntschaft mit Mister .44er machen.

Dann kam der Augenblick, in dem er den Schatten sah. Der Augenblick, in dem der Rap von Boo-Yaa T.R.I.B.E. wie eine ferne Geisterstimme zu ihm sprach.

But I'll never bless the rest, so never cease
I'll do a motherfucker with this restin' piece

Plötzlich sah er den Kopf eines riesigen Mannes, der schnell und geschmeidig aus dem Gebüsch kam, das Gesicht hinter einer schwarzen Maske verborgen, in einem dunklen, eng anliegenden Anzug, der ihn mit der Dunkelheit verschmelzen ließ.

Den Buchteil einer Sekunde erstarrte Grabowski. Diese winzige Zeitspanne reichte dem Mann, um seine rechte Hand, die Finger ausgestreckt, nach vorne zu stoßen und Pavel den Kehlkopf zu zerschmettern.

Grabowski ging mit abgehacktem Krächzen zu Boden. Noch lebte er. Noch eine Sekunde. Das Knacken unter den riesigen Händen des Angreifers hörte er mehr, als dass er es spürte.

Dann war es vorbei. Pavel war tot, ohne dass er einen Laut von sich gegeben hatte. Als er nach vorne kippte, fing der Fremde ihn auf und legte die Leiche geräuschlos und vorsichtig, beinahe behutsam hinter die Rhododendronsträucher.

Die letzten Zeilen von Boo-Yaa T.R.I.B.E. hörte Pavel nicht mehr, auch wenn sie so klangen, als wären sie für ihn, für diesen Augenblick geschrieben worden.

Cause' what they saw they never seen or even heard of
And if they live, it's just another body murdered …

Der hünenhafte Angreifer sprang nach oben an die Balustrade des Balkons und zog sich wie ein riesiges, vorsintflutliches Reptil über die Brüstung, um sich im nächsten Moment unter das Fenster zu ducken.

Schatten schaute durch die Spalten der Jalousie nach draußen. Sie hatte ein Geräusch gehört. Als ihr Gesicht wieder vom Fenster verschwand, erhob sich die dunkle Gestalt und bewegte sich lautlos durch die Balkontür ins Innere der Villa.

10.

Im LKA wartete Herbert Wolfsen bereits in einem der Verhörräume. Man hatte ihm zwei LKA-Beamte an die Seite gestellt, gleich nachdem MacDeath den Arm auf dem OP-Tisch bei Medic Research gesehen hatte. Nun überwachten die beiden Männer jeden seiner Schritte. Vor allem wollten sie verhindern, dass Wolfsen in sein Büro gelangte und dort irgendwelche Dokumente vernichtete oder Dateien löschte.

Clara hatte auf dem Rückweg vom Tatort in der Rigaer Straße mit Winterfeld über das weitere Vorgehen gesprochen. Auch Winterfeld wollte die Informationen von Wolfsen, so schnell es ging. Vielleicht führte diese Spur ja zur Herkunft der Leichenteile und damit auf die Spur des Mörders, den sie jagten. Eile war also das Gebot der Stunde.

Außerdem war vorhin ein Anruf von Weinsteins aus Moabit gekommen. Der Arm und die Leiche gehörten offensichtlich zusammen. Die Wundränder passten perfekt zueinander. Natürlich würde man zum Nachweis noch eine DNA-Analyse vornehmen. Clara hatte auch nichts anderes erwartet. Es mochte wie ein Zufall aussehen, aber sie wusste, dass dem Schicksal der Zufall egal war, wenn es nur grausam genug zuging. Hermann und seine Kollegen waren gerade dabei, die Meldungen der Kfz-Behörde zu durchforsten. Es gab zwar eine Menge SUVs in Berlin, aber bisher keines, auf das die Zeugenbeschreibung aus Kreuzberg hundertprozentig zutraf. War die Karre vielleicht gar nicht angemeldet?

Nun würden Hermann und Clara das Verhör übernehmen.

»Was ist das für ein Kerl?«, wollte Clara von MacDeath wissen, als sie sich mit Hermann auf das Verhör vorbereitete.

»Er ist bei Medic Research für neue chirurgische Instrumente zuständig. Solche Instrumente werden häufig an Leichen ausprobiert, und für deren Beschaffung ist Wolfsen zuständig.«

»Offenbar werden die Leichen nicht immer legal beschafft«, sagte Hermann, der eine dicke Mappe über Wolfsen unter dem Arm trug. »Aber das wurde ihm offenbar in die Wiege gelegt. Wenn ich diese Unterlagen hier richtig verstehe, hat er seine Zulassung als Chirurg verloren, weil er Lobotomien an geistig Behinderten durchgeführt hat. Damals, im Benjamin Franklin. Ging alles an der Klinikleitung vorbei.«

»Lobotomien?«, fragte Clara. »Also stimmt es wirklich? Dieser Eingriff, bei dem im Gehirn etwas rausgeschnitten wird?«

Sie blickte MacDeath an.

»Leider ja«, antwortete MacDeath. »Eine ziemlich vorsintflutliche Technik. Der Erste, der einen solchen Eingriff vorgenommen hat, war Walter Freeman Ende der Vierzigerjahre in den USA. Dabei hat er eine zentimeterlange Nadel, so ähnlich wie ein Eispickel, allerdings mit scharfer Spitze, etwas oberhalb des Augapfels in die Augenhöhle des Patienten geschoben.«

»Igitt«, sagte Clara. »Und dann waren die Patienten blind?«

»Nein, das Auge wurde dabei gar nicht in Mitleidenschaft gezogen. Die Nadel ging darüber hinweg ins Schädelinnere. Wenn der Arzt mit der Nadel auf den Schädelknochen stieß, nahm er einen kleinen Hammer, und nach ein paar Schlägen gab der dünne Knochen nach.«

MacDeath verdeutlichte mit Handbewegungen, was er meinte. »Die Augenhöhlenwand ist sehr dünn. Man kann sie schnell mit einer Nadel und einem Hammer durchstoßen. Und dann ist die Nadel im Gehirn. Der Arzt drückt sie in die Hirnmasse, lässt die Nadel kreisen und zerstört das Nervengewebe an dieser Stelle. Wenn er fertig ist, nimmt er sich das andere Auge vor, beziehungsweise die andere Hirnregion.«

Hermann und Clara starrten ihn an. Ihre Gesichter ließen erkennen, wie sie sich gerade die Prozedur vorstellten.

»Und warum macht man so einen Scheiß?«, fragte Hermann. Genau diese Frage wollte auch Clara gerade stellen.

»Tja.« MacDeath hob die Hände. »Es sollte angeblich Depressionen heilen, Schizophrenie, Psychosen, auch Alkoholismus. Doch die meisten Patienten erwachten nach der Operation mit dem Verstand eines kleinen Kindes. Sie hatten keine eigene Persönlichkeit mehr, konnten nicht mehr sprechen oder nicht mehr laufen.«

»Was für ein Schwachsinn!« Hermann schüttelte den Kopf.

»Hat offenbar niemanden interessiert«, fuhr MacDeath fort. »Die Patienten haben Freeman damals jedenfalls die Bude eingerannt. Weil es so praktisch war. Nach der OP konnten die Patienten meist nach Hause gehen. Es gab nur ein paar blaue Blutergüsse um die Augen herum, sieht man davon ab, dass es auch ein paar Tote gab. Aber das war Freeman egal. Die OP war kurz und praktisch und deshalb beliebt. Freeman schwebte damals sogar eine Operation in der Mittagspause vor, nach der man sofort wieder zur Arbeit gehen könnte.«

»Oder in die Klapsmühle«, sagte Hermann. »Und so was hat dein Freund auch gemacht?« Er schaute MacDeath mit großen Augen an.

»Ein Freund ist er nicht gerade«, sagte MacDeath. »Er ist ein früherer Kommilitone. Aber ja, das hat er auch gemacht. Mit geistig Behinderten. Bei denen hat die Therapie natürlich erst recht nicht funktioniert.«

»Das ist ja ein reizendes Kerlchen«, sagte Hermann und schaute Clara an. »Wir reden mal mit ihm, was meinst du?

Habe allerdings gehört, dass er seinen Anwalt gleich mitgebracht hat.«

»Uns fällt schon was ein.«

* * *

Sie öffneten die Tür zum Verhörraum. MacDeath blieb draußen, da er Wolfsen persönlich kannte, damit ihm später niemand Befangenheit im Verhör vorwerfen konnte.

Wolfsen saß dort, zusammen mit dem Anwalt, der sich als Dr. Gerd Marx vorstellte und Hermann und Clara eine Visitenkarte überreichte, als würden sie beide auch bald seine Mandanten. Marx trug einen Dreireiher mit Nadelstreifen und teurem Hemd mit Krawatte, dazu aber sehr plumpe, schwarze Kunstlederschuhe mit Gummisohle – eine Kombination, die Clara schon bei vielen Anwälten als Stilvergehen ausgemacht hatte.

»Mein Mandant wünscht, dass ich für ihn die Unterredung führe.«

»Zunächst einmal, wir führen hier keine Unterredungen, Herr Dr. Marx«, erwiderte Hermann. »Zweitens stellen wir die Frage trotzdem an Herrn Dr. Wolfsen. Schließlich geht es um ihn, nicht um Sie. Wenn er möchte, dass Sie für ihn antworten, wird er es Ihnen bestimmt sagen.« Marx und Wolfsen blickten Hermann missmutig an, als hätte er ihnen gerade im Sandkasten die Förmchen geklaut.

Hermann spielte heute den Bad Cop. Clara würde als Moderatorin und Good Cop beschwichtigend eingreifen.

Beide setzten sich. Clara öffnete die Mappe.

»Ich nehme an, Dr. Wolfsen, Sie sind sich der Tragweite Ihres Vergehens bewusst?«, begann Hermann. Als Wolfsen und Marx demonstrativ unschuldig-naiv dreinblickten, wurde Hermann deutlicher. »Ein Leichenarm, der bei Ihnen zu medizinischen Zwecken benutzt wurde, gehört zur Leiche eines Mannes, der in Kreuzberg auf gewaltsame Weise zu Tode kam. Das lässt gewisse Spekulationen zu, wie Ihr Unternehmen an Leichenteile kommt.«

»Das ist eine infame Unterstellung!«, schnappte Marx. »Sie wollen doch nicht etwa behaupten, dass mein Mandant …«

»Wir wollen gar nichts behaupten«, meldete Clara sich zu Wort. »Wir müssen nur wissen, woher Sie die Leichenteile haben.«

Wolfsen starrte abwechselnd Marx und Clara an, hüllte sich aber in Schweigen.

»Machen Sie sich eines klar«, sagte Hermann. »Die Leichenteile, die Sie heute bei der Vorstellung der neuen Instrumente verwendet haben, waren nicht für die Forschung freigegeben. Jedenfalls haben wir bis jetzt keine Zertifikate mit den Einverständnisunterschriften der Angehörigen gesehen, dass die Leichen auf deren Wunsch hin von Medic Research zur medizinischen Forschung verwendet werden dürfen. Wenn es korrekt zugeht, liegen solche Zertifikate vor. Ich nehme aber an, Sie können uns diese Zertifikate sehr schnell vorlegen?« Er beugte sich vor. »Oder haben Sie diese Papiere versehentlich in der Firma vergessen?«

Marx schaute kurz zu Wolfsen. Clara war nicht entgangen, dass die beiden Männer einen besorgten Blick tauschten.

»Vielleicht hatten Sie auch gerade keinen Grafik-Designer und keinen guten Farbdrucker zur Hand?«, bohrte Hermann weiter.

Das saß. »Darum geht es hier doch überhaupt nicht«, schnappte Marx. »Sie versuchen, meinen Mandanten in einen Mordfall hineinzuziehen, mit dem er nicht das Geringste zu tun hat.«

»Warum sollte ich?«, fragte Hermann gelassen.

»Weil Sie sich davon erhoffen, dass mein Mandant Ihnen auf

diese Weise Informationen gibt, die Sie normalerweise nicht so schnell bekommen!«

»Darum geht es hier sehr wohl«, sagte Hermann. »Und wissen Sie, worum es noch geht? Wenn Sie oder Ihr Mandant nicht nachweisen können, wo die Leichenteile herkommen, macht Ihnen die Ethikkommission ganz schnell die Hölle heiß, allein schon wegen des Verstoßes gegen das Bestattungsgesetz und die Störung der Totenruhe. Sie werden wissen wollen, wo die Leichen herkommen. Und für die Medien, gerade für die Boulevardpresse, ist so eine Story sowieso ein Festmahl.« Er lehnte sich zurück. »Glauben Sie ja nicht, dass Sie dann nichts damit zu tun hätten. Das wäre genau so, als würden Sie ein Hausmädchen illegal bei sich beschäftigen, das Schleuserbanden nach Deutschland gebracht haben, um dann zu behaupten, Sie hätten nichts mit Menschenhandel zu tun.«

»Dieser Vergleich ist noch schiefer als Ihre sonstige Argumentation«, keilte der Anwalt zurück.

»Ganz und gar nicht«, meldete Clara sich zu Wort. »Nur in einem haben Sie recht: Es geht nicht um lebende Menschen, sondern um tote Leichen, von denen niemand weiß, auf welche Art sie gestorben sind. Sollte sich der Verdacht erhärten, dass Ihre Firma nicht nur unlautere Methoden in Kauf nimmt, um an Leichenteile zu kommen, sondern obendrein nicht allzu sehr daran interessiert ist, bei der Aufklärung zu helfen, wie diese Menschen gestorben sind, Hauptsache, Ihre Leichen landen auf dem Tisch von Medic Research, dann ...«

»Dann was?«

»Dann hat Ihre Firma ein Riesenproblem.«

»Sie verwechseln hier die Firma als Ganzes und meinen Mandanten als Individuum«, wandte Marx ein, nachdem er erneut einen Blick mit Wolfsen getauscht hatte.

»Im Gegenteil«, sagte Clara. »Nur wenn es an die große Glocke gehängt wird, dass Medic Research Leichenteile verwendet, deren Ursprung unklar ist und die möglicherweise gegen den Willen der Angehörigen oder der vormals Lebenden für medizinische Versuche verwendet werden, wird Ihnen nicht nur die Ethikkommission die Bude einrennen, auch die Presse wird über Sie herfallen, wie mein Kollege bereits sagte. Und nicht nur das, auch der Pharmaverband wird sich distanzieren, und das Image Ihres Unternehmens geht den Bach runter. Ein Image, das Sie nach dem Skandal um Ihr erbschädigendes Antidepressivum vor ein paar Jahren gerade mal so kitten konnten. Noch schlimmer aber wird es, wenn jemand auf den Gedanken kommt, dass Ihr Unternehmen dafür sorgt, dass Personen, die niemand vermisst, zu Leichen werden.«

»Das ist unerhört!«, stieß Marx hervor.

Clara ließ sich nicht aus der Ruhe bringen und fuhr fort: »Der Vorstand, der von alledem wahrscheinlich nichts weiß oder, falls doch, den Ahnungslosen spielen wird, könnte sich fragen, wer die Schuld trägt. Und dann werden alle sehr schnell mit dem Finger auf eine gewisse Person zeigen.« Clara fixierte Wolfsen.

Angst flackerte in Wolfsens Augen auf. Aber Clara war noch nicht fertig. »Der Vorstand wird sich gezwungen sehen, auch auf Druck der Aktionäre, gegen Mitarbeiter vorzugehen, die den Ruf des Konzerns schädigen könnten. Er wird bemüht sein, Schaden vom Unternehmen abzuwenden. Dazu muss ein Bauernopfer her. Und Sie sind ja wohl nicht so naiv zu glauben, Dr. Wolfsen, dass Sie dabei keine Rolle spielen würden. Arbeitsrechtlich wird das Ganze eine sofortige Kündigung nach sich ziehen, wenn nicht sogar eine Schadensersatzanzeige gegen Sie, weil Sie dem Image des Unternehmens geschadet haben, egal wie wertvoll Sie vorher für die Firma waren. Wenn man merkt, dass es gefährlich wird, sind frühere Freunde ganz schnell bittere Feinde. Es wäre der erste Konzern, wo es anders läuft. Man wird Sie fallen lassen wie eine heiße Kartoffel.«

Sie blickte ihm in die Augen und fügte hinzu: »Mit Ihrer Vorgeschichte, der Lobotomie und jetzt dem Skandal mit den Leichenteilen – glauben Sie, Sie finden dann noch einmal einen Job, der auch nur annähernd so lukrativ ist wie Ihre jetzige Beschäftigung? Wenn Sie Glück haben, können Sie Nachtwächter im Leichenschauhaus werden oder gleich ins organisierte Verbrechen abwandern.«

Wolfsen schaute Clara ein paar Sekunden reglos an; dann wandte er sich an Marx. Die beiden flüsterten miteinander. Schließlich sagte Marx: »Mein Mandant und ich würden gerne ein paar Minuten unter vier Augen reden.«

»Bitte.« Clara stand auf. Hermann tat es ihr nach. »Sagen Sie uns Bescheid, wenn es wieder acht Augen werden dürfen.«

11.

Die schwarze Frau, Schatten, verließ gerade in einem Domina-Outfit den Nebenraum und bewegte sich auf hochhackigen Schuhen Richtung Schlafzimmer, als sie die riesige Gestalt sah, die dort so ruhig stand wie ein Fels.

»Keinen Mucks«, sagte der riesige Mann.

Schatten erstarrte.

»Keinen Mucks«, wiederholte der Hüne. »Sonst muss ich dir den Kiefer brechen. Schreien nützt dir sowieso nichts. Du bist schon tot.«

Im gleichen Moment spürte Schatten die riesigen harten Hände an Kopf und Kinn.

Dann zwei abrupte Bewegungen.

Ein Knacken.

Der Kopf der toten Frau, die Schatten genannt wurde, kippte mit gebrochenem Genick zur Seite.

* * *

Al Zaid hätte es nie so weit gebracht, hätte er nicht auf seine Instinkte vertraut. Genau diese Instinkte meldeten sich jetzt bei ihm. Wie eine hyperempfindliche Alarmanlage, die eher einmal zu viel als einmal zu wenig reagierte.

Da ist irgendwas. Ganz in der Nähe.

Ali Al Zaid vergaß die Nacht mit den beiden Frauen, auf die er sich so gefreut hatte, zog sich hastig die Unterhose an und wühlte mit zitternden Fingern in der Nachttischschublade nach der .45er. Wenn sein Leibwächter eine .44er hatte, musste er natürlich eine .45er haben. »Stopp«, rief er. Das Mikrofon der Musikanlage registrierte augenblicklich seinen Befehl. Der Song, der nach *Another Body Murdered* lief, endete abrupt. Mit einem Mal herrschte lastende Stille. Totenstille. Licht, die andere Frau, hatte sich die Decke über die Schultern gezogen und saß zusammengekauert in einer Ecke des Bettes.

»Was ist das?«, flüsterte sie und schaute sich furchtsam um.

»Keine Ahnung, was hier los ist, du blöde Ziege«, zischte Al Zaid, »aber wer immer mein Haus betreten hat, hat gerade sein Todesurteil unterschrieben.«

Er verteilte den Inhalt der Schublade auf den Fußboden und wühlte weiter im Schrank herum.

»Wo ist die beschissene .45er?«, rief er. Endlich fand er die Waffe, ergriff das Magazin und versuchte mit zitternden Fingern, es in den Griff zu schieben.

Verdammt, mein Albtraum wird wahr ...

Schon einmal hatte ihm eine andere Gang nach dem Leben getrachtet. Das war lange her, und Al Zaid war sicher gewesen, dass es nie wieder passiert. Aber eines hatte er gelernt: Dinge wiederholten sich. Die unangenehmen Dinge ganz besonders. Früher war er der Überzeugung gewesen, sämtliche Schwierigkeiten auf Erden seien die Probleme anderer Leute, aber er musste die Erfahrung machen, dass andere Leute ihre Probleme sehr schnell zu seinen Problemen machen konnten. Und dann hing man mit drin.

Was war das hier für ein Blödmann? Wahrscheinlich irgendein billiger Schläger. Na, den würde er schnell abservieren.

Aber wo zum Teufel steckte Pavel? Wenn der unten wieder rauchte, ohne irgendwas mitzukriegen, bekam er den Arschtritt seines Lebens. Er würde ...

In diesem Moment ging wie von Geisterhand die Tür auf.

Und da stand Schatten.

Sie stand nur ganz kurz da, vielleicht eine Sekunde, dann

kippte sie langsam nach vorn, mit einer Bewegung, die beinahe graziös aussah. Wie die Statue einer Königin, die nach der Revolution von Aufständischen gestürzt wird. Mit grausamer Härte schlug sie auf dem Boden vor dem Bett auf.

Al Zaid verharrte ein paar Sekunden reglos. Dann wusste er, sie war tot. Sie war schon vorher tot gewesen. Jemand hatte sie getötet.

Er robbte auf dem Bett nach vorne. Blickte nach unten. Sah das Gesicht der schwarzen Frau, das sich durch den Sturz seitlich nach oben gedreht hatte. Sah den leeren Blick ihrer toten Augen. Sah ihren unnatürlich verdrehten Hals. Das reichte ihm, um zu erkennen, was mit Schatten geschehen war.

Jemand hatte ihr das Genick gebrochen.

»Okay«, sagte er und ergriff die .45er. »Wo bist du? Bringen wir's hinter uns. Mal schauen, ob du auch mit Männern fertig wirst, du verdammte Schwuchtel.«

Keine Antwort.

Schatten lag tot neben dem Bett und starrte zu ihm hoch.

Gleichzeitig erhob sich ein viel größerer Schatten hinter der offenen Tür, dort, wo eben die schwarze Frau mit gebrochenem Genick tot zu Boden gefallen war.

Der riesige Mann erschien so plötzlich und lautlos, dass Licht mit einem schrillen Schrei aufsprang und sich instinktiv an Al Zaids Seite klammerte.

Der Fremde setzte sich in Bewegung. Augenblicke später sah Zaid die riesige, dunkle Gestalt ganz deutlich. Mit langsamen Schritten kam sie durch die offene Tür in das große Schlafzimmer, in der Hand eine Waffe mit Schalldämpfer.

Scheiße, dachte Al Zaid, *der Mistkerl ist auch noch bewaffnet!*

Er hob die .45er. Besser, jetzt gleich schießen als zu warten, bis …

»Fallen lassen«, sagte die Gestalt und hob die Waffe mit dem Schalldämpfer.

Al Zaid zog Licht zu sich heran. »Im Tresor ist ein Geheimfach«, keuchte er, »da liegen dreihunderttausend Euro in bar. Die gehören dir.«

»Ich bin nicht wegen Geld da«, sagte die riesige Gestalt. »Ich bin wegen *dir* gekommen.«

»Wenn du mich töten willst, musst du erst sie erschießen.« Al Zaid zog den platinblonden Kopf der in Todesangst zitternden Frau vor sich. Doch es war bloß Ablenkung. Er wartete nur auf den richtigen Moment, um diesem riesigen Psychopathen eine Kugel zwischen die Augen zu jagen. »Du wirst doch nicht noch eine Frau töten? Mit voller Absicht? Ein Mann tötet doch keine Frauen?«

Das dumpfe Fauchen aus dem Schalldämpfer und das klaffende Loch, das plötzlich in Lichts Kopf war und sie tot auf dem Bett zusammensinken ließ, überzeugten Al Zaid innerhalb einer Zehntelsekunde vom Gegenteil. Tot kippte Licht aufs Bett.

»Verdammter Scheißkerl«, brüllte Al Zaid, wischte sich mit der Linken Blut und Knochensplitter aus den Augen und legte die rechte Hand an den Abzug. Doch einen Lidschlag, bevor er abdrücken konnte, hörte er ein neuerliches Fauchen und spürte einen seltsamen Zug in der rechten Schulter. Er wurde wie von einem Hammerschlag nach hinten geschleudert. Dann kamen die Schmerzen.

Der unheimliche Fremde hatte ihm in die rechte Schulter geschossen. Er konnte den Arm nicht mehr bewegen …

Al Zaid sah den Schatten, der größer und größer wurde.

Der Schatten des Riesen, der auf ihn zukam.

12.

Hermann und Clara warteten vor der Tür des Verhörraumes, in dem Wolfsen sich mit seinem Anwalt besprach.

»Sind wir eigentlich scharf auf diesen Burschen?«, fragte Hermann.

Clara schüttelte den Kopf, während sie noch einmal Wolfsens Akte überflog. »Ich nehme an, der hat auf dem kurzen Dienstweg Leichenteile von sonst woher beschafft. Das ist zwar nicht legitim, ist im Moment aber zweitrangig. Die größten Kopfschmerzen bereitet uns dieser verrückte Killer, der den Leuten das Herz rausschneidet und ihnen Arme und Beine absägt, um sie an Pharmaunternehmen zu verkaufen.«

»Wenn es ein und derselbe Täter ist«, sagte Hermann, »MacDeath sagt, der Modus Operandi in beiden Fällen passt nicht zusammen.«

»Jedenfalls tappen wir im Dunklen wie ein Blinder ohne Hund. Wir müssen so langsam ein paar Erfolge vermelden. Wenn Wolfsen kooperativ ist und uns auf die Spur des Mörders schickt, vergessen wir doch gerne, dass er ethisch nicht korrekt gehandelt hat. Wenn er sich öffnet, kommen wir ihm entgegen. Denn wenn er dichtmacht und sein Anwalt auf Zeit spielt, dauert es umso länger, bis wir die Daten kriegen. Also machen wir es auf dem kurzen Dienstweg. Vorausgesetzt, Wolfsen spielt mit. Ich bin ziemlich sicher, Winterfeld sieht es genauso.«

Hermann nickte.

In diesem Moment öffnete sich die Tür, und Gerd Marx, der Anwalt, betrat den Korridor.

»Wir haben ein Angebot«, sagte er.

»Ich dachte schon, Sie und Ihr Mandant hätten gemeinsam das Weite gesucht«, ulkte Hermann und schaute demonstrativ auf die Uhr. »Außerdem warten wir hier nicht auf ein Angebot von Ihnen, sondern auf eine Aussage.«

Clara befürchtete einen Moment, dass der Anwalt jetzt auf bockig schaltete, aber so sah es glücklicherweise nicht aus, denn er sagte: »Nun mal Schluss mit den Witzen. Mein Mandant ist sich der pikanten Situation bewusst. Vor allem vor dem Hintergrund, dass normalerweise alle Leichenteile von zertifizierten Anbietern kommen, bei denen sehr wohl das Einverständnis der Angehörigen vorliegt.«

»Dass Leichenteile zu einer zerstückelten Leiche gehören, die irgendwo in Kreuzberg mit zerschlagenem Schädel und entnommenen Organen im Keller einer stillgelegten Schlachterei liegt, ist also eine Ausnahme?«

»Hören Sie«, Marx zupfte an seinem kornblumenblauen Einstecktuch, »mein Mandant bezieht ausschließlich Leichenteile von der Firma Tissue Trade, die auf das Sammeln und den Versand solcher Präparate spezialisiert ist.«

»Tissue Trade«, sagte Clara. »Schon mal gehört.«

»Leider«, fuhr Marx fort, »ist es bisweilen so, dass die Firma meines Mandanten einen extrem kurzfristigen Bedarf an Präparaten hat, die dann auf einem ...«, der Anwalt suchte nach der passenden Umschreibung, »... schnelleren Dienstweg herbeigeschafft werden müssen.«

»Mit anderen Worten«, ergänzte Hermann, »dieser Dienstweg nimmt es auch nicht so genau mit dem Einverständnis der Angehörigen und den gesetzlichen Vorschriften?«

Marx druckste herum. »So in etwa. Wie gesagt, der allergrößte Teil der Lieferungen ist legal, nur in Ausnahmefällen greift mein Mandant auf einen speziellen Kontakt zurück, der schnell und unkompliziert liefern kann. Die Ware und die Dienstleistung werden in diesem Fall grundsätzlich in bar beglichen. Der Vorstand des Unternehmens ...« Marx blickte sich um, als würde er von irgendeiner Seite belauscht. »Der Vorstand ist sehr zufrieden mit Dr. Wolfsen, da es niemals Engpässe gibt, wenn zur Präsentation chirurgischer Instrumente oder anderer Neuheiten auf die Schnelle spezielle Leichenteile benötigt werden. Und er zeigt sich sehr großzügig, was Gratifikationen angeht.«

»Du lieferst mir Leichen, ich gebe dir Kohle«, sagte Hermann.

»Mit anderen Worten«, fasste Clara zusammen, »die Firma liebt Dr. Wolfsen für das, was er tut. Aber weiß sie denn auch genau, *was* er tut? Weiß der Vorstand, dass es diesen zweiten Kanal gibt?«

Marx schüttelte den Kopf. »In der Tat weiß der Vorstand nichts von alledem. Und mein Mandant wünscht, dass es auch so bleibt. Dafür ist er bereit, Details über seinen Lieferanten herauszugeben, und zwar sofort. Selbst wenn das bedeuten sollte, dass er in Zukunft auf diesen Lieferanten verzichten muss.«

»Wie gnädig«, spöttelte Hermann. »Das könnte es in der Tat bedeuten, denn wir müssen diesen sauberen Lieferanten wahrscheinlich hochnehmen – je eher, desto besser.«

»Wenn Dr. Wolfsen das eben Besprochene noch einmal bestätigt«, sagte Clara, »dann solltest du«, sie zeigte auf Hermann, »dich gleich mit ihm zusammensetzen. Sobald wir genug über diesen Leichenhändler wissen, um einen vorläufigen Haftbefehl vom Untersuchungsrichter zu bekommen, geht es los.«

Sie öffnete die Tür. »Dr. Wolfsen«, sagte sie, »ich glaube, wir finden eine Lösung.«

13.

Der Riese näherte sich Al Zaid wie ein drohendes Unwetter.

Er riss dem vor Schmerz erstarrten Mann die .45er aus der tauben Hand und warf sie hinter sich. Die Waffe landete scheppernd in einer Ecke des riesigen Schlafzimmers unter einem mannshohen Spiegel.

Noch einmal regte sich Widerstand in Al Zaid. So schnell gab er nicht auf. Und wenn er sterben musste, würde er den anderen mitnehmen. Er griff noch einmal in die Schublade, diesmal mit der linken Hand, und zog ein langes Messer hervor. Mit einer Beweglichkeit, die man dem massigen Mann niemals zugetraut hätte, sprang er nach vorne, um dem Hünen das Messer in den Unterbauch zu rammen.

Al Zaid brüllte vor Wut und Hass, während er auf die Leistenarterie des Gegners zielte. Doch in dem Moment, als er zustechen wollte, packte der Hüne mit der einen Hand Al Zaids Faust, mit der anderen Hand den Unterarm. Die schallgedämpfte Waffe des Riesen fiel scheppernd zu Boden. Mit brutaler Kraft verdrehte er Al Zaids Handgelenk. Das Messer flog in hohem Bogen durch die Luft. Al Zaid schrie vor Schmerz. In diesem Augenblick merkte er, wie der Gegner ihn hochstemmte.

Al Zaid war kein Leichtgewicht, sodass sogar der Hüne Mühe hatte, aber er riss ihn hoch, ging in die Knie, drehte die Hände, die Zaid eben noch an Schultern und Beinen gepackt hielten, blitzschnell nach unten, und schleuderte den massigen Mann mit fürchterlicher Wucht auf sein vorgestrecktes Knie.

Der Riese zerbrach Al Zaids Rückgrat wie trockenes Feuerholz.

Dann warf er den erschlafften Körper des noch lebenden Mannes aufs Bett.

Ali Al Zaid spürte keinen Schmerz. Und er konnte sehen, schmecken, riechen. Nur bewegen konnte er sich nicht mehr.

Langsam kroch das Verstehen in sein Bewusstsein, einer Schlange gleich, die zum Nest mit den Vogeleiern gleitet, unvermeidlich, unaufhaltsam, tödlich.

Ich bin querschnittsgelähmt.

»Nachdem der alte Gott abgeschafft ist«, hörte er die Stimme des Riesen, »bin ich bereit, die Welt zu regieren.«

Al Zaid starrte seinen Bezwinger verständnislos an.

»Das ist Nietzsche«, sagte der Hüne, als er den Blick seines besiegten Gegners bemerkte. »Der Mensch ist ein Seil, geknüpft zwischen Tier und Übermensch, ein Seil über einem Abgrund.«

Er hob das lange Jagdmesser auf, das Al Zaid aus der Hand geflogen und neben dem Bett gelandet war.

»Du bist ein Übermensch, genau wie ich. Aber für zwei von uns ist die Welt zu klein.« Er hob das Messer. »Du weißt, was das bedeutet?«

Al Zaid sagte nichts. Es gab nichts mehr zu sagen. Er wusste, was die Worte seines Bezwingers bedeuteten. Dieser Verrückte, der seine Frauen und seinen Bodyguard getötet hatte, würde nun auch ihn töten.

Al Zaid hoffte nur, dass es schnell ging, wenn dieser Wahnsinnige sich ihn mit dem Messer vornahm.

Denn nur der Teufel wusste, was er mit ihm anstellte.

14.

Hermann war mit Wolfsen in dessen Büro gefahren, um sich die Transaktionslisten genauer anzusehen und nachzuverfolgen, von wem genau diese spezielle Leichenteil-Lieferung gekommen war. Denn wie es aussah, bekam Wolfsen auch seine halblegalen Lieferungen von unterschiedlichen Quellen.

Während die beiden Männer unterwegs waren, hatte bei Clara wieder das Telefon geklingelt. Es war von Weinstein. Die Obduktion des Rumpfes aus dem Keller in Kreuzberg war abgeschlossen.

»Wollen Sie vorbeikommen und sich die Sache ansehen?«, fragte von Weinstein.

»Machen wir!«

Kurz darauf standen sie und MacDeath in Moabit am Obduktionstisch.

»Der Mann heißt Ulf Bergmann«, sagte von Weinstein. Der ohnehin schon ramponierte Rumpf sah nach der Obduktion noch schrecklicher, noch weniger menschlich aus. »Über den Zahnstatus konnten wir unseren Freund hier sicher identifizieren. Er hat zwar deutlich weniger Zähne als auf dem von uns besorgten Vergleichszahnstatus, aber die noch vorhandenen Beißerchen weisen die gleichen Zahnarbeiten auf. Mit dem Zähneputzen hatte er es anscheinend nicht so.«

Clara schaute in die von Hermann zusammengestellten Unterlagen. »Und auch wenn sein Freund das abgestritten hat«, sagte sie, »er gehört zum Schwarzen Block, ist bereits mehrfach aufgefallen und lebt als Hartz-IV-Empfänger genau von dem Staat, den er bekämpfen will.«

»Tja, es ist Viren zu eigen, dass sie irgendwann ihren Wirt umbringen wollen. Parasiten sind da schlauer. Die lassen den Wirt am Leben«, sagte MacDeath. »Aber jeder findet mal seinen Meister, so wie der hier. Mit Steinen Unheil anrichten können andere offenbar auch.«

»Oh ja«, sagte von Weinstein. »Die Obduktion hat die ersten Befunde vom Tatort bestätigt: ein schweres Schädel-Hirn-Trauma mit drei tiefen Impressionsbrüchen. Der Täter hat also mindestens dreimal mit dem Stein zugeschlagen. Der letzte Schlag hat ihm jedenfalls den Schädel zertrümmert.« An der Wand zeigte ein großer Monitor 3D-Rekonstruktionen der Computertomografie, die vor der Obduktion vom Rumpf angefertigt worden war. Den Kopf hatten die Rechtsmediziner aufgesägt, das Gehirn entnommen und untersucht und dann alles wieder zugenäht. Sah man den Kopf jetzt, in diesem Zustand, geschlossen und sauber von der linken Seite, auf der die Platzwunden und Schädelbrüche nicht sichtbar waren, konnte man sich nicht vorstellen, was für ein blutiges Etwas aus Hirn und Knochensplittern der Schädel des Mannes vorher gewesen war.

»Hier«, sagte von Weinstein, »ist deutlich zu erkennen, dass Fragmente der Schädelkalotte, also des Hirnschädelknochens, durch die Schläge ins Gehirn gedrückt wurden. Bruchstücke des Schädels haben sich in die Hirnrinde gebohrt. Das hier«, er zeigte auf mehrere Stellen am Schädel der Leiche, »sind die Impressionsbrüche, die ich vorhin erwähnt habe. Wir finden sie immer dann vor, wenn mit einem stumpfen groben Gegenstand, zum Beispiel einem Stein oder einem Hammer, massiv zugeschlagen wurde.«

»Dann könnte die Tatwaffe in diesem Fall ein Hammer gewesen sein?«, fragte Clara.

»Nein. Bei einem Hammer finden wir geformte Impressionsbrüche, die haben wir hier nicht. Ich kann Ihnen nachher gerne ein Bild von solch einer Verletzung zeigen.« Er rief die nächste Rekonstruktion auf dem Monitor auf, ein Schnittbild des Schädels und des Gehirns. »Wie Sie sehen, ist die Kopfschwarte zerrissen. Man kann auf die Knochenbrüche und das Gehirn blicken. Ebenso haben wir subdurale Blutungen, also Blutungen unter der harten Hirnhaut. Das ist diese grobe weiße Struktur direkt unter dem Schädelknochen. Und wir haben subarachnoidale Blutungen, also Blutungen unter der Spinngewebshaut.«

»Das ist die Haut, die das Gehirn umgibt«, erklärte MacDeath, als er Claras fragenden Blick sah. »Man nennt sie Spinngewebshaut, weil sie aussieht wie ein Spinnennetzgewebe, von dem das Gehirn umhüllt wird. Daher der Begriff ›arachnoid‹ – spinnenartig – bei den subarachnoidalen Blutungen.«

»Korrekt, lieber Kollege«, sagte von Weinstein. »Wer den Film *Hannibal* gesehen hat, hat diese Haut schon mal gesehen, und zwar in der Szene, wo Hannibal Lecter dem bösen Vorgesetzten von Clarice Starling, Paul Krendler, den Schädel aufsägt, Teile des Gehirns entnimmt und diese dann in einer Pfanne brät.« Er hob den Blick. »Sie kennen den Film?«

MacDeath nickte, doch Clara schüttelte den Kopf. Ihr reichte das Grauen, das sie im Job erlebte. Da musste sie sich nicht noch Filme anschauen oder Bücher lesen, die noch mehr Schrecken in den Alltag zerrten, als dieser ohnehin schon parat hielt.

»Mit dem Hirnschädel war es allerdings nicht getan«, nahm von Weinstein den Ball wieder auf. »Der Täter hat dermaßen brutal auf den armen Kerl eingeschlagen, dass auch die Schädelbasis mehrfach gebrochen ist. Außerdem haben wir ausgedehnte Mittelgesichtsbrüche mit einem zerschlagenen Nasenbein, Brüche beider Jochbeine sowie Brüche der Augenhöhlendächer und Augenhöhlenböden. Der Augenhöhlenboden, müssen Sie wissen, trennt das Auge und die Kieferhöhle. Was in diesem Fall dazu führte«, er leuchtete in die linke Augenhöhle der Leiche, »dass das linke Auge größtenteils in die Kieferhöhle gesackt ist. Das haben wir vorhin auch schon im CT gesehen. So etwas kann Ihnen übrigens auch beim Squash oder Tennisspielen passieren, wenn Sie einen Ball direkt aufs Auge bekommen. Deshalb trage ich zum Schutz beim Tennis immer meine Brille, keine Kontaktlinsen.«

»Das funktioniert natürlich nur mit entsprechend teuren Designerbrillen«, ergänzte MacDeath.

Clara warf ihm einen strafenden Blick zu.

»Gehen wir mal eine Etage runter«, sagte von Weinstein. »Alle Organe hat dieser Aasgeier ja zum Glück nicht mitgenommen.« Er zeigte auf die zwei lilafarbenen Gebilde, die auf dem Organtisch lagen. »Die Lunge beispielweise ist uns erhalten geblieben. Und an der Lunge können wir erkennen, dass es durch die massiven Schläge auf den Schädel und ins Gesicht zu einer massiven Blutaspiration kam, also dem Einatmen von Blut.« Er zog einen der Lungenflügel auseinander. »Die Flachschnitte zeigen das klassische Leopardenfellmuster, also dunkelrote Flecken im Gewebe, die auf das Einatmen des Blutes zurückzuführen sind. Sehen Sie?«

Clara nickte bloß.

»Kommen wir zu den Auffälligkeiten beziehungsweise Widersprüchen«, fuhr von Weinstein fort. »Wie mir schon am Tatort aufgefallen ist, wurde diese Leiche fachgerecht entbeint. Die Organe«, er leuchtete mit einer Taschenlampe in die Bauchhöhle, »hat der Täter mit langen Gefäßen abgetrennt, wie es bei Organentnahmen zur Transplantation geschieht. Ich bin kein operativer Fallanalytiker«, dabei schaute er MacDeath an, »aber auch wenn Arm und Leiche zusammengehören, liegen die unterschiedlichen Vorgehensweisen des Täters auch für meinen

Geschmack ein bisschen sehr weit auseinander.« Er blickte MacDeath an, der beipflichtend nickte.

»Und woran zeigt sich das?«, fragte Clara.

»Oben hat er die Haut mit einer gezackten Klinge durchgeschnitten«, erklärte von Weinstein, »und die Rippen genauso mit einem Messer durchtrennt. Insgesamt sehr grob, wie bei Stephan Schiller. Hier ist das Vorgehen also absolut identisch. Hier unten allerdings«, von Weinstein zeigte auf den Bauchbereich, »hat er den Schnitt von oben nach unten sauber und ruhig mit einer glatten Klinge erweitert.«

»Könnte es sein, dass ihm das Herausschneiden des Herzens einfach mehr bedeutet?«, fragte Clara. »Schließlich ist das ja geschehen, als er Mann noch lebte, während die anderen Organe post mortem entnommen wurden. Vielleicht ist der Täter in einen Blutrausch geraten.« *Wie ein Hai*, fügte sie in Gedanken hinzu.

»Sehr richtig«, sagte von Weinstein, »das könnte man in der Tat vermuten. Wenn der Täter nicht, wie gesagt, zwei unterschiedliche Klingen verwendet hätte.«

»Er hat zwei verschiedene Messer benutzt?« Das war MacDeath.

»Ganz recht, Herr Kollege. An den Wundrändern des Herzens sowie an den Stellen, wo er dieses Zeichen ins Fleisch geschnitten hat, wurde ein Messer mit Wellenschliff benutzt. Diese Form haben wir oft bei diesen großen Jagdmessern, auch Rambomesser genannt. Wir haben die gleichen Schnittmuster ja auch bei der Leiche von Stephan Schiller.«

»Und unten?«

»Unten hat er ein feines Messer mit einer glatten, scharfen Klinge verwendet. Ein Skalpell, wie ein Chirurg.«

MacDeath biss sich auf die Lippe. »Aber warum hat er es bei Schiller und bei diesem Mann hier auf unterschiedliche Weise gemacht. Was soll das?«

»Das herauszufinden«, sagte von Weinstein, »ist Ihr Job. Mein Job war die Sektion. Und die ist für heute erledigt.«

Clara und MacDeath blickten sich an.

»Ist es ein und derselbe Täter?«, fragte Clara.

MacDeath zuckte die Schultern. »Ich bin nicht sicher.«

»Aber derselbe Modus Operandi?«

»Mit Einschränkungen.«

Mit Einschränkungen, dachte Clara. *Einmal ist er eine blutrünstige Bestie, ein andermal ein präziser Chirurg? Ist es beide Male derselbe Täter?*

»Ach ja«, sagte von Weinstein, »one more thing.« Er betonte das »one more thing« genauso, wie Inspector Columbo es in der Fernsehserie getan hat und später Steve Jobs bei der Vorstellung neuer Apple-Produkte. Von Weinstein ging zu einem anderen Tisch und kam mit einem abgetrennten Arm zurück.

»Das ist er«, verkündete er. »Der Arm von Medic Research. Wie gesagt, die Wundränder passen hundertprozentig. Wir haben einen Schnitt am Arm und einen an der Brust. Das gleiche Zeichen. Jeweils einmal diese Rune. Sehen Sie? Die Resultate der DNA-Analyse kommen morgen. Ich habe am Ergebnis aber keinen Zweifel.«

»Eine Leiche«, murmelte MacDeath, »zwei Messer. Zwei verschiedene Vorgehensweisen, und trotzdem nur ein Täter? Und vor allem«, er blickte zu der Leiche, »warum hat es diesen Ulf Bergmann erwischt? Wenn es unser Killer war, der bevorzugt doch ganz andere Opfer. Männer, die stark sind, mächtig und gefährlich. Der Steinewerfer passt doch gar nicht ins Bild.«

Clara antwortete nicht. Sie schaute auf den zerschmetterten Kopf. Auf die Seite, wo die Wunden noch deutlich sichtbar waren, sofern man überhaupt von Wunden sprechen konnte und nicht von einem Trümmerfeld. Wie immer dieser Mann gelebt hatte – niemand hatte es verdient, so zu sterben. Gesicht und Kopf bis zur Unkenntlichkeit zertrümmert, das Herz bei lebendigem Leib herausgerissen, die Organe aus dem Körper geschnitten, Arme und Beine abgetrennt …

Ihr Handy klingelte. Es war Hermann.

»Clara«, sagte er aufgeregt, »der Haftbefehl vom Untersuchungsrichter ist da. Wir haben die Adresse von diesem Body Broker. Du weißt schon, der Mann, der Wolfsen unter der Hand auf die Schnelle mit Leichenteilen beliefert hat.«

»Body Broker nennt man die? Leichenhändler?«

»Sagt Wolfsen. Ich war eben lange mit ihm in seinem Büro. Wir haben alles durchgesehen. Wie gesagt, der Haftbefehl ist da. Winterfeld und ich fahren gleich los, um den Typen hochzunehmen. Wollt ihr mit?«

»Ja, sicher, schnappen wir uns den Kerl.« Clara schaute MacDeath an. »Hermann und Winterfeld wollen diesen Body Broker festnehmen. Wir sollen mitkommen. Bist du dabei?«

»Na klar.« Er schaute von Weinstein an. »Wir sind doch hier durch?«

»Durch ist man erst«, sagte von Weinstein und zeigte auf die Leiche, »wenn man aussieht wie der da.«

»Sehr witzig«, sagte Clara. »Schicken Sie uns den Bericht. Wir telefonieren nachher.«

15.

Sie saßen im Einsatzwagen, gemeinsam mit Winterfeld und zwei Männern vom Mobilen Einsatzkommando, Marc und Philipp. Hinter ihrem Fahrzeug stand ein Polizeibus mit weiteren Beamten, in dem später auch der Mann sitzen würde, den sie suchten. Falls sie ihn antrafen und alles gutging.

Hermann war zuvor mit Wolfsen in dessen Büro die Listen durchgegangen. Es gab offizielle und inoffizielle Transaktionslisten. Die inoffizielle Liste war die sogenannte »Black List« für Eilaufträge, bei denen die Herkunft der Ware nicht einwandfrei war und bei denen nur mit Bargeld gezahlt wurde.

»Wie heißt der Typ noch?«, fragte Winterfeld, der vorne auf dem Beifahrersitz saß und sich die Kopien anschaute, die Hermann aus Wolfsens Büro an das LKA gefaxt hatte.

»Cedric Miller«, sagte Clara. Auch sie überflog im eingeschalteten Licht des Einsatzwagens die Unterlagen.

Die Firma, mit der Wolfsen sonst arbeitete, hieß Tissue Trade. Eine sogenannte »Cadaver Service Firm«. Anders als die Banden, die mit Nieren und anderem handelten, um die »Ware« an reiche Abnehmer zu verkaufen – Banden, über die es die grausigsten Gerüchte gab –, war eine solche Kadaver-Lieferfirma ein Unternehmen, das mit Leichenteilen handelte, die niemandem mehr eingepflanzt werden sollten.

Die Idee dazu kam, wie so ziemlich alles andere, aus den USA. Allerdings handelten die legalen Unternehmen, zu denen auch Tissue Trade gehörte, nur nach Absprache mit den Angehörigen und erst, nachdem diese die sogenannten Einverständniszertifikate für ihre toten Angehörigen ausgefüllt hatten.

Es gab, so hatten sie aus den Unterlagen erfahren, in den Vereinigten Staaten eine regelrechte Body-Broker-Industrie mit bis zu zwanzigtausend freiwilligen Körperspenden jährlich. Clara hatte sich auf ihrem Smartphone die Websites dieser Anbieter angeschaut, bevor sie losgefahren waren. Die zwei größten Firmen hatten allein bis zu zweitausend Spenden jährlich – zehn Prozent des gesamten Leichenvolumens.

The great use of life is to spend it for something that will outlast it, stand salbungsvoll auf einer der Websites, ein Zitat von einem gewissen William James, wer immer das sein mochte: *Der höhere Nutzen des Lebens besteht darin, es für etwas herzugeben, was das Leben überdauert.* Clara nahm allerdings an, dass besagter William James damit eher große Ideale, Erfindungen oder Kunstwerke gemeint hat und nicht das Weitergeben von Leichenteilen an irgendwelche Pharmaunternehmen. Zumal ja gar kein Leben weitergegeben wurde, sondern Körperteile.

Ganz sauber kam ihr das alles dennoch nicht vor, auch wenn es offenbar legal war. Passend dazu liefen in den USA derzeit Ermittlungen gegen zwei Firmen in Arizona und Michigan. Gegen Tissue Trade aber schien es keine Klagen zu geben.

Wohl aber hatte es schon eine Klage gegen besagten Cedric Miller gegeben. Miller hatte bei Tissue Trade gearbeitet, war dort aber wegen Regelverletzungen an die Luft gesetzt worden. Seitdem hatte er seinen eigenen, illegalen Laden. Der Vorstand von Medic Research wusste von alldem offenbar nichts; die Herrschaften gingen wohl davon aus, dass Tissue Trade alles ganz legal liefert. Diese Leute bekamen nur mit, was sie mitbekommen sollten, und dachten, was sie denken wollten. So wie alle Vorstände.

»Ist das legal?«, hatte Hermann von Wolfsen wissen wollen.

»Ist Wasser nass?«, hatte Wolfsen geantwortet.

Die Maschine bei Medic Research lief wie geschmiert, besonders dank Wolfsen. Wann immer dringend Leichenmaterial gebraucht wurde, Wolfsen konnte liefern und bekam dafür jedes Mal eine fette Gratifikation. Der Vorstand wusste nicht, woher das Material kam. Er fragte auch nicht. Und Wolfsen sagte nichts.

»Was machen die mit den Leichen?«, fragte Winterfeld. »Die Pharmafirmen, meine ich. Sie waren doch heute da, Dr. Friedrich.«

»Nun, die Pharmaunternehmen testen beispielsweise OP-Besteck an den Leichen«, erklärte MacDeath. »Dafür zahlen sie zweitausend Euro pro Leichnam, manchmal mehr, wenn es eilig ist. Einige renommierte Institute, die dringenden Bedarf haben, zahlen sogar an die siebentausend Euro. In den USA gehen Leichen auch an die Army, manchmal für dreißigtausend Dollar.«

»Warum sind die so teuer?«

»Die Army benutzt die Leichen, um die Sprengwirkung von Minen zu testen. Da können die Angehörigen mit gutem Recht mehr verlangen. Schließlich kriegen sie ihre Lieben für die Bestattung nicht in einem Stück wieder. Einige Leichen gehen auch an die Autoindustrie, für Crashtests unter realen Bedingungen.«

»Die Taliban nehmen für das Minenräumen Ziegen«, sagte Winterfeld.

MacDeath nickte. »Das kommt allerdings billiger. Wobei die Autohersteller mit Ziegen nicht so viel anfangen können, auch wenn der IQ bei manchem Verkehrsteilnehmer niedriger sein dürfte.«

»Hat es da nicht vor Kurzem in Spanien einen Skandal gegeben?«, fragte Winterfeld. »Ich meine, was Leichenteile angeht, nicht Ziegen.«

»Ja«, erwiderte MacDeath. »Da wurden Leichen aus der Anatomie an externe Kunden verkauft, für dreitausend Euro das Stück. Unter anderem für Versicherungen und die Hersteller von Zahnimplantaten. Wie man sieht, hört man auch als Toter nicht auf, nützlich zu sein.«

»Verrückte Welt«, sagte Winterfeld und lachte in sich hinein, als er irgendetwas in den Unterlagen las. »Na so was. Wisst ihr, wie der Laden heißt, den dieser Cedric jetzt selbst betreibt?«

Clara nickte resigniert. »Ja. Body and Limbs.«

»Körper und Gliedmaßen. Netter Name«, sagte MacDeath. »Und auf Tierversuche wird auch verzichtet. Schließlich verwenden sie reines Menschengewebe.«

»Dieser Cedric Miller – kann der nicht doch der Killer sein, den sie schon in L. A. gesucht haben?«, fragte Clara. »Der Angel of Death? Ich meine, wenn wir uns den Namen Cedric anschauen ...«

MacDeath wiegte den Kopf. »Hm, ja, so gesehen wäre es möglich.«

»Aber?«

MacDeath schüttelte den Kopf. »Intuitiv würde ich sagen, nein.«

Winterfeld drehte sich um. »Wieso?«

»Unser Mörder hier tötet, um Geld zu machen«, antwortete MacDeath.

»Ist doch ein häufiges Motiv«, meinte Winterfeld. »Nicht Geld *mit* den Toten zu machen, sondern Geld *durch* den Tod eines Menschen.«

»Stimmt«, gab MacDeath ihm recht. »Aber dieses Motiv ist weit von dem des Mörders von Stephan Schiller entfernt. Wäre es ihm um Geld gegangen, hätte er jede Menge Bares aus der Wohnung räumen können. Hat er aber nicht. Und ich stimme von Weinstein zu: Die zwei Schnittmuster, die wir bei dem Steinewerfer gefunden haben, sind so grundverschieden, dass es nur einen Schluss zulässt: Wir habe es mit zwei verschiedenen Mördern zu tun.«

»Zwei Mörder«, sagte Winterfeld, »das wird ja immer schöner.« Er drehte sich zum Fahrer. »Wann sind wir da?«

»Da vorne ist es.«

16.

Der Mann lag unter ihm.

Noch flatterten die Lider, noch atmete er, doch diese Lebenszeichen waren wie der Rest von Sommerwärme in einem Wind, der bereits die Kälte des Winters mit sich trägt.

Gleich erlischt das Lebenslicht, dachte er voller Erwartung. *Und dann gehört er mir, so wie alle anderen vor ihm.*

Es waren meistens Männer, die er einfing, manchmal aber auch Frauen.

Frauen.

Früher hatte er sich oft gefragt, ob er eine Frau und Kinder haben würde. Eine richtige Familie. Doch irgendwann hatte er gewusst, dass dies niemals der Fall sein würde. Nicht bei ihm. Bei allen anderen, aber nicht bei ihm.

Ich werde nie eine Frau haben. Und auch keine Kinder.

Also hatte er einfach »Kinderkriegen« gespielt. Hatte eine der Frauenleichen aufgeschnitten, die Gebärmutter wie bei einem Kaiserschnitt eröffnet und seine Faust an den Eierstöcken vorbei durch den Körper gedrückt, bis sie an der Vagina wieder herauskam. Dann hatte er die Faust voller Interesse betrachtet, als wäre sie kein Teil von ihm, sondern der Kopf eines neugeborenen Kindes. Eines Kindes, das gerade zur Welt kommt.

Ich bin Vater geworden, hatte er gedacht und mit fiebrigen Blicken auf seine Faust gestarrt.

Und nun kniete er auf dem Brustkorb des Mannes und starrte ihm in die Augen. Der Mann zuckte. Der Tod war nur noch Sekunden entfernt.

Irgendetwas würde mit seinen Augen passieren, das wusste er. So war es immer. So war es bei allen. Manchmal waren die Augen kurz vor dem Tod groß und strahlend wie Diamanten, als würden sie das Licht sehen, das nicht von dieser Welt war. Manchmal aber wurden sie zu ausdruckslosen Glasmurmeln, aus denen aller Glanz verschwunden war. Der Glanz, der bei den Augen den Unterschied machte zwischen einem toten Stück Eiweiß und einem Fenster zur Seele.

Er hatte es gesehen. Dutzende Male. Und die Faszination und Vorfreude erregten ihn jedes Mal, wenn er in die Augen eines Sterbenden blickte. Noch mehr als damals, als er seine Faust gesehen und geglaubt hatte, sie wäre der Kopf eines Neugeborenen. Der Blick in die Augen. Und das, was danach kam. Die Befriedigung, wenn in den Augen des Sterbenden tatsächlich etwas geschah. Genauso stark aber war die Enttäuschung, wenn sich in den Augen nichts tat. Wenn kein göttlicher Funke zu sehen war, der erlosch. Wenn die Augen von beseelten Schöpfungen zu toter Materie wurden. Vom Fenster zur Seele zu Eiweißklumpen.

Der Mann unter ihm schnappte nach Luft. Eine ekelhafte Fahne aus Mundgeruch und Alkohol stieß zu ihm hoch. Aber das war er gewohnt. Das beachtete er gar nicht.

Der Mann unter ihm röchelte ein letztes Mal.

Schaute ihn an.

Und er wartete auf den Augenblick.

Wartete auf den Moment, in dem das Leben ein letztes Mal in den Augen aufflackerte, während es bereits aus dem Körper entwich.

Er wartete geduldig.

Und zuckte zusammen, als er die Türklingel hörte.

Und den Ruf: »Aufmachen! Polizei!«

17.

»Ja, ja, ich komme ja schon!« Der Mann stieg mit schlurfenden Schritten die Treppe hinauf. Diese Kerle da oben hörten sich ja an, als würden sie jeden Moment die Tür einschlagen! Er musste nach oben, es ging nicht anders, sonst kamen sie zu ihm herunter. Eigenmächtig.

Polizei, dachte er. *Das fehlt gerade noch. Wenn die sehen, was ich hier tue …*

Er öffnete die Tür.

Und blickte in die Gesichter zweier Beamter des Mobilen Einsatzkommandos. Dahinter standen ein weiterer Mann, eine brünette Frau und ein großer, grauhaariger Bursche mit stahlblauen Augen und Adlernase. Der große Mann trat nach vorne. »Sind Sie Cedric Miller?«

Er nickte. Schließlich war das sein Name. »Was wollen Sie?«, fragte er dann.

Der Mann zeigte seinen Ausweis. »Ich bin Kriminaldirektor Winterfeld, Mordkommission 113, LKA Berlin.« Auf dem Ausweis war der gleiche Name zu sehen. Der gleiche Titel. Der gleiche Dienstgrad. Der Mann, der sich als Winterfeld vorgestellt hatte, zeigte nach hinten. »Das sind meine Kollegen, Hauptkommissarin Clara Vidalis, Dr. Martin Friedrich und noch ein paar freundliche Herren, deren Namen nichts zur Sache tun.«

»Und jetzt?«, fragte Cedric.

»Jetzt kommen Sie mit. Und wir sehen uns hier in der Zwischenzeit ein bisschen um.«

»Sie können mich … können mich nicht einfach so mitnehmen«, stammelte Cedric. »Sie haben schließlich keinen ... keinen ...«

»Hausdurchsuchungsbefehl?«, unterbrach ihn der Mann, der sich als Winterfeld vorgestellt hatte. »Und ob wir den haben.« Er hielt ein Schreiben in die Höhe, dann noch eins. »Und das ist der Haftbefehl vom Untersuchungsrichter. Sie sind vorläufig festgenommen, mein Freund, wegen des dringenden Verdachts eines Tötungsdelikts an mindestens einer Person. Alles, was Sie von nun an sagen, kann gegen Sie verwendet werden.«

»Ich werde ...«, sagte Cedric, »ich will meinen Anwalt anrufen.«

»Das dürfen Sie«, sagte Winterfeld, »aber erst mal kommen Sie mit. Packen Sie ein paar Sachen, und dann rein in den Einsatzwagen.«

»Und wo fahren wir hin?«, fragte Cedric.

»Zum LKA«, sagte Winterfeld.

»LKA?«

»Landeskriminalamt.«

»Und was gibt's da?«

»Kleine Zellen, harte Stühle und schlechten Kaffee. Genau das Richtige für ein Männergespräch.« Winterfeld schnippte mit den Fingern. Zwei Polizisten kamen mit Handschellen nach vorne. »Los geht's.«

18.

Cedric Miller.

So hieß der Mann tatsächlich, der von Beruf Body Broker war und mit Leichenteilen handelte. Aber anders als die legalen Firmen sorgte er zugleich eigenhändig dafür, dass die Menschen erst zu Leichen wurden, damit er mit ihren Körperteilen handeln konnte. Millers Eltern stammten aus England; er selbst war als Vollwaise in Deutschland aufgewachsen.

Clara betrachtete ihn durch die Scheibe. Miller saß im Vernehmungsraum des LKA, zwei Stockwerke unter der Erde. Nach der Vernehmung würde man ihn mit dem Aufzug wieder in die sogenannte GESA bringen, die Gefangenensammelstelle im LKA-Hauptgebäude am Tempelhofer Damm. Die GESA nahm die gesamte erste Etage des großen Gebäudes ein. Vierundzwanzig Stunden durften Männer und Frauen, die unter dringendem Tatverdacht standen, hier festgehalten und verhört werden. Einige schliefen hier nur vierundzwanzig Stunden lang ihren Rausch aus, bis man sie wieder auf die Gesellschaft loslassen konnte.

Clara betrachtete den Mann, wie er wippend auf dem harten Stuhl saß. Cedric Miller hatte ein blasses, spitzes Gesicht, farblose, rotblonde Haare, vorstehende Zähne und einen unsteten Blick, als würde er von allen Seiten Gefahr wittern. Er erinnerte Clara an eine Ratte, wie sein Blick unruhig und ruckartig hin und her zuckte, als rechnete er damit, jederzeit gefressen zu werden.

Fressen würde man ihn nicht, festhalten schon. War ein Beschuldigter dringend eines Tötungsdelikts verdächtig und gab es einen Haftbefehl vom Untersuchungsrichter, wurde dieser Gefangene nach den vierundzwanzig Stunden von der GESA in die Untersuchungshaft in Moabit gebracht. In der Zwischenzeit konnte sich der Beschuldigte einen Anwalt nehmen, Beweisanträge stellen oder andere Zeugen benennen. Oder auspacken.

»Sie haben das Recht zu schweigen«, sagte Hermann, der Miller gegenübersaß. »Sie haben das Recht, sich einen Anwalt zu nehmen. Falls Sie keinen Anwalt haben, haben Sie das Recht, die Strafverteidiger-Hotline anzurufen.«

»Kann ich ... kann ich ...«, setzte Miller an, schluckte und fragte: »Kann ich denn überhaupt noch was machen?«

»Tja«, antwortete Hermann, »ehrlich gesagt, nein. Die Kollegen sind gerade an Ihrem ... sagen wir mal, Arbeitsort. Und was sie dort gefunden haben, ist leider kaum dazu angetan, Sie auf irgendeine Weise zu entlasten.«

»Sie meinen die Leichen?«

»Genau die.«

»Jaaa ...«, sagte Miller gedehnt. »Die hatten's aber erst einmal gut bei mir. Ich hab ihnen zu trinken gegeben, was sie gerne mochten. Die meisten mögen was Schärferes, wissen Sie.«

»Sie meinen Alkohol?«

»Jaaa. Sie sollten ...« Er schob den Kopf schnüffelnd nach vorn, als gäbe es dort, wo Hermann saß, etwas zu essen. »Sie sollten es doch gut haben vor dem langen, laaangen Schlaaaf.«

Er dehnte die Worte seltsam in die Länge.

Vor dem langen Schlaf, dachte Clara. Dieser Verrückte hatte die armen Kerle, wahrscheinlich Obdachlose, die er zu sich nach Hause gelockt hatte, mit billigem Fusel abgefüllt, wehrlos gemacht und dann umgebracht.

»Jetzt war es schwerer ... schwerer ...«, sagte Miller in einem seltsamen Singsang. »Schwerer, sie zu kriegen. Es ist zu warm.«

»Warum zu warm?«

»Weil …« Millers Augen leuchteten auf, denn er konnte Hermann etwas Neues erzählen. Einen Trick aus seinem Job. Seine Stimme wurde zu einem Flüstern, als würde er ein gut gehütetes Geheimnis weitergeben, das nicht für alle Ohren bestimmt war. »Weil ich … die Kerle im kalten Winter viel leichter zu mir …« Er leckte sich über die Lippen, riss die Augen auf. »Viel leichter zu mir nach Hause locken konnte. Denn bei mir war's waaarm.« Seine Zunge zuckte hervor, und wieder leckte er sich die Lippen. »Jedenfalls vorläufig.«

»Verstehe«, sagte Hermann und warf Clara einen unmissverständlichen Blick zu, der besagte: Der hat sie nicht alle. »Den Leuten war warm, solange sie noch Wärme empfinden konnten. Als sie tot waren, war ihnen die Temperatur egal. Stimmt's?«

»Ge-genau!« Miller nickte vehement. »Dann wurden sie kalt.«

»Das heißt also«, sagte Hermann, »einige von den Leuten haben Sie getötet?«

»Na jaaa …« Miller ruckelte auf dem Stuhl von einer Hinterbacke auf die andere. »Nicht so richtig. Aber so ein bisschen … ja.«

Clara hörte interessiert zu. Selten war die Schuldfrage so einfach zu beantworten wie hier. Es sei denn, der Kerl würde sich für unzurechnungsfähig erklären lassen, was Clara nicht für unmöglich hielt. Am nächsten Tag würde der Fall beim Bereitschaftsstaatsanwalt liegen, dann beim Richter, und der würde dann endgültig den Haftbefehl beschließen. Dann kam Miller in Untersuchungshaft. Ohne Kaution. Denn wer der Tötung verdächtig war, kam auch mit der höchsten Kaution erst einmal nicht aus der U-Haft.

Miller schaute an sich hinunter. Blickte auf die weißen Halbschuhe, die man ihm angezogen hatte. Seine eigenen Schuhe waren im Safe der GESA. Bei der U-Haft in Moabit würde es genauso sein. Schnürschuhe waren in den Zellen nicht erlaubt, damit niemand sich an seinen Schnürsenkeln aufhängen konnte. Trotzdem erhängten sich Häftlinge an Bettlaken, die sie in Streifen gerissen hatten, an Handtüchern oder zerrissener Kleidung. Aber eben nicht an Schnürsenkeln. Und das war doch schon mal etwas.

»Und dieser Autonome?«, fragte Hermann weiter. »Der Steinewerfer unten im Keller? Haben Sie den auch getötet?«

»Nein!«, rief Miller aufgebracht. Es war keine gespielte, sondern echte Entrüstung. »Den hab ich da so … gefunden!« Er verschränkte die Arme, als wäre er beleidigt. »Aber da hab ich mir gesagt, so was Gutes …«, er schien nachzudenken, »so was Gutes, hab ich mir gesagt, kann man nicht liegen lassen, damit es jemand wegschmeißt.«

Clara verzog das Gesicht. So ähnlich hatte ihre Mutter damals von Nahrungsmitteln gesprochen. Iss das noch, Kind, es muss ja nicht schlecht werden, sonst müssen wir es übermorgen wegschmeißen.

»Haben Sie gesehen, wer den Mann umgebracht hat?«

»Nein, nein, nein!« Miller schüttelte mechanisch den Kopf.

»Haben Sie schon immer so etwas gemacht?« Hermann wechselte taktisch das Thema, um nachher noch einmal auf eine mögliche Zeugenschaft Millers zu sprechen zu kommen, dann aber aus einem anderen Blickwinkel.

»Früher hab ich … da hab ich …« Miller begann zu stammeln. »Früher hab ich in der Schlachterei gearbeitet. Das war furchtbar! Furchtbar!«

»Was genau war furchtbar?«, fragte Hermann. An seinem Gesicht erkannte Clara, dass er ganz froh darüber war, dass Miller den Mund von selbst aufmachte, sodass er nicht alles aus dem Mann herauskitzeln musste.

»Da gab's wenig Geld … wenig Geld«, nuschelte Miller und

fuhr sich ein paar Mal hektisch mit der Zunge über die Lippen, um dann die Oberlippe nach oben zu ziehen. Wie eine Ratte, die Witterung aufnimmt. Den Geruch von Leichen vielleicht.

»Krankmeldungen durften nicht ... waren nicht erlaubt«, haspelte Miller weiter, »Verletzungen durfte man nicht melden. Und Zeit ... man hatte nie Zeit ...«

»Zeit für was?«

»Zeit für das Tier.« Miller beugte sich nach vorne, als wüsste Hermann, was er meinte. Doch Hermann wusste es nicht. Und Clara ebenso wenig.

»Welches Tier?«

»Mein Gott, das Tier! Das Tier, das geschlachtet wird!« Miller schien außer sich zu sein, dass Hermann nicht sofort verstand. »Man hat fünf bis zehn Minuten, bis ein Tier nach dem Schlachten fertig ist ... zum Zerlegen.« Wieder glitt die Zunge über die Lippen. »Das Förderband bewegt sich so schnell, da hast du keine Zeit ... keine Zeit, das Messer zu schärfen.« Er blickte sich wieder um. Schaute auf die Glasscheibe. Sah sich dort selbst. Genau dort, wo Clara direkt hinter der Scheibe stand. Er schien genau in ihre Augen zu blicken. Clara zuckte zusammen, doch Miller sah sie gar nicht, denn die Scheibe war vom Verhörraum aus verspiegelt.

Miller sprach weiter. »Stumpfe Klingen, die machen die Arbeit schwerer ... viel schwerer. Und sie führen zu ...«, er schien zu überlegen, »zuuu ...«, er rollte mit den Augen, als würde er nach einem schwierigen Wort suchen, »zu Verletzungen. Mit stumpfen Messern schneidest du dich leichter.«

Clara nickte hinter der Scheibe. Mit stumpfen Messern schneidest du dich leichter. Das sagte von Weinstein auch immer. Bei dem Vergleich musste sie lächeln.

»Und manchmal«, sprach Miller weiter, »ging es so schnell, da musste man ... musste man das Tier zerlegen, auch wenn's noch lebte.« Er beugte sich vor. »Darum sind meine Leute ...

sie sind ...« Er schwieg ein paar Sekunden, dann stieß er hervor: »Sie sind tot.«

»Verstehe«, sagte Hermann.

»Aber es war auch gut! Gut!«

»Was war gut?«

»Da habe ich das gelernt! ... *Das!* «

»*Was* haben Sie da gelernt?«

»Das Entbeinen. Wie man die Gliedmaßen abbekommt. Das geht bei Tieren. Auch bei Menschen!«

Clara sah, wie Hermann die Augen zusammenkniff. Offenbar stellte er sich gerade bildhaft vor, was Miller sagte.

»Ich hab die Haut von den Knochen getrennt. Hab die Knochen extra verkauft. Ja, ja ... schlau, nicht?«

»Wer hat denn die Knochen bekommen?«, fragte Hermann. Er ging absichtlich nicht auf das Eigenlob ein. Miller sollte das Gefühl haben, sich noch etwas beweisen zu müssen. Und noch mehr Informationen herausrücken.

»Eine Firma«, sagte der Mann, »die machen Osteosynthesen.«

Clara war erstaunt, dass Miller diesen Begriff kannte und fehlerfrei aussprach, nachdem er bei vielen anderen Worten gestammelt und gestottert hatte. Vielleicht lag es daran, dass solche Begriffe zu seinem Job gehörten.

»Die Firma, sie musste alles über Knochen wissen. Denn sie hat Platten hergestellt ... und Schrauben. Für Knochenbrüche, Skiunfälle. Ja. Ja!« Er schaute Hermann an und nickte eifrig. »Die Krankenhäuser, sie helfen den armen Menschen mit den Knochenbrüchen. Und die Firma hilft den Krankenhäusern. Und ich, ich helf der Firma.« Er nickte. »Ich bin ein guter Mensch.«

»Zweifellos«, sagte Hermann.

Miller nickte noch immer so vehement, dass er die Ironie in Hermanns Stimme gar nicht mitbekam. Aber wahrscheinlich hätte er sie auch ohne Nicken nicht bemerkt.

Auf der anderen Seite der verspiegelten Glasscheibe öffnete

sich die Tür zum Beobachtungsraum. MacDeath kam herein und stellte sich neben Clara.

»Die Kollegen haben gerade angerufen«, sagte er.

»Und?«

»Nicht nur der Keller ist voller Leichenteile, auch die Nebenräume. Da stehen sechs Kühltruhen.« Er verzog das Gesicht. »Bestimmt vier Leichen, wenn nicht mehr.«

»Weiß man, wer die Toten sind?«

»Vom Pflegezustand her scheinen es Obdachlose zu sein.«

Er blickte gemeinsam mit Clara in den Verhörraum, wo Miller gestikulierend auf Hermann einredete, als würde er versuchen, ihn für seinen Job zu begeistern, weil er einen neuen Mitarbeiter einstellen wollte.

»Der Typ hat einen an der Klatsche«, sagte Clara.

MacDeath nickte. »Und nicht zu knapp.« Er förderte Papiere zutage. »Ich habe mir mal die Akte angeschaut. Miller hat in einer Großschlachterei am Fließband gearbeitet. Schweinehälften auseinandergesägt, die Innereien rausgeschnitten. So wie beim Autobauer am Fließband. Allerdings nicht mit Autos, sondern mit Tieren.«

»Stimmt«, sagte Clara. »Er hat gerade davon erzählt. Da hat er nach eigener Aussage das Entbeinen gelernt.«

MacDeath nickte. »Ja, das scheint er wirklich gut zu beherrschen. Hat von Weinstein ja auch schon bei dem Rumpf vom Steinewerfer aus der Rigaer Straße festgestellt. Da ist aber noch etwas.« Er hielt die Akte im Zwielicht des Beobachtungsraumes nah an die Augen.

»Und was?«, wollte Clara wissen.

»Er hat mal bei einem Bestatter gearbeitet, ist dort aber rausgeflogen. Ziemlich schnell sogar.«

»Warum?«

»Hier steht bloß etwas von nervlicher Überreizung. Für mich kann das aber nur eines bedeuten.«

»Nämlich?«

MacDeath blickte ein wenig gequält drein. »Der Typ ist leicht nekrophil.«

»Mein Gott. Glaubst du, er missbraucht die Leichen?«

»Missbrauchen kann man nur, was lebt«, sagte MacDeath und hob den Zeigefinger. »Wenn man Sex mit einer Leiche hat, ist das kein Missbrauch, sondern bestenfalls Verstoß gegen das Bestattungsgesetz und Störung der Totenruhe.«

Clara schnaubte. »Danke für die Belehrung, Herr Professor!« Manchmal konnte MacDeath ihr ganz schön auf die Nerven gehen. »Aber hat er wirklich Sex mit Lei...«

»Nein.« MacDeath hob die Hand. »Das glaube ich nicht. Aber der Kontakt mit Leichen ekelt ihn nicht an, wie die meisten normalen Menschen. Ich denke, er ist von Leichen nicht sexuell angezogen, fühlt sich in ihrer Gegenwart aber trotzdem ... wie soll ich sagen ... er fühlt sich in ihrer Gegenwart sehr wohl.«

»Das muss er wohl, wenn er sechs davon im Keller hat.« In Gedanken fügte Clara hinzu: *Dieser Mann hat in doppelter Hinsicht Leichen im Keller.*

»Mich würde es nicht wundern«, sagte MacDeath, »wenn er sogar traurig ist, dass er die lieb gewordenen Leichen an die Pharmaunternehmen abgeben muss. Deshalb besorgt er sich ständig neue. Dennoch ...« MacDeath verstummte.

»Dennoch was?«, fragte Clara.

»Ich halte ihn nach wie vor nicht für den Mörder.« Er blickte Clara an. »Er ist nicht der Killer, den wir suchen. Von Weinstein hat recht: Es sind völlig andere Schnitte. Ein ganz anderer Modus Operandi. Außerdem hatte der Mörder von Stephan Schiller und Ulf Bergmann offenbar gewaltige Körperkräfte.« Er zeigte auf den Body Broker, der sich gerade mit schnüffelnder Nase in Richtung Hermann beugte und ihn über die Details des Entbeinens unterrichtete. »Das kann man von dem wohl nicht behaupten. Der könnte doch niemals einen Rockerboss mit bloßen Händen fertigmachen.«

»Kann ich mir auch nicht vorstellen«, gab Clara ihm recht.

»Du und ich«, sagte MacDeath, »sehen es ähnlich. Winterfeld ebenfalls. Nur gibt es da trotzdem ein Problem.« Er senkte die Stimme. »Ich war eben bei Bellmann. Und der hofft, dass es ein und derselbe Mörder war.« Er atmete hörbar aus. »Er geht sogar so weit, alles so hinzubiegen, dass der Angel of Death der Body Broker ist. Und damit wäre der Fall abgeschlossen. Zack, eine Akte mehr vom Tisch, ein Fall weniger. Und alles nur, weil der Name ja so englisch klingt.« MacDeath ahmte Bellmanns Stimme nach. »Dann ist es doch bestimmt der Killer aus Los Angeles, den ihr sucht!« Er lachte bitter auf. »Dieser Mann hier ist aber in Deutschland aufgewachsen. Und die Eltern sind Engländer, keine Amis.«

Bellmann, Chef des LKA, unser aller Boss, dachte Clara. Er verstand sich sehr gut darauf, Gelder für seine Behörde vom Senat einzutreiben, weil er ein guter Bürokrat war. Ein guter Ermittler war er allerdings nicht – was ihn nicht davon abhielt, sich hin und wieder in die Arbeit von Clara und ihren Kollegen einzumischen, wenn er der Meinung war, er hätte recht und die anderen nicht.

»Tja, das ist ja sehr schön, wenn Bellmann da so sicher ist«, sagte sie. »Ich wünschte auch, es wäre so einfach. Aber wenn es doch zwei Mörder sind, kann ich mir kaum vorstellen, dass der Todesengel mit dem Morden aufhört, nur weil ein gewisser Bellmann es so wünscht.«

MacDeath nickte. »Allerdings.«

»Was also sollen wir tun? Natürlich können wir hoffen, dass der Fall damit abgeschlossen ist. Andererseits können wir den richtigen Mörder, den wir obendrein noch gar nicht kennen, schwerlich darum bitten, dass er mit dem Morden aufhört, weil es unserem Vorgesetzten in den Kram passt.«

Bellmann war ein guter Bürokrat und Machtmensch, aber es war nicht gerade seine Stärke, sich in die Psyche von Tätern hineinzuversetzen.

»Tja, damit muss Bellmann leben«, sagte MacDeath. Er zögerte, bevor er hinzufügte: »Aber er hat jetzt Wind davon bekommen, dass Williams und Brooks unterwegs nach Berlin sind.«

»Und?«

»Er hält es für übertrieben, dass das FBI sich jetzt auch noch einmischt, wo der Mörder seiner Meinung nach doch eh schon halb im Knast sitzt.«

»Williams und Brooks sind doch sehr gut in ihrem Job, oder?«

MacDeath nickte. »Sie sind die Besten. Williams hat mich ausgebildet, zusammen mit Bob Ressler. Und Brooks – keiner kennt den Mörder so gut wie er. Falls es der Mörder ist, den wir im Visier haben.«

Clara zeigte mit dem Kinn Richtung Scheibe und Body Broker. »Na, der da ist es bestimmt nicht.« Sie dachte kurz nach. Dann meinte sie: »Weißt du was? Wir binden Bellmann einfach in alles ein. Wir lassen es so aussehen, als würde er eine gemeinsame Aktion mit dem FBI koordinieren.«

MacDeath lachte auf. »Ihn stark aussehen lassen, obwohl er im Grunde gar nichts tut? Damit wir unsere Ruhe haben?«

Clara lächelte ihn an. »Man muss seine Vorgesetzten managen, nicht umgekehrt. Nur dann kann man in Ruhe arbeiten.«

Ihr Handy klingelte. Es war eine Nummer des LKA.

»Vidalis«, meldete sie sich.

»Weinstein hier. Wir haben uns gerade eines der Opfer von diesem Body Broker vorgenommen. Ein verdammt übler Kerl, kann ich nur sagen.«

»Sie meinen den Body Broker, nicht das Opfer?«

»Natürlich, wen sonst.«

19.

Von Weinstein war extra ins LKA gekommen und saß nun mit Winterfeld in dessen Büro.

Clara und MacDeath hatten an einem kleinen Konferenztisch Platz genommen, während Winterfeld auf seinem Schreibtischsessel thronte. Von Weinstein saß auf einem der Stühle am Schreibtisch und hatte seine Unterlagen vor sich ausgebreitet.

»Wir haben eines der Opfer des Body Brokers obduziert«, sagte er nun. »Eine der Leichen, die noch in einem Stück dort lagen.« Er hatte ein paar Fotos mitgebracht, die ausgesprochen unappetitlich aussahen. »Eine ganze Leiche. Davon gibt es nicht viele in diesem verfluchten Keller, wo dieser Geisteskranke die Leichen zerlegt hat«, fuhr von Weinstein fort. »Nur sehr viele Leichtenteile, von denen niemand weiß, welches Teil zu wem gehört. Ein richtiges Puzzlespiel.«

»Verstehe«, sagte Winterfeld. »Und weiter?«

Von Weinstein nahm seine Brille ab und klappte gewissenhaft erst einen, dann den anderen Bügel zu. »Über den Zahnstatus des Toten war nichts herauszubekommen. Stark reduzierter Pflegezustand. Auch für seinen Allgemeinzustand würde er keinen Oscar kriegen.« Er zeigte auf das Foto der Leiche. »Stark aromatischer Geruch des Mageninhalts und der Körperhöhlen. Also viel Alkohol. Und der Sektionstisch ist jetzt noch voll mit Läusen und Flöhen.«

»Ein Säufer?«, fragte Winterfeld.

»Wie er im Buch steht«, antwortete von Weinstein. »Nur hat der Alkohol ihm auch nicht geholfen, im Gegenteil. Er hat wohl kurz vor seinem Tod noch einiges in sich hineingeschüttet. Oder eingeflößt bekommen. Und dann hat ihn unser Freund, der Body Broker, in der Mangel gehabt.«

»Und wie hat er ihn umgebracht?«

»Er hat sich höchstwahrscheinlich auf ihn draufgekniet. Mit den Knien auf den Oberkörper.«

MacDeath spitzte die Ohren.

»Wie immer haben wir eine schichtweise Präparation der Brustwand vorgenommen«, fuhr von Weinstein fort. »Dabei haben wir großflächige Einblutungen in der Brustmuskulatur festgestellt.«

»Und?«, fragte Winterfeld, dem von Weinstein offenbar mal wieder nicht schnell genug zur Sache kam.

»Und Petechien.« Von Weinstein sprach unbeirrt weiter. »Also punktförmige Blutungen in den Augenbindehäuten. Ebenso Petechien unter dem Epikard, also der Herzaußenhaut. Und Punktblutungen unter der Pleura, den Lungenüberzügen.« Er machte eine kurze Pause und blätterte in seinen Unterlagen, obwohl er wahrscheinlich ohnehin alles auswendig konnte. »Am stärksten ausgeprägt in den Zwischenlappenspalten.«

»Bitte wo?«, fragte Winterfeld ungeduldig.

»Zwischen den Lungenlappen.« Von Weinstein zeichnete schematisch eine Lunge auf ein Blatt Papier. »Rechts gibt es drei Lungenlappen«, sagte er, »links hingegen nur zwei, weil dort das Herz sitzt und Platz beansprucht.« Er legte den Stift neben das Blatt. »Insgesamt also subepikardiale und subpleurale Blutungen als innere Erstickungsblutungen in Kombination mit Einblutungen der Brustmuskulatur. Ach ja, zwei Rippen sind auch gebrochen, was natürlich bedeutsam ist.«

»Wieso?«, fragte Winterfeld, jetzt noch ungeduldiger. »Was bedeutet es denn?«

»Es bedeutet, der Tod trat infolge einer Toraxkompression ein.«

»Hochinteressant. Und was ist das nun wieder?«

»Wenn der Brustkorb mit großer Gewalt zusammengedrückt wird.«

»Mit großer Gewalt zusammengedrückt?« Winterfeld runzelte die Stirn. »Wie soll ein Gnom wie Miller das hinkriegen?«

»Nun, indem er sich einfach auf den Brustkorb seines Opfers kniet. Man nennt das Burking.«

»Burking?« Clara blickte nacheinander von Weinstein, Winterfeld und MacDeath an. »Was ist das?«

»Dieser Begriff«, sagte MacDeath, »geht auf einen Engländer namens William Burke zurück.«

»Und wer ist das?«

»Man könnte sagen, er war einer der bekanntesten Body Broker«, erklärte MacDeath. »Er hat Anfang des neunzehnten Jahrhunderts in Schottland gelebt. Die Situation war ...« Er schloss kurz die Augen, um seine Gedanken zu ordnen. »Damals gab es ein Dilemma besonderer Art. Die Todesstrafe war out. Durch die Aufklärung gab es immer weniger Hinrichtungen, also gab es auch weniger Leichen für die Medizin, obwohl allein in Edinburgh bis zu fünfhundert Tote im Jahr gebraucht wurden. Außerdem wurden Leichenteile damals nicht nur in der Medizin benötigt, sie wurden auch für allerlei Firlefanz zweckentfremdet.«

»Zum Beispiel?«, fragte Clara.

»Es war üblich, original Totenschädel mit eingravierten Weihnachtsgrüßen zu versenden.« MacDeath verschränkte die Arme. »Das machte die Sache nicht gerade einfacher.«

Clara stellte sich das bildhaft vor. »Merry Christmas«, eingraviert in einen grinsenden Totenschädel.

»Ein irgendwie tröstlicher Gedanke«, sagte von Weinstein, »dass es schon immer gestörte Menschen gab.«

»Aber nein, das war zu der Zeit ganz normal«, sagte MacDeath und fuhr fort: »Jedenfalls stieg der Bedarf an Leichen, weil immer mehr Medizinschulen eröffnet wurden. Man könnte fast von einer Dialektik der Aufklärung sprechen: Sie sorgte durch die Medizin für einen höheren Bedarf an Leichen und verringerte durch die Abschaffung der Todesstrafe das Angebot. Kurzum: Wir hatten weniger Angebot bei steigender Nachfrage. Es war Hochsaison für … na, was glauben Sie, für wen?« Er blickte in die Runde.

»Für Grabräuber?«, sagte Clara.

MacDeath nickte.

»Und wie kam dieser Burke auf die Idee?«

»Nun«, sagte MacDeath, »wie es häufig bei Innovationen der Fall ist, führte ein Umweg zum Ziel.«

Innovationen?, dachte Clara. Sie fand das Ausgraben und Verkaufen von Leichen nicht sonderlich innovativ.

»Es war irgendwann um 1820«, erzählte MacDeath weiter, »als Burkes Freund Donald starb. Das fand Burke nicht weiter schlimm, schlimm fand er nur, dass Donald ihm noch vier Pfund schuldete und gestorben war, bevor er alles zurückgezahlt hatte. Also fragte sich Burke: Wie kriege ich Geld von einem Toten?«

»Das fragen sich Banken und Versicherungen auch jeden Tag«, sagte Winterfeld.

»Ja, nur hatte Burke eine gute Lösung. Er bekam tatsächlich das Geld von dem Toten. Nicht direkt, aber indirekt. Weil er Geld mit dem Toten verdient hat, indem er ihn verkaufte.«

»Aber Grabräuber gab es schon immer«, wandte Clara ein.

»Das stimmt, aber meistens waren die eher auf Schmuckstücke in den Gräbern scharf als auf die Leichen. Leichenausgrabungen mit dem Ziel, die Leichen sozusagen wissenschaftlich oder künstlerisch zu verwerten, gab es nur vereinzelt. Beispielsweise zu Zeiten von Michelangelo und Leonardo da Vinci, die im Geheimen, ohne Wissen der Kirche, Leichen sezierten. Jedenfalls war man sich im neunzehnten Jahrhundert des Phänomens der Grabräuber wohl bewusst und ergriff Gegenmaßnahmen.«

»Ich glaube, das habe ich mal gesehen«, sagte Winterfeld. »Ging das nicht sogar so weit, dass Käfige für Särge erfunden wurden?«

»Ja. Wegen der Leichenräuber hatten die Reichen Stahlkäfige um die Särge herum angelegt. Man könnte sagen, es war eine Gated Community für Tote.« Er faltete die Hände, nahm sie aber gleich wieder auseinander. »Vor allem in den USA gab es solche Käfige aus Stahl. Die Werbung dazu lautete: ›Eure Lieben sollen nicht zu den vierzigtausend Leichen gehören, die jedes Jahr verschwinden.‹ Also sicherten die Leute ihre Leichen ab.«

»Mit diesen Käfigen?«, fragte Winterfeld.

»Einige nutzten in der Tat diese Käfige. Für Grabräuber machte es natürlich keinen Sinn mehr, Leichen auszugraben, an die sie wegen des Käfigs nicht herankamen. Andere Bestatter machten es so, dass sie die Leichen absichtlich verwesen ließen und sie dann erst begruben, sozusagen mit fortgesetzter Leichenfäulnis. Vollkommen verweste Leichen waren für die Leichenräuber natürlich nicht interessant, da die Anatomie an den Universitäten dafür keinen Cent herausgerückt hat.«

»Und was hat das jetzt mit diesem Burke zu tun?«

»Burke«, sagte MacDeath, »hatte auch dazu eine gute Idee. Er holte mit seinem Kumpel die Toten teilweise schon im Bestattungsinstitut aus den Särgen und packte Sandsäcke hinein, sodass der Verlust der Leiche gar nicht auffiel. In der Kirche und später am Grab wurde zwar dem Toten im Sarg gedacht, doch in Wahrheit sprach der Priester zu einem Sandsack, und die Leiche war längst in der Anatomie.«

»Und das hat funktioniert?«, fragte Clara.

»Eine Zeit lang«, antwortete MacDeath. »Dann wurde es schwieriger, weil die Sicherheitsvorkehrungen verstärkt wurden. Aber Burke hatte wieder eine Idee. Er machte es genauso wie unser Body Broker, denn er sagte sich: Wenn ich keine Leichen finde, die noch in gutem Zustand sind und mit denen ich Geld verdienen kann, sorge ich selbst für Nachschub.«

»Indem ich Leute ermorde und die Leichen verkaufe?«, fragte Clara.

»Ganz recht«, sagte MacDeath. »So wie Cedric Miller, unser Body Broker. Ein im wahrsten Sinne des Wortes todsicheres Geschäft.«

»Was ist denn nun dieses Burking?«

»Man bringt jemanden um, indem man sich auf seinen Brustkorb setzt und ihm Nase und Mund zuhält, wie Cedric Miller es getan hat. Das führt ziemlich schnell zu einer Asphyxie und damit zum Tod. Vor allem, wenn die Opfer mit Alkohol abgefüllt sind.«

»Und dieser Burke? Ist er irgendwann erwischt worden?«, fragte Winterfeld.

»Ja«, antwortete MacDeath. »Er wurde um 1830 herum gefasst. Ich habe erst vor Kurzem etwas darüber gelesen, aber genau weiß ich es nicht mehr. Jedenfalls wurde ein sogenanntes Anatomie-Gesetz erlassen, das solche Grabräubereien verhindern sollte.«

»Und was geschah mit Burke?«

»Der wurde ein Jahr nach seiner Ergreifung gehängt. Die Tickets für seine Hinrichtung waren äußerst begehrt. Das war damals vergleichbar mit den heutigen Rockkonzerten. Auch nach seinem Tod ebbte der Burke-Hype nicht ab. Sein Skelett ist in Edinburgh im Medizinmuseum ausgestellt. Ich habe es dort selbst im letzten Urlaub gesehen.«

»Irgendwie krank, das Ganze«, meinte von Weinstein.

»Oh, das ist noch nicht alles über unseren Mr. Burke. Ein paar Spaßvögel kamen damals auf die Idee, Geldbörsen aus Burkes Haut herzustellen. Und eine Visitenkartenbox. Diese

Box wurde noch 1988 im Rahmen einer Auktion weiterverkauft.«

»Sehr schön«, sagte Winterfeld. »Dann wissen wir erst einmal Bescheid. Schauen wir mal, was Hermann aus dem Kerl noch rausbekommt.« Er stand auf, ergriff seine Zigarilloschachtel und schaute MacDeath an. »Dieser Burke-Vergleich … bestärkt er Sie in der Überzeugung, dass es zwei Mörder sind?«

»Ja, mehr denn je«, sagte der. »Schiller und dieser Steinewerfer wurden auf bestialische Weise umgebracht. Millers Opfer aber starben durch Burking. Das passt nicht zusammen, kein bisschen.«

»Darüber wird Bellmann gar nicht glücklich sein«, meinte Winterfeld.

MacDeath zuckte die Achseln. »Schon Sigmund Freud sagte: Dass der Mensch glücklich sei, ist im Plan der Schöpfung nicht enthalten.«

20.

Die Legende von Paula und Ben.

So hieß die Bar, in der sie saßen, nachdem Winterfeld vorgeschlagen hatte, dort noch einen Whisky zu trinken.

»Morgen kommen die Amis«, hatte er gesagt, »dann wird es stressig. Nutzen wir die Zeit, in der wir noch ein bisschen Ruhe haben. Ich zahle.«

Die Legende von Paula und Ben lag an der Gneisenaustraße zwischen Südstern und Mehringdamm in Kreuzberg und war besonders Wein-, Whisky- und Zigarrenfans in Berlin ein Begriff. Bei ihrem letzten Besuch dort waren alle ziemlich abgestürzt, besonders Clara. So sehr, dass sie am Ende des Abends mit MacDeath im Bett gelandet war.

»Nach einem Glas ist Schluss für mich«, sagte Winterfeld nun, als der Besitzer der Bar ihnen drei Laphroaig auf den Tisch stellte.

Eine Zeit lang sprachen sie über den Fall und unterhielten sich über den Sommerurlaub und andere private Dinge. Schließlich blickte Winterfeld auf die Uhr, leerte sein Whiskyglas, legte einen Schein auf den Tisch und erklärte: »Tja, Leute, war nett, mit euch zu plaudern, aber es wird Zeit für mich. Ab jetzt müsst ihr selbst zahlen.«

»Wir werden es versuchen«, sagte MacDeath. »Wenn es nicht reicht, wechsle ich den Beruf und werde Body Broker.«

Winterfeld grinste. »Dann viel Glück. Bis morgen. Bin mal gespannt auf Brooks und Williams.«

Nachdem er gegangen war, fragte Clara: »Dieser Williams, was ist das eigentlich für ein Typ?«

»Ein Profi, was das Profiling angeht«, antwortete MacDeath. »Ein Profi im Profiling«, wiederholte er. »Das hört sich doch gut an. Ich habe viel mit ihm zusammengearbeitet. Es war insgesamt eine tolle Zeit.«

»Du sprichst aber nicht oft darüber.«

»Nein. Denn diese tolle Zeit nahm ein schreckliches Ende.«

Das Ende kannte Clara. MacDeaths Frau Caren war damals ums Leben gekommen. Sie arbeitete für den amerikanischen Geheimdienst und war bei einer verdeckten Operation hinter den Linien in Afghanistan gewesen. Und da hatte es sie erwischt.

»So ein Verlust verändert einen«, murmelte MacDeath.

»Wem sagst du das. Ich weiß, wie es ist, einen geliebten Menschen zu verlieren. Es löst nicht nur Trauer aus, auch Angst, dass man noch andere Menschen verlieren könnte, die einem etwas bedeuten.«

Clara selbst hatte ihre Schwester Claudia verloren, als diese acht Jahre alt gewesen war. Ein Kinderschänder hatte sie entführt und ermordet. Der Mörder war nie erwischt worden. Das war der Grund gewesen, weshalb Clara zur Polizei gegangen war.

»Wohin man auch geht«, sagte sie nun, »irgendetwas erinnert einen immer an den anderen.«

Sie dachte an einen Songtext von Queensrÿche, einer Band, die sie in stürmischen, aber noch öfter traurigen Jugendtagen viel gehört hatte.

All alone now except for the memories,
Of what we had and what we knew.
Everytime I try to leave it behind me,
I see something that reminds me of you.

»Erinnerungen können wehtun, das ist wahr«, sagte MacDeath. »Deshalb bin ich nicht mehr in den USA.«

»Und deshalb bin *ich* nach Berlin gegangen. Man muss weg von dort, wo einen alles an den anderen erinnert. Es ist die Angst, den anderen, der nicht mehr da ist, irgendwo wiederzusehen. Aber nicht so, als würde er noch leben. Es sind die Häuser und Straßen und Gegenstände, die man mit ihm verbindet und die noch da sind, während er oder sie unwiederbringlich verschwunden ist. Das Schicksal reibt einem diese Erkenntnis wie Salz in die Wunde.«

»Ja. Aber es gibt noch einen anderen Schmerz«, sagte MacDeath. »Es ist die Angst, noch einmal jemanden zu verlieren. Noch einmal diesen Schmerz zu fühlen. Deshalb lässt man Menschen nicht mehr so nahe an sich heran. Man spürt noch den Schmerz für die, denen man bedingungslos das Visier geöffnet hat. Und dann sind sie weg und reißen etwas aus einem heraus, das nur langsam wieder nachwächst und verheilt, wenn überhaupt.«

Die Falschen an sich heranlassen. Das hatte Clara schon öfter getan und war dabei immer wieder auf die Nase gefallen. Aber sie *wollte* sich um andere Menschen kümmern, weil sie sich vor vielen Jahren nicht um ihre Schwester Claudia gekümmert hatte. Vielleicht, um etwas gutzumachen. Das war ihr Trauma. Sie hatte versprochen, Claudia von der Musikschule abzuholen, hatte es dann aber vergessen. Stattdessen hatte jemand anders Claudia abgeholt und mitgenommen. Für immer.

Die meisten Menschen brauchten mehr Liebe, als sie verdient hatten. Und die es wirklich verdienten, waren gerade diejenigen, die einem entrissen wurden. Gott liebte es offenbar, das Messer in die Wunde zu stecken und die Klinge abzubrechen.

Clara blickte MacDeath an, der anscheinend dasselbe

dachte. Dabei wurde ihr bewusst, dass sie und MacDeath eigentlich über sich selbst sprachen. Nicht über Caren und Claudia, sondern über Clara und Martin.

»Die Sache ist nur die«, nahm MacDeath schließlich den Faden wieder auf, »dass man all die positiven Dinge nicht fühlen kann, wenn man niemanden an sich heranlässt. Wer sich freuen will, muss auch bereit sein zu leiden. Das eine gibt es nicht ohne das andere.« Er trank sein Glas aus. »Komm, wir müssen los. Morgen ist Stress angesagt, wenn die Amis eintrudeln.«

Er begleitete Clara zu ihrem Wagen. Es war fast Mitternacht, und es waren doch zwei Whisky geworden statt einer. Höchste Zeit, nach Hause zu fahren.

»Wir sollten noch mal in Ruhe über diese Dinge sprechen«, sagte MacDeath, als er Clara die Wagentür aufhielt.

Sie lächelte. »Wenn das alles vorbei ist.«

»Ja, wenn es vorbei ist.«

Er gab ihr einen Kuss auf die Wange. Dann war die Tür geschlossen, und der Wagen fuhr davon.

Bald war MacDeath nur noch eine Silhouette in der Dunkelheit.

Ein anderer Text von Queensrÿche ging Clara durch den Kopf.

I don't believe in love.
I never have, I never will.
I don't believe in love.
It's never worth the pain that you feel.

Sie spürte Tränen in den Augen.

21.

Die Lufthansa-Maschine aus München landete mit drei mächtigen Hüpfern und blauem Rauch an den Reifen auf der Landebahn des Flughafens Berlin-Tegel.

Clara, MacDeath und Winterfeld warteten am Ausgang, als Brooks und Williams durch die Ausweiskontrolle und dann durch den Zoll gingen. Winterfeld hatte vorher lang und breit lamentiert, er habe für Aktionen wie »Leute vom Flieger abholen« gar keine Zeit, war dann aber doch mitgekommen, obwohl niemand ihn darum gebeten hatte. Offenbar wollte er auch mal wieder die Luft internationaler Ermittlungsarbeit schnuppern, und wenn es nur darum ging, einen FBI- und einen LAPD-Mann vom Flughafen abzuholen. Dafür hatte er sogar seinen dicken Mercedes zur Verfügung gestellt.

Clara musterte die beiden Männer. Williams erinnerte sie ein wenig an Ian McKellen in der Rolle des Gandalf in *Herr der Ringe*, auch wenn bei Williams das Haupthaar gepflegter und der Bart, der eisgrau sein Kinn umrahmte, um einiges kürzer war. Brooks war untersetzt, mit rötlich-grauen Haaren, grünen Augen und einem Zug um die Mundwinkel, als würde ihm alles auf die Nerven gehen.

»Das ging ja schneller als bei uns«, sagte Brooks, nachdem MacDeath ihn und Williams begrüßt hatte.

»Was ging schneller?«, fragte MacDeath.

»Die Sicherheitskontrolle«, antwortete Brooks. »Seit die Homeland Security auf der Einreise den Daumen drauf hat, muss man ewig Schlange stehen. Egal, ob du Ehrenbürger der USA oder Taliban bist. Hat Bush alles eingeführt. Und dieser scheinbar liberale Idiot von Obama hat es auch nicht für nötig gehalten, das zu ändern.«

Clara schüttelte den Kopf. »Die große Politik werden wir heute nicht mehr ändern. Kommt, ich stell euch den anderen vor.«

Zwanzig Minuten später, als alle im Auto saßen und Winterfeld über die Landstraße fuhr, die den Flughafen Tegel mit der Innenstadt verband, drehte Brooks sich noch einmal zum Flughafen um. »Ist das der einzige Airport, den Berlin hat?«

Winterfeld machte ein verkniffenes Gesicht. »Eigentlich sollten wir längst einen größeren haben. Im Süden. Nur wird der nie fertig.«

»Nie?«, fragte Williams.

»Nie. Die Ausgaben steigen und steigen. Irgendwann sind die Kosten so hoch, dass der Flughafen die nie mehr reinholen kann. Was man bisher gebaut hat, wird man irgendwann abreißen. Dann geht der Job hoffentlich an die Leute, die solche Projekte noch umsetzen können. Die Südkoreaner oder Japaner zum Beispiel. Tegel wird noch so lange in Betrieb bleiben, bis er auseinanderfällt. Und das gilt nicht nur für Tegel. Auch der Hauptbahnhof macht bereits schlapp, obwohl er 2006 erst fertiggestellt wurde. Demnächst muss er für achtzig Tage gesperrt werden, wegen Bauarbeiten. Was in Deutschland dreihundert Tage bedeutet, mindestens. Und dann fahren die Züge wahrscheinlich wieder den Bahnhof Zoo an. Und das Erste, was Berlinreisende dann sehen, sind die Penner, Junkies und Stricher. Willkommen in der Hauptstadt.«

Clara musste lächeln. Als Tourismusbeauftragter der Stadt wäre Winterfeld definitiv eine Fehlbesetzung.

»Immerhin war der Flug mit der Lufthansa ganz nett«, sagte Brooks. »Das FBI hat Businessclass spendiert. War ganz in Ordnung. Ansonsten kann ich ja Fliegen nicht ausstehen. Diese Maschinen werden immer enger, man kommt sich vor wie in einer Sardinenbüchse. Und dann der Fraß, dem man serviert bekommt! Und was Hochprozentiges kostet neuerdings extra. Allerdings nicht auf dem Flug heute. Wenigstens etwas.«

Clara hörte interessiert zu. An kleinen Dingen erkennt man einen Menschen.

»Und die Stewardessen«, fuhr Brooks fort, »werden auch immer hässlicher. Das fällt Ihnen als Frau sicher auch auf«, machte er einen etwas bemühten Versuch, Clara ins Gespräch miteinzubeziehen, ohne allzu frauenfeindlich zu klingen. »Bin vor einem halben Jahr mal nach Chicago geflogen, da war 'ne Stewardess mit solchen vorstehenden Hauern.« Er bewegte die ausgestreckte Hand vor den Mund. »Ich sag Ihnen, mindestens Achtziggradwinkel. Wenn Dracula mal krank ist, kann die sofort einspringen. Die sah aus, als könnte sie 'nen Apfel durch 'nen Tennisschläger essen.« Er zog hörbar Luft durch die Nase ein. »Wundert mich, dass es so was im Zeitalter der Zahnspangen überhaupt noch gibt.«

Und dass jemand so viel Unnützes in so kurzer Zeit redet, konnte ich mir bis heute auch nicht vorstellen, dachte Clara. Aber jemand, der in Gegenwart von Frauen so über andere Frauen lästerte, war zumindest ehrlich.

Clara ersparte sich einen Kommentar und fragte stattdessen: »Sie haben den Angel of Death damals gejagt?«

»Ja«, sagte Brooks. »Zusammen mit Ted Williams.« Er zeigte auf seinen Partner. »Wir haben in L. A. ständig Stress mit irgendwem. Vor allem mit Bandenkriminalität. Los Angeles gehört zu den Städten mit der höchsten Zahl an Straßenbanden. Vierhundert Gangs sind da mit fast vierzigtausend Mitgliedern am Start. Also hat eine Gang im Schnitt hundert Leute. Dagegen stehen ungefähr dreihundert Sonderbeamte der Polizei, die auf Bandenkriminalität spezialisiert sind. Die könnten mit ein paar Gangs fertigwerden, aber nicht mit vierhundert.«

»Fast so ausgewogen wie hier«, sagte MacDeath.

»Na ja, dafür haben wir ein paar interessante Unternehmen in L. A.«, ergänzte Brooks, als wollte er seine Stadt nicht nur schlechtreden. »Die Rand Corporation, Mattel, Northrop Grumman und natürlich alles, was mit Hollywood zu tun hat, DreamWorks, Disney und Warner Bros. zum Beispiel.«

»Kommen Sie aus Los Angeles?«, wollte Clara wissen.

»Nein, meine Familie kommt ursprünglich aus Chicago. Mein Vater hatte dann eine Tankstelle auf der Route 66. Die kennen Sie, oder?«

»Die Tankstelle?« Clara kicherte in sich hinein.

»Die Route 66 natürlich. Easy Rider? Born to be Wild?«

Clara lächelte. »Klar kenne ich die.«

»Das Sinnbild des modernen Amerika. Diese Straße hat Tausende von Menschen in Arbeit gebracht.«

»Eure Straße ist wenigstens fertig geworden, anders als unser Flughafen hier«, sagte Winterfeld und hielt vor dem Westin Grand an der Friedrichstraße. »So, Leute, wir sind da.«

»Das Wichtigste sollten wir nicht vergessen«, sagte Williams, nachdem alle ausgestiegen waren, und reichte MacDeath einen Umschlag.

Dessen Augen leuchteten auf. »Die DNA-Probe vom Angel of Death?«

»Ja.«

MacDeath strahlte. »Großartig. Die bringe ich gleich ins Labor. Und ihr bringt jetzt euer Gepäck rein und erholt euch ein bisschen vom Jetlag. Wir treffen uns dann nachher auf dem Revier.«

Williams nickte. »So machen wir's.«

»Sehr gut. Wir sehen uns in zwei Stunden.«

22.

Clara und MacDeath saßen mit Brooks und Williams in einem der großen Konferenzräume. Clara hatte belegte Brötchen und Getränke organisiert. Nachdem sie die beiden Besucher aus den USA für zwei Stunden ins Hotel zum Ausruhen und Frischmachen gebracht hatten, waren sie zu von Weinstein gefahren und hatten die DNA-Probe bei ihm abgeliefert – die vielleicht alles entscheidende Probe, die höchstwahrscheinlich vom Killer stammte, war sie doch an allen neun Tatorten in den USA gefunden worden.

Von Weinstein würde die ganze Nacht brauchen, um die Analyse vorzunehmen. Bis das Ergebnis vorlag, hieß es warten. Reden. Herausfinden, was Brooks und Williams von dem Fall hielten, obwohl das nur Kaffeesatzleserei war, solange es keine Resultate gab.

Zuerst hatten sie sich über ihre Jobs unterhalten, dann machten sie ein wenig Small Talk. Den aktuellen Fall hatten sie auch schon angesprochen. Den ermordeten Steinewerfer und den Body Broker.

»Sind Serienkiller Ihrer Meinung nach ein modernes Phänomen?«, wollte Clara von den Amerikanern wissen. Sie hatte noch nie mit einem anderen Experten als MacDeath über dieses Thema gesprochen. »Manche sagen, dass es sie schon im Mittelalter gab.«

»Nun, das ist eine Sache der Definition und der Quellenlage«, antwortete Williams. »Massenmörder gab es zu allen Zeiten. Aber Serienmörder, wie wir sie verstehen, gibt es erst seit hundertvierzig Jahren.«

»Warum?«

»Das liegt daran, dass die Umwelt immer komplexer und schwieriger wird. An der zunehmenden Verstädterung. An der wachsenden Anonymität. An der Moderne. Die Menschen kommen nicht mehr damit klar. Edgar Allan Poe beschreibt diese Anonymität der großen Stadt in einer Geschichte mit dem Titel *Der Mann in der Menge*.«

»*This man is the type and element of deep crime*«, murmelte MacDeath, der die Geschichte kannte. »Dieser Mann ist das Verbrechen.«

Williams schaute ihn an. »Die Ausbildung hat ja was gebracht! Aber genauso ist es bei den Serientätern: Mit dem Töten verbinden sie ein Element der Kontrolle und der Unterwerfung des Gegenübers, oft verbunden mit sexuellen Fantasien. Zudem geschieht das praktisch nur in Friedenszeiten, denn im Krieg können sie ihre Neigungen ungestört ausleben. Bezeichnenderweise sind während des Ersten und Zweiten Weltkriegs keine Serienkiller auf der Bildfläche erschienen. Noch etwas ist wichtig: Der typische Mörder tötet Menschen aus seinem Bekanntenkreis. Serienkiller aber töten Menschen, die sie nicht kennen. Damit kann jeder ein potentielles Opfer werden. Man muss nur den Auswahlkriterien des Killers entsprechen.«

Während des Krieges sind keine Serienkiller gemeldet, wiederholte Clara in Gedanken Williams' Worte. Irgendetwas sagte ihr, dass diese Information nützlich sein konnte. Aber warum? Für wen? Und wie? Dann war der Gedanke schon wieder verschwunden, und sie hörte weiter der Unterhaltung zu.

»Der erste bekannte Serienkiller nach heutigem Verständnis war Jack the Ripper«, erklärte Williams.

»Der hat den Opfern doch ebenfalls Körperteile abgeschnitten«, sagte MacDeath. »Ich meine, ähnlich wie unser Killer, der das Herz herausschneidet und mitnimmt?«

»Ja«, sagte Williams. »Ich habe mit John Grieve in England gesprochen, dem Director of Intelligence bei Scotland Yard. Jack the Ripper, oder auch James Maybrick, wenn er denn so hieß, hat seinen Opfern Nase und Ohren abgeschnitten und sie auf das Gesicht der Leiche gelegt. Und das Blut, das spritzte, als er die Frauen aufgeschlitzt hat, erinnerte ihn an eine Ejakulation.«

MacDeath blätterte durch die Unterlagen und runzelte die Stirn. »Sexuell motivierte Killer haben es aber nicht auf das Herz abgesehen. Das Morden und das Mitnehmen von Körperteilen sind für den Killer gleichbedeutend mit totalem Besitz und totaler Kontrolle des Opfers. Aber das Herz als Trophäe kommt doch eher in einem anderen Kontext zur Geltung, oder?« Er überlegte kurz, dann schaute er Brooks an. »Steht denn beim Angel of Death die sexuelle Komponente im Vordergrund?«

Brooks zuckte die Schultern. »Kommt mir nicht so vor. Wir wissen nur, dass er unglaublich brutal war. Oder ist. Wir dachten zuerst, er wäre ein Mann ohne Schmerzen. Ihr wisst schon – diese Leute, die einfach keinen Schmerz empfinden. Sie zerbeißen sich als Kinder die Lippen, wenn die ersten Zähne kommen. Sie rutschen auf den Knien über Asphalt, bis die Haut in Fetzen hängt und die anderen Kinder erstarrt vor Schreck und mit offenen Mündern dastehen. Sie kratzen sich nachts so heftig, dass das Bettzeug morgens voller Blut ist. Ein Horrortrip für die Eltern.«

Williams meldete sich zu Wort. »Kommen wir zur Viktimologie. Wissen wir, ob der Täter die Opfer kannte?«

»Nein«, antwortete MacDeath.

»Und wie groß ist die Gefahr, sein Opfer zu werden?«

»Seltsamerweise sehr hoch bei den Personen, die normalerweise kräftig genug sind, um *keine* Opfer zu werden«, sagte MacDeath.

»Oder gerade doch«, ergänzte Clara.

»Gibt es Gemeinsamkeiten bei der Umgebung, der Zeit und dem Ort?«

Was Williams aufzählte, waren die sogenannten Crime Scene Indicators, wie sie beim FBI genannt wurden.

»Es scheint meist nachts zu geschehen, bei den Opfern zu Hause. Möglicherweise war der Steinewerfer eine Ausnahme.«

»Ausnahme wovon?«, fragte Clara. »Wir haben bisher nur zwei Fälle.«

»Ja, hier in Berlin.« MacDeath blickte Williams an. »Aber in Los Angeles waren es doch fast immer einflussreiche Männer, nicht wahr? Leute mit Macht und Gewicht und meistens auch Geld?«

»Ja«, sagte Williams. »Keiner von ihnen war eines der typischen Hochrisiko-Opfer, auf die Serienkiller es meistens abgesehen haben. Prostituierte, Junkies, Penner. Personen, die niemand vermisst. Die zu unwichtig sind, als dass sie vermisst werden.«

»Und in sämtlichen Fällen war es dunkel am Tatort«, fügte Brooks hinzu. »Die Zimmer waren abgedunkelt, die Jalousien waren unten und dergleichen.«

»Das war auch bei uns so«, erklärte Clara. »Bei Stephan Schiller, dem Rockerboss, und in dem Verschlag, wo es diesen Steinewerfer erwischt hat.«

»Also habt ihr ein Opfer, das genau der Beschreibung entspricht, und noch ein zweites Opfer?«, fragte Williams.

Clara und MacDeath nickten.

»Wie lange war der Mörder am Tatort? Wisst ihr das?«

»Nein, das können wir nicht genau sagen.«

»Das Herz hat er in beiden Fällen mitgenommen?«

MacDeath nickte.

»Wie in L. A.«, erklärte Brooks. »Und auch hier nur ein Täter?«

»Das ist die große Frage«, antwortete MacDeath. »Wenn

wir von Stephan Schiller ausgehen, scheint es nur ein Täter zu sein.«

»Organisiert oder nicht organisiert?«

»Organisiert«, sagte MacDeath. »Am Tatort wendet er zwar rohe Gewalt an, aber nicht mehr als nötig. Wir vermuten, die Ekstase kommt erst zu Hause, wo immer das sein mag.«

»Wenn er das Herz des anderen hat, meinst du?«, fragte Williams. »Wenn er damit ... tja, *was* macht? Was tut er damit?«

»Nun ja, in Schillers Wohnung scheint es ihn überkommen zu haben«, sagte Clara. »Da hat er ins Herz des Opfers gebissen.«

Williams nickte. »Was für Waffen hat er benutzt?«

»Messer. Ein großes Jagdmesser. So ein Ding, wie Rambo es in den Filmen mit sich herumträgt.«

»Lässt er es am Tatort?«

»Nein. Außerdem hat er offenbar auch ein Skalpell benutzt.«

Brooks zog die Augenbrauen hoch. »Er hat unterschiedliche Messer? Hatte er in L. A. nie.«

»Laut Rechtsmedizin sind die Schnitte bei Schiller und bei dem Steinewerfer im Brustbereich sowie bei diesen bizarren Schnittritzungen gleich. Im Bauchbereich des Steinerwerfers hat er allerdings ein Skalpell verwendet.«

»Das spricht wiederum dafür, dass es möglicherweise zwei verschiedene Täter sind.« Williams verschränkte die Arme.

»Zwei von dieser Sorte?« Brooks verzog das Gesicht. »Das fehlte gerade noch.«

Clara schaute nach draußen. Das Tempelhofer Feld vor dem Fenster war in das Rot des Sonnenuntergangs getaucht. *Schon wieder ein Tag zu Ende*, dachte sie. *Und was haben wir erreicht?*

Williams fragte weiter. »Lässt er Spuren zurück?«

»Ja«, sagte Clara. »Wir haben reichlich DNA-Spuren gefunden. Nur ist die DNA leider nirgendwo registriert. Von Weinstein, unser Rechtsmediziner, meldet sich, sobald er die DNA analysiert hat, die ihr aus den Vereinigten Staaten mitgebracht habt. Er wird sie mit der DNA abgleichen, die wir gefunden haben. Dann wissen wir mehr.«

Auf der DNA-Probe, die Brooks und Williams mitgebracht hatten, ruhten großen Hoffnungen. Denn wenn die DNA aus den USA und die vom Tatort in Berlin identisch waren, hieß das nichts weniger, als dass der Angel of Death in Deutschland angekommen war.

»Ich wette hundert Dollar, dass er es ist«, sagte Williams.

»Ich würde ja gerne hundert Dollar dagegen wetten«, meinte Brooks, »aber ich habe das dumpfe Gefühl, es ist ein und dasselbe Monster, und dann wäre ich für diese frohe Botschaft auch noch hundert Dollar los.«

Clara blickte in den Bericht. An beiden Tatorten waren Dutzende von DNA-Spuren gefunden worden. Bei Medic Research hatte das LKA einen Speicheltest bei den Ärzten durchgeführt, damit die DNA-Spuren auf dem Arm klar eingegrenzt werden konnten.

In jedem Fall, das wussten sie alle, würde dieser Killer weitermachen. Es sei denn, jemand hielt ihn auf oder tötete ihn. Serienkiller können nicht rehabilitiert werden, da niemand ihre perversen Fantasien auslöschen oder verändern kann.

»Was ich noch immer nicht verstehe, ist das Motiv von diesem Kerl«, sagte Williams, »egal ob damals in den USA oder jetzt hier. Nehmen wir mal folgenden Fall: Ein Mann tötet seine Frau, weil er an ihre Lebensversicherung heran will. Anschließend legt er Feuer in ihrem Zimmer, um den Tatort zu verwischen. Das Motiv: Finanzieller Zuwachs und private Gründe – er möchte seine Frau loswerden. Andere Killer suchen sich wehrlose Opfer. Quälen und töten sie. Und fühlen sich dadurch stärker. Weil sie wissen, dass sie am Ende gewinnen werden, weil sie das Opfer vorher wehrlos gemacht haben. Und alle achten darauf, keine Spuren zu hinterlassen, egal, ob es ihnen gelingt oder nicht. Aber hier?« Er kniff die Lippen zusammen und legte die Stirn in Falten. »Dieser Mann legt sich mit den stärksten Gegnern an, obwohl es ihn dabei selbst erwischen könnte. Er nimmt kein Geld mit. Er rennt jedes Mal mit dem Kopf durch die Wand, ist also auch noch extrem unvorsichtig. Als ob er es sich leisten könnte.«

Hermann steckte den Kopf zur Tür herein. »Entschuldigt, wenn ich störe …«

»Was gibt's?«, fragte Clara.

»Wir haben ein Geständnis!«

»Vom Body Broker? Cedric Miller?« MacDeath war bereits aufgesprungen.

»Nein, von Osama bin Laden.« Hermann verzog das Gesicht. »Man, natürlich vom Body Broker. Kommt am besten runter.«

23.

Es war Abend geworden. Sie saßen in Winterfelds Büro um den Schreibtisch des Kriminaldirektors versammelt. Silvia, Claras Sekretärin, führte Williams und Brooks ein paar Minuten durchs LKA, um ihnen die Räumlichkeiten zu zeigen. Winterfeld selbst saß am Schreibtisch, spielte mit seinen Händen, die auf der Schreibtischplatte lagen, und hörte aufmerksam zu.

»Passt alles«, sagte Hermann. »Die DNA vom Body Broker war auch am Tatort in der Rigaer Straße. Und überall sonst in seinem Labor. Allerdings war ziemlich wenig davon an den Leichenteilen, die an Medic Research geliefert wurden.«

»Da war er wahrscheinlich übervorsichtig, hat die Leichen vorher gesäubert und Handschuhe getragen«, sagte Clara. »Trotzdem sind das gute Nachrichten.«

»Oh ja. Denn wir hatten keinen weiteren Mord mehr hier bei uns«, sagte Hermann. »Es könnte also doch sein, dass unser Body Broker zugleich der Angel of Death ist.«

MacDeath runzelte die Stirn. »Könnte sein, aber ich bin mir da nicht sicher. Ich bin nach wie vor der Meinung, es gibt zu große Unterschiede zwischen den Morden, als dass sie von ein und demselben Täter verübt sein könnten.«

Clara musste zugeben, dass MacDeath recht hatte. Es konnte ohnehin sein, dass von Wintersteins DNA-Analyse morgen positiv war und ihnen die ganze Theorie über den Haufen warf. Und dass der Angel of Death tatsächlich noch frei herumlief.

Es konnte aber auch der Fall eintreten, dass die Probe negativ war. Auch dann standen sie wieder vor einem Rätsel. Dann nämlich gäbe es zwei Killer mit einem ganz ähnlichen Modus Operandi. Vielleicht auch einen Nachahmer.

»Hat er alles gestanden?«, fragte Clara.

Hermann nickte.

»Und wie hat er sie umgebracht?« Das war MacDeath. »War es Burking?«

Hermann nickte. »Ja. Die Anklage wird auf Mord lauten. Wir haben alle Aspekte des Mordes. Heimtücke? Ja. Wer Obdachlose betrunken macht und sie dann umbringt, ist heimtückisch. Grausam? Und ob. Man schaue sich die Leichen an. Niedere Beweggründe? Nun, er hat gemordet, um sich zu bereichern.« Er schaute alle an. »Noch Fragen?«

Clara kannte die Mordmerkmale. Zwei dieser Merkmale reichten bereits, um für fünfundzwanzig Jahre in den Knast zu gehen. Hier waren es gleich alle drei Merkmale auf einmal.

Winterfeld meldete sich das erste Mal zu Wort. »Was meint ihr? Der Killer, ist es ein und derselbe? Einer oder zwei? *Wer* ist es überhaupt?«

»Er ist auf alle Fälle derjenige, der die Leichen zu Medic Research gebracht hat«, sagte Clara.

»Ja. Deshalb will er einen guten Zustand der Leichen für den Weiterverkauf«, erklärte MacDeath. »Warum aber zerschlägt er diesem Steinewerfer dann vorher den Schädel? Es bringt ihm viel weniger ein, wenn er eine Leiche in diesem Zustand abliefert. Oder wenn er sie nur in Teilen abliefern kann, so wie hier. Schließlich hat er Kopf und Torso am Tatort gelassen. Im Protokoll aber steht, der Body Broker hat das Fleisch und die Knochen manchmal sogar extra verkauft. Er ist ein echter Leichen-Tüftler, der mit möglichst wenig Aufwand möglichst viel aus seiner Ware machen will. An Geld, versteht sich. So einer schlägt denen doch nicht den Schädel ein und macht seine Ware dadurch wertlos.«

»Vielleicht wollte er das Opfer kampfunfähig machen«, sagte Winterfeld, doch ihm war anzumerken, dass er den Fall am liebsten als erledigt betrachten und zu den Akten legen würde.

»Kommen Sie«, sagte Clara. »Man muss kein Rechtsmediziner sein, um zu sehen, dass da ein Schlag genügt hätte. Er hat ihm auch noch das Jochbein und den Kiefer zertrümmert. Das ist zwar grausam, aber es tötet nicht.«

»Da ist was dran«, gab Winterfeld zu. »Gibt es sonst noch was?«

»Die Schnittführungen sind bei den Opfern unterschiedlich«, sagte MacDeath. »Das hat von Weinstein auch schon festgestellt. Einmal sind sie grob und brutal, ein andermal wie bei einem Chirurgen, effizient und präzise. Außerdem haben wir Unterschiede beim Modus Operandi. Das sehen unsere amerikanischen Kollegen übrigens genauso. Cedric Miller hat die Obdachlosen mit Alkohol abgefüllt. Sobald sie sich kaum noch wehren konnten, hat er sich auf ihre Oberkörper gekniet und sie durch Burking umgebracht. Der hier«, er wies mit dem Kopf nach draußen, als würde der Killer dort irgendwo herumlaufen, »der hier hat Schiller und den Steinewerfer brutal erschlagen. Cedric Miller, der Body Broker, ist feige, während der Angel of Death völlig furchtlos ist, um nicht zu sagen, extrem leichtsinnig. Als hätte er keinen Selbsterhaltungstrieb.« Er tippte auf die Fotos. »Der Killer muss sehr kräftig sein, das ist Cedric Miller aber nicht. Dieser Gnom wäre einem Kerl wie Stephan Schiller niemals gewachsen. Erst recht könnte er ihn nicht mit bloßen Händen umbringen. Nein, der macht das heimlich und heimtückisch. Die Vorstellung, dass Miller einen Mann wie Schiller und dessen Kampfhund in direkter Konfrontation besiegt hat, ist aberwitzig.«

»Können wir aus dem Mann irgendetwas herausbekommen? Hat er sonst noch was gesagt?«

Hermann blickte in seine Unterlagen. »Er hat angeblich jemanden gesehen, der schnell abgehauen ist, als er den Innenhof betreten hat.«

»Ach?«, sagte Clara. »Und wie sah der aus?«

»Das weiß er nicht mehr. Offenbar ein großer Mann.«

Clara und MacDeath blickten sich an. »Toll, dass diese Information so früh kommt«, sagte Clara.

»Die Information kommt, wenn sie kommt«, wehrte sich Hermann, »und sonderlich wertvoll ist sie ja auch nicht. Oder sollen wir eine Fahndung ausschreiben ›Wir suchen einen großen Kerl‹?«

Winterfeld hob die Hand. »Keinen Streit, Leute. Können wir noch irgendwelche Untersuchungen mit dem Body Broker machen? Um noch mehr herauszufinden von dem, was er wissen könnte?«

»Sie meinen diese Tests, wo man einen Blutdruckmesser an den Penis anschließt und seinem Besitzer dann Gewaltpornos vorspielt?«, fragte MacDeath.

Winterfeld zuckte die Schultern. »Zum Beispiel.«

»Tja, wir können nichts machen, was legal wäre«, sagte MacDeath. »Und bringen würde es auch wenig.« Er schaute Clara an. »Wir haben hier halt das Problem, dass ... Wie formulieren wir das?«

»Cedric Miller hat Menschen umgebracht«, sagte Clara. »Ganz klar. Aber die Tat, den Mord an dem Steinewerfer, über den wir ihn erwischt haben, diesen Mord hat er wahrscheinlich gar nicht begangen.«

»Wir haben ihn über einen Mord erwischt, den er nicht begangen hat?«, fragte Winterfeld verwirrt.

MacDeath lächelte verkniffen. »Sieht so aus. Lasst uns alles Weitere mit Brooks und Williams besprechen, wenn sie von ihrem Rundgang zurück sind. Und dann geht es zu Bellmann.« Er schaute Winterfeld an. »Was meinen Sie?«

Winterfeld zuckte die Schultern. »Was immer Sie sagen.« Er schaute auf die Uhr und zog eine Schachtel Zigarillos zu sich heran. »Es wird spät. Zeit, nach Hause zu gehen. Aber vorher gehe ich noch eine rauchen.«

24.

Winterfeld, Clara und MacDeath nahmen wieder im großen Meetingraum des LKA Platz, wo Brooks und Williams bereits warteten. Claras Sekretärin Silvia hatte sie nach der Führung durch das LKA dort abgeliefert und dann Feierabend gemacht. Winterfeld lehnte an der Tür und drückte auf seinem Handy herum.

MacDeath hatte den beiden Gästen aus den USA in knappen Worten den Sachverhalt erklärt, besonders Cedric Millers Geständnis.

»Was vielleicht in beiden Fällen zusammenhängt«, sagte Williams, »ist der kannibalistische Zug des Killers, der diesen Rockerboss umgebracht hat. Hat Cedric Miller irgendwelche kannibalistischen Neigungen?«

Clara zuckte die Schultern. »Davon haben wir nichts gesehen. Halten Sie den Angel of Death denn wirklich für einen Kannibalen?«

»In L. A. hat er seinen Opfern auch die Herzen herausgeschnitten«, sagte Brooks. »Auch wenn wir nicht wussten, was er damit gemacht hat.« Er legte ein Foto auf den Tisch. »Aber die Sache mit David Calitri spricht Bände.«

Clara schaute auf das Foto, das vor zehn Jahren in Los Angeles aufgenommen worden war. Das Herz. Die Serviette. Und die makabre Aufschrift *Enjoy it d(e)ad.*

Genieß es tot. Genieß es, Vater.

Das Herz des Sohnes als Mahl für den Vater.

»Aber hier hat er das Herz doch nicht selbst gegessen, sondern dem Vater übergeben, oder?«

»Ja«, sagte Brooks, »aber nur in diesem einen Fall, dem letzten, hat er das Herz am Tatort hinterlassen. In allen anderen neun Fällen hat er es mitgenommen.«

Hermann meldet sich zu Wort. »Wir haben hier in Deutschland manchmal Fälle, wo Menschen ... wie soll ich es ausdrücken? Wo Menschen freiwillig gegessen werden wollen. Und wo die anderen nur dann essen, wenn der Gegessene damit einverstanden ist.«

»Gibt es nicht sogar mehr Leute, die gegessen werden wollen, als Personen, die essen wollen?«, fragte Winterfeld und schraubte seinen Kugelschreiber auseinander.

»Das stimmt«, sagte MacDeath. »Vielleicht gut gegen die Überbevölkerung bei gleichzeitiger Nahrungsmittelknappheit. Wäre es andersherum, hätten wir ein Problem.«

Clara blickte ihn strafend an.

»Das wäre Endokannibalismus«, sagte Williams. »Verspeisen von Freunden oder Gruppenangehörigen. Es gibt im Kannibalismus, besonders im Endokannibalismus, drei wesentliche Dimensionen.« Er hob den Zeigefinger. »Zunächst einmal die Dimension der Lust. Diese Leute finden Erregung durch das Verspeisen eines anderen oder durch das Gegessenwerden.« Er hob den Mittelfinger. »Dann die Fortpflanzungsdimension. So wie man Kinder in die Welt setzt, damit ein Teil von einem weiterlebt, möchten die, die verspeist werden wollen, in einem anderen Menschen weiterleben. Und dann gibt es noch die Beziehungs- oder syndyastische Dimension, die Bedeutung für die Erfüllung psychosozialer Grundbedürfnisse nach Akzeptanz, Nähe, Sicherheit und Geborgenheit.«

»Ich fühle mich sicher, weil ich ein Teil von jemand anderem werde, der mich isst?«, fragte MacDeath. »Das war beim Kannibalen von Rotenburg genau so. Beziehungsweise bei seinem Opfer.« Er schaute Clara an. »Wir haben ja schon darüber gesprochen.«

»Kannibale von Rotenburg?« Williams beugte sich vor. »Was ist da passiert?«

MacDeath erläuterte ihm den Sachverhalt. »Die beiden haben sich in einem Kannibalismus-Chat kennengelernt«, fuhr er dann fort. »Die haben da Namen wie Hänsel und Gretel und dergleichen.« Er blickte Hermann an. »Stimmt's?«

»Stimmt«, sagte der.

»Es sind in meisten Fällen Männer, nur sehr wenige Frauen, die in dem Forum aktiv sind«, fuhr MacDeath fort.

»Auch unser Killer bevorzugt Männer als Opfer«, sagte Brooks.

»Ja.« MacDeath nickte. »Jedenfalls, hier hießen die beiden Cator und Franky. Cator war das Opfer, Franky, also Armin Meiwes, war der Kannibale.«

»Und beide wollten Nähe, Sicherheit, Geborgenheit?«, fragte Williams.

MacDeath verzog das Gesicht. »So in etwa, auch wenn das in der Tat schrägt klingt. Franky wollte einen Mann in sich haben, indem er ihn isst, um damit endlich die Erlebnistiefe einer wirklichen Bindung zu verspüren, die er als Kind immer vermisst hat. Er wollte jemanden in sich aufnehmen und damit weniger allein sein. Ein Trauma, das aus dem Verlust oder der Nichtbeachtung der Eltern resultiert.«

»Unsere ganze Kultur ist am Vorgang des Essens verankert«, erklärte Williams. »Aus der kindlichen Bettelgebärde um Futter wurde der Händedruck. Aus dem Anklammern an das mütterliche Fell die Umarmung. Aus der Mundfütterung der Kuss. Die Liebe ist ein Kind der Aggression und aus der Brutpflege hervorgegangen.«

»Und das gibt es nur bei Säugetieren«, warf MacDeath ein, »aber nicht bei Reptilien. Dort herrschen Dominanz und Submission.«

»Dann könnte man sagen, unser Mörder ist vom Wesen her

primitiver als ein normaler Mensch. Eher wie ein Reptil oder eine andere urtümliche Kreatur«, meinte Clara, wobei ihr das Bild des Hais vor Augen stand.

»In jedem Fall sucht er keine Zuneigung und keine Nähe. Er will der Stärkste sein.« MacDeath wiegte den Kopf hin und her. »Das vermute ich jedenfalls. Anders als bei diesem Opfer von Meiwes, das gegessen werden wollte.«

Williams nickte. »Bei dem erfüllte sich das Bedürfnis wahrscheinlich erst in dem Moment, als jemand sein Fleisch bearbeitet, zerkleinert und schließlich verzehrt hat.«

»Ja. Meiwes, also der Kannibale, wollte nicht mehr so einsam sein, indem er jemanden in sich aufnahm. Und das Opfer wollte bei lebendigem Leib gegessen werden.«

»Und wie sollte das gehen?«

»Meiwes sollte ihm zunächst den Penis abbeißen.«

»Das dürfte schwierig sein«, sagte Williams lapidar, »jedenfalls in rohem Zustand.«

MacDeath verzog das Gesicht. »So war es auch. Cator hingegen stellte es sich ganz toll vor, bei lebendigem Leib gegessen zu werden. Auch das ging natürlich nicht, weil der menschliche Kiefer das Fleisch gar nicht beißen kann. Es gab also kein Lustergebnis.«

»Was für eine Überraschung«, meinte Hermann. »Was geschah dann?«

»Meiwes hat ihm den Penis mit einem Messer abgetrennt.«

»Bei unserem Killer war es ähnlich.« Clara sah Brooks und Williams an. »Er hat am Tatort in Schillers Herz gebissen und dann feststellen müssen, dass man ein rohes Herz nicht essen kann. Darum hat er es mitgenommen und möglicherweise zu Hause zubereitet. War es in L. A. auch so?«

»Ja und nein«, antwortete Brooks. »Dieser perverse Mistkerl hat alle Herzen mitgenommen. Gott weiß, was er damit angestellt hat. Wir haben aber keine Spuren wie bei euch auf dem Fußboden, Teppich oder wo auch immer gefunden. Mit Ausnahme von diesem seltsamen Servierteller im letzten Mordfall.«

»Bei unserem Killer ist es Dominanz«, sagte MacDeath. »Beim Opfer des Kannibalen von Rotenburg eher Unterwürfigkeit, nicht wahr?«

Williams wiegte den Kopf. »So seltsam es klingt, aber genau so ist es. Es ist eine Form von Unterwürfigkeit, die sexuelle Befriedigung schafft. Wir finden so etwas in der Sadomaso-Szene. Da gibt es die Tops, die das Sagen haben, und die Bottoms. Ein Warnwort, zum Beispiel Mayday oder Stopp, entscheidet darüber, wann es dem Bottom zu viel wird. Und dann wird aufgehört. Die Teilnehmer nehmen unterschiedliche Rollen ein. Die Herrin, die Zofe, die Krankenschwester.«

Brooks zeigte auf ein Foto mit den Schnittwunden. »Diese Schnitte hier«, sagte er. »Wir dachten damals, der Killer wäre in der Cutting-Szene. Das gibt es wahrscheinlich überall auf der Welt. Leute, die geschnitten werden wollen. Mit Messern oder Nadeln.«

»Messer oder Nadeln?«, fragte Winterfeld. »Eines davon oder beides?«

»Beides. Nadeln sind mehr in der Sadomaso-Szene gebräuchlich, Messer eher in der Cutting-Szene.«

Die Cutting-Szene, dachte Clara. *Da haben wir uns noch gar nicht schlau gemacht.*

»Von einem freiwilligen Schnitt bluten«, sagte Williams, »ist ein Zeichen von Traurigkeit. Aber auch von dem Bedürfnis nach Nähe und Verständnis.« Er zupfte an seinem kurzen Bart. »Bei einem freiwilligen Schnitt das eigene Blut zu vergießen ist für diese Leute die ultimative Form des Weinens beziehungsweise Tränenvergießens.«

Clara musste an Jakob Kürten denken, eines der Opfer des »Namenlosen«, einem ihrer früheren Fälle. Ein alptraumhafter

Fall. Kürten wollte gefesselt und geschnitten werden. Der Killer nutzte das aus, indem er sein Opfer ans Bett fesselte, um ihm dann die Halsschlagader durchzuschneiden und ihn ausbluten zu lassen. Anschließend nahm er die digitale Identität des Ermordeten an, um mit dieser Identität im Internet Frauen zu stalken und umzubringen. Frauen, die seinem Beuteschema entsprachen.

»Das gibt es«, sagte Williams. »Sich hingeben, unterwerfen. Das steigert das Angstempfinden. Es sorgt aber auch dafür, dass Endorphine ausgeschüttet werden. Es ist ähnlich wie bei den Flagellanten im Mittelalter, die sich bis zur Ekstase gepeitscht haben. Das geschieht auch heute noch. Dann kommen noch Ketten, Gewichte, heißes Wachs und Nadeln dazu. Und Messer. Cutting. Es wird mit Messern, Skalpellen oder Rasierklingen in die Haut geschnitten.«

»Ich habe mir auch mal diese Cutting-Foren angeschaut«, sagte Hermann. Clara fragte sich im Stillen, was Hermann sonst noch so machte, wenn ihm langweilig war. »Da gibt es richtige Taktiken, wie man vorgehen sollte, damit die Schnitte nicht auffallen. Zum Beispiel, indem man sich immer an den gleichen Stellen schneiden lässt, um die Narben auf ein Minimum zu beschränken. Eine Frau wollte sogar geschnitten werden, ich zitiere, während sie gefickt wird.«

»Mein Gott«, sagte Clara.

»Aber das geschieht doch alles freiwillig«, sagte MacDeath. »Ist unser Killer ein Hardcore-SM-Typ? Ich weiß nicht. Der andere, das Opfer, spielt doch nicht mit. Oder glaubst du, ein Stephan Schiller lässt sich freiwillig schneiden? Und die sexuelle Komponente sehe ich hier überhaupt nicht.«

Williams nickte. »Nein, hier ist es anders.«

»Nämlich?«

»Was den Kannibalismus angeht, nennt man den freundlichen Kannibalismus den Endokannibalismus, wie ich bereits sagte. Was wir hier haben, ist der sogenannte Exokannibalismus. Das Verspeisen von Feinden.« Er blätterte in den Unterlagen. »Da gibt es nur ein Problem.«

»Und welches?«, fragte MacDeath.

»Die Grenzen sind fließend. Jeffrey Dahmer zum Beispiel, der Kannibale von Milwaukee. Den kennt ihr ja alle.«

MacDeath nickte.

»Nicht persönlich, zum Glück«, murmelte Clara.

»Das geht auch nicht mehr«, sagte MacDeath. »Er ist tot. Soviel ich weiß, wurde er im Gefängnis umgebracht. Ein Mithäftling hat ihm einen Besenstiel durchs Auge ins Gehirn gebohrt.«

»Stimmt«, sagte Williams. »Bob«, er meinte Robert Ressler von der Abteilung für Verhaltensanalyse des FBI, »hat noch ein paar Interviews mit ihm geführt. Dahmer hat Teile der Leichen gegessen und den Rest ausgekocht. Die Schädel hat er dann bemalt, damit sie uniformer aussehen, denn einige waren nicht so weiß wie die anderen. Dank der Farbe sahen sie dann alle gleich aus.«

»Entpersonalisierung?«

»Ja. Dahmer träumte davon, dass seine Opfer ihm als Sexsklaven zur Verfügung stehen. Also hat er seine Opfer betäubt und ihnen Säure ins Gehirn geträufelt, um sie willenlos zu machen. Das haben sie natürlich nicht überlebt. Aber Dahmer wollte unbedingt einen Sexsklaven, am besten natürlich lebend. Aber wenn es nicht anders ging, auch einen Toten. In diesem Leben oder in einem anderen.«

»Und was waren für Dahmer die Alternativen?«, fragte MacDeath. »Wenn es mit den Opfern nicht so klappte? Wenn er keine Sexsklaven bekam?«

Williams zuckte die Schultern. »Wenn es nicht ging mit den Sexsklaven oder Sex-Zombies, erklärte Dahmer später, dann läuft eben nichts. Keine Partner, kein Sex. Zölibatär leben.

Höchstens noch Pornografie. Es waren bei ihm die gleichen binären Entscheidungen, die wir oft bei Psychopathen finden. Alles oder nichts. Sieg oder Tod. Entweder untote Sexsklaven oder gar keine Begierde, keine Triebe, gar nichts. Wie ein Priester. Dahmer war früher oft mit seiner Großmutter in die Kirche gegangen.«

»Ein vorbildlicher Christ und Staatsbürger«, sagte Winterfeld und baute seinen Kugelschreiber wieder zusammen, den er vorher auseinandergenommen hatte.

»Dahmer jedenfalls«, sagte Williams, »wollte die Menschen möglichst wenig kennen. Sie sollten wie ein lebloses Objekt aussehen. Er hat ja auch Teile von ihnen gekocht und gegessen. Vieles hat man in seinem Kühlschrank gefunden. Er hat die Hornhaut an den Füßen der Leichen abgeschnitten, damit die Säure, die er brauchte, um das Fleisch von den Knochen zu lösen, mehr Fläche bekommt. Die Unterseite der Füße sei sehr zäh, sagte Dahmer immer.«

»Wären die mal öfter zur Pediküre gegangen«, murmelte Winterfeld.

Clara war wieder einmal verwundert über die geschmacklosen Kommentare ihres Chefs. Doch Williams schien es nicht gehört oder verstanden zu haben, denn er sprach bereits weiter.

»Dahmer musste seine Opfer entpersonalisieren, damit er sie als gesichtslose Sklaven oder auch als Nahrung akzeptieren konnte. Aber er war sich immer bewusst, dass es nicht richtig war, was er tat, deshalb fühlte er sich schuldig.«

»Und das heißt?«

»Es war bei Dahmer kein reiner Feindkannibalismus. Er begehrte die Opfer. Und er fühlte sich schlecht, wenn er sie tötete und die Leichen auskochte.«

»Eigentlich ein durch und durch guter Mensch«, spöttelte Winterfeld. »Hatte er vielleicht moralische Beweggründe? Es gibt ja solche schrägen Typen, die meinen, dass durch ihre Taten die Welt *besser* wird.«

»*Besser* ist relativ«, pflichtete Williams ihm bei. »Aber nein. Bei Dahmer gab es keine moralischen Aspekte. Hier, bei unserem Killer, vielleicht. Bei Dahmer nicht. Ein Psychiater, der Dahmer untersucht hat, sagte hingegen, Dahmer habe diese schrecklichen Dinge getan, um die Welt von bösen Menschen zu befreien. So wie Hannibal Lecter im Film unhöfliche Menschen gegessen hat. Bei Dahmer waren es Schwule, Stricher und Drogensüchtige, die in sein Beuteschema passten. Aber das wollte Dahmer nicht. Und so hat er sich auch nicht gefühlt.«

»Aber in gewisser Weise einheitlich sind die Leichen hier ja auch«, sagte Clara. »Dahmer hat allen die Schädel angemalt. Unser Killer schneidet allen das Herz heraus.«

Williams nickte. »Einheitlich sind die Leichen hier schon. Jedenfalls, wenn man die in den USA und das eine Opfer hier vergleicht. Diesen Ausreißer in dem Keller, diesen Steinewerfer, ignorieren wir mal. Wahrscheinlich war dieses Opfer auch gar nicht geplant. Aber es stimmt: Der Killer schneidet jedem seiner Opfer das Herz heraus. Aber das Motiv ist eher Exokannibalismus. Es erinnert mich an die Kopfjäger. Sie werden der Kraft eines anderen Menschen teilhaftig, indem sie seinen Kopf erbeuten. Im Kopf konzentrieren sich die geistigen und psychischen Kräfte. Das ist der Ursprung aller Skelett- und Schädelkulte. Der Glaube, dass der Geist des Toten im Schädel bleibt.«

»Die Personalfuzzies nennen sich ja sogar Headhunter«, schnaubte Brooks.

»Seht ihr? Da haben wir's«, sagte Williams, als wäre er stolz auf seinen Partner.

»Wir haben bis jetzt vom Kopf gesprochen«, sagte Clara. »Was ist mit dem Herzen?«

»Im Herz sitzt die Kraft. Die Stärke. Die Inkas haben ihren Feinden die Herzen herausgeschnitten und sie ihren Göttern geopfert. Selbst in der katholischen Heilslehre finden wir den Kannibalismus, der stark macht«, sagte Williams. »Der Menschen gefährdende Kannibalismus wurde umgewandelt in eine rituelle Formel mit dem Leib Christi, wo Jesus sagt: ›Wer mein Fleisch isst und mein Blut trinkt, der bleibt in mir und ich in ihm.‹ So wie ein Säugling seine Nahrung aus dem Leib der Mutter bekommt, die Mutter also seine Nahrung *wird,* so bekommt der Christ im Abendmahl durch den Leib Christi die Kraft Gottes.«

»Dann ist die christliche Eucharistie eine Mischung zwischen Endo- und Exokannibalismus?«, fragte MacDeath. »Die Kraft des anderen in sich aufnehmen, es aber trotzdem eher gut mit ihm meinen?«

»Das klingt plausibel«, sagte Williams, »aber in der Eucharistie ist der Begriff ›Leib Christi‹ sehr allgemein gehalten. Es ist kein spezielles Körperteil, das verzehrt wird, sondern der ganze Leib. Unser Killer aber bevorzugt das Herz.«

»Ist er denn nun sexuell motiviert?«, fragte Winterfeld.

»Nicht unbedingt«, meldete Brooks sich zu Wort. »Aber er benutzt Messer. Und das wiederum ist meist bei Tätern der Fall, die sexuell motiviert sind.«

»Wobei das Messer eine phallische Komponente hat«, ergänzte Williams. »Jack the Ripper war der erste Messerkiller, der weltbekannt wurde, wir hatten ja vorhin schon davon gesprochen. Bei ihm war es eindeutig sexuell konnotiert. Er hat das Messer als Penis betrachtet. Das war die einzige Möglichkeit für ihn, die Huren in Londons Whitechapel zu penetrieren. Anders ging es für ihn offenbar nicht.«

»Und in *Sieben*, dem Spielfilm«, warf MacDeath ein, »zwingt der Killer diesen schrägen Päderasten, die Straßenhure mit einem ... nun ja, Messerdildo zu vergewaltigen.«

»Jedenfalls hat das Messer immer eine phallische Qualität«, sagte Williams. »Manche Killer penetrieren auch zweimal. Sie vergewaltigen ihr Opfer und stechen dann noch einmal mit einem Messer auf das Opfer ein. Der Stich mit dem Messer ist sozusagen die zweite und finale Penetration. Das Blut, das aus der Wunde spritzt, ist eine Art zweite Ejakulation. Seltsam ist bei unserem Killer nur eins.«

»Nämlich?«, fragte Winterfeld.

»Wenn man sich die Statistik anschaut, wird in Amerika erschossen, in Europa aber erstochen«, sagte Brooks.

»Das heißt, es ist ungewöhnlich für einen amerikanischen Killer, dass er keine Schusswaffen benutzt?«, fragte Winterfeld.

Brooks nickte. »In den früheren Fällen hat er ein paar Mal Leute angeschossen. Aber den finalen Schnitt, die Einritzungen, das waren Messer. Auch das Herz hat er immer mit einem Messer herausgeschnitten. Und es hat immer gut funktioniert.«

»Offenbar. Und da liegt das Problem.«

»Wieso?«

»Für die meisten Killer«, sagte Williams, »ist die Realität das Problem. Der Mord ist nie so gut wie vorher in ihrer Fantasie. Die Fantasie ist jedes Mal besser. Und sie wird immer besser, nämlich dadurch, dass solche Wunschvorstellungen mehr und mehr durch die Realität angeheizt werden. Immer mehr Neuronen werden gereizt. Die Fantasie ist dem wirklichen Mord dabei stets einen Schritt voraus. Und oft ist die Enttäuschung groß. Dann wird die Begierde zur Wut.«

»Wie bei dem Opfer von Armin Meiwes?«, warf MacDeath ein. »Er wollte bei lebendigem Leib gegessen werden, und das funktionierte nicht?«

»Zum Beispiel.« Williams blätterte in den Unterlagen. »Unserem Killer scheint aber alles zu gelingen. Er stellt sich vor, wie es wäre, körperlich kräftige Menschen umzubringen, und es gelingt ihm auch. Und solange es ihm gelingt, macht er weiter.«

»Die letzte Enttäuschung für ihn wäre?«, fragte Winterfeld.

»Wenn sein Gegner stärker wäre als er. In dem Moment wäre er tot.«

Es klopfte an der Tür. Frau Bories steckte den Kopf ins Zimmer. Clara spürte einen Stich im Magen. Bories war die Sekretärin von Alexander Bellmann, ihrem Chef. Die Dame musste heute offenbar mal wieder Überstunden machen.

»Direktor Winterfeld, Frau Hauptkommissarin Vidalis, Dr. Friedrich«, sagte Frau Bories steif und blickte nacheinander alle drei an. »Dr. Bellmann möchte Sie sofort sprechen. In seinem Büro.« Von Williams und Brooks war absichtlich nicht die Rede.

»Entschuldigen Sie uns.« Winterfeld stand auf und knöpfte sein Sakko zu. »Das ist jetzt ein wenig überfallartig, aber wir müssen schnell zu unserem Boss.«

»Wie sagt man in Deutschland?«, fragte Brooks und grinste. »Blitzkrieg?«

Winterfeld nickte mit säuerlicher Meine. »Ich fürchte, da haben Sie gar nicht so unrecht.«

25.

Dr. Alexander Bellmann telefonierte ausnahmsweise einmal nicht, als Clara, MacDeath und Winterfeld sein Büro betraten, während Frau Bories hektisch ein Tablett mit Keksen und Kaffeetassen hinter ihnen her trug. *Wein oder Whisky wären passender für diese späte Stunde*, dachte Clara. Aber das würde ein Bürokrat wie Bellmann niemals zulassen.

Bellmann saß an seinem Schreibtisch, so unbewegt und steif wie eine Sphinx oder eine der Leichen, die der Body Broker in seinem Keller aufrecht hingesetzt hatte. Nur seine Augen lebten, als er die drei Ankömmlinge aufmerksam musterte, als wartete er darauf, dass einer von ihnen gleich irgendetwas Seltsames anstellen würde, das er dann kommentieren könnte.

Clara, MacDeath und Winterfeld setzten sich an den runden Besprechungstisch, während Bellmann an seinem Schreibtisch sitzen blieb. Er ließ sich Kaffee einschenken, wartete, bis Frau Bories auch bei den anderen eingeschenkt hatte, und beugte sich dann aus seiner Starre unvermittelt nach vorne wie ein Gekko, der eine Fliege schnappt.

»Ich höre«, sagte er.

»Cedric Miller hat gestanden«, berichtete Winterfeld. »Er hat Leichenteile an Medic Research verkauft. Dazu hat er Obdachlose mit Alkohol betäubt und sie dann ermordet. Auf den Mann warten fünfundzwanzig Jahre.«

»Gut«, sagte Bellmann und trank von seinem Kaffee. »Hat es nach dem Mord an diesem Steinewerfer, wie hieß er noch …«

»Ulf Bergmann«, sagte Clara.

»Hat es nach dem Mord an diesem Ulf Bergmann einen weiteren Mord gegeben, bei dem einem Opfer das Herz herausgeschnitten wurde?«

»Wir können nicht wissen, ob ...«, begann MacDeath, aber Bellmann schnitt ihm barsch das Wort ab.

»Hat es nach dem Mord an Ulf Bergmann einen weiteren solchen Mord gegeben?«

Winterfeld schüttelte mit Dackelblick den Kopf. »Nein.«

»Könnte es also sein«, Bellmann lehnte sich zurück, »dass die Ergreifung von Cedric Miller und das Ausbleiben weiterer Morde, bei denen das Herz entfernt wurde, irgendwie miteinander zu tun haben?«

»Wenn man Korrelation mit Kausalität verwechselt, ja.« Das war MacDeath.

Bellmann war die unterschwellige Beleidigung nicht entgangen. »Und Sie glauben, verehrter Kollege Friedrich, dass ich eine solche Verwechslung vornehme?«

»Nein, das glaube ich nicht, Herr Dr. Bellmann«, sagte MacDeath. »Ich glaube nur, dass die Verhaftung Cedric Millers uns keine Sicherheit gibt, dass solche Morde in Zukunft ausbleiben.«

»Weil Ihrer Meinung nach der Angel of Death, oder wie immer Sie ihn nennen, *nicht* Cedric Miller ist? Auch wenn Ihr Mörder aus Amerika kommt und Cedric Miller ja durchaus Englisch klingt.«

»Englisch schon«, sagte Clara. »Aber nicht unbedingt amerikanisch.«

»Sparen wir uns die Spitzfindigkeiten«, schnappte Bellmann. »Sie glauben also nicht, dass der Angel of Death Cedric Miller ist?«

MacDeath nickte. »Davon gehen wir aus.«

»Wovon gehen Sie dann aus? Dass er es ist, oder dass er es nicht ist?«

»Dass er es *nicht* ist.«

Bellmann starrte ein paar Sekunden brütend vor sich hin. »Und das bringt Sie dazu, Kollegen aus den USA einreisen zu lassen, denen das LKA die Hotelübernachtung bezahlt, ohne dass es mit mir abgestimmt wurde?« Er funkelte MacDeath an.

Clara kam ihm zu Hilfe. »Die beiden Amerikaner sind aus eigenem Antrieb gekommen.«

»Ach?«, sagte Bellmann. »Und wie haben sie davon erfahren, was hier passiert? Haben sie den Flug der Schwalben verfolgt? Teeblätter analysiert? Die Sterne befragt?« Er schüttelte den Kopf. »Machen Sie sich doch nicht lächerlich! Einer von Ihnen hat die beiden angerufen. Hat ihnen wahrscheinlich sogar unabgestimmt Material geschickt.«

»Deshalb war es uns so wichtig, Sie auch gleich in den Prozess zu integrieren«, erwiderte Clara. »In einem internationalen Fall können Sie ...«

»In einem internationalen Fall darf der formalistische Bellmann auch mal mitspielen, wollen Sie sagen?«, ergänzte Bellmann sarkastisch. »Damit er ruhig ist und Ihnen weniger Ärger macht?«

So ungefähr, dachte Clara, sagte es aber nicht.

»Dr. Bellmann«, meldete sich nun Winterfeld zu Wort. »Wie Sie wissen, hat Dr. Friedrich damals in Quantico an einem ähnlichen Fall gearbeitet, sodass durchaus die Möglichkeit besteht, dass wir mit Hilfe der amerikanischen Kollegen den Fall lösen. Ja, dass sogar der Killer, der vor zehn Jahren in den USA sein Unwesen getrieben hat ...«

»... derselbe Killer ist, der jetzt hier bei uns sein Unwesen treibt?«, beendete Bellmann den Satz. »Glauben Sie das wirklich? Was soll er denn die letzten zehn Jahre gemacht haben, in denen er niemanden ermordet hat? Hat er eine Sprache gelernt, Volkshochschulkurse besucht oder ein Kind erzogen?« Bellmann lehnte sich mit mürrischem Gesicht zurück und schlug ein Bein über das andere.

»Genau das müssen wir herausfinden«, sagte MacDeath, »dann sind wir vielleicht in der Lage, ihn zu schnapp…«

Weiter kam er nicht, denn Bellmann fiel ihm ins Wort. »Was wollen Sie eigentlich?«, stieß er hervor. »Sie haben durch Zufall diesen Arm mit den Einritzungen bei Medic Research gefunden. Ein Geschenk der Götter. Dann bearbeiten Sie diesen Wolfsen so geschickt, dass er so schnell seinen Kontaktmann verrät, dass Sie den auch noch bequem festnehmen können. Und das alles an nur einem Tag. Super Arbeit. Das meine ich ernst.« Bellmann meinte es wirklich ernst. »Und anstatt sich darüber zu freuen, jagen Sie einem Phantom hinterher, das es wahrscheinlich gar nicht gibt und das Sie sich von irgendwelchen FBI-Kollegen einreden lassen.«

»Ich wünschte, es wäre so«, sagte Clara.

»Und wissen Sie, was *ich* wünsche?« Bellmann beugte sich noch weiter vor. »Dass Sie das Geständnis von Cedric Miller dokumentieren und in seinem Umfeld Nachforschungen anstellen, die Auskunft darüber geben, wer noch zu seinen Opfern gehören könnte. Und was Ihre amerikanischen Freunde angeht: Denen können Sie sagen, dass ihr Deutschlandurlaub zu Ende ist.« Er starrte einen nach dem anderen an. »Habe ich mich deutlich genug ausgedrückt?«

»Ich weiß nicht, ob…«, begann Clara, doch Bellmann schnitt ihr erneut das Wort ab. »Ob ich mich deutlich ausgedrückt habe?«, fragte er noch einmal.

»Ja«, sagte Winterfeld, »sehr deutlich, Dr. Bellmann.«

»Gut.« Bellmann stand auf und knöpfte sich das Jackett zu. »Dann darf ich diese Unterredung als beendet betrachten?«

Keiner sagte etwas, aber Bellmann wertete es als Ja.

Clara, MacDeath und Winterfeld verließen den Raum.

Das kann es doch noch nicht gewesen sein, sagte sich Clara.

Kurz bevor die Tür sich hinter ihr schloss, drängte sie sich noch einmal in den Raum und rannte dabei fast Frau Bories über den Haufen.

»Was ist denn noch?«, fragte Bellmann unwirsch.

»Haben Sie den Bericht gelesen?«, fragte Clara. »Die Schnitte, die ganz anders sind? Die DNA, die von einem anderen stammt? Die …«

»Unterschiedliche Schnitte?«, fiel Bellmann ihr ins Wort. »Ja, weil jeder Täter unterschiedlich professionell agiert. Unterschiedliche DNA? Ja, weil es sieben Milliarden Menschen auf der Welt gibt und nicht nur einen!« Er starrte Clara missmutig an. »Haben Sie sonst noch was für mich? Zur Abwechslung vielleicht mal etwas Sinnvolles?«

Clara schwieg. Ihr Kopf war leer. Ausgerechnet jetzt, in diesem wichtigen Augenblick, wusste sie nicht, was sie sagen sollte.

»Dann darf ich Sie bitten, jetzt Ihren Job zu machen und mich meinen machen zu lassen.« Bellmann schob sie zur Tür.

»Aber wir haben doch …« Clara versuchte es ein letztes Mal.

Wieder schnitt Bellmann ihr das Wort ab. »Hauptkommissarin Vidalis, was habe ich Ihnen gesagt? Was sollen Sie tun?«

Clara seufzte. »Das Geständnis von Cedric Miller dokumentieren und in seinem Umfeld Nachforschungen anstellen, die Auskunft darüber geben, wer noch zu seinen Opfern gehören könnte«, wiederholte sie gebetsmühlenartig, was Bellmann ihr eben bei der Besprechung gesagt hatte.

»Na also, geht doch«, sagte er und zeigte kurz die Zähne, als würde er lächeln. »Dann tun Sie das auch. Tun Sie genau das!«

Die Tür knallte zu.

Der Nachhall und die anschließende Stille auf dem Flur stachen in Claras Ohren.

Mit müden Schritten stieg sie die Treppe hinunter. Sie musste sich ein bisschen bewegen. Sie wollte auf keinen Fall in dem engen, muffigen Aufzug fahren.

Bellmann hatte sie rhetorisch vorgeführt. Ihre Ermittlungen, die ganze Arbeit, die Abstimmung mit Brooks und Williams – das alles hatte er wie dumme Schülerstreiche aussehen lassen. Was sollte sie den beiden Amerikanern sagen? Dass sie nicht mehr gebraucht würden? Dass sie gleich wieder in den nächsten Flieger nach L. A. steigen könnten? Weil der Täter gefasst war, auch wenn das niemand wirklich glaubte?

Bellmann war viel eher Manager als Ermittler. Brillant, wenn es darum ging, in einer Stadt wie Berlin, wo es an allen Ecken an Geld fehlte und wo man die Polizei hasste wie nur an wenigen Orten der Welt, dennoch Gelder für das LKA zu mobilisieren. Gelder, die ihnen allen zugute kamen. Der aber auch sehr unangenehm werden konnte, wenn es nicht nach seiner Nase ging. Wenn er den Eindruck hatte, man würde mutwillig Dinge verkomplizieren. Obwohl Clara genau das Gegenteil vorhatte. Kompliziert wurde es nur, wenn alle glaubten, Cedric Miller wäre der Angel of Death, und wenn sich dann trotzdem ein weiterer Mord ereignete.

Doch welche Beweise hatte sie, Clara, dass es nicht so war? Dass es noch nicht zu Ende war? Beweise dafür, dass sie weitersuchen mussten? Dass es nicht überflüssig war, Brooks und Williams hier in Berlin zu haben? Dass die oberste Priorität nicht auf dem Umfeld des Body Brokers lag, sondern darin, Morde zu verhindern, die sich vielleicht in naher Zukunft ereignen würden? Weil der Body Broker im Knast saß, der Killer aber noch nicht?

Claras Handy klingelte. Es war die Nummer aus Moabit. Sie nahm den Anruf an.

»Ja?«

»Weinstein hier. Wir haben die DNA-Profile abgeglichen.«

Clara, der von den vielen ungelösten Fragen der Kopf schwirrte, war für einen Moment verwirrt. »Verzeihung, welche DNA-Profile?«

»Die von den Amis, welche denn sonst? Die beiden haben es zusammen mit der Probe mitgebracht, schon vergessen? Da lag auch ein Computerausdruck des DNA-Profils dabei, das die Amerikaner damals erstellt haben. Von dem Killer aus L. A., dem Angel of Death.«

»Aber Sie sagten doch, die Ergebnisse lägen erst morgen früh vor«, sagte Clara.

»Wir sind schneller fertig geworden. Den Computerausdruck haben wir als Erstes geprüft. Wir haben das Profil mit unseren DNA-Profilen von den Tatorten hier in Berlin abgeglichen, der Wohnung von Stephan Schiller und dem Tatort in der Rigaer Straße.«

Clara spürte, dass sie mit einem Mal zitterte. »Und?«

Wieder einmal machte von Weinstein es unnötig spannend. »Nun, wir erstellen natürlich noch ein eigenes Profil von der amerikanischen Probe, aber der Abgleich mit dem Papierausdruck der Amis war ziemlich schnell möglich, und so ...«

»Bitte kommen Sie zur Sache!«, drängte Clara.

»Abgleich identisch«, sagte von Weinstein. »Er ist es.«

Clara starrte einen Moment ins Leere.

Er ist es.

Die Fenster, die Treppe und der Linoleumboden vermischten sich im letzten Licht des Tages zu einer seltsamen blauen und roten Collage. Clara schloss kurz die Augen und öffnete sie wieder. Das blaurote Zerrbild war verschwunden. »Und Ihr seid sicher, dass die DNA vom Body Broker und die vom Killer ...«

»Nicht dieselbe ist?«, ergänzte von Weinstein. »Ausgeschlossen. Der Killer und der Body Broker sind zwei völlig verschiedene Personen.«

»Den Body Broker haben wir gefasst«, sagte Clara. »Das bedeutet dann also, der Killer …«

Auch hier beendete von Weinstein den Satz: »Der Killer läuft hier noch irgendwo frei herum.«

26.

Er schnitt die Zeichen in die Haut.

Diesmal war es nicht mehr die Haut eines Lebenden. Diesmal war es die Haut eines Toten. Die Haut eines Toten auf dem Körper eines Toten.

Er würde sich die Schnittführung einprägen und zu Hause in sein Buch schreiben.

Der Mann war tot. Doch genauso wie Gott tot war und man in Tausenden von Höhlen noch seinen Schatten zeichnete, so würde auch dieser Mann noch eine Zeit lang weiterleben.

Er führte das Messer mit sanftem Druck über die Haut. Sah die Hautpartien, die auseinanderklafften. Sah das graurote Fleisch dahinter. Er konnte das Blut herausdrücken, wenn er wollte, aber es spritzte nicht mehr.

Er dekorierte die Leiche. Schmückte sie. Denn dieser Mann hatte es verdient.

Hinaus in die Welt gehen, töten und wiederkommen, dachte er. Das war es, was die Eintönigkeit der Realität durchbrach. Diese Dinge zeigten ihm, dass er stark war. Dass er lebte. Und dass er überleben würde.

Er würde der Letzte sein, der noch existierte, wenn alle anderen tot waren.

Er würde sich erheben über alle Toten wie der tätowierte Adler auf seinem Rücken, der sich aus einem Meer von Totenschädeln erhob.

Es war beinahe wie früher.

Blitze zuckten. Menschliche Gestalten taumelten. Gesichter, die ihn wie eine bleiche Masse aus der Dunkelheit anstarrten. Schatten, die mit einem schrillen Schrei zurückkippten, bevor sie ins Nichts verwehten. Schlamm und Lehm, die über ihm zu Boden prasselten, während Tausende zu seiner Rechten und Linken starben.

Er aber stand aufrecht.

Und lebte.

Er setzte das Messer noch einmal an. Ließ es noch einmal mit scharfer, blutiger Klinge durch die tote Haut fahren.

Dann trat er einen Schritt zurück.

Betrachtete sein Werk.

Und fixierte die Augen des Mannes.

Tote Augen, die starr zur Decke blickten, als warteten sie auf seinen Befehl.

»Du bist aufgenommen«, sagte er.

Drittes Buch

Then conquer we must,
when our cause it is just,
And this be our motto:
In God is our trust.

– Nationalhymne der Vereinigten Staaten von Amerika

1.

Der Killer läuft hier noch irgendwo frei herum.

Diese Worte gingen Clara nicht aus dem Kopf. Sie fragte sich, ob sie nicht sofort in die Nacht hinausfahren und den Killer suchen sollte, anstatt hier, wie am letzten Abend ihres Urlaubs, auf dem Balkon zu sitzen, zu rauchen, Weißwein zu trinken und ansonsten nichts zu tun. Andererseits war es fünfzehn Minuten nach Mitternacht, und jeder musste irgendwann einmal Feierabend haben. Vor allem schlafen. Auch Clara. Besonders sie.

Brooks und Williams waren bereits im Hotel. Clara musste den beiden noch vom Abgleich der DNA-Profilausdrucke berichten, den von Weinstein vorgenommen hatte, aber das hatte Zeit bis morgen, denn erst dann lag die finale DNA-Analyse vor. Erst dann würden sie hundertprozentige Gewissheit haben. Heute konnten sie ohnehin nichts mehr ändern.

Wieder dachte Clara an von Weinsteins Worte. *Der Killer läuft hier noch irgendwo frei herum.*

Es hatte schon einmal etwas Ähnliches gegeben wie jetzt in Berlin. Im Blutsommer 2004 hatte der Killer in Los Angeles gewütet, viel schlimmer noch als in der deutschen Hauptstadt. Dann war er zehn Jahre lang untergetaucht. Es war ähnlich wie beim berüchtigten Zodiac Killer in den USA, *The Most Dangerous Animal of All*, wie er genannt worden war. *Das gefährlichste Tier der Welt.* Gegen mehr als zweitausendfünfhundert Männer war im Zusammenhang mit dem Zodiac Killer seit Ende der Sechzigerjahre ermittelt worden. Als Hauptverdächtiger galt ein gewisser Arthur Leigh Allen, doch dem verurteilten Kinderschänder, der 1992 gestorben war, konnten keine Morde nachgewiesen werden. Und so blieb der Zodiac Killer bis zu seinem Tod in Freiheit. Ob nicht ein anderer an seiner Stelle weiter gemordet hatte, wusste niemand.

Und unser Killer?, fragte sich Clara.

Der war hier irgendwo. Mordete weiter. Und sie alle konnten nichts tun, weil bisher nicht einmal Bellmann wusste, wie der neueste Stand der Ermittlungen aussah, nachdem er Clara noch vor ein paar Stunden nach der Besprechung unsanft aus seinem Büro komplimentiert hatte. Das Ergebnis des Abgleichs der DNA-Profilausdrucke würde auch ihn treffen wie ein elektrischer Schlag.

Clara trank in kleinen Schlucken von ihrem Weißwein, zog an der Zigarette und genoss einen Augenblick die nächtliche Stille auf dem Balkon, ehe sie auf ihr Notizbuch und ihr Smartphone schaute, die vor ihr lagen. Eine seltsame Mischung. Nicht nur in diesem Fall. Das Notizbuch nutzte sie, um ihre Gedanken zu ordnen, das Smartphone, um im Internet zu recherchieren. Zum Beispiel über Haie. Denn als sie über den Killer gesprochen hatten, hatte er sie unwillkürlich an einen Hai erinnert. An einen Hai im Blutrausch.

Ihr Notizbuch war ein schwarzes Moleskine. Notizbücher von Moleskine hatte angeblich schon Hemingway benutzt. Wobei es gut sein konnte, dass das nur eine gelungene Marketingkampagne war, um die Notizbücher als notwendige und analoge Gegenbewegung zur digitalen Welt zu positionieren. Wobei das Analoge, nicht nur in Form von Notizbüchern, mit Macht zurückkam. Platten, Notizbücher. Manchmal erschienen Clara all die analogen Dinge, die sich aufmüpfig gegenüber dem Digitalisierungswahn behaupteten, wie eine neue Form der Bioläden zwischen den Supermärkten.

Clara jedenfalls liebte es, in diesem Notizbuch ihre Gedanken festzuhalten. Es war für sie eine Art Ideenspeicher, in dem sie ihre Überlegungen und Gedanken zu einem aktuellen Fall notierte. Außerdem diente es manchmal als Tagebuch. Deshalb konnte es sein, dass sie an einem Tag hineinschrieb, wie sie sich an einem langweiligen Sonntag fühlte, und auf der nächsten Seite stand etwas über einen Killer, der es auf rothaarige Frauen abgesehen hatte, ohne dass das eine mit dem anderen zu tun hatte. Aber vielleicht war gerade das der Reiz der analogen Welt, dass sie nicht durchstrukturiert war wie die digitale, sondern spontaner und damit unberechenbarer. Und deshalb wahrscheinlich viel näher an der tatsächlichen Arbeitsweise des Gehirns als die digitale Welt, deren größtes Ziel darin bestand, ebendieses Gehirn so gut wie möglich digital nachzubilden.

»Hai«, hatte Clara ins Notizbuch geschrieben. Nun schaute sie auf den Kugelschreiber, mit dem sie weitere Gedanken in ihr Notizbuch kritzelte. Es war ein Kugelschreiber mit der Werbung eines Bestattungsinstituts.

Passt irgendwie, dachte Clara, die den Kugelschreiber vorhin, zusammen mit den Zigaretten und dem Feuerzeug, ohne hinzuschauen aus einer Schublade hervorgewühlt hatte.

Der Hai.

Ein Hai war stark. Er war schnell. Er tötete Menschen. Und galt als sehr gefährlich, besonders der Weiße Hai, der als eines der schrecklichsten Tiere überhaupt durch Steven Spielbergs Filmklassiker Kinokarriere gemacht hatte. Schon die Worte »Weißer Hai« genügten, um irgendetwas Schreckliches zu verdeutlichen. So hatte Ridley Scott, als er den Film *Alien* an einen Produzenten verkaufen wollte, diesen Film als »Der weiße Hai im Weltraum« charakterisiert. Der Rest war Filmgeschichte.

Die meisten Haie zogen ihr Opfer unter Wasser, zerrissen es oder sorgten dafür, dass es ertrank. Manchmal gerieten Haie in einen Blutrausch, da ihre Chemosensoren einen Milliliter Blut im Wasser über mehrere Kilometer hinweg wahrnehmen konnten. Zwar waren die Augen der Haie sehr lichtempfindlich, aber die Tiere waren nahezu farbenblind und nahmen den Großteil der Umgebung nur schwarz-weiß wahr. So war es wenig verwunderlich, wie Clara in einem Artikel gelesen hatte, dass das Riechzentrum eines Haies etwa zwei Drittel der Hirnmasse ausmachte. Was dazu führte, dass selbst ein blinder Hai zielsicher sein Futter fand.

Clara hielt kurz inne. Die Fähigkeit, einen Milliliter Blut über mehrere Kilometer Entfernung hinweg wahrnehmen zu können, war schlichtweg unglaublich. Vielleicht lag es daran, dass der Geruchssinn der älteste aller Sinne ist. Bei allen Tieren. Auch beim Menschen. Haie waren eine sehr alte Gattung; sie gehörten zu den sogenannten Prezeit-Tieren und besaßen daher ein kleines Gehirn, aber einen Riesenschädel. Widerstandsfähig waren sie auch. Haie konnten in einem Leben bis zu dreißigtausend Zähne haben. Brach in der ersten Reihe ein Zahn ab, schob sich von hinten ein neuer nach. Aber da war noch viel mehr: Haie waren immun gegen Krankheiten wie AIDS oder Krebs. Haie waren stets perfekt an ihre Umgebung angepasst. Haie waren fast immer stärker als alle Feinde und hatten damit kaum Evolutionsdruck, sich zu verändern. Sie waren im Grunde der perfekte Organismus. Und da die Natur nach der Devise verfährt »Wenn es nicht kaputt ist, repariere es nicht«, hatten die Haie sich über Jahrmillionen hinweg nur wenig verändert. Sie blieben die knorrigen Knorpelfische, die sie bereits im Erdmittelalter gewesen waren und die in heutiger Zeit zwischen den anderen Tieren immer irgendwie archaisch, fremd und damit besonders gefährlich aussahen.

Aber sie sahen nicht nur so aus, sie waren es auch. Der Kiefer eines Haies konnte praktisch alles zerkleinern. Sie verschwendeten so gut wie nichts. Sie fraßen alles. Nutzten alles. Von Weinstein hatte Clara einmal von einem Hai-Angriff auf einen Menschen in Australien erzählt. Dabei war vom Opfer nichts mehr übrig geblieben – bis auf die Lunge. Sie war wegen der Luft in den Lungenbläschen an die Oberfläche getrieben, als der Hai sein Opfer zerrissen hatte, und war auf diese Weise der Aufmerksamkeit des Räubers entgangen. Den Rest hatte der Hai »komplett verwertet«, wie sich von Weinstein in seiner zynischen Art ausgedrückt hatte. Man hatte schon Bretter, Nummernschilder und Luftmatratzen in den Mägen von Haien gefunden. Sie verschlangen alles, ließen nichts zurück.

Da war der Mensch ganz anders. *Der Mensch*, dachte Clara, *liebt die Verschwendung. Der Mensch fängt Haie und schneidet ihnen die Flossen ab, weil diese als Leckerbissen gelten, um die stolzen Tiere dann ohne Flossen zurück ins Wasser zu werfen, obwohl sie sich dann praktisch nicht mehr fortbewegen können, sondern elendig ersticken, da ohne Bewegung durch das Wasser die Kiemen nicht mehr für Sauerstoff sorgen.*

Ein Hai war nicht grausam. Wenn er Menschen angriff, dann nur, weil er hungrig war oder weil er sie mit verletzten Robben verwechselte. Eigentlich jagte ein Hai nur kranke Tiere.

Die einzige Bestie, dachte Clara, *die aus Freude jagt und tötet, ist der Mensch. Haie töten aus Hunger, Menschen töten aus Spaß.*

Aber der Killer war kein Hai. Was war er dann?

Als Clara später in einen unruhigen, von seltsamen Traumfragmenten unterbrochenen Schlaf sank, erschien ihr der Killer trotzdem wie ein Hai. Genauso schnell, genauso groß, genauso stark.

Nur war er ein Mensch und deshalb zehnmal so gefährlich.

2.

Der Mann hatte das Messer zehn Minuten lang an einem speziellen Schleifstein geschliffen. Es musste scharf sein. So wie sein Geist. Sein Wille. Der Wille war wie ein Schwert, das die Realität durchschnitt. Ein Schwert, das die Schwachen zerschnitt.

Ein Schwert, das dieses Herz zerteilte.

Das Herz von Al Zaid.

Er schnitt das Herz in gleichmäßige Scheiben.

Die Herzkranzgefäße und das Fettgewebe hatte er abgeschnitten und im Feuer verbrannt, und das Herz hatte er ausbluten lassen.

Jetzt gab er Öl und Zwiebeln in die glänzende silberne Pfanne.

Sah das blubbernde Öl. Sah die Zwiebeln, die allmählich goldbraun wurden.

Der Herd arbeitete mit Gas. Gas erschuf Feuer. Und nur auf dem Feuer konnte man die Herzen von Helden braten. Strom war für Affen. Gas und Feuer waren für Helden.

Langsam ergriff er eine der Scheiben. Ließ sie einen Moment über der Pfanne baumeln.

Der Abgrund, dachte er. *Der Mensch ist das Seil, das sich über dem Abgrund spannt.*

Er ließ die Scheibe in die Pfanne gleiten. Dann noch eine.

Medium blutig. So mochte er das Fleisch des Herzens.

Er gab nur ein wenig Salz und Pfeffer auf das rötliche Fleisch, das in dem Öl brodelte und sich langsam von Rot ins Bräunliche verfärbte. Er drückte mit dem Messer auf eines der

Fleischstücke. Sah, wie ein wenig Blut hervorquoll und zischend auf dem heißen Boden der Pfanne verdampfte.

Das Blut. Blut, das in den Himmel steigt. Ein Opfer an die Götter des Krieges.

Nur ein wenig Pfeffer und Salz. Er wollte den puren Fleischgeschmack genießen. Und den Geschmack des Blutes.

Das Blut, das verdampfte und den Raum erfüllte.

Ein Raum aus Blut, dachte er. *Ein Opfer, dessen Geruch den Herrn erfreut.* So stand es schon in der Bibel. Im Alten Testament.

Und er, der Todesengel, würde das Festmahl genießen, das ihn stärker machte. Stärker, größer und gottgleicher.

Die Geburt der Kinder ist der Tod der Eltern, dachte er. Der Tod seiner Feinde war seine Geburt. Er lebte weiter, weil die anderen starben. Und sie lebten weiter in ihm und dienten seiner Macht.

Er nahm einen Schuss Balsamico. Löschte das Fleisch damit ab. Schenkte sich ein großes Glas Amarone ein.

Und setzte sich mit seiner Mahlzeit an den festlich gedeckten Tisch.

Das Herz meiner Feinde bringe mir Unsterblichkeit, betete er stumm.

Und begann mit der Mahlzeit.

3.

Als Clara am nächsten Morgen zur Dienststelle kam, war dort alles in heller Aufregung. Von Weinstein hatte die Übereinstimmung der DNA endgültig bestätigt. Er hatte Clara eine SMS geschrieben, die sie bereits im Auto gelesen hatte. Doch der positive DNA-Test schien nicht der einzige Grund für die Aufregung zu sein.

Winterfeld stand mit Hermann am Fenster und diskutierte lautstark mit ihm. Schließlich nahm er einen letzten Zug von seinem Zigarillo und warf den Stummel wie immer in das Gebüsch unter dem Fenster.

»Wir fahren da sofort hin und schauen es uns an«, sagte er zu Hermann.

»Und Bellmann?«, fragte der.

»Den rufen wir an, wenn wir am Tatort sind. Wir werden Bellmann ja wohl kaum um Erlaubnis fragen müssen, nur weil irgendein Mord ihm nicht ins Konzept passt. Das hier ist die Realität, kein Wunschkonzert. Wir ...« Erst jetzt entdeckte er Clara. »Guten Morgen, Señora! Von Weinstein hat mir schon die frohe Kunde überbracht.«

Das sah Winterfeld ähnlich. Wahrscheinlich war es gar nicht von Weinstein gewesen, der sich zuerst gemeldet hatte. Ungeduldig, wie er war, hatte Winterfeld vielleicht schon heute Morgen um sieben Uhr von Weinstein auf dem Handy angerufen.

»Mit froher Kunde meinen Sie ja wohl nicht den erneuten DNA-Test mit der Probe von den Amis?«, sagte Clara.

»Doch.« Winterfeld grinste. »Genau den meine ich. Jetzt

wissen wir wenigstens, woran wir sind, und stochern nicht mehr im Nebel herum.«

Clara blickte sich um. »Sind Brooks und Williams schon da?«

»Ich nehme an, die schlafen noch ihren Jetlag aus. Lassen wir sie noch ein bisschen in Ruhe. Sobald die beiden hören, was mit der DNA ist, werden die ohnehin hellwach sein.« Er schloss das Fenster. »Das ist aber noch nicht alles.«

»Nein?«, fragte Clara.

»Nein. Kennen Sie Ali Al Zaid und seine Gang?«

Clara dachte einen Moment nach. »Sind das nicht libysche oder syrische Banden, die sich hier in Berlin in den Siebzigerjahren angesiedelt haben? Prostitution, Drogen, Schutzgelder und so weiter?«

»Richtig. Al Zaid ist eine dieser Unterweltgrößen, dem wir nie richtig etwas nachweisen konnten, weil er es ziemlich gut verstand, Zeugen unter Druck zu setzen. Oder sie gleich umzubringen.«

»Und?«

»Jetzt, wo feststeht, dass der Killer doch nicht der Body Broker ist, sondern jemand anders – würde einer wie Al Zaid da nicht gut in sein Beuteschema passen?«

Hermann konnte sich ein Grinsen nur schwer verkneifen.

Clara stellte ihre Tasche ab und spähte in die Kaffeeküche. Mein Gott, sie brauchte jetzt einen starken Kaffee. Gleichzeitig ärgerte sie sich, dass Winterfeld die Erklärungen wieder absichtlich in die Länge zog.

»Wollen Sie damit etwa sagen …«

»Ali Al Zaid wurde ermordet. Offenbar heute Nacht«, sagte Winterfeld. »Er ist noch nicht hundertprozentig identifiziert, aber eine Leiche, die ihm sehr ähnlich sieht, liegt in seiner Villa in Schönefeld.«

Clara war sofort hellwach, auch ohne Kaffee. »Heute

Nacht?«, fragte sie und fügte in Gedanken hinzu: *Als ich auf dem Balkon gesessen und über Haie nachgedacht habe?*

»Ja. Vermutlich gestern Abend oder irgendwann in dieser Nacht«, antwortete Winterfeld. »Die Spurensicherung konnte bisher nur einen kurzen Blick auf die Leiche werfen.«

»Wer hat den Toten gefunden?«

»Wie es aussieht, war es ein Kunde, der Drogen kaufen wollte. Der Mann wird gerade im Einsatzwagen verhört. Wir wollen auch gleich hin.« Er blickte aus dem Fenster. »Al Zaids Mutter und seine Schwester sind sofort gekommen. Beide sind in Tränen aufgelöst auf dem Rasen vor der Villa zusammengebrochen. Es war schwer, sie davon abzuhalten, ins Haus zu rennen.«

»Und wie sieht der Tatort aus?«

»Schlimm, sagen unsere Leute«, erwiderte Hermann. »Der Mörder hat Al Zaid übel zugerichtet.«

»Hat er sich auf einen Nahkampf mit diesem Monster eingelassen?« Clara erkannte einmal mehr, was für eine Bestie dieser Killer war.

»Das wird sich zeigen«, erwiderte Winterfeld. »Und er ist nicht der einzige Tote.«

»Was?«, stieß Clara hervor.

»Da sind noch zwei von Al Zaids Mädchen, mit denen er sich wohl gerade vergnügt hat. Beide tot, wie es aussieht.«

Clara dachte einen Moment nach. »Was macht Sie so sicher, dass es sich beim Täter um den Mann handelt, hinter dem wir her sind?«

Winterfeld antwortete: »Die Einsatzkräfte, die schon am Tatort sind, sprachen davon, dass Al Zaid, ich zitierte, seltsame Zeichen eingeschnitten wurden.«

Seltsame Zeichen, dachte Clara.

»Worauf warten wir noch?«, fragte sie.

»Auf Sie«, sagte Winterfeld. »Und jetzt fahren wir!«

4.

»Gehören Sie auch zu den Angehörigen?«, fragte einer der Polizisten Clara, als sie und Winterfeld sich der Villa von Ali Al Zaid näherten.

»Von welchen Angehörigen?«

»Von ... Al Zaid«, stammelte der Polizist, denn in diesem Augenblick merkte er, dass er sich geirrt hatte. »Tut mir leid. Ich dachte, weil Sie so südländisch aussehen ...«

»Das ist Hauptkommissarin Clara Vidalis von der Mordkommission 113«, erklärte Winterfeld, der auf einmal ins Blickfeld des Polizisten trat.

»Oh, Verzeihung«, sagte der Mann, als Clara ihren Ausweis zeigte. »Und wer sind Sie?«

»Kriminaldirektor Winterfeld. Ich *leite* die Mordkommission 113.«

Der Polizist schrumpfte ein paar Zentimeter. »Ich glaube, ich sage am besten gar nichts mehr.«

»Wäre vielleicht besser.« Dann aber lächelte Winterfeld und klopfte dem Mann auf die Schulter. »Schon gut. Man kann nicht jeden kennen.«

Als sie in den ersten Stock hinaufstiegen, sagte er zu Clara: »Ich beneide die Jungs nicht. Sie müssen Gebäude absichern und sich bei Eiseskälte die Beine in den Bauch stehen. Sie müssen den Hintern hinhalten für Leute, die sie hassen. Sie müssen Politiker beschützen, die die Polizei abschaffen wollen. Und so weiter, und so fort. Dass von denen noch keiner Amok gelaufen ist, wundert mich jedes Mal. Ich ...« Winterfeld hielt inne, weil er an der Tür beinahe in einen anderen Mann gerannt wäre.

Von Weinstein war ebenfalls am Tatort und eilte an Winterfeld vorbei zur Treppe. »'tschuldigung, bin gleich wieder da.« Offenbar hatte er unten etwas in seinem Auto vergessen. Und weg war er.

Winterfeld und Clara betraten das Schlafzimmer. Zuerst fiel ihnen das Offensichtliche ins Auge: Die Leiche von Ali Al Zaid lag auf dem blutüberströmten Bett. Eine Schusswunde in der Schulter, das Rückgrat unnatürlich verdreht, der Brustkorb offen. Dort, wo das Herz gewesen war, befand sich nur noch ein schwarzes Loch. Auf seinen Armen und dem Oberkörper sprang allen sofort das runenartige Zeichen ins Auge. Aber das war noch nicht alles. Neben Al Zaids Leiche lag eine tote Frau. Sie hatte die Arme wie in Todesangst an den Körper gedrückt; die Augen waren weit aufgerissen. Ihr Schädel war nur noch eine zersplitterte Masse. Teile ihres Gehirns, Knochensplitter, Haut und blutige Büschel platinblonder Haare waren auf dem Bett, an der Wand dahinter und auf dem Körper von Al Zaid verteilt. Einige Spritzer waren noch vier Meter weiter an der großen Fensterfront des Schlafzimmers, an den Vorhängen und an der doppelflügeligen Balkontür zu sehen.

»Der Mörder hat der Frau mit einer großkalibrigen Waffe direkt in den Kopf geschossen.« Winterfeld machte einen Schritt nach vorne und schaute blinzelnd auf die Tote. »Er hat ...«

»Vorsicht«, sagte einer der Männer von der Spurensuche, als Winterfeld noch einen Schritt vortreten wollte, »da liegt noch jemand.«

Claras Blick zuckte nach unten. Da lag eine schwarze Frau. Nackt bis auf die Reizwäsche. Der Hals war seltsam verdreht. Clara drehte sich der Magen um. *Was hat dieser Wahnsinnige mit ihr gemacht?*

»Meine Güte«, stieß Winterfeld hervor, »das ist ja das reinste Schlachtfeld.«

»Abriss der Halswirbelsäule von der Schädelbasis«, sagte von Weinstein, der gerade mit einem silbernen Koffer wieder zur Tür hineinkam.

»Dieser Killer muss ein unglaubliches Tier sein«, sagte Winterfeld.

»Allerdings.« Von Weinstein nickte. »Mit dem sucht man nur zweimal Streit. Zum ersten und zum letzten Mal.«

Winterfeld trat an das Bett heran. »Konnten Sie hier schon irgendwas sehen?«

»Nur das Offensichtliche. Die Leichen sind noch sehr frisch«, erwiderte von Weinstein, »keine Fäulnis, spärliche Totenflecken. Die sind«, er drückte mit dem rechten Daumen auf die Haut von Al Zaid, »partiell wegdrückbar. Die Totenstarre in den Gelenken hingegen«, von Weinstein versuchte, das Bein des Toten am Kniegelenk zu bewegen, »ist voll ausgeprägt.«

Winterfeld betrachtete von Weinstein belustigt, während dieser das Kniegelenk des Toten umfasst hielt. »Der Physiotherapeut des Todes«, raunte er Clara zu.

Sie blickte ihn strafend an. Wobei sie zugeben musste, dass der Vergleich, insbesondere aufgrund des weißen Spurensicherungsanzugs, den von Weinstein trug, nicht ganz aus der Luft gegriffen war.

»Sehen Sie? Die Gelenke sind steif von der Leichenstarre«, schloss von Weinstein. »Bei dieser Leiche aber«, er zeigte auf die farbige Frau, »haben wir eine abnorme Beweglichkeit der Halswirbelsäule.«

»Kein Wunder«, sagte Winterfeld, »schließlich hat der Bastard ihr das Genick gebrochen, oder?«

»So ist es.«

»Wie ist er hier reingekommen?«

»Entweder unten durch die Tür oder hier, über den Balkon.« Von Weinstein zeigte nach draußen zur offenen Balkontür.

»Dann ist er bis hier hochgeklettert?«, fragte Clara.

»Was glauben Sie?«, fragte von Weinstein. »Typen, die so etwas wie das hier fertigbringen«, er zeigte auf die grausige Szenerie, »werden ja wohl auf einen Balkon klettern können. Abgesehen davon – Safes und Schlösser sind wie Frauen. Mit den richtigen Werkzeugen kriegt man alles auf.«

»Das habe ich jetzt nicht gehört«, sagte Clara.

»Seien Sie froh«, ergänzte Winterfeld, an von Weinstein gewandt, »sonst hätte sie noch die Diskriminierungsbeauftragte angerufen.«

Draußen war ein vorfahrendes Auto zu hören.

»Wer kann das sein?« Winterfeld blickte die anderen fragend an. »Kann ich mal auf den Balkon?«

»Klar, die Spurensicherung ist durch.« Von Weinstein nickte.

Unten hielt eine schwarze Limousine des LKA. Dr. Alexander Bellmann stieg aus. Zwei der Polizisten traten ehrfurchtsvoll zurück. Der Chef des LKA ließ den Blick über die Umgebung schweifen und zupfte seine Krawatte zurecht. An seiner Miene war abzulesen, dass ihm gar nicht gefiel, was er sah.

»Guten Morgen, Herr Dr. Bellmann!«, rief Winterfeld vom Balkon zu ihm hinunter.

»Morgen«, grummelte der Berliner LKA-Chef.

»Sieht alles so aus wie bei den vorherigen Fällen, das runenartige Zeichen, alles!«

»Danke für die Information.« Bellmann blickte missmutig nach oben und vergrub die Hände in den Taschen. »Aber brüllen Sie nicht die ganze Nachbarschaft zusammen.«

»Wir können auch gerne in der U-Haft in Moabit anrufen«, setzte Winterfeld, der es nicht lassen konnte, noch einen drauf, »ob der Body Broker ausgebrochen ist. Denn der wird es ja gewesen sein, oder?«

Clara musste sich zusammenreißen, um nicht loszulachen. Aber sie stand ja nicht auf dem Balkon, deshalb sah Bellmann sie nicht. Dass die DNA der Amerikaner mit der des Täters in Berlin übereinstimmte – jedenfalls in den vorherigen beiden Fällen –, hatte Bellmann bestimmt schon von Hermann erfahren, so sauertöpfisch, wie er dreinblickte.

»Hören Sie auf mit den blöden Witzen, Winterfeld!«, rief Bellmann. »Wir …«

Einer der Hunde aus der Hundestaffel fing plötzlich laut an zu bellen.

»Nomen est omen«, spöttelte Winterfeld leise. »Bellmann.«

»Das gibt's doch nicht«, hörte er Augenblicke später einen der Polizisten unten rufen. »Hier ist noch einer!«

Zwei der Kriminaltechniker spurteten nach unten, während der dritte, der unten stand, den Hund an der Leine hielt und auf seinen grausigen Fund starrte. Winterfeld beobachtete, wie die beiden Spurensicherungsleute eine weitere Leiche aus dem Gebüsch vorzogen, einen Mann in schwarzem Anzug und weißem Hemd, die Haare blond und gegelt.

»Das ist dann schon Nummer vier«, rief Winterfeld.

Bellmann hob abwehrend die Arme, als wollte er nichts mehr hören.

»Was machen wir jetzt, Herr Dr. Bellmann?«, fragte Winterfeld in gespielter Naivität.

»Was wir jetzt machen?« Bellmann blickte zähnefletschend hinauf zum Balkon und funkelte Winterfeld an. »Was denken Sie wohl? Fangen Sie den Bastard, verdammt!«

»Und die Kollegen aus den USA?«

»Von mir aus mit den Amis, wenn Sie den Verrückten dann schneller schnappen und die beiden ohnehin schon hier sind!«

»Sonst noch was?«

»Nein, das war's!«

Mit diesen Worten stieg Bellmann wieder ins Auto und blaffte dem Fahrer einen kurzen Befehl zu. Die Limousine brauste davon.

»Na bestens, Señora«, sagte Winterfeld, als er vom Balkon kam, und klopfte Clara auf die Schulter. »Das hat doch Spaß gemacht. Schauen wir mal unten im Garten nach, was die Kollegen gefunden haben.«

Clara ließ ein letztes Mal den Blick übers die grausige Szenerie im Schlafzimmer schweifen. Sah die Leiche von Al Zaid mit dem offenen Brustkorb. Die Leiche der blonden Frau, deren Kopf wie eine explodierte Melone aussah. Die Leiche der Schwarzen, die mit verdrehtem Hals auf dem Boden lag.

Spaß?, dachte sie, *Spaß sieht anders aus.*

* * *

Die Polizisten und die zwei Männer von der Spurensicherung hatten die Leiche inzwischen aus den Rabatten hervorgezogen und legten sie auf den Rücken. Gut gekleidet in einem teuren schwarzen Anzug und einem weißen Hemd.

Einer der Spurensicherungsleute griff in die Innentasche des Mannes und zog eine Brieftasche heraus. »Pavel Grabowski«, las er vor, »der hat sogar seine Papiere noch bei sich. Und Geld.«

»Ein Dieb ist unser Killer nicht«, murmelte Winterfeld.

»Und hier«, sagte der Mann von der Spurensuche, »liegt sogar noch die Waffe.« Er griff danach und ließ sie in einer Tüte verschwinden, nachdem er sie sich genauer angeschaut hatte. »Eine Vierundvierziger. Die hätte er ebenfalls mitnehmen können.«

»Es geht ihm nicht um Geld. Vielleicht hat er genug davon. Und an den Waffen ist er auch nicht interessiert«, sagte Clara. »Und das beunruhigt mich.«

»Mich auch«, sagte Winterfeld. »Weil es dann schnell ideologisch wird mit dem Töten. Und Ideologen hören so schnell nicht auf.« Er hielt ein paar Sekunden inne und zeigte auf die Leiche des Mannes aus den Rabatten. »Was mag das für einer sein?«, fragte er dann. »Dieser Grabowski, den ihr da gerade aus dem Blumenbeet gezogen habt.«

»Sieht nach einem Bodyguard aus, wenn Sie mich fragen«, erwiderte einer der Polizisten.

»Schöner Bodyguard«, sagte Winterfeld, »sehr hilfreich für seinen Boss.« Er vergrub die Hände in den Taschen. »Vielleicht musste der Mann als Erster sterben. Was meinen Sie?« Er blickte Clara an.

»Das denke ich auch«, antwortete sie. »Der Killer schleicht sich an, tötet Grabowski, zieht ihn unter die Sträucher, klettert nach oben, steigt in die Wohnung ein und tötet Al Zaid und die Frauen, in welcher Reihenfolge auch immer.«

»Okay«, sagte Winterfeld. »Das muss alles ins Labor. Und die Leichen nach Moabit. Und ich will, dass die DNA-Probe von dem Killer aus Amerika auch mit diesem Tatort hier abgeglichen wird.« Sein Blick schweifte über die Villa und den Garten bis zu dem vergitterten Einsatzwagen, der vor der Pforte stand. Zwei Polizisten standen neben dem Fahrzeug und rauchten.

»Kommen Sie, Señora«, sagte Winterfeld. »Mal sehen, ob die noch was für uns haben.«

Sie gingen zu dem Einsatzwagen. »Wen habt ihr da drin?«, fragte Winterfeld die beiden Beamten und wies auf das Fahrzeug.

»Tarek Assad«, antwortete einer der Männer. »Ein Kunde von Al Zaid, der hier Drogen kaufen wollte. Er hat die Leiche zuerst entdeckt. Kurz danach kamen Al Zaids Mutter und seine Schwester. Und die haben diesen Kerl da drin«, er zeigte auf den Einsatzwagen, »in der Wohnung erwischt. Wollte Geld aus dem Safe klauen und noch ein paar Drogen. Meth und so was. Das Haus war ja leer. Waren ja alle tot.« Der Polizist machte eine Pause. »Jedenfalls ist das Diebstahl und illegaler Drogenbesitz. Wenn nicht sogar Drogenhandel.«

Der Mann im Wagen schaute hinaus. Als er Clara sah, fing er wild zu gestikulieren an.

»So glaub mir doch, Schwester!«, rief er durch die Scheibe. »Ich bin unschuldig, Schwester!«

»Wenn der eine Schwester hat, dann tut sie mir leid«, murmelte Clara.

In diesem Moment piepte ihr Handy. »Das ist MacDeath«, sagte sie nach einem Blick aufs Display. »Er ist mit den Amis im LKA. Sollen wir zurückfahren?«

»Ja, hier können wir sowieso nichts mehr machen«, erwiderte Winterfeld, bevor er sich noch einmal zur Villa umdrehte. »So viele Tote wie hier haben wir sonst nur in zwei Monaten.«

5.

»Verdammt, das war dieser Bastard!«, sagte Brooks, fletschte die Zähne und tippte mit dem Zeigefinger auf das Foto der Leiche Al Zaids, als wollte er es durchstoßen. »Genau so macht das dieser Hurensohn! Es ist unglaublich!«

Williams saß hinter ihm und nickte. »Was für ein Massaker«, sagte er. »Der kennt überhaupt keine Angst. Als hätten sie ihm die Amygdala rausoperiert.«

Die Amygdala war das Organ im limbischen System des Gehirns, das Gefahren einschätzte. War die Amygdala geschädigt, hatte der Betroffene praktisch keine Angst mehr und zeigte kaum noch Emotionen, stattdessen neigte er zu Überreaktionen und selbstmörderischem Mut.

Williams schaute auf die Fotos aus der Rechtsmedizin. »Sind diese Zeichen perimortal eingeschnitten worden?«, fragte er.

Perimortal bedeutete um den Eintritt des Todes herum.

»Sieht so aus«, antwortete MacDeath, der sich von oben einen Becher Earl-Grey-Tee geholt hatte. »Einige sind unterblutet, andere nicht. Er hat ihm gleich drei dieser pfeilartigen Runen ins Fleisch geschnitten, bevor er ihm das Herz rausgeschnitten hat. Bei der dritten Rune war das Herz schon raus. Von Weinstein bezeichnet es als ›hauchzarte Unterblutungen der Wundränder‹.«

»Klingt ja fast wie aus der Pralinenwerbung«, sagte Winterfeld.

»Unterblutung der Wundränder?«, meldete Williams sich zu Wort. »Soviel ich weiß, kommt es dazu, wenn der Tod unmittelbar nach Beibringen der Wunde eintritt.«

»Das stimmt«, sagte MacDeath. »Zuerst entstehen durch die Verletzungen der Gefäße Blutungen, dann kommt der Kreislauf zum Erliegen, und zwar durch den Eintritt des Todes. Deshalb haben wir nur diese hauchzarte Unterblutung der Wundränder, um von Weinstein zu zitieren.«

Hermann kam zu den anderen. »Gute Nachrichten«, sagte er.

»In diesem Fall gibt es auch mal etwas Gutes?«, fragte Brooks.

»Sieht so aus. Al Zaid hatte offenbar eine Kamera in seinem Schlafzimmer. Er stand wohl darauf, seine Sexspielchen zu filmen und sie sich später noch einmal anzusehen. Oder es war tatsächlich eine Kamera zum Schutz gegen Einbrecher, und sie war versehentlich noch an.«

»Sag bloß, da ist der Killer drauf zu sehen?«, fragte Clara.

»Leider nur schemenhaft«, erwiderte Hermann. »Er hat die Kamera ziemlich schnell außer Gefecht gesetzt. An die Festplatte mit den gespeicherten Filmdateien ist er aber nicht herangekommen. Die haben jetzt wir.«

»Scheint ein echter Profi zu sein«, meinte Winterfeld. Dann klingelte sein Handy. Er verließ das Zimmer und nahm den Anruf entgegen.

»Winterfeld hat recht«, sagte Brooks. »Das ist professionell. Erinnert mich an einen Auftragskiller oder so etwas. Das Gute an solchen Leuten ist, dass sie sich normalerweise früher oder später aus dem Business zurückziehen.«

»Da haben unsere Opfer aber jetzt nichts davon«, meinte Clara.

»Stimmt. Wer weiß, wann der seine Karriere beendet.«

»Also«, sagte Clara zu Hermann, »wir haben zwar die Festplatte mit den Bildern von der Kamera, aber wir haben kein richtiges Bild vom Killer?«

»Nur einen Schemen«, erwiderte Hermann. »Nicht groß

genug, um damit vor Gericht etwas bewirken zu können, aber immerhin deutlich genug, dass wir ihn mit anderen Aufnahmen abgleichen können.«

»Wurde bei Stephan Schiller eigentlich nach einer Kamera Ausschau gehalten?«, erkundigte sich Clara.

Hermann zuckte die Schultern. »Ich kümmere mich darum.«

»Und dieses ehemalige Schlachthaus in Kreuzberg...« Clara sah Hermann erwartungsvoll an. »Vielleicht gab es da auch eine Kamera.«

»Wir checken das. Vielleicht bekommen wir eine brauchbare Aufnahme des Täters und können sie irgendwie abgleichen.« Er schaute zu Brooks und Williams. »Vielleicht auch mit dem, was eure Ermittlungsbehörden gespeichert haben.«

Williams nickte. »Das wird nicht einfach, aber versuchen wir's.«

»Schon irgendwas Neues wegen dem Auto, das er angeblich gefahren hat?« fragte Clara.

»Nein«, sagte Hermann, »noch immer nichts. Kommt mir fast so vor, als ob der Wagen gar nicht zugelassen ist.«

»Gibt es das öfter?« Clara blickte Hermann an. »Dass Wagen durch die Gegend fahren, die nicht zugelassen sind?«

»Eigentlich nicht«, sagte Hermann, »dann hätten sie auch kein richtiges Nummernschild, und das würde schon auffallen.«

Winterfeld kam zurück, das Mobiltelefon noch in der Hand.

»Gerade hat Bellmann sich gemeldet«, sagte er. »Es geht noch einmal um Cedrick Miller, den Body Broker.«

»Ist Bellmann etwa immer noch der Meinung, dass der Body Broker weiter mordet?« MacDeath blickte verärgert drein. »Von der Zelle in Moabit aus, wie Clara so schön gesagt hat?«

»Nein, aber er hat einen Ansatz, bei dem ich ihm ausnahmsweise mal recht geben muss«, entgegnete Winterfeld. »Der

Body Broker war an der Leiche dran, an der auch unser Killer war. Die Wahrscheinlichkeit ist also groß, dass der Body Broker ihn vielleicht doch gesehen hat. Anders gesagt«, er fuhr sich durch die grauen Haare, »wenn ihn überhaupt jemand an einem Tatort gesehen hat und noch lebt, dann ist es der Body Broker.«

»Das heißt, wir steigen diesem Cedric Miller noch mal aufs Dach?«, fragte Clara.

»Genau«, sagte Winterfeld.

6.

Cedric Miller, der Body Broker, saß mit Fußfesseln vor Clara und MacDeath in der Justizvollzugsanstalt in Moabit. Hier waren sie beide zuletzt gewesen, um einen ungewöhnlichen Killer aufzusuchen, der sich »Todeswächter« nannte. Doch aufzusuchen gab es damals nicht mehr viel, denn der Mann hatte sich mit einem Stoffstreifen am Zellenbett erhängt.

Der Body Broker hingegen lebte noch. Dennoch war an ihn fast genau so schwer heranzukommen wie an einen Toten. Doch es gab verschiedene Möglichkeiten, Geistesgestörte wie Cedric Miller zu befragen. Man konnte mit ihnen Psychotests machen, konnte ihnen beispielweise »Tintenkleckse zeigen, bis der Mond pink wird«, wie Winterfeld gern spöttisch sagte, doch Clara und MacDeath wollten einen anderen Weg beschreiten. Sie hatten mit Rathenow, dem Oberstaatsanwalt von Berlin, ausgemacht, dass Cedric Miller Aussicht auf Strafminderung bekäme, wenn er mit den Behörden kooperierte. Quid pro quo.

Sie erzählten ihm, dass sie einem extrem gefährlichen Killer auf der Spur waren, den er, Miller, möglicherweise gesehen haben könnte. Und dass es für ihn, was seine Strafe anging, nicht das Verkehrteste sei, den Behörden möglichst viel darüber zu erzählen.

»Jaaa«, sagte Miller, der Fußfesseln trug, als er mit Clara und MacDeath an einem Tisch saß, während ein dickbäuchiger Wachbeamter mit einem großen Schlüsselbund hinter ihm in einer Ecke des Raumes stand und das Gespräch aufmerksam verfolgte. »Jaaa, ich glaube, da war wirklich so ein großer Kerl.

Ich hatte den Eindruck, dass ich ihn ... äh ...« Er schien nach Worten zu suchen und schlug sich ein paar Mal gegen den Kopf. »Dass ich ihn gestört habe.«

»Wobei?«

»Bei der Leiche, denke ich.« Miller leckte sich hektisch mit der Zunge über die Lippen. »Die lag da noch, die Leiche.«

»War es der Mann, der dem Steinewerfer den Kopf eingeschlagen und das Herz herausgeschnitten hat?«, fragte MacDeath.

»Jaaa!«, rief Miller. »Ich hab ja gleich gesagt, dass ich das nicht war! Endlich, endlich haben Sie es auch verstanden!«

»Besser spät als gar nicht«, sagte MacDeath. »Wir sind halt auch nur Menschen. Aber *Sie* haben der Leiche Arme und Beine abgetrennt und die restlichen Organe entnommen, nicht wahr?«

Miller wand sich einen Moment. »Na ja ... war wohl so.« Er hob den Zeigefinger. »Aber alles nur für die Medizin. Alles zum Wohle der Menschheit.«

»Zu gütig«, sagte Clara. »Und dieser Mann? Ist er verschwunden, als Sie aufgetaucht sind?«

Der Body Broker zuckte übertrieben die Schultern. »Ich weiß nicht, ob er mich gesehen hat, denn ich kann schnell sein, schnell und unsichtbar.« Miller nickte eifrig zur Bestätigung seiner eigenen Worte. »Er hat mich vielleicht nicht gesehen. Aber ich ihn!«

»Was genau haben Sie gesehen?«

»Einen riesengroßen Kerl.«

»Das Gesicht auch?«

Miller wand sich wieder. Vielleicht dachte er daran, was passieren würde, sollte der Riese herausfinden, dass er, Miller, ihn verpfiffen hatte. Eine reichlich paranoide Vorstellung, aber man wusste ja nie, was in den Köpfen von Menschen wie dem Body Broker vorging. Andererseits traute Clara es dem Killer durchaus zu, in Moabit einzudringen und Miller zu eliminieren. Allerdings entsprach Cedric Miller so gar nicht dem Beuteschema des Killers.

»Kann sein«, antwortete Miller schließlich und nickte wieder abrupt.

»Wenn wir einen Zeichner vorbeischicken«, erkundigte sich MacDeath, »könnten Sie ihm dabei helfen, ein Bild vom Gesicht dieses Riesen zu zeichnen?«

»Vielleicht«, sagte Miller gedehnt. »Aber was habe ich davon?«

»Sie kooperieren mit den Ermittlungsbehörden«, sagte Clara. »Zuerst einmal ist das Ihre Bürgerpflicht. Und wir werden uns möglicherweise erkenntlich zeigen, was das Strafmaß angeht.«

»Wir machen einen Deal?« Millers Augen leuchteten auf.

»Wir machen keine Deals«, sagte Clara. »Wir helfen uns gegenseitig.«

»Ist doch dasselbe.« Miller zeigte seine schiefen Zähne.

»Also können wir den Phantomzeichner herschicken?«, fragte MacDeath.

Jetzt strahlte Miller, obwohl Clara und MacDeath nicht wussten, aus welchem Grund. »Können Sie«, sagte er.

Clara gab dem Wachbeamten ein Zeichen.

»Vielen Dank für Ihre Kooperation«, sagte sie zu Miller, während MacDeath dem Mann kurz zunickte.

Draußen stellten Clara und MacDeath ihre Handys wieder an. Kaum hatte Clara ihr Gerät aktiviert, klingelte es auch schon. Es war die Nummer von Hermann.

»Ja?«

»Von Weinstein hat einen ersten Abgleich der DNA vom Al-Zaid-Tatort mit der DNA des Killers vorgenommen«, berichtete Hermann und machte eine kurze Pause. »Positiv.«

»Etwas anderes hätte mich auch gewundert«, sagte Clara und gab MacDeath ein Zeichen. »Sonst noch was?«

»Ja«, fuhr Hermann fort. »Wir haben die Wohnung von Schiller noch mal durchsucht. Da gibt's tatsächlich eine Kamera, aber die scheint deaktiviert zu sein.«

»Na toll.« Claras Miene verfinsterte sich, während sie an der Fassade der Schutzmauern und dem Stacheldraht der JVA in Moabit hinaufschaute.

»Da ist noch was«, sagte Hermann. »Es gibt eine Computerfirma, die unweit von dem Keller, in dem wir die Leiche des Steinewerfers gefunden haben, einen kleinen Kundenparkplatz hat. Da gibt's eine Kamera, die den Innenhof des Hauses filmt. Das Ganze wird nach einer Woche gelöscht. Die Aufnahmen von Dienstag existieren aber noch. War ja erst vorgestern.«

»Und?«

»Auf den Aufnahmen ist ein hünenhafter Kerl zu sehen, der einen anderen Typen mit Kapuzenpulli ins Gebäude zieht.«

»Könnte der Mann, den dieser Hüne hinter sich herzieht, der Steinewerfer sein? Dieser Ulf Bergmann, den sie Ratte nennen?«

»Möglich. Auf dem Film sieht es aus, als wäre er schon so gut wie bewusstlos.«

»Und der Hüne? Passen die Konturen zu den Bildern von Al Zaids Kamera?«

»Ja, die passen. Da steht ein Begrenzungspfeiler. Anhand dieses Vergleichsmaßstabs ist der Mann fast zwei Meter groß. Wenn wir sein Gesicht erkennen würden, könnten wir anhand der Rekonstruktion der Gesichtszüge und der Physiognomie ein ziemlich genaues Profil erstellen.«

Clara kannte die Vorgehensweise. Anhand der Abstände des Nasenrückens, der Augen, der Ohren, der Höhe der Stirn und anderer Merkmale konnte man die Physiognomie eines

Menschen nahezu eindeutig herausfinden. Wie weit standen die Augen auseinander? Wie sah die Nase im Vergleich zum Rest des Gesichts aus? Auch der Satz des Pythagoras half, gewisse Proportionen zuordnen zu können. Das wurde auch bei Bankräubern so gemacht. Es gab ja immer noch Gangster, die dumm genug waren, eine Bank zu überfallen, obwohl mittlerweile alles durch Zeitschlösser gesichert war und die Angestellten gar nicht mehr an die Geldbestände herankamen, selbst wenn sie wollten.

Über die Kameraaufnahmen fand man dann meistens entsprechende Fotos dieser Personen in sozialen Netzwerken und wusste ziemlich schnell, wer die Betreffenden waren. Auch bei Kinderpornos wurde so verfahren. Selbst wenn jemand sich maskierte, war es möglich, anhand der Konturen seines Körpers herauszufinden, wer auf dem Film zu sehen war.

»Was sagen denn die Amis über die Größe des Mörders? Kommt das hin?«

»Ich habe Brooks gerade die Fotos gezeigt«, sagte Hermann. »Das Gesicht des Mannes kennt er auch nicht. Aber von der Größe scheint es tatsächlich hinzukommen. Es hätte mich allerdings auch gewundert, wäre auf dem Foto ein Gnom zu sehen gewesen.«

»Vielleicht sind wir mit dem Gesicht auch bald weiter«, sagte Clara.

»Warum?«

»Der Body Broker scheint sich doch zu erinnern«, sagte Clara. »Wir schicken ihm gleich die Phantomzeichner vorbei. Vielleicht haben wir dann endlich etwas. Die DNA des Täters ist ja leider nirgends gespeichert, auch wenn sie an allen Tatorten auftaucht.«

»So ist das nun mal«, sagte Hermann. »Überall und nirgends. Kommt ihr jetzt wieder ins Revier?«

»Was sonst. Noch eine zündende Idee haben wir leider

nicht.« Clara beendete das Gespräch und wandte sich an MacDeath. »Mir fällt da gerade noch etwas ein«, sagte sie und blickte in die Ferne. »Wo wir schon in Moabit sind, könnten wir kurz bei von Weinstein vorbeifahren. Vielleicht gibt es weitere Neuigkeiten über die Leiche von Al Zaid. Und dann haben wir hoffentlich schon ein Ergebnis von den Phantomzeichnern.«

»Hoffentlich«, sagte MacDeath. »Okay, fahren wir.«

Sie stiegen ins Auto und machten sich auf den Weg zur Rechtsmedizin.

7.

Die Fahrt nach Moabit dauerte länger als gedacht. Offenbar war irgendein hoher Staatsbesuch in der Hauptstadt, und eine der Hauptstraßen von Tegel nach Berlin-Mitte war gesperrt worden.

»Weißt du, wer das ist?«, fragte Clara MacDeath.

»Der französische Präsident. Ein Blitzbesuch. Es geht um die Krise in der Ukraine. Gemeinsame Initiativen Europas. Über den Irak und den Islamischen Staat wollen sie wahrscheinlich auch sprechen.«

»Probleme lösen, indem sie Straßen sperren?«, fragte Clara, während sie angestrengt nach vorn blickte und den Wagen durch eine Vielzahl von Nebenstraßen navigierte, in denen Schlaglöcher und Barrieren zur Verkehrsberuhigung abwechselnd die Fahrt erschwerten. »Ich verstehe nicht, warum die das Gespräch nicht einfach in einem abhörsicheren Raum am Flughafen führen können.«

»Tja«, sagte MacDeath. »Der Wunsch nach Weltfrieden ist vom Wunsch nach Weltherrschaft meist nicht weit entfernt. Hast du *Command Authority* gelesen?«

Clara schüttelte den Kopf.

»Das letzte Buch von Tom Clancy vor seinem Tod. Clancy ist der Autor von *Jagd auf Roter Oktober*. Er hatte eine gespenstische Fähigkeit, politische Ereignisse – den elften September etwa – in seinen Büchern vorwegzunehmen. Vielleicht war er deshalb Berater der Regierung und des Pentagons geworden.«

»Eine interessante Ehre für einen Thrillerautor«, sagte

Clara. »Und worum geht es in *Command Authority*? Doch bestimmt wieder um die bösen Russen.«

»Ja. Und um die Krise in der Ukraine. In dem Roman hat Russland einen Präsidenten namens Volodin, der wohl eine Art Putin sein soll. Er überfällt Estland, dann die Ukraine, Tschechien, Polen, dann Ungarn, Rumänien und so weiter. Der ganze Ostblock wird wieder Russland einverleibt.«

»Das klingt dann doch etwas gruselig«, sagte Clara. »Wenn auch ziemlich nahe an der Realität.« Sie schaute MacDeath an. »Und woher kennst du das? Ich dachte, du interessierst dich nur für Dante und Horrorfilme?«

»Nicht nur«, sagte MacDeath. »In den USA ist Clancy Pflichtlektüre bei der Army, sogar beim FBI. Genauso wie Moltke und Clausewitz. Ich finde es jedenfalls interessant, dass bei Clancy die Russen immer die Bösen sind. Die Neunziger- und die Nullerjahre hindurch sagte der Westen mehr oder weniger: Das sind unsere Freunde. Clancy hingegen hat seinen Anti-Russen-Trip gnadenlos durch die Jahrzehnte hinweg durchgehalten. Und mit seinem letzten Buch hat er die Realität vorweggenommen und damit irgendwie Recht behalten.«

»Ich halte es für ziemlichen Unsinn zu behaupten, dass alle Russen böse sind«, sagte Clara. »Wie ist Clancy denn als normaler Staatsbürger auf diese Geschichte gekommen? Ich meine, wenn es offenbar selbst Geheimdienste und Politiker nicht hinkriegen, solche Szenarien vorauszuahnen ...«

»Das wurde er oft gefragt.« MacDeath zuckte die Schultern. »Die meisten Geheimdienstmitarbeiter sitzen halt auch nur ihre Zeit ab und warten, dass der Feierabend kommt. Höchstleistungen sind da nicht zu erwarten. Da wird auch nur mit Wasser gekocht. Ich habe mal einen Vortrag von Clancy an der Kennedy School in Harvard gehört. Eigentlich eine Hochschule, die von den Demokraten beherrscht wird. Da mögen sie solche republikanischen Einpeitscher wie Clancy nicht.

Aber nach dem elfen September gab es ein Umdenken. Jedenfalls sagte Clancy, dass er zwar auch mit Experten spricht, aber die meisten Hinweise aus öffentlichen Quellen bekommt, der *New York Times*, der *Washington Post*, dem *Economist*, *Foreign Affairs* und so weiter. Zum Schluss sagte Clancy, der überzeugter Katholik war, die Welt sei längst nicht so komplex, wie die Intellektuellen behaupten. Es gibt gute Menschen, sagte er, und es gibt böse Menschen, und das war's.«

»Mit solchen simplen Statements konnte er in die Zukunft blicken?«

MacDeath nickte. »Offenbar.«

»Wie sagte William Gibson? Die Zukunft ist schon da, sie ist nur noch nicht ausreichend verteilt.«

»Du kennst William Gibson?« MacDeaths Augen leuchteten auf. »*Neuromancer* und so?«

Clara lächelte. »Ich hatte früher mal eine Punkphase. Und *Neuromancer* ist ja Cyberpunk, oder?«

»Ja. Gibson war auch jemand, der einiges früher als andere gesehen hatte. So wie Gibsons *Neuromancer* den Weg ins Internet ebnete, ist Clancys *Commmand Authority* sozusagen die Vorlage, an die sich Obama und Co. bei der Krise in der Ukraine halten.«

»Ich möchte zu gern wissen, an welche Vorlage *wir* uns gerade halten«, sagte Clara und stoppte. »Na, wenigstens sind wir da. Wenn auch durch tausend Schleichwege und hundert verkehrsberuhigte Zonen.«

Sie stiegen vor dem Hauptgebäude der Rechtsmedizin in der Birkenstraße aus dem Wagen und gingen hinein.

* * *

Al Zaids Leiche war bereits im Kühlraum. Von Weinstein öffnete eines der Kühlfächer und zog eine der schubladenartigen

Liegen heraus. Die Kälte des Kühlaggregats fauchte um sie herum und ließ Clara für ein paar Sekunden den immer noch ziemlich heißen Spätsommer vergessen.

»Er hat ihm außerdem mehrfache Frakturen der Wirbelkörper zugefügt«, sagte von Weinstein. »Vielleicht hat er ihm den Rücken über seinem Knie gebrochen, wie es Wrestler in ihren Shows ja immer andeuten.«

Sein Mörder hat ihn buchstäblich übers Knie gebrochen, schoss es Clara durch den Kopf.

Von Weinstein fuhr fort: »Nur war es hier brutale Wirklichkeit. Dabei ist sein Rückenmark gequetscht worden.« Er schloss das Kühlfach wieder. »Da wir den Rücken natürlich wieder geschlossen haben, zeige ich Ihnen die Brüche der Wirbelsäule in der Rekonstruktion unseres CTs.«

Er führte Clara und MacDeath an den Computer in einer Ecke des Sektionssaales. Das Gerät stand vor einer Bleiglasscheibe, durch die man das CT im Nebenraum sehen konnte. Vom Computer aus konnte man mittels der Tastatur und einem Lautsprecher Kontakt mit der Person im CT aufnehmen. Der TÜV hatte damals darauf bestanden mit dem Argument, nur so könne man den Personen während des CTs Anweisungen erteilen, wann sie zu atmen hatten und wann nicht. Der Einwand von Weinsteins damals, dass bei ihm nur Leichen im CT liegen würden, die auch nach mehrfacher Aufforderung bestimmt nicht wieder atmeten, hatte den TÜV nicht interessiert. Die Herren hatten auf ein Mikrofon im Inneren bestanden und hatten es auch bekommen, obwohl es völlig nutzlos war. Dafür schauten die Herrschaften dann bei Dingen, die wirklich wichtig waren, nicht so genau hin.

Von Weinstein rief eine 3D-Rekonstruktion der Brustwirbelsäule auf den Bildschirm, die drei mehrfach gebrochene Wirbelkörper zeigte. »Durch die Brüche wurde das Rückenmark eingequetscht.« Von Weinstein wechselte zu einer MPR-

Querschnittsdarstellung, die erkennen ließ, dass Knochenstücke ins Rückenmark gedrungen waren. »Das Ergebnis: spinaler Schock und Querschnittslähmung.«

»Er war aber noch bei Bewusstsein?«, fragte Clara.

»Ja. Seine Beine waren mit Sicherheit gelähmt, und auch die Arme konnte er aufgrund des spinalen Schocks wahrscheinlich nicht gebrauchen, sodass der Killer sozusagen eine Puppe hatte, mit der er machen konnte, was er wollte, ohne sie fesseln zu müssen. Die Wirbelbrüche sind allesamt kräftig unterblutet. Das bedeutet, dass er noch eine Weile gelebt hat. Statt ihn zu fesseln, hat der Mörder ihn einfach gelähmt. Und dann konnte er mit ihm anstellen, was ihm gerade durch den Kopf ging.« Von Weinstein schüttelte den Kopf. »Nicht zu fassen. Anstatt ihn zu fesseln, hat er ihm das Rückenmark gebrochen.«

Was für ein unmenschliches Monster, ging es Clara durch den Kopf.

»Und da sind auch wieder diese Schnitte.« Clara nahm die Bildmappe mit den Sektionsfotos in die Hand und schaute auf die bereits leicht gräulich verfärbte Haut der Leiche.

»Ja. Einer an der Brust neben dem Herzen beziehungsweise dort, wo das Herz normalerweise ist. Ein weiterer am linken sowie zwei am rechten Oberarm.«

Clara betrachtete die seltsamen Schnitte eingehend. »Er ritzt also immer das gleiche Zeichen in die Leichen? Immer wieder?«

»Ja«, sagte von Weinstein. »Ein Totenzeichner, wenn Sie so wollen.« Er zeigte mit einem Stab auf die Fotos der Wunden. »Wie ich schon sagte, alle diese Wunden wurden dem Opfer zugefügt, als es noch lebte. Wir haben leicht unterblutete Wundränder. Auch wenn die Blutungen sehr schnell unterbrochen wurden.«

»Durch den Eintritt des Todes?«, fragte MacDeath.

»Richtig«, sagte von Weinstein. »Mit Eintritt des Todes kam der Kreislauf zum Stillstand.«

»Und warum macht der Täter das?«, erkundigte sich Clara. »Immer wieder dieses Zeichen ins Fleisch zu schneiden, meine ich. Und auch noch unterschiedlich oft.« Sie schaute von Weinstein an. »Bisher gab es bei allen Leichen diese Zeichen, wenn auch in unterschiedlicher Häufigkeit. Bei Al Zaid sind es viele, beim Steinewerfer wenige, und bei Schiller liegt es irgendwo dazwischen.«

Von Weinstein verzog das Gesicht. »Fragen Sie mich was Leichteres. Wahrscheinlich hatte er eine harte Kindheit, durfte nie mit den großen Jungs ins Baumhaus klettern und abends kein A-Team gucken.«

Clara überhörte von Weinsteins flapsigen Kommentar.

»Eine Narbe«, sagte MacDeath, »ist doch eigentlich ein Zeichen der Stärke nach der Konfrontation mit dem Bösen. Sie soll zeigen, dass man ein Hindernis genommen hat, dass man irgendetwas überwunden hat. Auch wenn von der Konfrontation etwas zurückbleibt.«

»Nun ja«, von Weinstein wiegte den Kopf. »Al Zaid hat dieses Hindernis aber nicht sonderlich gut genommen.« Erneut tippte er mit dem Metallstab auf ein Foto. Es war der gleiche Metallstab, mit dem er oft auf die Leichen im Saal tippte, wenn er etwas erklärte.

»Zorro, die Roman- und Filmfigur, ritzt seinen Gegnern ein Z ein, als Zeichen der Unterwerfung«, fuhr MacDeath fort. »Könnte das hier etwas Ähnliches sein? Und könnte diese pfeilartige Rune in bestimmten Kreisen eine bestimmte Bedeutung haben?«

»Sie meinen Kreise, in denen solche Einritzungen und Narben verwendet werden?«, fragte von Weinstein. »Wo so was angesagt ist?«

»Zum Beispiel.«

»Lasst mich überlegen ...« Von Weinstein schloss kurz die Augen. »Wir hatten hier doch mal diesen Toten mit den Brandmarkungen. Im Zusammenhang mit der Obduktion hatte ich damals mit so einem Piercer und Brander aus Kreuzberg gesprochen.«

»Piercer und Brander?« Clara zog die Augenbrauen hoch.

»Ja«, sagte von Weinstein. »So einer, der Piercings macht und Tattoos und Brandzeichen und das alles. Der sagte mir damals, dass für eingebrannte Narben Verbrennungen dritten Grades erzeugt werden müssen.«

»Der Körper ist die Übersetzung der Seele ins Sichtbare«, sinnierte MacDeath. »Hatte dieser Brander auch mit Schnitten zu tun?«

»Mit allem Möglichen«, sagte von Weinstein. »Schnitte, Ätzungen, Piercings, Tätowierungen. Er hat mir damals auch seine Karte gegeben. Er fand es hier in der Rechtsmedizin total spannend. Schließlich hatte ich ihm ein paar Dinge erklärt. Wenn wir mal was brauchen, sagte er, sollen wir uns bei ihm melden. Kommen Sie mit, ich suche die Karte.«

* * *

Oben im Büro durchwühlte von Weinstein lange seine Schubladen. Clara ließ den Blick über die Regale und Schränke schweifen, die voll waren mit Knochen und Schädeln. Viele stammten aus dem Ersten und Zweiten Weltkrieg, mit diversen Einschusslöchern in der Schädeldecke. Von Weinstein interessierte sich sehr für forensische Anthropologie, wie er Clara einmal gesagt hatte. In Berlin, wo täglich Leichen aus den Weltkriegen ausgegraben wurden, war er da in genau der richtigen Stadt gelandet.

»Endlich, hier ist sie.« Weinstein legte die Karte auf den Kopierer und reichte Clara und MacDeath die Kopie. »Alex

Tillmann, genannt die Sphinx. Und hier arbeitet er. Zwischen Kreuzberg und Neukölln.«

»Snake Mountain«, las Clara vor. »So heißt sein Laden?«

»Wenn es da steht.«

Clara und MacDeath sahen sich an. »Vielleicht gehört dieser Totenzeichner ja irgendeinem Milieu an, wo solche Schnitte als angesagt gelten« meinte MacDeath. »Einen Versuch ist es wert. Am besten, wir fahren gleich mal hin.«

Clara nickte. »Sehe ich auch so.«

8.

Das Snake Mountain befand sich, wie man es für ein obskures Tattoo- und was auch immer Studio erwartete, in einem Kellergeschoss. Clara und MacDeath stiegen die Treppe hinunter. Die Wände waren voller Graffiti, Plakate und dubioser Angebote und Telefonnummern von Drogendealern, Strichern und anderen Geschöpfen aus der Halbwelt.

»Im Spielfilm *Sieben* sieht es ähnlich aus«, sagte MacDeath. »Da interviewen die beiden Ermittler einen Mann, der einen Messerdildo hergestellt hat. Ich hatte ja schon davon gesprochen.«

»Ja«, sagte Clara, »und dieses ein Mal reicht vollkommen.«

Alex Tillmann, genannt Sphinx, hatte die Hälfte seines Kopfes mit seltsamen Mustern tätowiert, seine Ohrläppchen getunnelt und mindestens zwanzig Ringe in der Nase. Arme und Oberkörper waren ebenfalls tätowiert, gepierct, gebrandet und geschnitten, und an einigen Stellen wölbten sich Titaneinlagen unter der Haut. Auch seine Lippen war gepierct. Er trug ein schwarzes T-Shirt mit einem Totenkopf und irgendeinem Bandlogo darüber, das so voller Zacken und Spinnweben war, dass man den Namen nicht entziffern konnte. Wahrscheinlich genau so wenig wie die Gesangstexte des Sängers dieser Band.

Der Kellerraum war voll mit Postern von Tätowierungen, Piercings und anderen Dingen, die unter den Gesamtbegriff »Body Modification« fielen. Im Nebenzimmer schien sich so etwas wie der Operationssaal zu befinden. Ein Mitarbeiter von Sphinx tätowierte dort gerade einen Kunden, und die Maschine summte.

»Schöne Bilder hier, was?«, fragte Sphinx. »Das hier sind die Großen der Szene: Howie und Lukas Zpria, Thorsten Sekira von Wildcat, Matt von Ewigstahl in Basel. Ja, auch die Schweizer können das.«

»Können die auch so etwas wie das hier?« Clara zeigte ihm eine Detailaufnahme von Al Zaids Armen. »Haben Sie so was überhaupt schon mal gesehen?«

Sphinx schaute sich das Foto eingehend an. Die Runenzeichen-Schnitte, die der Killer sowohl Stephan Schiller, Al Zaid und Ulf Bergmann, genannt Ratte, beigebracht hatte. Dabei rümpfte er die Nase.

»Nein, habe ich so noch nie gesehen«, sagte er und schüttelte den Kopf. »Und schön geschnitten ist das auch nicht. Das war aber kein Profi. Sieht eher nach Chinaurlaub aus.«

»Bei Ihnen hat noch niemand so etwas in Auftrag gegeben?«

»So eine schlechte Arbeit gibt's bei uns auch gar nicht.« Sphinx schüttelte den Kopf. »Das wäre geschäftsschädigend. Zu mir kommen viele Leute, die was mit ihrer Haut machen wollen.« Er zündete sich eine Zigarette an und inhalierte den Rauch. Auf einem der Tische hatte er sich eine Sammlung selbst gedrehter Zigaretten zurechtgelegt. Schwarzer Krauser ohne Filter. Seine Stimme war rau und leise, als wäre er darauf bedacht, nicht allzu viel Aufsehen zu erregen. »Die Haut ist nun mal das größte Organ des Menschen. Und je größer etwas ist, desto mehr inspiriert es. So wie das Meer. Oder der Himmel.« Er zeigte zur Kellerdecke. »Und so hat die Haut uns Menschen seit Jahrtausenden inspiriert, sie zu bemalen, zu durchstechen, zu tätowieren, schneiden, vernarben, entstellen, dehnen, rasieren, parfümieren, einzuölen oder irgendwelche Sachen drauf zu nähen oder zu piercen. Und ganz ehrlich, und ohne euch zu nahe zu treten: Ohne Zeichen ist die Haut doch langweilig. Dadurch ist dann auch der nackte Mensch irgendwie bekleidet. Selbst Ötzi, und der ist immerhin fünftausend

Jahre alt, hatte schon Ohrringe und Tattoos. Habe ich erst vor Kurzem gelesen.« Er ließ den Blick über die vielen Fotos in seinem Arbeitszimmer schweifen. »Aber angefangen hat es wohl damit, dass die Menschen sich die Haut bemalt haben.«

»Warum eigentlich? Was meinen Sie als Fachmann?« Das war MacDeath.

»Das hat wohl zwei Ursprünge«, sagte Sphinx. »Erst einmal haben die Menschen sich den Körper mit feuchter Erde bestrichen, zur Kühlung und zum Insektenschutz. Und dann aus psychologischen Gründen, um den Gegner einzuschüchtern. Die Kriegsbemalung.« Er holte einen Zahnstocher hervor und stocherte zwischen seinen Zähnen herum, während er rauchte. Auf die Zähne waren Edelstein-Veneers geklebt.

»Schon in der Bibel steht was darüber, dass die Kinder Satans ein Zeichen haben.« Sphinx zeigte auf seine Unterarme. Auf beide war eine 666 tätowiert. »Ihr kennt den Abschnitt aus der Offenbarung des Johannes?« Er grinste. »Hier ist Weisheit. Wer Verstand hat, der überlege die Zahl des Tieres, denn es ist eines Menschen Zahl, und seine Zahl ist sechshundertsechsundsechzig.«

»Das große Tier«, sagte MacDeath.

»Richtig, Man. Sie kennen sich aus. Wollen Sie nicht auch mal ein Tattoo oder ein Piercing?«

MacDeath schüttelte den Kopf und lächelte. »Ich glaube nicht. Ich habe genug Tattoos im Kopf, wenn Sie verstehen, was ich meine.«

»Es kommen aber auch Leute zu Ihnen, die Schnitte in die Haut wollen?«, fragte Clara, um wieder zur Sache zu kommen.

»Klar.« Sphinx nickte. »Das nennt man Cutting. Aber wir machen das hier richtig schön, nicht so grobmotorisch wie der Typ auf eurem Foto.« Er zog am Rest seiner Zigarette, wobei er die Kippe mit spitzen Fingern umfasste und darauf achtete, noch möglichst viel zu inhalieren, ohne sich an dem kurzen, glühenden Stummel die Finger zu verbrennen. »Aber auch sonst kommen alle möglichen Leute. Manche dehnen sich die Zunge, damit sie länger wird. Es gibt sogar irgendwelche Mönche in Asien, die haben ihre Schwänze auf fünfundvierzig Zentimeter Länge gedehnt. Die kommen aber nicht hierher.« Er machte eine Pause. Offenbar verwechselte er die Unterhaltung gerade mit einer Werbeveranstaltung. Lachend fügte er hinzu: »Ausgerechnet Mönche, bei denen es eigentlich keine Rolle spielen sollte, wie lang das Ding ist.«

Er bemerkte Claras Blick. »Hey, nun schauen Sie mich nicht so an. Ich sage ja nur, was ich gehört habe. Ist auch schwachsinnig, so was zu machen. Wie gesagt, wahrscheinlich dürfen die laut Gelübde gar keinen Sex haben. Außerdem ... Sie wissen ja, Größe ist nicht alles.« Er verstummte und warf die Kippe hastig in den Aschenbecher. Offenbar hatte er sich doch die Finger verbrannt. »Andere spalten sich die Zunge«, sprudelte es dann weiter aus ihm hervor, während er sich bereits die nächste Zigarette anzündete. »Wie bei einer Schlange. Wieder andere wollen Kugelimplantate in den Penis.«

Clara verzog das Gesicht.

»Hey«, sagte Sphinx, »der Kunde ist König. Wir haben viele, die sich irgendwas dehnen lassen wollen. Den Schwanz, den Hals, die Ohren. Was auch immer.«

»Die Nazis haben damals die Eltern ermutigt, ihren Kindern die Köpfe zu massieren«, sagte MacDeath mit ironischem Unterton, »damit sie eine arische Kopfform bekommen.«

Sphinx nickte. »Da haben Sie's!«

Clara seufzte. Dem Burschen war die Ironie offenbar entgangen. »Und das sind alles normale Leute, die zu Ihnen kommen?«, wollte sie wissen.

»BodMods? Aber ja.«

»BodMods?«

»Ist die Abkürzung für Body Modification. Und wer ist schon normal? Wäre Body Modification eine Krankheit, wär's die älteste Krankheit der Menschheit. Nein, wir Menschen brauchen das! Wie gesagt, die Haut ist wie der Himmel. Wie eine Leinwand, die bemalt werden will. Und wir sind die Künstler.«

»Und das hier fällt alles unter den Begriff Body Modification?«, fragte Clara, während MacDeath sich fasziniert umsah. »Auch die Schnitte auf unserem Foto?«

»Richtig.« Sphinx zog an seiner Zigarette. »Das ist der Sammelbegriff für alle Aktivitäten, die mehr oder weniger permanent den Körper verändern. Eigentlich gehören auch Liftings, Haarentfernungen und Brustimplantate dazu. Ganz sicher aber Tattoos, Piercings, Cuttings, Supensions, Pullings und Playpiercings. Und weiß der Teufel was noch alles.«

»Und wenn sich die Leute etwas in die Haut schneiden lassen«, fragte Clara, »welche Symbole sind da besonders gefragt?«

»Meistens Tribalsymbole. Stammesartiges Zeug. Passt ja auch. Dann ist aber die Frage, wie groß diese Schnitte sein sollen. Wenn man große Narben will, muss man die Hautlappen auseinanderziehen. Da muss die Wunde die ganze Zeit desinfiziert werden, sonst entzündet sich die Sache. Der hier«, er schaute auf das Foto, als würde es sich um ein minderwertiges Kunstwerk handeln, »hat einfach nur reingeschnitten, mehr nicht.«

»Richtiges Cutting wäre also viel kunstvoller?«

»Na klar. Es gibt da richtige Schmucknarben. Das nennt man Scarification. Beim Cutting muss man mindestens drei Millimeter tief schneiden. Beim sogenannten Skin Removal wird die Fläche mit dem Skalpell umkreist und die Haut anschließend abgezogen. Und dann gibt es welche, die sich gleich an einer bestimmten Stelle die Haut abschleifen lassen.« Er zeigte ein Foto. »Abrasive Scarification, nennt man das. Das sieht dann so aus.« Er holte ein anderes Foto hervor. »Dann gibt es noch welche, die sich Ösen in die Haut piercen lassen und sich dann ein Korsett umlegen. Allerdings nur die Schnüre vom Korsett. Die gehen durch die Ösen in der Haut.« Er grinste stolz. »Damit wird die Haut selbst zum Korsett.«

»Toll«, sagte Clara. »Sachen gibt's.«

»Wir hatten mal einen ähnlichen Fall«, sagte MacDeath, »Marquard in Bonnies Ranch hatte doch mal so einen.« Er schaute Clara an. »Erinnerst du dich?«

Professor Albrecht Marquard war Chef der Abteilung für Forensische Psychiatrie an der Karl-Bonhoeffer-Nervenklinik in Wittenau im Norden Berlins, die man in Berlin »Bonnies Ranch« nannte. »Der Mann hat sich einen Knopf an den Unterbauch genäht und sich ein Loch in die Vorhaut schneiden lassen. So konnte er seinen Penis am Unterbauch befestigen, damit er nicht so herumbaumelt.«

Sphinx nickte. »Haben die angeblich auch bei Sportlern im antiken Griechenland und Rom gemacht. Damit die sich auf das harte Training konzentrieren und dabei nichts im Weg hängt.«

»Oder steht«, fügte MacDeath trocken hinzu.

Sphinx wieherte vor Lachen. »Der war gut!«

Clara fand, es war an der Zeit, wieder zur Sache zu kommen. »Hatten Sie schon mal mit Cutting zu tun? Oder mit Piercings und anderen ... äh ...«

»Body Modifications? BodMods?«, half ihr Sphinx und zog die Augenbrauen hoch.

»Ja. Hatten Sie schon mal damit zu tun, insbesondere in Verbindung mit Kannibalismus?« Vielleicht hing das Ganze ja irgendwie damit zusammen, dass der Totenzeichner die Herzen seiner Opfer mitnahm und offenbar aß.

»Passiven und aktiven Kannibalismus«, ergänzte MacDeath.

Sphinx überlegte einen Moment. »Nee. Die Typen, die

BodMod machen, wollen sich entweder verschönern oder das Gegenteil. Die Hardcore-Leute aus der Kannibalen-Szene, die Passiven, wollen aber einfach nur verschwinden, soweit ich weiß. Dieses … ich sag mal Zurschaustellen, das passt nicht zu dem Bedürfnis, verschwinden zu wollen.«

Clara blickte MacDeath an. Der nickte.

»Und wie ist das mit aktiven Kannibalen? Wollen die ihre Opfer irgendwie kennzeichnen oder so etwas?«

»Ich weiß nur, dass es so was ganz selten beim Branding gibt.«

»Branding? Sie meinen Brandzeichen?«

»Genau. Da kommt der Begriff her. Früher wurden Pferde nach Rasse oder Eigentümer gebrandmarkt. Die Einbrennungen vernarbten, dadurch wuchs kein Fell mehr nach, und die Brandzeichen blieben auf Dauer sichtbar.«

»Machen Sie das hier auch?«

»Aber klar. Da drüben.« Er bewegte sein Kinn Richtung Nebenraum. »Dabei wird ein steriles Eisen erhitzt und auf die Haut gedrückt. Wichtig ist, dass die Flamme neunhundert Grad heiß ist und dass man Gas als Brennstoff benutzt, dann ist die Flamme frei von Ruß. Oder man macht Kaltbrand, das können wir hier auch. Das Eisen kommt in flüssigen Stickstoff auf minus achtzig Grad.«

Clara schauderte. »Ist das schlimm?« Sie konnte nicht anders, als diese Frage zu stellen.

»Schlimm? Nein. Geht ganz schnell und ist auszuhalten. Vom Schmerz her ist das mit einer Tätowierung vergleichbar, also nicht so schlimm. Ein Brustwarzenpiercing ist viel schlimmer. Außerdem werden durch den Brennvorgang, egal ob warm oder kalt, Endorphine im Gehirn ausgeschüttet.« Er tippte sich an den Kopf. »Nur da, wo Muskeln und Bindegewebe drunter sind, sollte man das nicht machen. Also keine Sehnen, Gefäße oder Gelenke. Po und Oberarme sind völlig okay.«

»Und so etwas machen aktive Kannibalen?«

»Hab ich schon mal von gehört. Kühe und Rinder werden gebrandmarkt und dann gegessen. Bei den Kannibalenopfern läuft es dann genauso. Aber das ist ganz selten. Eigentlich wird das eher in der Sadomaso-Szene gemacht, wenn ein Sklave seiner Herrin oder seinem Herrn übergeben wird. Passt auch besser als ein Tattoo, da man meistens nur auf Zeit Sklave wird. Ein Tattoo hält für immer, aber ein Branding verblasst nach ein paar Jahren immer mehr.«

»Aktiven Kannibalismus in Verbindung mit Cutting hatten Sie noch nicht?«

»Ich?« Sphinx hielt sich die Hand an die Brust. »Ich sowieso nicht! Nicht, dass Sie Ihrem Bullenboss erzählen, ich würde so was machen! Dann lande ich den Rest meines Lebens im Knast. Aber ja, gehört habe ich schon von Kannibalismus und Branding. Der Kiez quatscht halt. Aber von Kannibalismus *und* Cutting? Selten.«

»Ist das eher die Gothic-Szene, wo es so etwas gibt?«, fragte MacDeath.

Sphinx nickte. »Gothic. Vampire. Solche Typen. Es gibt ja Leute, die wollen gerne gekocht werden. Es gibt sogar im Internet Hinweise, wie man einen Menschen in Alufolie garen kann. Man schneidet ihn auf und gart die Organe. Ich hab mal von einem gehört, der wollte genau das. Und er wollte, dass man sein Herz anfasst, kurz bevor er den Löffel abgibt.«

Sein Herz, dachte Clara. Sicher, das wäre eine Verbindung, aber irgendwie war das alles doch weit weg von dem brutalen und brachialen Killer, den sie suchten. Das hier waren Menschen, die willentlich zum Opfer wurden, während der Totenzeichner Dominanz ausübte, ob es dem Opfer gefiel oder nicht. Im Gegenteil: Wenn das Opfer sich wehrte, umso besser.

Clara dachte an Ratte, den Steinewerfer im Keller in Kreuzberg, und fragte sich, ob Sphinx wohl über irgendwelche Umwege davon gehört hatte. Sie erkundigte sich aber nicht danach. Schließlich war Ratte unfreiwillig zerschnitten worden. Nicht, weil er es sexy fand, sondern weil jemand Geld damit machen wollte. Und da war er ja auch schon tot gewesen.

»Gibt es sonst noch Leute, die Sie ablehnen?«, fragte Clara. »Kunden, meine ich.«

»Hey, Mann, na klar.« Sphinx gehörte offenbar zu denen, die auch zu Frauen »Mann«, sagten. »Diese ganzen Typen, die Castration Play machen wollen – Cut Castration, Blunt Force Castration, Cock Torture Party, all diesen kranken Scheiß.«

Clara versuchte, diese Begriffe gar nicht erst in ihr Bewusstsein zu lassen, und schaute auf die Uhr. Es wurde Zeit, dass sie zum Ende kamen. Doch Sphinx hatte noch etwas zu erzählen. »Manche lassen sich sogar die Harnröhre dehnen oder den Penis spalten. Also, das finde ich ganz schön krass. Ich biete es hier bei mir auch nicht an, nicht dass Sie mich falsch verstehen! Machen würde ich es sowieso nicht, weder bei anderen, noch bei mir selbst. Hätte viel zu viel Schiss, dass mir mal der Pimmel abfällt.«

»Verstehe.« Clara räusperte sich. »Warum macht man das dann überhaupt?«

»Das kann auch nur eine Frau fragen.« Sphinx grinste. »Die Harnröhre ist bei Männern sehr empfindlich. Wenn man sie freilegt, bedeutet das mehr sexuelle Stimulation. Deshalb wird das gelegentlich nachgefragt. Subincisions oder Bisections, Harnröhrenspaltung und so weiter. Oder auch die Dehnung der Harnröhre.«

MacDeath schaute Sphinx überrascht an. »Wird dann etwas in die Harnröhre gesteckt und …«

Sphinx nickte. »Genau. Und dann wird die Harnröhre gedehnt und gedehnt und gedeeehnt.« Er zog wieder an seiner Zigarette.

»Der Penis?« MacDeath stutzte. »Von innen?«

Clara wurde blass.

Sphinx grinste und betrachtete die Asche an seiner Zigarette. »Ja, Sie haben richtig gehört.«

»Wie soll das denn gehen?«, fragte MacDeath entgeistert.

»Soll ich's Ihnen erklären?«, fragte Sphinx, kniff die Augen zusammen und drückte seine Zigarette aus.

»Nein, danke«, sagte Clara, doch MacDeath nickte eifrig.

Sphinx dachte einen Moment nach, als überlegte er vorsichtshalber, ob er diese Story tatsächlich erzählen sollte. »Es gab mal einen, der ging zu einem Studio und sagte: Ich möchte in meinen Pimmel gefickt werden. Tun Sie, was in Ihrer Macht steht!«

Selbst MacDeath stutzte. Clara ohnehin. »Verzeihung«, sagte MacDeath, »er möchte *in* seinen? Nicht, *mit* seinem ...?«

Sphinx grinste und betrachtete die Asche an seiner Zigarette. »Nein, Sie haben schon richtig gehört! Er wollte nicht mit seinem Pimmel in etwas ficken, wie das normale Menschen machen. Er wollte in seinen Pimmel gefickt werden. Nicht mit seinem, sondern in seinen! In seinen Penis hinein!«

»Aber wie soll das gehen?« MacDeath ließ nicht locker.

»Ich habe mal einen gesehen«, sagte Sphinx, kniff die Augen zusammen und drückte seine Zigarette aus, »der hatte sich seine Harnröhre dermaßen gedehnt, dass sein Schwanz aussah wie 'ne Thermoskanne. Der Typ konnte von einem anderen Kerl in den eigenen Schwanz gefickt werden.« Sphinx hob die Arme. »Sorry, aber das wurde selbst mir zu viel.«

Clara blickte MacDeath beinahe flehentlich an und machte sich dann auf den Weg nach draußen. Sie hatte genug. »Ich glaube, wir sind so weit durch. Dann können wir jetzt gehen, oder?« Beinahe hätte sie »Bitte« gesagt.

»Ja, sicher.« MacDeath nickte.

Als sie gemeinsam mit Sphinx zur Tür gingen, fragte

MacDeath: »Haben Sie eigentlich vor, sich noch weiter tätowieren und piercen zu lassen?«

»Klar, was denken Sie! Da ist noch einiges an Platz übrig. Wie gesagt, ohne Kleidung ist der Körper doch langweilig. Und ohne Tattoos erst recht. Denn die Tattoos und Piercings sind *meine* Kleidung. Und auch wenn wir so nicht zur Welt gekommen sind, zum Henker damit. Was ist schon Realität?« Er zog ein letztes Mal an seiner Zigarette, drückte die Kippe an der Wand aus und warf sie auf die Straße.

MacDeath wollte gerade zu einer möglichst intelligenten Antwort ansetzen, da sprach Sphinx schon weiter, nachdem er sich gleich noch eine Zigarette angezündet hatte. »Realität ist nur eine Illusion, die sich durch den Mangel an Alkohol einstellt. Ich wünsche Ihnen noch einen schönen Tag!«

9.

Sie trafen sich in Winterfelds Büro. Im Hintergrund lief leise der Fernseher. NTV zeigte den Besuch des französischen Präsidenten.

Doch Hermann hatte kein Auge für die Übertragung, denn er saß über seinen Akten. Er hatte bereits die physiologischen Daten der Bilder des Killers gesammelt.

»Wir haben auch mit den Angehörigen von Al Zaid gesprochen«, sagte er nun. »Er hatte Feinde, wie ihr euch denken könnt. Die klappern wir gerade ab. Aber auf den ersten Blick sieht es nicht so aus, als wäre unser Killer darunter.«

»Was ist mit dem Auto?«, fragte Clara.

»Der SUV?«

»Ja. War der irgendwo in der Nähe?«

»Nichts. Im Berliner Gebiet gibt es ein paar, aber bisher kein Besitzer, der irgendwie zu dem Killer passt. Die Kollegen führen gerade Gespräche, aber das ist die Nadel im Heuhaufen.«

»Und die DNA?«, fragte Clara. »Gab es was am Tatort?«

»Wir haben die DNA des Killers auch am Tatort in Al Zaids Villa gefunden. Gerade kam die Bestätigung rein.«

Clara zuckte die Schultern. »Etwas anderes hätte mich auch gewundert, aber jetzt wissen wir es genau.« Sie schaute auf die Bilder, die vor Hermann lagen. »Hast du sonst noch was?«

»Allerdings. Wir haben das Phantombild des Killers, das wir nach den Anweisungen des Body Brokers angefertigt haben. Leider ist es ziemlich undeutlich.« Er hielt die Zeichnung in die Höhe. Darauf war nicht allzu viel zu erkennen, nur ein kantiges Gesicht mit durchdringenden Augen. Aber Clara hätte sich auch gewundert, wäre ein rundlicher Sonnyboy mit Kulleraugen zu sehen gewesen.

»Und dann habe ich noch gemeinsam mit Brooks und Williams die Kontur des Killers erstellt«, fuhr Hermann fort.

»Fleißig, fleißig«, sagte Clara. »Wo sind die beiden jetzt?«

»Sie telefonieren gerade in unserem Gästebüro mit dem FBI, um noch mehr Daten zu kriegen.«

»Okay. Und wie geht es jetzt weiter?«, fragte Clara.

»Jetzt starten wir mit diesen Daten das Suchprogramm beim Einwohnermeldeamt. Wenn wir Glück haben, finden wir eine Adresse, eine Sozialversicherungsnummer, einen Ausweis oder irgendwas. Und bei dir? Hat der Besuch bei diesem Tätowiermeister irgendwas ergeben?«

Clara schüttelte den Kopf. »Nein. Das Zeichen taucht bei den klassischen Tattoofans selten auf. Auch im Zusammenhang mit aktivem Kannibalismus hat unser Informant es noch nicht gesehen.«

»Ich bin vorhin mit Brooks und Williams die Unterlagen aus den USA von damals durchgegangen«, sagte Hermann. »In den Vereinigten Staaten haben sie vor zehn Jahren auch geglaubt, der Killer hätte irgendwelche Verbindungen zum Hardcore- und Schwulenmilieu. Tribal, Branding, Piercing und so weiter.«

»Und?«

»Die Spur fuhrte ins Leere.«

»Das hättet ihr uns auch gleich sagen können. Dann hätten wir uns den Besuch bei diesem Sphinx sparen können.«

»Dann hätten wir aber einige spannende Infos verpasst«, sagte MacDeath.

»Hat sich jemand Gedanken gemacht, was dieses Zeichen bedeuten könnte?« Winterfeld blickte alle nacheinander an.

»Das sind Runen«, sagte Clara.

»Ja, sicher, das sind Runen!« Winterfeld meldete sich zum ersten Mal zu Wort. »Aber hilft uns das irgendwie weiter?«

»Leider nicht«, sagte Clara. »Genauso wenig, wie es den Amerikanern geholfen hat – die hatten das längst herausgefunden.«

»Dürfte ich mal die Zusammenhänge erfahren?«

»Klar. Hermann, erzähl bitte unserem Kriminaldirektor, was wir in diesem Zusammenhang eruiert hatten.«

»Sicher.« Hermann tippte auf dem Tablet herum. »Ich lese es mal vor. Also, Runen wurden früher auf Buchenstäbe geschrieben«, erklärte er, während er durch die Seiten des Tablets wischte. »Davon leitet sich das Wort ›Buchstabe‹ ab.«

»Schau an«, sagte Winterfeld, »schon wieder was gelernt.«

Clara blickte blinzelnd auf den Fernseher hinter Winterfeld. Noch immer wurde über den Besuch des französischen Präsidenten berichtet. Der Ton war abgestellt, aber der Bildschirm flimmerte. Die Maschine war gelandet, und die Tür des Flugzeugs öffnete sich.

Claras Aufmerksamkeit wurde wieder auf den Fall gelenkt, als Hermann fortfuhr: »Die älteste überlieferte Runenreihe wird Futhark genannt, nach den ersten sechs Buchstaben des Runenalphabets. Dieses Alphabet – genauer gesagt die Reihe – bestand aus insgesamt vierundzwanzig Zeichen. So weit alles klar?«

»Und das wussten die Amis auch?«, fragte Winterfeld. »Seid ihr sicher?«

»Sicher sind wir sicher«, sagte MacDeath. »Die sind ja nicht auf den Kopf gefallen.«

»Okay, darf ich jetzt weitermachen?«, sagte Hermann. »Also, Odin, der Gott des Runenwissens und der Runenmagie, hing neun Tage an der Weltesche Yggdrasil, dann gewann er die Macht der Runen …«

»Das ist ja alles schön und gut, und Odin hat sicher seinen Spaß gehabt, aber damit werden wir den Täter nicht fassen«, meinte Winterfeld. »Steht da irgendwas über diese spezielle Rune?«

Auf dem Fernseher ging der Präsident über den roten Teppich; in wenigen Augenblicken würde er die Ehrengarde abschreiten.

»Das hatte ich mit Carla bereits eruiert«, sagte Hermann. »Diese Pfeilrune ist die Himmelsrune. Genannt Tiwaz. Diese Rune steht für den germanischen Gott Tyr, den Gott der Gerechtigkeit und des Krieges. Tiwaz bezeichnet auch den Polarstern. Oder den Himmelsgott.«

»Was hat denn dieser Tyr Besonderes gemacht?« Das war Winterfeld.

»Er hat dabei geholfen, ein Wesen namens Fenriswolf festzuketten, eine Art Untier der Frühzeit«, sagte Hermann. »Die Götter wollten eine Kette an dem Wolf erproben, um ihn zu zähmen. Aber das wollte der Wolf so nicht mitmachen. Deshalb musste einer der Götter seine Hand in das Maul des Tieres stecken. Tyr war der Einzige, der sich traute.«

»Und?«

»Die Fesseln hielten. Doch der Wolf biss Tyr die Hand ab.«

Winterfeld nickte. »Tapfer, tapfer.«

Clara schaute wieder auf den Fernseher. Irgendein Gedanke spukte ihr durch den Kopf, aber sie konnte ihn nicht greifen. Stattdessen beobachtete sie, wie der Präsident die Ehrengarde abschritt.

»Na, das ist ja interessant«, sagte Hermann plötzlich.

»Was?«

»Die Nazis haben diese Rune ebenfalls benutzt, sehe ich hier gerade. Tja, hat ja leider nichts mit unserem Fall zu tun.«

»Die Rune war ein Nazi-Abzeichen?«, fragte Winterfeld.

»Ja«, sagte Hermann. »Die Tyr-Rune war ein verliehenes

Abzeichen der Reichsführerschule der NSDAP. Eine Art Eliteschule in München. Da wurden Führungskräfte sämtlicher Ränge – in erster Linie mittlere und höhere – weltanschaulich weitergebildet, steht hier. Erfolgreiche Absolventen der Schulen bekamen diese Rune und haben sie am linken Oberarm der Parteiuniform getragen, oberhalb der Hakenkreuz-Armbinde.«

»Am linken Oberarm?« Clara durchwühlte hastig die Fotos. »Das war bei den Opfern genauso.«

»Ist dieser Typ ein Nazi oder irgendwas in der Richtung?«

»Nein, er ist ...« In Claras Kopf arbeitete es. Irgendwo war die Lösung. Ganz nah.

Dann sah sie wieder den Präsidenten im Fernsehen. Sah das Flugzeug. Den roten Teppich. Die Ehrengarde. Die Abzeichen an den Uniformen. Die Rangabzeichen auf der Brust, an den Schulterklappen und den Oberarmen ...

»Das ist es!«, rief sie. »Es sind Rangabzeichen! Haben die Amis auch in dieser Richtung ermittelt?«

»Nicht dass ich wüsste«, sagte MacDeath. »Wahrscheinlich haben sie die Nazi-Verbindung nicht gesehen.«

»Wie auch? Habe ich ja auch gerade erst durch Zufall entdeckt«, gab Hermann zu.

Clara sprang auf und zeigte auf den Fernseher. »Dieses runenartige Zeichen ist ein Rangabzeichen!« Alle blickten erst auf Clara, dann auf den Fernseher. »Dieser Killer, der Totenzeichner ... Er ehrt seine Opfer, zeichnet sie aus. Sie sind seine Gefallenen. Es ist wie eine Beförderung.« Sie blickte Hermann an. »Wo sind Brooks und Williams noch gleich?«

»Im Gästebüro. Telefonieren immer noch mit ihren Kollegen. Wir wollen uns gleich treffen.«

»Sie müssen uns helfen. Vielleicht ist der Todeszeichner ein Ex-Militär.«

»Militär?«

»Ja. Militär«, erwiderte Clara. »Da müssen wir suchen!«

10.

»Ein Ex-Militär?«, fragte Williams, als Clara, Hermann und MacDeath den beiden Ermittlern ihre These vorstellten.

»Jetzt, wo sie es sagt«, meinte Hermann, »fällt es mir auch auf. Diese Einschnitte erinnern doch wirklich an Dienstgradabzeichen beim Militär. Das kenne ich noch von früher, so was gibt es sowohl beim Heer als auch bei der Marine.«

»Aber gibt es diese Pfeilrune denn auch bei der Bundeswehr?«, fragte Clara.

»Nein, soviel ich weiß, gibt es Schulterstücke mit einer und zwei Schwingen, aber nicht so eine Rune.« Hermann blickte Williams und Brooks an. »Kommt die Ihnen bekannt vor?«

»Möglich«, sagte Brooks.

»Schau doch mal bei Google nach«, forderte Clara ihn auf.

Hermann nickte und wischte durch die Seiten. »Hier steht, ein Sergeant in der Army hat drei solche Zeichen übereinander. Der Corporal zwei. Der Private nur eins.« Er blickte Williams an. »Wie nennt man die noch?«

»Private E2«, sagte Williams. »Der hat ein Zeichen. Der Private E1 hat noch keins.«

»Interessant«, sagte Brooks und legte den Kopf in die Hände. »Eine Art Auszeichnung, eine Beförderung für untere Dienstgrade. Damals ...« Er schien seine Gedanken zu ordnen. »Wir hatten damals diese ganzen rechten Gruppen in den USA untersucht. Arian Brotherhood, White Supremacists und wie sie alle heißen. Sind besonders stark in Miami und kontrollieren dort den Drogenhandel. Die haben diese runenartigen Zeichen als Tätowierung. Aber auf die Militärabzeichen sind wir damals nicht gekommen. Manchmal sieht man vor lauter Bäumen den Wald nicht.«

»Lass uns doch mal die Dienstgrade von Eliteeinheiten anschauen«, schlug Clara vor. »Und falls der Kerl ein Arian-Brotherhood-Nazi ist, auch die von der ehemaligen Wehrmacht. Vielleicht hat er da ja irgendwelche Anleihen gemacht.«

»Und wenn er nicht zur Arian Brotherhood gehört?«, fragte MacDeath. »Könnte er dann aus irgendeiner Eliteeinheit kommen?«

»Vielleicht nicht direkt aus der Army«, sagte Williams, »aber aus einer Spezialeinheit. Es gibt ja die Soldaten mit erweiterter Grundbefähigung, wie man es nennt. Sie unterstützen Operationen im Hinterland des Feindes. In Afghanistan zum Beispiel, oder Somalia. Mittlerweile auch wieder sehr stark im Irak.«

»Die sogenannten High Value Targets«, ergänzte Brooks.

»Du spielst auf diese private Söldnertruppe an?«, fragte MacDeath.

»Ja.« Williams nickte. »Wahrscheinlich ändern sie ständig ihren Namen, um ihr Image zu verbessern oder marketingtechnisch noch mal neu anzufangen. Die Truppe wurde von dem ehemaligen Angehörigen einer Spezialeinheit gegründet. Der Mann war glühender Verfechter des Katholizismus. Er betrachtete die Aktivitäten seiner Privatarmee im Nahen Osten als Fortsetzung der Kreuzzüge. Er hat auch die Übernahme von Templersymbolen auf die Uniformen seiner Leute eingeführt, die nichts anderes waren als Söldner. Wir haben an der FBI Academy und der Marine Base mal mit denen zusammen Übungen gemacht. Da ging es um Krisenbewältigung im Inland. Beim Hurricane Katrina haben diese Leute auch geholfen. Das Unternehmen beschäftigt Tausende von Menschen weltweit. Was nichts daran ändert, dass es legal in einer Grauzone agiert.«

»Und unser Killer könnte dieser Truppe angehören?«

Williams zuckte die Schultern. »Vielleicht, vielleicht auch nicht. Wir haben seine Daten damals nirgends gefunden, darum sind wir von dieser Spur wieder abgerückt.«

Clara hörte aufmerksam zu. Was konnte das für eine Einheit sein? Und hatte diese Einheit den Mann so beeinflusst, dass er zum Killer wurde? »Shell shocked« nannte man es, wenn Soldaten im richtigen Leben nicht mehr zurechtkamen. Clara hatte mal eine Beziehung mit einem Soldaten gehabt, der in Afghanistan gewesen war. *Was macht der Krieg aus Menschen?*, hatte sie sich damals gefragt. *Und was macht der Mensch aus einem Krieg?*

Oft war der Krieg ein Mittel, um politische Ziele durchzusetzen; zugleich gewährte er der dunklen Seite der menschlichen Seele ein Einfallstor. Claras Freund war damals als gebrochener Mann aus dem Afghanistan-Einsatz zurückgekommen. Er hatte sich einen altmodischen Kassettenrekorder gekauft und abends seine Benjamin-Blümchen-Kassetten aus der Kindheit gehört, weil er dann besser einschlafen konnte. Anderen war es noch viel schlimmer gegangen. Einer wurde nachts von solchen Alpträumen geschüttelt, dass er im Schlaf wie wild um sich schlug und seiner Freundin dabei die Nase brach.

Erst im Krieg, dann wieder zu Hause.

Allmählich dämmerte es Clara.

»Der Mann war doch zehn Jahre lang von der Bildfläche verschwunden?«, fragte sie.

Alle nickten.

»Und in der Zeit war alles ruhig?«

Wieder Nicken.

»Was haben wir gestern in dem Gespräch noch mal gesagt? In Kriegszeiten ...«

»In Kriegszeiten gibt es keine Serienkiller«, sagte MacDeath.

»Weil sie sich im Krieg austoben können.« Clara nickte. »Im

Krieg können sie ihre Neigungen ungestört ausleben. Das ist sicher der Hauptgrund, weshalb während der Zeit des Ersten und Zweiten Weltkriegs keine Serienkiller aktenkundig geworden sind. Wir hatten es ja gesagt: Mit dem Töten verbinden diese Killer ein Element der Kontrolle. Und diese Neigungen können sie im Krieg viel besser ausleben. Es sei denn, es herrschen Friedenszeiten …«

»Und wenn er nicht im Krieg ist …«, begann Williams.

»… spielt er in der Zivilgesellschaft Krieg«, ergänzte MacDeath.

Der Killer ist immer *im Krieg,* dachte Clara. *Er bringt den Krieg mit nach Hause. Und diese Zeichen …*

In der Armee stellten diese Zeichen die Hierarchie dar. Die Befehlsgewalt. Die Tapferkeit. Wollte der Killer das auch? Dekorierte er seine Opfer unterschiedlich? Standen einige höher im Rang als andere?

Sie blickte Brooks und Williams an. »Wir brauchen die Beschreibungen der Schnittwunden aus den USA. So schnell wie möglich.«

Sie sprang auf.

»Wo willst du hin?«, fragte MacDeath.

»Ich rufe von Weinstein an!«

11.

»Sie haben recht«, sagte von Weinstein. »Wir haben bei Schiller insgesamt drei Schnitte an drei unterschliedlichen Körperregionen und dabei immer drei dieser Pfeilrunen übereinander.«

Clara hielt das Telefon ans Ohr und schaute selbst auf die Tatortfotos.

Dass der Killer seinen Opfern unterschiedlich viele Zeichen einschnitt, war anscheinend kein Zufall. Warum war ihnen das nicht sofort aufgefallen?

»Bei Al Zaid haben wir hingegen vier Schnitte, und dabei drei Zeichen übereinander«, berichtete von Weinstein weiter. »Ich frage mich, warum.«

»Weil er ein härterer Brocken war«, sagte Clara. »Schiller war allein mit seinem Hund. Bei Al Zaid war ein Leibwächter dabei. Und die beiden Frauen hat der Killer auch noch umgebracht.«

»Wobei er das wohl eher als Beiwerk gesehen hat.«

»Möglich.« Clara verglich die Fotos. »Wie war das bei dem Steinewerfer?«

»Zwei Schnitte insgesamt, jeweils nur ein Zeichen«, sagte von Weinstein. »Eines auf dem rechten Arm, der bei Medic Research gefunden wurde, und eines auf der Brust.«

»Der Mann war also nicht viel wert«, sagte Clara.

»Stimmt ja auch«, entgegnete von Weinstein lapidar.

»Ich meine eher als Rekrut für den Totenzeichner. Er hat ihn kaum dekoriert, weil er kein gefährlicher Gegner war.«

»Das stützt doch eure These, dass der Steinewerfer eher zufällig ein Opfer des Killers wurde.«

»Genau.« Clara dachte einen Moment nach. »Können wir also davon ausgehen, dass es umso mehr Schnitte gibt, je gefährlicher ein Gegner war?«

»Nicht nur das«, sagte von Weinstein, »je mehr Zeichen es gibt, desto größer ist die Schnitttiefe. Er schneidet umso brutaler und tiefer ins Fleisch, je mehr Zeichen er anbringt. Und die ganz tiefen und damit schmerzhaftesten Schnitte hat er ausnahmslos vor dem Tod angebracht. Prämortal ...«

»Das heißt, die Opfer, die am stärksten sind, müssen auch am meisten leiden.«

»Und werden zur Belohnung offenbar auch am höchsten dekoriert«, fügte von Weinstein hinzu. »Falls Ihre Theorie stimmt. Und falls es der Modus Operandi des Killers ist.«

»Gehen wir erst mal davon aus, dass die Theorie tatsächlich stimmt.« Clara sprang auf. »Was sie konkret bringt, weiß ich selbst noch nicht. Vielen Dank!«

Damit legte sie auf und eilte zurück in das große Büro, wo Williams und Brooks saßen und mit Einsatzstellen in den USA telefonierten, Brooks mit Los Angeles, Williams mit Quantico.

»Und?«, fragte Clara, als die Männer fertig waren.

»Was private Söldnertruppen und dergleichen angeht, können wir nichts über irgendwelche Mitgliedschaften unseres Killers sagen, weil uns keine Personendaten vorliegen«, erklärte Brooks. »Was die Schnitte betrifft, gab es auch damals unterschiedlich viele und unterschiedlich tiefe. Wir versuchen gerade herauszufinden, ob es etwas mit dem Rang, der Position und der Gefährlichkeit des jeweiligen Opfers zu tun hat.«

Williams kritzelte noch ein paar Notizen auf einen Zettel. Dann blickte er Clara an. »Wie ist es bei Ihnen?«

»Identisch«, sagte Clara. »Je mehr und je tiefer die Schnitte, desto gefährlicher war das Opfer.«

»Ist das eine Art Auszeichnung für die Toten?«, warf MacDeath ein.

Claras Blick hellte sich auf. »Genau das ist es! In seiner Vorstellung verleiht er den Toten eine Auszeichnung. Er zeichnet also nicht nur Symbole in ihre Haut, er zeichnet seine Opfer auch aus. Er ist in doppelter Hinsicht ein Totenzeichner.«

12.

Auch wenn du durch das absolute Feuer fliegst ...

Du schwebst weiter.

Unzerstörbar.

Er schaute sich die Fotos von den alten Einsatzorten an, die er in ein großes ledernes Buch klebte, das er *Buch des Sieges* nannte.

Für ihn hatten diese Bilder keine Schrecken. Sie zeigten ihm nur, dass er stärker wurde, größer und gefährlicher. Je mehr es von diesen Fotos gab, umso besser. Und es wurde Zeit, dass er sie wiedersah, die Orte, an denen diese Bilder aufgenommen worden waren. Nicht nur als Fotos in seinem Buch des Sieges, sondern in der wirklichen Welt. Der Welt aus Feuer, Blut und Tod.

Seiner Welt.

Er blätterte durch die Seiten, besah sich die Fotos. Und die Erinnerungen kamen zurück.

Fischartiges, verwestes Fleisch leuchtete grünlichweiß aus einer zerfetzten Uniform. Leere Augenhöhlen stierten den Betrachter an. Ein paar Haarbüschel klebten auf dem schwarzbraunen Schädel. Er wusste damals, dass dieser Mann schon lange nicht mehr lebte. Ein anderer saß da, den Oberkörper nach vorn über die Beine geklappt, als wäre er soeben zusammengebrochen. Auch dieser Mann lebte nicht mehr in diesem schrecklichen Sumpf irgendwo in Niemandsland.

Die Gegner hatten mit Hochgeschwindigkeitsmunition geschossen, die sie den Elitetruppen vorher gestohlen hatten. Diese teuflische Munition. Teilmantelgeschosse, die den Körper nicht durchschlugen, sondern sich aufpilzten, wie man es nannte, und damit schwerste innere Verletzungen verursachten, die nicht operabel waren. Sie ließen die Uniformen bis auf das Einschussloch unversehrt, verwandelten aber alles andere darunter in blutiges Hackfleisch. Es war im Kleinen das, was die Neutronenbombe im Großen war: Die Gebäude waren intakt, die Menschen darin tot.

Sie alle hatten Angst davor gehabt.

Er nicht. Er hatte sich ins Feuer geworfen. Er war lebend und unversehrt durch die Flammen gegangen.

Wer meines Speeres Spitze fürchtet, durchschreitet das Feuer nie.

Das sagte Wotan in der Oper *Walküre* von Richard Wagner.

Er fürchtete die Spitze des Speeres nicht. Und er durchschritt das Feuer. Immer wieder. Immer wieder unverwundbar. Und immer wieder unbesiegbar.

Den Tod zu verachten machte ihn unsterblich.

Für die anderen war dieser Sumpf schrecklich gewesen. Aber nicht für ihn.

Er hatte dort Dutzende von Leichen gesehen, verwest, vertrocknet, von der unbarmherzigen Sonne zu Mumien verdorrt und in unheimlichem Totentanz erstarrt. Er hatte all diese Bilder mit seiner Digitalkamera aufgenommen, hatte sie zu Hause ausgedruckt, auf einem der besten Farbdrucker, die es gab.

Auch den Mann, der in dem Bunker eingeklemmt war. Oder was man dort Bunker nannte. Zwischen Beton und Stahl. Ein eingeklemmter Rumpf. Dort, wo einmal Kopf und Hals gewesen waren, gab es nur noch weiße Knorpel, die von rötlichem Gewebe umgeben aus dem schwarz verbrannten Fleisch ragten. Eine Collage aus Fleisch, Knochen und Stahlbeton. Aus vielem zu einem geworden.

Ein anderer lag dort, die Waffe noch in den Fingern, die Fäuste erstarrt, fokussiert auf ein Ziel, das er nie mehr treffen würde, die toten Augen auf ein anderes Ziel gerichtet. Weiter weg, höher.

Jenseits.

Der Fluss in der Nähe hatte weiter gerauscht, egal, wie viel Blut, Innereien und Leichen er transportierte, als kümmere er sich nicht darum, was in ihm war, solange er nur fließen konnte. Denn alles fließt. Der Fluss überspülte die Toten, deren Gesichter wie aus schwarzem Pergament aussahen. In der Nacht hatte der Vollmond geschienen und durch die zerrissenen Wolken wechselnde Schatten geworfen, auch auf den Fluss, den das silbrige Licht in einen bizarren Flickenteppich aus Farben verwandelte, der wie ein langsames, morbides Fließband die Toten transportierte, als wäre die Erde ein riesiges Schlachthaus, das Leichen und Leichenteile verarbeitete. Auch die seltsamen Laute hatte er gehört, die von irgendwoher kamen und sich mit dem Murmeln des Wassers und dem Rauschen von Schilf mischten, als würden die Toten mit ihm sprechen.

Für diese Augenblicke lebte er. Für das Mondlicht, für die Geräusche. Sie waren es, die sein Gehirn immer wieder in höchste Bereitschaft versetzten, sodass Adrenalin und später Endorphine durch seinen Körper jagten. Es waren seine Drogen. Die einzigen, die er brauchte. Egal welches Geräusch es war, eine fauchende Granate, ein heulendes Geschoss oder ein krachender Panzer – was auch immer auf ihn wartete: Jedes Mal blieb sein Herz für einen Moment stehen, so gebannt und fasziniert war er vom Gefühl dieser unbekannten, wunderbaren Gefahr. Jedes Mal starb er. Und jedes Mal wurde er wiedergeboren. Stärker und unbesiegbarer als zuvor.

Bei jedem Geräusch kam der Tod als stiller Wachmann, und die Welt wurde für ihn zu einer dieser Uhren, über deren Zifferblatt der Tod mit Sense und Sandglas erscheint. Doch die Zeit lief nur für die anderen ab. Für sie blieben die Uhren stehen. Doch seine eigene Uhr lief weiter.

Die Heerscharen von Toten wurden dabei zu einem einzigen gigantischen Körper verschmolzen, der den Gegner zerschmettern würde. Seine Armee würde sein Zeichen tragen. Er würde die Feder durch das Schwert, die Tinte durch das Blut, das Wort durch die Tat ersetzen.

Und schließlich das Mitleid durch das Opfer.

Nicht Frieden, sondern Krieg, hatte Nietzsche gesagt. *Die Schwachen und Missratenen sollen zugrunde gehen.*

Und so war es geschehen. Sie waren vernichtet worden. In einer reißenden Flutwelle der Zerstörung mit einem blutigen roten Kamm.

Als er in das *Buch des Sieges* blickte, waren all diese Erinnerungen vor seinem geistigen Auge, all diese Momente standen vor ihm wie das Knochengerüst eines ausgestorbenen Tieres, das bald wieder Fleisch annehmen und leben würde.

Er sah die Gesichter der anderen Truppen und Söldner, die mit ihm gekämpft hatten. Und die gefallen waren. Die fallen mussten, damit er sich aus ihrer Masse erhob wie ein unbesiegbarer, unsterblicher Gott des Krieges.

Er schaute auf die Gesichter auf den Fotos. Tränen schimmerten in seinen Augen, als diese Gesichter noch einmal in seiner Erinnerung zum Leben erwachten, obwohl sie längst tot waren.

Ich blicke in eure brechenden Augen, dachte er, *als der Vorhang der Ewigkeit sich für euch geöffnet hat.*

Wir fliegen durch das absolute Feuer.

Wir umarmen den Tod.

Und werden dadurch unsterblich.

13.

»Wenn er nicht im Krieg ist«, sagte Clara, »baut er sich seine eigene Armee auf. Er kämpft nur mit den stärksten Gegnern, weil ihm das einen Kick verschafft. Und er dekoriert die Toten, als wären sie ...«

»Als wären sie Teile seiner Armee«, ergänzte Williams.

»Was hatten wir vorhin gesagt?«, fragte Clara. »Über Serienkiller und Krieg?«

»Im Krieg gibt es keine Serienkiller«, sinnierte MacDeath. »Es gibt da eine Geschichte von H. P. Lovecraft. *Die geliebten Toten.* In dieser zugegeben ziemlich grausigen Geschichte treibt ein nekrophiler Serienmörder sein Unwesen. Er ist heilfroh, dass endlich der Krieg ausbricht. In diesem Fall der Erste Weltkrieg. Der Mörder war einer der Ersten, der über den Ozean fuhr und einer der Letzten, der zurückkehrte. ›Vier Jahre blutroter Schlachthofhölle, krankmachender Regenmorast und fauliger Schützengräben, das ohrenbetäubende Detonieren heulender Granaten.‹ Lovecraft beschreibt den Kriegszustand für den Killer sogar als ›vier Jahre transzendente Befriedigung.‹«

»Vier Jahre transzendente Befriedigung?«, fragte Clara. »Ah, ich verstehe. Andere machen Cluburlaub, und dieser Killer ...«

»Aber für den Killer könnte es doch genau das sein, oder?«, fragte Williams. »Er ist im Krieg. Dann ist er wieder in der wirklichen Welt und macht weiter, als wäre er im Krieg. Sucht sich die stärksten Gegner aus. Kämpft seinen eigenen Krieg. Und ist dann wieder in der Schlacht. Weg von der Bildfläche. Verschwunden, wie zuletzt.«

»Verschwunden für zehn Jahre zum Beispiel«, murmelte MacDeath.

Williams erwiderte nichts, stand schweigend da. Dann sagte er langsam und bedächtig: »Vielleicht sind wir dem Ziel näher, als wir denken. Ich hatte es die ganze Zeit schon im Hinterkopf, aber es war zu fantastisch, als dass ich es wirklich glauben konnte.«

»Was denn?«, fragte MacDeath.

Williams schwieg wieder eine ganze Weile. Dann sagte er langsam und bedächtig: »Wir haben in Quantico mal eine Studie gemacht, in der wir die Psyche von Serienkillern untersucht haben. Was versprechen diese Leute sich davon? Was treibt sie an? Warum tun sie, was sie tun?«

»Weil sie einen an der Waffel haben«, sagte Brooks.

»So könnte man es nennen«, sagte Williams, »und das ist auch ein Teil der Erklärung. Denn diese Täter sind Psychopathen. Aber wisst ihr, was das Pentagon sich dann gedacht hat?«

»Wir bekämpfen Feuer mit Feuer?« Das war Clara.

»Richtig. Psychopathen bekämpfen wir am besten mit anderen Psychopathen.« Er hielt kurz inne. »Wir hatten damals einen Elitekämpfer an der Academy, der oft im Nahen Osten eingesetzt worden war. Angefangen hat er damit, dass er mit einem Jeep die Nachhut für Lkw-Konvois im zweiten Irakkrieg bildete. Ihr wisst schon, einer von diesen Jeeps mit einer Stahlplatte am Heck, die so ziemlich alles abfängt, was irgendwelche Terroristen abschießen können.«

»Und was war das sonst für ein Typ?«, fragte Clara.

»Sie nannten ihn den Eismann«, sagte Williams, und ein Lächeln huschte über seine Züge.

»Wieso?«, wollte MacDeath wissen.

»Weil er jeden, mit dem er als Gegner zu tun bekam, als Leiche in den Kühlraum beförderte. Jedenfalls hatte dieser Eismann eine Zeit lang für eine private Söldnertruppe gearbeitet, bevor er eine Eliteeinheit des Pentagons befehligt hat.«

»Was war das für eine Einheit?«

»Der Reihe nach. Der Eismann sagte damals, der Westen müsse endlich handeln. Die Bösen kommen mit simpelsten Werkzeugen, sagte er. Und sie sind damit auch noch erfolgreich. Sie entführen Flugzeuge mit Hilfe von Teppichmessern. Sie setzen sich das Ziel, Passanten mitten in der Fußgängerzone zu enthaupten, so wie die Dschihad-Heimkehrer des Islamischen Staates. Vor allen Leuten. Ganz einfach, und dennoch abgrundtief schrecklich. Und damit gewinnen sie. Sie brauchen nur einen Tag, um unsere Kultur und unsere Gesellschaftsordnung zu zerstören. Denn die Welt, so sagte der Eismann, ist voller Schafe. Daher hätten wir, also Amerika, die Pflicht, sie vor den Wölfen zu schützen. Darum brauchte der Eismann Krieger, die sich dieses schmutzige, unanständige Wort zu eigen machen: töten.«

»Macht ja auch Sinn«, sagte MacDeath. »Worauf wollte er damit hinaus?«

»Er sagte«, fuhr Williams fort, »dass man Verrückte am besten mit Verrückten bekämpft.« Er blickte Clara an. »Feuer mit Feuer, Sie sagten es ja schon. Nun machen echte Psychopathen nur vier Prozent einer normalen Armee aus. Sie sorgen aber, und da wird es für das Pentagon interessant, für die Hälfte aller Tötungen beim Gegner.«

»Vier Prozent sind für fünfzig Prozent zuständig?«, fragte MacDeath.

»Richtig. Im Zweiten Weltkrieg haben nur ein Prozent der Piloten der US Air Force vierzig Prozent der Abschüsse erzielt. Jedenfalls, Psychopathen gehören nicht zu den Soldaten, die sich auf eine Granate werfen, um die Kameraden zu schützen. Das wäre auch kontraproduktiv. Denn die Psychopathen töten, und das ist nun mal entscheidend im Krieg. Die anderen töten im Zweifelsfall nicht. Deshalb wäre es besser, durch die Granate sterben die, die sowieso nicht töten, als dass sich derjenige opfert, der als Einziger tötet.«

Clara hörte angespannt zu. Der Krieg war noch nie ihr großes Thema gewesen, und sie fand es reichlich zynisch, dass ein Mensch danach beurteilt wurde, ob und wie viel er tötete. Aber das waren wohl die Überlegungen, die man anstellte, wenn große militärische Operationen geplant wurden.

»Das war sozusagen das Verkaufsargument des Eismanns gegenüber dem Pentagon«, erklärte Williams. »Es sei leider ein großer Aufwand, sagte er, andere Soldaten dazu zu bringen, auf Leute zu zielen und abzudrücken. Das kennt jeder von sich selbst. Man kann noch so viele Karate- und Selbstverteidigungskurse machen, die Frage ist doch: Ist man deshalb mental in der Lage, dem anderen die Faust ins Gesicht zu schlagen? Die meisten können das nicht. Psychopathen schon. Deshalb sind im Krieg meist Gruppen unterwegs. Der Gruppenzwang sorgt dafür, dass auch die töten, die sonst nicht töten würden. Nicht töten ist im Krieg aber keine Alternative. Ein Soldat *muss* töten. Einen Soldaten auszubilden kostet eine Menge Geld. Wenn der in den Krieg zieht, sich aber nicht traut, zu töten, und dann auch noch gleich erschossen wird, bedeutet sein Verlust für das Pentagon einen negativen Deckungsbeitrag. Klingt menschenverachtend, aber genau so wird da gerechnet. Jemand, der diese Skrupel nicht hat, holt seine Ausbildungskosten wieder rein, indem er möglichst viele Gegner tötet. Das ist dann ein positiver Deckungsbeitrag.«

Er hielt kurz inne, ehe er fortfuhr: »Nun braucht man aber für bestimmte Einsätze Leute, die bereit sind, auch ohne Gruppendruck zu töten. Allein zu töten. Und diese Leute sind sehr selten.«

»Mein Vater hat mir mal so eine Story erzählt«, meldete Brooks sich zu Wort. »Da lag in Vietnam ein Vietcong im

Lazarett. Der stand auf, obwohl er keine Beine mehr hatte, und zerbrach eine Flasche an seinem Nachttisch. Mit einer Scherbe hat er einem Australier, der neben ihm lag, die Kehle durchgeschnitten.« Er schaute kurz ins Leere, als müsste er diese Geschichte auch bei sich selbst sacken lassen. »Der Arzt, der vorher zwanzig Stunden investiert hatte, um den Australier wieder zusammenzuflicken, nahm eine Flinte und schoss dem Vietcong in den Mund. Dann wurde er wahnsinnig.«

»Dieser Vietcong, war er Psychopath?«, fragte Clara.

Williams nickte. »Von der Beschreibung her ja. Denn was für ein Aufwand ist das? Sich ohne Beine aufzurichten, die Flasche zu zerschlagen und den Australier zu töten. Das ist noch um einiges extremer als die vier Prozent Psychos, die sich normalerweise in der Armee finden. Dieser Vietcong war ein hochaggressiver Psychopath. Diese wirklich aggressiven Psychopathen machen nur zwei Prozent der Armee aus. Die allermeisten sind Männer. Das Militär ist damit ein idealer Blitzableiter für solche Leute, denn hier dürfen sie legal töten.« Er blickte MacDeath an. »Wie der Serienkiller in H. P. Lovecrafts *Geliebten Toten.*«

»Und worauf wollte der Eismann hinaus?«, fragte Clara.

»Dazu komme ich gleich«, sagte Williams. »Der Hintergrund im Irak war damals, dass es immer psychopathische Anschläge gab. Al-Qaida-Gruppen im Irak befestigten Fleischermesser an großen Pick-ups und fuhren damit durch dicht bevölkerte, enge Gassen, sodass die Menschen zwischen Messer und Mauer gerieten. Damit sollte die Bevölkerung mürbe gemacht werden. Einige Hardliner im Pentagon wollten immer schon, dass die USA mit härteren Bandagen kämpft. Es ging damit los, ehemalige Terroristen durch viel Geld zum Überlaufen zu bewegen. Die CIA untersagte erst, Terroristen als Spitzel anzuwerben. Doch Paul Bremer, der Verwalter im Irak, forderte, die CIA müsste alle Möglichkeiten erhalten. Darum hat Bin Laden auf

Bremers Ergreifung wohl auch zehn Kilogramm Gold ausgesetzt.«

»Bremer war daran gelegen, eine härtere Gangart einzulegen?«, fragte MacDeath. »Und die Gegner wussten das?«

»Ja. Er wurde ja schon von verschiedenen privaten Sicherheitsdiensten geschützt, der Control Risk Group, DynCorp, Steele Foundation und wie sie alle heißen. Auch alle anderen Eliteeinheiten waren im Irak vertreten: Navy SEALs, Delta Force, Green Berets, Rangers, Marines, SAS-Einheiten und so weiter. Auch wenn George W. Bush eigentlich auf das Öl im Irak scharf war, um unabhängig vom Iran und Russland zu sein, und deswegen all die Kriege ausbrachen. Im Irak war das große Geschäft nach dem Krieg nicht Öl, sondern Sicherheit.«

»Und dann?«

»Dann traf Bremer den Eismann. Und die Story überzeugte ihn so, dass er ihm einen Termin im Pentagon verschaffte.«

»Und was hat der Eismann so Grandioses gemacht? Was war seine Story?«

»Er hat Bremer seine Digitalkamera gezeigt. Mit einem Video, das er bei YouTube gepostet hatte und das mehr als sechshunderttausend Mal angeschaut wurde.«

»Und was war auf diesem Video zu sehen?« Clara ahnte schon jetzt, dass es nichts Angenehmes war.

»Er hat einem Campführer im irakischen Grenzland, der Terroristen für den Einsatz in Europa ausbildete, mit seinem Jeep den Kopf plattgefahren. Den zerplatzten Kopf hat er dann von allen Seiten gefilmt und im Internet gepostet.«

»Wurde der Mann suspendiert?«

»Eben nicht. Dafür hat er viel zu viele Feinde der USA umgebracht.«

»Und was sagte der Eismann nun zum Pentagon?«

»Dass die USA gegen Terroristen kämpfen. Und damit

gegen Psychopathen. Und dass man Psychopathen am besten mit anderen Psychopathen bekämpft.«

»Wie Feuer mit Feuer«, sagte Clara.

»Ja«, sagte Williams, »der Eismann benutzte dazu immer ein Zitat aus Hitlers *Mein Kampf.* ›Denn der Terror, der nach der Macht greift, wird damit immer Erfolg haben, solange sich ihm nicht ein mindestens ebenso starker Terror entgegenstellt‹.«

»Hitler als Bedienungsanleitung«, murmelte MacDeath.

Auch Brooks stand der Mund offen.

»Exakt. Nur dürfe man nicht darauf hoffen, so der Eismann, dass man in seiner Armee schon die vier Prozent Psychopathen oder zwei Prozent aggressiven Psychopathen habe. Man müsse das Ganze organisieren und institutionalisieren.«

Claras Augen weiteten sich. »Also eine Einheit gründen, die nur aus Psychos besteht?«

»Der Eismann würde es so nicht nennen«, entgegnete Williams, »aber genau das hatte er im Sinn, ja. Kriegführung mit durchschlagendem Erfolg. Effektiver und skrupelloser als alle anderen Heeresverbände. Und bei denen keiner weiß, warum das so ist, außer ein paar Eingeweihten.«

Er blickte die anderen an. »Der Eismann nannte es *Unknown Warfare*.«

14.

»Unknown Warfare?«, fragten Clara und MacDeath wie aus einem Munde. Hermann hatte gleich sein Tablet bereit, um den Begriff in der Suchmaske einzugeben.

»Gute Idee«, sagte Williams, an Hermann gewandt. »Schauen Sie mal nach.«

»Bin gerade dabei«, sagte Hermann. Dann stutzte er. »Also, was habe ich hier ... Experimental Warfare. Das ist es wohl nicht. Dann gibt es hier offenbar noch ein Computerspiel, das so heißt. Dann noch ein Link, der nicht funktioniert oder vielleicht nur im Hidden Web sichtbar ist. Dann noch Unknown Precept, und dann kommt auch schon Unseen Warfare.« Er schüttelte den Kopf. »Nichts.«

»Ist es nicht seltsam, wenn man einen Begriff nicht mal bei Google findet?«, sagte Williams. Er sah aus, als hätte er genau das erwartet. »Bei Google! Wo man doch sonst alles findet. Da gibt es nur zwei mögliche Erklärungen.«

»Vielleicht existiert Unknown Warfare gar nicht«, meinte Clara.

»Doch, es existiert«, sagte Williams. »Warum findet man es dann nicht? Ganz einfach. Man möchte nicht, dass irgendjemand davon erfährt.« Er zeigte auf das Tablet. »Deshalb findet selbst Google nichts. Weil das Pentagon Einträge darüber sperrt.«

»Unknown Warfare ist die Idee von dem sogenannten Eismann?« Clara war auf die Vorderkante ihres Stuhls gerutscht.

»Ja. Der Eismann hat dem Pentagon vorgeschlagen, Psychopathen mit Psychopathen zu bekämpfen. Daraufhin wurden unter dem Namen Unknown Warfare spezielle Einheiten aus

Psychos und Serienmördern gebildet, die zum Teil direkt aus der Psychiatrie unmittelbar an die Front gebracht werden, um auf feindlichem Territorium größtmöglichen Schrecken anzurichten. Das geht so weit, dass einige Täter scheinbar in der Todeszelle hingerichtet werden, in Wirklichkeit aber Richtung Krisengebiete unterwegs sind.« Er machte eine Pause, bevor er weitersprach. »Der Fleischwolf von Florida zum Beispiel. Der Kansas Killer. Und der Maryland Grinder.« Er lehnte sich zurück. »Ich habe lange nicht daran geglaubt, dass es so etwas gibt. Aber ich habe vor einiger Zeit Unterlagen dazu gesehen. Und hier«, er zeigte auf die Ermittlungsakte mit den Fotos zu dem Totenzeichner, »hier könnte es auch der Fall sein. Nur noch schlimmer.«

»Warum sind wir damals nicht auf die Idee gekommen?«, fragte Brooks, an Williams gewandt. »Wusstest du das damals nicht?«

Williams schüttelte den Kopf. »Zu der Zeit wusste ich noch nichts vom Eismann. Damals war der Killer auch nicht für zehn Jahre verschwunden, also stellte sich gar nicht die Frage, wo er steckt.«, sagte er. »Wahrscheinlich wäre ich trotzdem nicht darauf gekommen.«

»Fassen wir zusammen«, sagte Clara. »Dieser Mann ist ein Serienkiller, der dann zum Soldaten gemacht wurde. Und immer, wenn er im Krieg ist, tötet er nicht ...«

»Doch«, ergänzte Brooks. »Er tötet. Allerdings nicht in der zivilisierten Gesellschaft, sondern an der Front.«

»Und genau das hat er während der zehn Jahre getan, als er nicht mehr in Los Angeles war und noch nicht in Berlin?«, fragte MacDeath.

»Das könnte auf jeden Fall die Erklärung sein«, sagte Williams. »Wie gesagt, ich habe selbst lange nicht daran geglaubt. Und damals«, er schaute Brooks an, »haben wir den Zusammenhang zwischen den Schnittwunden und möglichen militärischen Abzeichen nicht in Erwägung gezogen. Wir hatten die Verbindung zum Dritten Reich nicht entdeckt, auf die Hermann gestoßen ist.« Er blickte Hermann an. »Danke, Mann. Bist ›ne coole Socke.«

Herman grinste. »Ich helfe dem FBI doch gern auf die Sprünge.«

»Lass uns ehrlich sein«, sagte Brooks. »Wir haben es damals verpennt. Und wer hat es uns gesagt?« Er zeigte auf Clara, MacDeath und Hermann. »Ihr. Guter Job, Leute. Das kann wirklich der Missing Link sein.«

»Der beste Link, den wir je hatten«, sagte Williams.

Hermann stand auf. »Ich bin gleich wieder da. Vielleicht haben wir schon Ergebnisse von den Kamerabildern.«

»Wie läuft das eigentlich in diesen Einheiten?«, fragte MacDeath, kaum dass Hermann verschwunden war.

Williams faltete die Hände. »Sie sollen den größtmöglichen Schaden anrichten und Furcht und Schrecken verbreiten. Möglichst an Orten, die wichtig sind, an die ein Reporter aber niemals käme. Falls aber doch einmal Bilder von Massakern durchsickern, werden sie einfach als Stammeskrieg oder Ähnliches deklariert. Für die Allgemeinheit oder die Journalisten gibt es diese Einheiten nicht. Und diejenigen, die doch etwas gesehen haben, werden auf Nimmerwiedersehen entsorgt.«

»Bilder von Blut und Terror wären auch nicht besonders imagefördernd«, sagte Clara. »Und diese Psychos kommen direkt aus dem Gefängnis oder der Todeszelle in diese Einheit?«

»Genau weiß ich es nicht«, antwortete Williams, »aber viele von ihnen waren vorher schon einmal in der Armee. Dann geraten sie auf die schiefe Bahn. Und wenn ihr pathopsychologisches Profil so beschaffen ist, dass sie zwar hochgefährlich, aber auch hochdiszipliniert sind, kommen sie an die Front.«

»Und wenn sie dort ausrasten? Amok laufen? Ihre eigenen Leute umbringen?«

»Darauf folgt die sofortige Erschießung. Die Militärpolizei legt großen Wert darauf. Meistens jedenfalls.« Er zuckte die Schultern. »Es kommt ja immer wieder vor, dass Soldaten durch Friendly Fire ums Leben kommen, durch Beschuss aus den eigenen Reihen. Durch einen Anfänger beispielsweise, der sich nicht traut, andere zu erschießen, und der stattdessen versehentlich auf die eigenen Leute feuert, *wenn* er denn mal schießt. Oder durch einen Unknown-Warfare-Psychopathen, der vielleicht mal einen eigenen Mann umlegt, dafür aber auch hundert Feinde. Je höher der Deckungsbeitrag eines solches Kämpfers, desto mehr eigene Leute darf er umbringen, bevor es Konsequenzen hat.« Er faltete die Hände. »Das ist wieder die ganz einfache Deckungsbeitrag-Logik des Pentagons.«

»Diese Typen, fühlen die sich wohl in der Einheit?« Das war MacDeath.

Williams nickte. »Das kann man wohl sagen. Sie können sich austoben, wie sie wollen. Die Kerle verdienen gut sechsstellig im Jahr, viel mehr noch als die Leute bei privaten Söldnertruppen. Und mehr als andere Söldner sowieso, die teilweise für dreihundert Dollar am Tag ihren Arsch hinhalten, und dann auch nur für Einsatztage.«

»Und keine schlechte Presse?«, fragte MacDeath.

»Nein. Wie auch? Die gehören ja offiziell gar nicht zur Armee. Während reguläre amerikanische Soldaten für Mord und Folterungen strafrechtlich verfolgt werden, gilt das für diese Einheiten nicht. Das Versteck von Bin Laden hat wohl auch einer von denen durch ziemlich heftige Folterungen von Al-Qaida-Mitgliedern herausgefunden. Ich habe mal Fotos von Al-Qaida-Leuten gesehen, denen jemand so lange die Gesichtshaut abgezogen hat, bis sie die Information ausgespuckt haben. Aber das ist natürlich alles nicht offiziell.«

»Im Krieg gibt es keine Gesetze«, sagte MacDeath, dem der Schock ins Gesicht geschrieben stand.

»Angeblich legen alle einen Treueid auf die amerikanische Verfassung ab«, fuhr Williams fort, »aber was heißt das schon. Fakt ist jedenfalls, dass private Streitkräfte oder Söldner es erleichtern, Kriege anzuzetteln. Das war im Alten Rom schon so, wo am Ende fast die Hälfte des Heeres aus Söldnern bestand.«

Er blickte zur Tür. Hermann kam zurück ins Zimmer.

»Bisher haben wir nichts«, verkündete er. »Wir haben die Kamerabilder durch den Großrechner der Einwohnermeldeämter gejagt, leider ohne Ergebnis. Wenn er also irgendwo hier ist, muss ein Sperrvermerk in seiner Akte sein.«

»Solange wir keinen Namen haben«, murmelte Brooks, »werden wir nie wissen, in welcher Einheit er ist.«

Clara sah Williams an. »Wenn wir die DNA des Täters irgendwie seiner früheren Tätigkeit in der Einheit zuordnen können, vielleicht ist es dann möglich, ihn von dort aus zu finden.«

Williams dachte nach. »Dabei müssen wir nur vorsichtig sein«, sagte er schließlich. »Denn diejenigen, die etwas darüber wissen könnten, sind zugleich diejenigen, die wenig Interesse haben, dass jemand davon erfährt. Selbst uns vom FBI oder LAPD werden solche Informationen vorenthalten. Dem LKA und BKA in Deutschland erst recht. Welche Regierung wäscht schon gerne schmutzige Wäsche in der Öffentlichkeit?«

»Wer könnte denn etwas darüber wissen?«

Wieder schwieg Williams eine Zeit lang, als würde noch eine weitere verbotene Information in ihm gären. »Mein Neffe zum Beispiel«, sagte er dann und kniff die Lippen zusammen, als hätte er Zweifel, dass dieser Weg der richtige war.

»Wo ist denn Ihr Neffe?«

»In Langley.«

»Langley?«, fragte MacDeath. »Da sitzt doch die ...«

»Richtig. Die Central Intelligence Agency«, ergänzte Williams. »Die CIA.«

15.

Winterfeld hörte sich die Story über die Unknown-Warfare-Truppe mit wachsendem Interesse an, während er die Beine übereinandergeschlagen hatte und bedächtig einen Plastik-Kaffeebecher zusammendrückte, wieder und wieder, als würde er ein Blutdruckmessgerät bedienen. Zwischendurch spähte er auf seine Zigarillos, war aber diszipliniert genug, die Geschichte ohne Raucherpause zu Ende zu hören.

»Da gibt es also eine Einheit, die aus Psychopathen besteht, die dann beim Gegner so richtig aufräumen?«, fragte er, legte den Kaffeebecher weg und drehte an seinem Kugelschreiber herum. »Und unser Killer, der Totenzeichner, war zehn Jahre von der Bildfläche verschwunden, weil er in dieser Einheit herumgefuhrwerkt hat?«

»Das vermuten wir«, sagte Williams. »Wir würden dazu gerne ein paar Informationen einholen.«

»Gar nicht so blöd, die Sache mit der Unknown Warfare«, meinte Winterfeld, »die Gefängnisse sind leer, der Abschaum aus dem Land, die Gegner tot. Ihr Amis seid da wenigstens pragmatisch. Wir Deutschen sind ja zu blöd für so was.«

Clara verdrehte die Augen.

»Und was möchtet ihr nun gerne machen?«, wollte Winterfeld wissen.

»Ted Williams' Neffe arbeitet beim CIA«, sagte Clara. »Über ihn könnten wir möglicherweise herausfinden, ob der Killer – wer immer er sein mag – irgendwo in Berlin gemeldet ist. Wir haben zwar die DNA, aber leider keine Personendaten dazu. Und das Auto von dem Kerl finden wir auch nicht.«

»Na«, sagte Winterfeld und blickte Williams an, »wen Sie so alles kennen! Wollen Sie nicht hierbleiben? Hier beim LKA, meine ich?«

Williams lächelte.

»Dabei müssen wir nur ein bisschen vorsichtig sein«, ergänzte Clara. »Die Nachfrage darf beim CIA keine allzu großen Kreise ziehen. Sonst könnte es passieren, dass sie uns absichtlich mit falschen Informationen füttern, damit die Sache weiterhin unter Verschluss bleibt.«

»Oder sie liefern uns gar keine Infos«, ergänzte Williams.

»Schon klar.« Winterfeld stand auf. »Ist hier beim BKA und BND nicht anders. Steht ja schon in der Bibel: Unwissen ist ein Segen.«

»Der Baum der Erkenntnis ist nicht der Baum des Lebens«, sagte MacDeath.

Winterfeld schaute Clara und Williams an. »Okay, dann mal los. Von mir aus fragt den Neffen bei der CIA. Vorsichtig werdet ihr das ja wohl anstellen.«

»Und Bellmann?«, fragte Clara.

»Bellmann?«, fragte Winterfeld zurück. »Ihr wollt offiziell eine Anfrage stellen, ob das LKA die CIA in die Ermittlungen einbeziehen darf? Sorry, aber bis das durch ist, ist der Killer längst in seinem nächsten Krisengebiet und damit über alle Berge. Abgesehen davon wird die Antwort Nein lauten. Da könntet ihr genauso gut eine Anfrage an den Vatikan stellen, ob ihr im Petersdom eine Schwarze Messe feiern dürft.«

»Wunderbar«, sagte Williams, »der kurze Dienstweg.« Er schaute auf die Uhr. »Sechs Stunden Zeitdifferenz. Ich rufe meinen Neffen an. Er müsste jetzt im Büro sein.«

Sie verließen Winterfelds Büro.

»Einen Moment noch, Señora«, sagte Winterfeld, als Clara hinter Williams und MacDeath den Raum verlassen wollte. »Sie kennen doch noch Erich Weber?«

»Den vom BKA?« Clara schloss die Tür hinter sich. »Hat der uns nicht im Fall Franco Gayo geholfen? Mit diesem Menschenhändlerring, der Waisenkinder in Pädophilennetzwerke eingeschleust hat?«

»Ganz genau. Er ist nicht mehr beim BKA, aber immer noch gut verdrahtet mit den Leuten dort. Er ist eine Art Berater.«

»So ähnlich wie Williams bei der FBI Academy?«

»So ähnlich.«

»Und?«

»Weber ist noch in Berlin. Ich habe ja erst am Montag einen Kaffee mit ihm getrunken. Wir sollten Weber parallel zur Anfrage bei der CIA hinzuziehen«, fuhr Winterfeld fort. »Es könnte sein, dass er an ein paar Daten herankommt, die wir sonst nicht bekommen.«

»Und welche?«

»Nun ja, wenn dieser Killer wirklich in irgendeiner amerikanischen Eliteeinheit war oder ist und wenn er sich zudem hier in Berlin aufhält, kann es doch gut sein, dass er hier irgendwo wohnt. Und zwar nicht in einer Studenten-WG in Neukölln, sondern auf einem ehemaligen Truppenstützpunkt.«

»Sind die mittlerweile nicht alle unbesetzt?«

»Offiziell ja. Inoffiziell ... Das soll halt Erich Weber herausfinden.«

»Dann rufen Sie ihn gleich an?«

»Mach ich. Und Sie berichten mir, was die CIA sagt.«

»Klingt nach einem Plan.«

16.

Lance Williams blickte vom Hauptquartier der CIA auf die grünen Hügel, über denen bereits der erste Hauch des Herbstes lag. Der Spätsommer in New England war wunderschön und melancholisch zugleich. Die Bäume reckten ihre goldenen Kronen in den Himmel, als würden sie noch den Sommer genießen, aber schon die kalte Brise des Winters erwarten. Die Ostküste der Vereinigten Staaten bestach durch wundervolle, malerische Landschaften. Gleichzeitig waren hier die meisten Institutionen der Weltmacht vereint: die CIA, die NSA, die FBI Academy, der Regierungssitz in Washington. Hier gab es die Eliteuniversitäten Harvard und Princeton, hier gab es Boston, die größte Stadt in New England und eines der kulturellen Zentren der USA, und hier gab es New York, die Hauptstadt des Kapitals und die größte Stadt der USA.

Lance Williams arbeitete in der Abteilung für globale Risiken, die sich mit unkontrollierten Kernwaffen, Terrorismus, islamischem Fundamentalismus, Unterstützung militärischer Operationen, Makroökonomie, Iran, Irak, Nordkorea, Russland und China befasste. Die Themen waren so zahlreich wie die Krisenherde, die weltweit immer häufiger aufflammten, denn wie bei der Hydra, dem mystischen Ungeheuer aus der griechischen Antike, wuchsen zwei Köpfe nach, wenn man einen abschlug.

Vor Lance Williams lag ein Bericht über die aktuelle internationale Sicherheitslage. Es sah miserabel aus. In diesem Jahr, musste Lance zugeben, war die Lage so bedrohlich wie nie zuvor.

Die USA verstehen sich sehr gut darauf, ging es Williams durch den Kopf, *ihre eigenen Frankensteinmonster zu züchten, die ihnen später das Leben schwermachen.*

So hatten die USA beispielsweise die Mudschaheddin unterstützt, damit sie in Afghanistan gegen die Sowjets kämpfen konnten.

Afghanistan. Der Rohstoffreichtum dieses Landes hatte zu zahlreichen Kriegen geführt, die diesen zerklüfteten Berg- und Wüstenstaat zerrissen hatten. Selbst die Nazis hatten Mitte des vorigen Jahrhunderts Afghanistan wegen der Rohstoffe ins Auge gefasst und dort große Summen für den Abbau investiert. Es war die Geburtsstunde der deutschen Entwicklungshilfe gewesen, aber das wusste selbst in Deutschland kaum jemand.

Und dann Tora Bora, die berühmt-berüchtigte Festung. Mit amerikanischer Hilfe tief in den Berg gebaut, um den Mudschaheddin im Kampf gegen die Russen zu helfen. Mit dem Erfolg, dass die Amerikaner schließlich ihr eigenes Höhlensystem bekämpfen mussten – ein Labyrinth, das sie selbst konstruiert hatten. Schon wieder ein Frankensteinmonster. Wie viele Elitetruppen für die Erstürmung von Tora Bora verschlissen wurden, darüber mochte Lance gar nicht nachdenken. *Wahrscheinlich*, überlegte er, *wäre es besser gewesen, man hätte über den Einsatz einer taktischen Atombombe nachgedacht.*

Der zweite Rambo-Film war noch »dem tapferen Volk von Afghanistan« gewidmet. Dann waren aus den Mudschaheddin die Taliban geworden, die Lager eröffnet hatten, in denen Selbstmordattentäter ausgebildet wurden, zu denen später jene Fanatiker gehörten, die die Linienmaschinen in die Türme des World Trade Centers gelenkt hatten. Der Krieg, den die Amerikaner so gerne auslagerten, war zu Hause angekommen.

Dann war da noch der Irak mit den schiitischen und sunnitischen Extremisten, die Saddam Hussein mit eiserner Faust zusammengehalten hatte. Bis die Amerikaner den Irak besiegten und Saddams Herrschaft ein Ende setzten. Aber sie hatten nur eine Schlacht gewonnen, nicht den Krieg. Schon General von Clausewitz hatte gewusst, dass die Frage, was nach dem Sieg kam, genau so wichtig war wie die Frage nach dem Sieg selbst. In dem Vakuum, das Saddam hinterließ, waren neue Splittergruppen entstanden. Eine dieser Gruppen gehörte einst zu al-Qaida, bis al-Qaida ihr nicht mehr radikal genug war, sodass sie sich in eine noch gefährlichere, noch fanatischere Gruppe von Extremisten verwandelte, die sich zunächst den Namen ISIS gaben – Islamischer Staat im Irak und Syrien – und später den Namen IS annahmen, Islamischer Staat, um den globalen Anstrich ihrer Operation zu verdeutlichen. Sie waren schnell, sie waren zielgerichtet. Sie hatten Waffen, die sie dem irakischen Staat gestohlen hatten und die der Irak einst von den Amerikanern für seinen Krieg gegen den Iran bekommen hatte, sodass Uncle Sam mal wieder, wie so oft, mehr oder weniger gegen sich selbst kämpfte.

Und vor allem: Der Islamische Staat hatte Geld aus Ölverkäufen – Öl, das sie für Schleuderpreise an dubiose Zwischenhändler verkauften, die dafür sorgten, dass das Öl mit gefälschten Rechnungen, Exportlizenzen und Bescheinigungen zu den großen Konzernen gelangte, sodass Abermillionen Autofahrer in der westlichen Welt – auch der amerikanische Autofahrer – am Ende die Expansion des Islamischen Staates mit ihrem Portemonnaie an den Tankstellen unterstützten.

Die Welt war krank und pervers. Sie war es, und sie blieb es. Was das anging, änderte sich nichts, außer dass es vielleicht immer unübersichtlicher wurde.

Lance ließ den Blick über die traumhaft schöne Landschaft schweifen, um dann wieder in den Bericht zu schauen, der auch den Sudan behandelte. Er, Lance, war im Sudan gewesen, der ein internationaler Sammelplatz für Terroristen geworden war; daran hatte auch die Unabhängigkeit vom Südsudan im Jahre 2011 nichts geändert. Ein schwerreicher saudischer Mann aus gutem Hause hatte vor mehreren Jahren von dort aus islamistische Terroristen finanziert. CIA-Agenten hatten von Khartum aus beobachtet, wie der reiche Saudi ein internationales Netzwerk aufbaute, bevor er nach Afghanistan ging, von wo aus er dann die Flugzeuge in die Tower des World Trade Centers steuern ließ. Es dauerte ganze zehn Jahre, vom elften September 2001 bis zum zweiten Mai 2011, bis es der CIA endlich gelungen war, Osama Bin Laden zu finden und zu töten.

Der Befehl an die Antiterrortruppe aus Green Berets, die in den pakistanischen Luftraum eindrangen und Bin Laden in dem verborgenen Haus in der Nähe von Abbottabad erschossen, war kurz gewesen: *Bringt uns Bin Ladens Kopf auf einem Tablett.* Ein Tablett war es nicht geworden, dafür hatte man die Hinrichtung live ins Weiße Haus übertragen.

Je höher man in der Hierarchie stand, desto exquisiter war nun einmal der Stoff, den man zu sehen bekam. Der Malocher in Iowa sah am Sonntag die Footballspiele live, der Präsident der Vereinigten Staaten sah live die Hinrichtung von Osama bin Laden.

Dabei hatte die Agency viele Fehler gemacht. George Tenet, der im Juli 1997 der achtzehnte Direktor der CIA geworden war und dem es später oblag, den Krieg gegen den Terror als Geheimdienstoperation zu unterstützen, hatte ein schlimmes Imageproblem: Ständig wurde er gefragt, wie es passieren konnte, dass Terroristen zwei Wolkenkratzer mitten in New York zum Einsturz brachten, und *niemand* hatte vorher etwas davon mitbekommen. Es wurde sogar der Vorwurf erhoben, die CIA hätte die Anschläge selbst verübt, um den USA einen Grund zu liefern, im Nahen Osten zuzuschlagen. Anders sei es ja wohl nicht zu erklären, weshalb ein so mächtiger Geheimdienst nicht von einem Vorhaben wie den Terroranschlägen vom elften September Wind bekommen hatte.

Die Gründe für das Versagen lagen aber nicht nur in der schlampigen Analyse der Vorkommnisse vor 9/11. Die Gründe lagen tiefer. Die meisten fähigen CIA-Mitarbeiter waren alt und grau oder tot und begraben, und nun fand die CIA keine guten Leute mehr. Doch die Agency, wie die CIA auch genannt wird, brauchte außergewöhnliche Mitarbeiter, um außergewöhnliche Probleme zu lösen. Mitunter aber wurden Leute allein deshalb abgelehnt, weil sie nicht gut genug Englisch sprachen.

»Das darf nicht wahr sein!«, hatte Tenet damals getobt. »Ich habe Tausende, die fließend Englisch sprechen, aber niemanden, der Koreanisch spricht.«

Das hatte sich ein wenig geändert. Durch Kultserien wie *Homeland* war die CIA wieder irgendwie cool geworden. Auch wenn der normale Bürger sich noch immer fragte, wie ein Geheimdienst, der so gut finanziert wurde, bedeutsame Dinge schlichtweg übersehen konnte. Sechshundert Milliarden Dollar betrug das jährliche Budget des Pentagons; etwas weniger als zehn Prozent davon bekam die CIA. Fünfzig Milliarden Dollar jährlich. Aber Geld allein war nicht ausschlaggebend. Mit Geld konnte man vieles bewegen, aber nicht alles. Denn der Wille war stärker als Geld. Der Wille zum Beispiel, einem Journalisten vor laufender Kamera den Kopf abzuschneiden. Dafür brauchte man nicht viel, auch nicht viel Geld. Nur ein Messer und ein Smartphone. Und den Willen, es zu tun, um dadurch Panik zu verbreiten. Das zeigen heutzutage Truppen wie der Islamische Staat in beängstigender Deutlichkeit.

Bei seiner Amtsübernahme hatte Bill Clinton zu George W. Bush gesagt: »Bin Laden ist für Sie die größte Gefahr.«

Bush schwor, diesen Satz nie gehört zu haben.

17.

Lance Williams wurde aus seinen Gedanken gerissen, als sein Telefon klingelte.

Er schaute aufs Display. Es schien eine deutsche Nummer zu sein.

Lance zuckte die Schultern, hob den Hörer ab und nahm das Gespräch an.

»Guten Morgen, Lance«, sagte die Stimme am anderen Ende.

»Ted? Bist du das?« Lance erkannte die tiefe Stimme seines Onkels sofort.

»Ja, hier ist Ted. Onkel Ted.«

»Bist du in Deutschland?« Lance war nicht sicher, ob er die Ländervorwahl richtig erkannt hatte.

»Ich bin in Berlin, ja. Beim Landeskriminalamt.«

»Und was machst du da?«

»Kannst du ungestört reden?«

»Einen Augenblick.«

Lance legte den Hörer neben den Apparat und schloss die Tür zu seinem Büro. »Okay, schieß los.«

»Erinnerst du dich noch an 2006? Da hatten wir diese Studie zu den Serienkillern an der FBI Academy. Und du warst damals in Quantico dabei.«

»Ja. War sehr interessant.«

»Fand ich auch. Zwei Jahre vorher haben wir in Los Angeles diesen Angel of Death gejagt, gemeinsam mit dem LAPD. Du weißt schon, der Kerl, der seinen Opfern die Herzen herausgeschnitten hat.«

»Ich kann mich erinnern. Ziemlich primitiv und archaisch, das Ganze«, erwiderte Lance.

»Und hier schließt sich der Kreis«, sagte Williams geheimnisvoll. »Denn der Killer von damals ist wieder aufgetaucht. In Berlin. Und er reißt seinen Opfern wieder die Herzen raus.« Williams erklärte seinem Neffen den Zusammenhang und fragte dann: »Könnte das mit Unknown Warfare zusammenhängen? Was meinst du?«

Lance schwieg eine Zeit lang. »Was ich dir jetzt anvertraue«, sagte er und blickte aus dem Fenster in die Ferne, »hast du nie von mir gehört, okay?«

»Ich habe kein Wort von dir gehört«, sagte Williams und kniff ein Auge zu, obwohl sein Neffe ihn nicht sehen konnte.

»Kurz nach den Anschlägen auf das World Trade Center gab es einige Richtungswechsel aufgrund einer streng geheimen Direktive, die Bush und Cheney durchgesetzt hatten und die es ermöglichte, im Krieg gegen den Terror Verdächtige zu jagen, zu inhaftieren, zu foltern und zu töten. Lager wurden eröffnet. In Guantanamo, in Afghanistan, aber auch in Thailand und Polen. Hauptsache, es war nicht auf amerikanischem Boden.«

»Willst du auf die Verhöre und die Folterungen hinaus? Das Waterboarding und so weiter?«, fragte Williams.

»Richtig«, sagte Lance.

»Wie steht es dabei mit geheimen Einheiten, die in Kriegsge bieten tätig sind? Die Story mit dem Eismann stimmt doch, oder?«

Lance schnaubte. »Wir standen unter Druck«, sagte er. »Angesichts der vielen privaten Söldnerarmeen brauchten auch wir eine eigene Einheit, um eigene Erfolge vorweisen zu können. Die Privatunternehmen wilderten innerhalb der CIA und warben Leute ab. Selbst in der Cafeteria des CIA klebten sie Jobangebote ans Schwarze Brett, meist mit dem doppelten Gehalt von dem, was ein normaler Agent in der Agency verdiente. So ging das nicht weiter. Wir haben uns dann etwas ausgedacht und dabei in einer streng geheimen Aktion mit dem FBI und einigen Kliniken zusammengearbeitet.«

»Der Eismann?«, bohrte Williams nach.

»Wenn du ihn so nennen willst.« Lance versuchte, nicht zu viel zu sagen, seinem Onkel aber dennoch die Informationen zu geben, deren Weitergabe er gerade noch vertreten konnte.

»Unknown Warfare?« Williams ließ nicht locker.

»Ja. So wurde es damals genannt. Es klang hinreichend diffus. Keiner wusste, was es sein sollte, was ja auch beabsichtigt war. Schließlich haben wir Leute auf der Gehaltsliste, um den privaten Söldnertruppen Paroli bieten zu können. Und den Feinden des Westens erst recht.« Lance machte eine Pause, dann wechselte er das Thema. »Dieser Killer, den ihr schon damals in L. A. gejagt habt ... was macht er jetzt in Berlin?«

»Er tötet Männer. Körperlich sehr kräftige Männer. Das verschafft ihm offenbar einen Kick.«

»Und wie kann ich dir helfen?«, fragte Lance.

»Wir schicken dir gleich das DNA-Profil dieses Killers«, erwiderte Williams. »Könntest du überprüfen, ob das DNA-Profil irgendeiner Person oder irgendeiner Einheit zuzuordnen ist?«

»Ihr habt die DNA, aber keine Personendaten?«

»So ist es.«

»Habt ihr übers FBI denn nichts gefunden?«

»Gar nichts. Als wäre dieser Mann von der Bildfläche verschwunden. Und solange wir nur die DNA haben, kommen wir keinen Schritt weiter.«

»Gab es damals auch nichts? Vor zehn Jahren, meine ich.«

»Nein. Auch 2004 hatten wir keine Akte. Nur die DNA. Wir wussten auch nach seinem letzten Mord in Los Angeles nicht, wer er war. Wir dachten damals, er wäre tot.«

»Was er offenbar nicht war«, kommentierte Lance.

»Und was er nicht ist. Sonst würde er nicht weiter morden und an den Tatorten seine DNA hinterlassen.«

»Ziemlich unvorsichtig.«

»Er kann es sich offenbar leisten. Wenn es keine Akten über ihn gibt. Nirgendwo.« Lance hörte, wie Williams am anderen Ende mit Papier raschelte. »Es ist ein bisschen so, als ob …«

»Als wäre er immer auf der Durchreise?«, beendete Lance den Satz. »Zurück zu seiner Einheit?«

»Wer weiß. Also«, schloss Williams die Unterhaltung, »ich schicke dir das DNA-Profil, und du schaust nach, wenn es dir keine Schwierigkeiten macht. Vielleicht gibt es ja eine Akte, die nur die CIA hat.«

»Okay«, sagte Lance. »Ich werde sehen, was ich tun kann.«

Nach einer halben Stunde blickte Williams auf die Papiere, die gerade aus dem Faxgerät kamen.

Und ihm war, als hätte er ein Gespenst gesehen.

18.

Williams kam zurück in den großen Meetingraum des LKA, der mittlerweile eine Art Kommandozentrale geworden war.

»Wir haben etwas bekommen«, sagte er. »Es gibt da eine Einheit, die sich Angels of Death nannte.«

»Die Todesengel?«

»Genau. Die ersten Planungen für diese Einheit gehen allerdings fast zwanzig Jahre zurück. Offenbar plante man bereits 1995 die Einrichtung einiger Unknown-Warfare-Truppen. Damals gab es Warnungen vor Anschlägen aus dem CIA-Büro im Sudan. Richard Clarke von der Antiterrorabteilung machte Druck und erklärte, man könne nicht mit normalen Mitteln gegen Terroristen vorgehen, doch er wurde überhört.« Williams schaute auf die Papiere. »Damals gab es halt noch keinen elften September. Und es gab noch nicht den Eismann.«

»Hat der Eismann unseren Killer gekannt?«

Williams zuckte die Schultern. »Möglich. Aber unser Kontakt kann nichts darüber herausfinden. Jedenfalls nicht, ohne sich selbst in Gefahr zu bringen und unsere Sache auffliegen zu lassen.«

»Was gibt es noch über diese Todesengel-Einheit?«, fragte Clara.

»Wie ich bereits sagte, wurde die Einheit offenbar zuerst im Sudan eingesetzt. Im sudanischen Darfur, um genau zu sein. Es ging um Öl.«

»Und damit um Geld«, sagte Clara.

»So ist es«, erwiderte Williams.

»Hat der Sudan große Ölvorräte?«, fragte MacDeath.

»In den Unterlagen der CIA steht, dass es bis zu 1,6 Milliarden Barrel sind. Was die weltweiten Ölreserven angeht, steht Sudan auf Platz fünfunddreißig.«

Williams breitete eine Karte auf dem Tisch aus.

»Und?« Clara sah nicht, was das Öl im Sudan mit dem Killer zu tun hatte.

»Es ging bei dem Streit um das Öl zugleich um kriegerische Auseinandersetzungen«, entgegnete Williams. »Kriege zwischen Muslimen und Christen, Süd gegen Nord. Es gibt muslimische Warlords, die einen Teil der Ölraffinerien kontrollieren, und es gibt rechtsgerichtete Christen, die die muslimische Minderheit im Süden auslöschen wollen. Aus alldem entwickelt sich Hass, der beste Nährboden für Terrorismus. Und den will man bekämpfen.«

»Und deshalb hat man Elitetruppen dorthin geschickt?«, fragte Clara.

»Es ging um Geschwindigkeit, nicht wahr?«, meldete Brooks sich zu Wort.

»Geschwindigkeit und Skrupellosigkeit, ja.« Williams nickte. »Man sagte damals, man brauche schnellere Truppen als die UN oder die NATO.«

»NATO«, sagte Brooks abschätzig. »No Action, Talk Only.«

»So war es auch. UN- und NATO-Einsatzkräfte galten und gelten als mittelmäßig und unmotiviert. Leute, die sofort nach Waffenruhe schreien, sobald von denen mal jemand stirbt.« Er schaute wieder auf die Landkarte, bevor er weitersprach. »Seit 2011 sind der Sudan und der Südsudan zwei Staaten, aber sie befinden sich nach wie vor im Krieg. So geht es seit Jahrzehnten. Der erste sudanesische Bürgerkrieg begann 1962, der zweite 1983. Erst 2003 gab es eine Waffenruhe, die bis 2004 dauerte. Manche sagen, länger als je zuvor. Und stellen wir uns mal die ehrliche Frage: Welche UNO-Friedensmission war denn erfolgreich? Ruanda 1994? Kosovo? Und jetzt Sudan? Meist ist erst Ruhe, wenn US-Elitetruppen eingreifen. Und zwar *wirklich* eingreifen, nicht nur mit Blauhelmen kommen und Dixi-Klos aufstellen. Und selbst diese Elitetruppen hinterlassen oft genug nur halb fertige Arbeit, weil sie nicht mehr tun *dürfen.*« Er machte eine Pause. »Vielleicht hilft es manchmal wirklich nur, die Aggressoren so schnell und rücksichtslos auszuschalten, wie es nur geht.«

»Die Theorie vom Terror, der nur von gleich großem oder größerem Terror aufgehalten werden kann?«, fragte MacDeath.

Williams nickte.

»Waren diese Angels of Death denn nur wegen des Öls im Sudan?«, fragte Clara.

»Offenbar auch wegen des aufkeimenden Terrorismus. Bin Laden hatte dort ja schon länger eine Keimzelle. Zuerst wurde eine Armee von Executive Outcomes dorthin geschickt, einem privaten Sicherheits- und Militärunternehmen. Doch es wurde schnell deutlich, dass man härtere Kaliber brauchte.«

»Woher wissen wir denn, dass es wirklich der Totenzeichner mit seiner Truppe war?«

»Dazu komme ich jetzt.« Williams zeigte auf die Bilder von Leichen auf dem Fax. Wegen der Fax-Übertragung waren die Bilder nicht besonders deutlich, aber das Wesentliche war deutlich genug. »Das sind Fotos aus Darfur. Die hier sind aus Khartum und die hier aus Juba, der Hauptstadt von Südsudan.«

Auf den Schwarz-Weiß-Fotos waren verstümmelte Leichen zu sehen, der Brustkorb aufgeschlitzt, die Körper voller Wunden und Einschusslöcher. Dort, wo das Herz gewesen war, klaffte ein schwarzes Loch. Die Leichen verdorrten in der Sonne, und der trockene Wüstenboden war voller Blut.

Aber da war noch mehr. Clara kniff blinzelnd die Augen zusammen.

Dann sah sie es.
Das Zeichen.

Λ

Die Pfeilrune.

»Das ist sie!«, stieß Clara aufgeregt hervor. »Die Rune!«

»Offenbar dachte man zuerst, es wären Islamisten gewesen, die ihren Opfern die Herzen herausgeschnitten haben«, sagte Williams, »aber diese Rune ist ungewöhnlich. Und es besteht kein erkennbarer Zusammenhang mit dem Islam. Die Rune musste also von jemand anderem stammen.«

»Das ist die Pfeilrune«, murmelte Clara noch einmal.

»Ja«, sagte Brooks. »Entweder auf dem Arm oder auf der Brust.«

MacDeath starrte auf die Karten. »Nur im Sudan? Oder waren sie noch woanders?«

»Im Irak gab es sie auch. In Falludscha und Abu Ghraib. Auch davon gibt es Fotos.« Williams kniff ein Auge zu. »Die wir natürlich offiziell nie gesehen haben. Sonst kriegt mein Neffe Ärger. Und zwar gewaltig.«

»Als Beweismittel würden diese Fotos ohnehin nicht taugen«, sagte Clara. »Aber das waren die Einsatzorte? Sudan und Irak?«

»Sudan, Irak, und dann Somalia. Die Einwohner dort haben kaum eine Wahl zwischen Fische fangen und Piraterie, also werden sie Piraten und versetzen die gesamte internationale Schifffahrt in Angst und Schrecken. Deshalb will man sie ausschalten. Dann kamen Pakistan hinzu, Afghanistan und manchmal auch Kongo. Aber das Schlimmste kommt jetzt.«

»Ich kann es mir denken«, murmelte MacDeath.

»Du denkst wohl richtig«, sagte Williams, »denn aktuell haben wir die IS in Tikrit im Irak. Sie walzen nicht nur alles nieder und enthaupten vor laufenden Kameras alle, die anders denken als sie. Sie versprechen nicht nur den Attentätern Jungfrauen im Paradies, sie verheiraten Terroristen auch mit jungen Frauen aus armen Regionen Afrikas. ›Sex Dschihad‹ nennt man das. Viele von diesen Terroristen kommen mit deutschem Pass aus Syrien nach Deutschland, um hier Terroranschläge durchzuführen. Sind diese Typen erst im Schengen-Raum, ist es zu spät. Und ihr Deutschen«, Williams setzte ein mitleidiges Gesicht auf, »scheint dabei ziemlich tief und fest zu pennen.«

Clara seufzte. »Ich fürchte, das stimmt.« Sie schaute auf die Papiere. »Hier steht, dass die Angels of Death auch die Peschmerga unterstützt haben, die Eliteeinheiten der Kurden.«

»Scheint so«, sagte Williams. »Die IS-Leute schicken Selbstmordattentäter vor, um die Feinde zu demoralisieren, bevor die richtigen Truppen kommen. Die Angels of Death sind die Vorhut der Gegenseite. Die räumen so brutal auf, dass manche sich schon nicht mehr trauen, als Terroristen nach Syrien auszuwandern.«

»Dann sind diese Eliteeinheiten, diese Angels of Death, sozusagen Präventivschläge?«

»Ja«, sagte Williams. »Sie warten nicht erst, bis die Terroristen als Heimkehrer wieder im Westen sind. Sie bringen die Kerle gleich vor Ort um. Vorher foltern sie die Terroristen noch, um möglichst viel über verdeckte Waffendepots und Einsatzpläne herauszubekommen.«

»Könnte es dann nicht sein, dass unser Killer bald wieder einberufen wird?«, fragte MacDeath.

Auf Williams' Stirn war eine steile Falte, als wäre der Gedanke auch ihm gekommen. »Wenn unser Killer wirklich in einer solchen Einheit ist, kann das durchaus sein. Deshalb müssen wir uns beeilen.« Er zog ein weiteres Foto hervor, einen Fax-Druck, der eher an ein expressionistisches Porträt erinnerte, als dass er wie ein Schwarz-Weiß-Foto aussah. Darauf waren die Umrisse einer riesigen Gestalt auf einer Düne vor der untergehenden Sonne zu sehen. In der Hand ein riesiges Gewehr. Die Gestalt stand auf einem kleinen Berg aus undefinierbaren Gegenständen. Erst beim näheren Hinsehen erkannte Clara, dass es sich bei den »Gegenständen« um Leichen und Leichenteile handelte.

Williams tippte auf das Foto. »In dieser Einheit, den Angels of Death, gab es einen Mann. Er war wütend auf die Armee und seine Auftraggeber im Pentagon und bei der CIA. Deshalb war er auf den Schlachtfeldern umso brutaler.«

»Weshalb war er wütend?«, fragte Clara. Sie konnte sich bereits denken, wer der riesige Kerl auf dem Foto war, der mit den Füßen auf einem Berg aus Leichen stand wie ein triumphierender Kriegsgott.

»Er wollte unbedingt bei der Tötung von Osama bin Laden dabei sein.« Williams runzelte die Stirn. »Damals, am zweiten Mai 2011. Mein Informant sagt, am liebsten hätte er Bin Laden höchstpersönlich das Herz rausgeschnitten.«

»Wie bei den Leichen auf den Fotos im Sudan? Das war immer er? Hat er bei allen Einsätzen den Feinden die Herzen herausgeschnitten?«

»Ja. Und seinen gefallenen Gegnern hat er dieses runenartige Zeichen in die Haut geschnitten.« Williams blickte die Anwesenden der Reihe nach an. »Wisst ihr, wie sie ihn deswegen in der Einheit genannt haben?«

»Wie?«

»Death Designer.«

»Death Designer«, wiederholte Clara. »Totenzeichner.«

19.

Ken Wyatt glaubte seinen Augen nicht zu trauen.

Wyatt war in zwei Welten zu Hause. Wie ein Geist, der zwischen den Sphären schwebte. »The Spectre« nannten sie ihn. Nicht nur wegen seiner blassen Haut und den weißblonden Haaren. Denn wie ein Geist war er nirgends wirklich zu Hause. Er arbeitete beim CIA und arbeitete doch nicht dort. Denn er war der Leiter des National Clandestine Service, kurz NCS, der Koordinierungsstelle für nachrichtendienstliche Informationen. Sozusagen ein Geheimdienst im Geheimdienst. Daher hatte Wyatt auch im Hauptquartier der CIA in Langley ein Büro. Die NCS war eine spezielle Bundesbehörde mit der Aufgabe, die Aktivitäten der anderen Geheimdienste der USA zu koordinieren. Dazu gehörte das FBI, der Diplomatische Sicherheitsdienst, kurz DSS, und viele andere Dienste, von denen die meisten Bürger der Vereinigten Staaten nichts wussten und auch gar nichts zu wissen brauchten. Und die Feinde des Westens erst recht nicht.

Als Chef des NCS war Ken Wyatt gegenüber dem Direktor der CIA verantwortlich, sonst niemandem. Gleichzeitig koordinierte Wyatt die Aktivitäten mit der Defense Intelligence Agency des CIA, kurz DIA, dem Verteidigungsnachrichtendienst. Und wusste damit einiges, was andere nicht wussten und auch nicht wissen sollten. Speziell über das Militär.

Wyatt »The Spectre« sah nicht nur aus wie ein Geist, er konnte auch Dinge wie von Geisterhand verschwinden lassen. Allerdings hoffte er dann auch, dass diese Dinge verschwunden blieben und nicht wieder auftauchten.

Genau deshalb stockte ihm gerade der Atem.

Denn jemand hatte die Dinge, die von Geisterhand verschwunden waren, irgendwie zurück in die stoffliche Welt gebracht.

Jemand hatte getan, was allen verboten war.

Jemand hatte die vertrauliche Akte aus dem Archiv entwendet. Die Akte, die für immer dort bleiben sollte. Die Akte, die es nur in Papierform gab. Die Akte, die niemals digitalisiert worden war, weil sie nicht gesehen und nicht vervielfältigt werden durfte.

Doch was war jetzt geschehen?

Irgendjemand hatte diese Akte entwendet.

Hatte sie studiert.

Dieselbe Person, die Daten verschickt hatte.

Nach Deutschland.

Die Person, die lange Telefonate geführt hatte.

Ebenfalls mit Deutschland.

Die Person, die Informationen weitergegeben hatte, an wen auch immer.

Die IP-Adresse des Empfängers war eine Behörde in Berlin. Von der Telefon- und Faxnummer her war es das LKA in der Bundeshauptstadt.

Und der Absender dieser Information, die niemals jemand zu sehen bekommen sollte, war Lance Williams.

Warum?, fragte sich Wyatt. *Warum müssen immer die Besten die schlimmsten Fehler begehen?*

Er stürmte aus seinem Büro und rannte den Korridor hinunter.

20.

»Der Totenzeichner fühlte sich von der Armee im Stich gelassen?«, fragte MacDeath.

»Er ist ziemlich ausgerastet, weil er bei der Tötung von Bin Laden nicht dabei sein konnte. Aber man sagte, er sei zu unberechenbar für einen solchen Auftrag.« Williams blätterte durch die Papiere. »Darum hat die CIA ihn weit weg von den Einsatzorten verfrachtet. Erst einmal nach Berlin.«

»Was hat er denn vorher gemacht?«

»Offenbar hatte er damit gedroht, seinen eigenen Kommandanten zu erschießen. Man hat ihn vor die Wahl gestellt: Entweder er geht, oder er wird selbst erschossen.«

»Und jetzt ist er hier?«, fragte Clara.

»Sieht ganz so aus«, knurrte Brooks, der abwechselnd auf die Karten von Williams und auf die Tatortfotos blickte.

»Vielleicht an irgendeinen Truppenstützpunkt?« Clara bohrte weiter.

»Möglicherweise.«

»Wir haben die Umrisse auf den Kameraaufnahmen mit infrage kommenden biometrischen Fotos abgeglichen«, sagte Hermann, der schon die ganze Zeit in der Tür gestanden hatte. »Nichts. Wir finden ihn nicht. Entweder gibt es ihn nicht offiziell, oder es ist ein Sperrvermerk eingerichtet worden. In der Datenbank konnten wir kein Gesicht und kein Foto erkennen.« Er kniff Richtung Clara ein Auge zu. Sie beide wussten, dass Winterfeld und Erich Weber bereits versuchten, über die Kameraaufnahmen mit Hilfe der BKA-Datenbank an die Adresse des Killers zu kommen. Doch sie wollten es Williams nicht zu einfach machen und den Druck ein wenig aufrechterhalten. Wenn Williams einen sehr guten Kontakt beim CIA hatte, sollte er ihn nutzen, solange es ging.

»Und Ihr Neffe meint trotzdem, dass er es ist?«

»Ja«, sagte Williams tonlos. »Denn jetzt kommt es: Die DNA, die wir am Tatort gefunden haben, ist auch in der Datenbank der CIA im Zusammenhang mit einer Spezialeinheit gespeichert. Es ist definitiv unser Killer.«

Alle schwiegen.

»Identisch«, murmelte MacDeath schließlich. »Er ist also tatsächlich derjenige, der in einer solchen Einheit kämpft.«

Nun ist es endgültig klar, dachte Clara.

Williams fuhr fort: »Nur wissen wir leider immer noch nicht, wer sich hinter dieser DNA verbirgt. Die Info unterliegt natürlich der höchsten Geheimhaltungsstufe. Mein Neffe versucht gerade ...« Williams wand sich, denn offenbar war das, was sein Neffe tat, nahe am Vorwurf des Landesverrats. »Nun ja, er versucht, die Identität der Person herauszufinden, zu der die DNA gehört. Wenn es bei der CIA überhaupt etwas dazu geben sollte.«

»Darum also!«, stieß Brooks aufgebracht hervor. »Darum haben wir auch über das FBI nie irgendetwas gefunden. Weil es dort gar nichts gab.«

Williams nickte. »Ich fürchte, so ist es. Nicht einmal das FBI konnte die DNA zuordnen.«

»Wobei er in den USA viel vorsichtiger war als hier«, sagte Brooks. »Dort hat er nicht so viel von seiner DNA am Tatort zurückgelassen, hier schon.«

»Vielleicht, weil das FBI hier in Deutschland nicht viel zu melden hat«, vermutete MacDeath, »und weil nur die CIA seine DNA besitzt und damit jeder Zugriff von Seiten der Ermittlungsbehörden auf ihn abgeschirmt ist.«

»Ein bisschen so, als wäre er nur auf der Durchreise«, sagte

Clara. »Und als wäre es ihm egal, was auf den Durchreiseorten passiert.«

In diesem Moment klingelte das Telefon im Meetingraum. Clara nahm das Gespräch an. Dann reichte sie Williams den Hörer. »Für Sie.«

21.

Williams stand stocksteif neben dem Telefon und hielt den Hörer ans Ohr gepresst, als würde er umso mehr Informationen bekommen, je stärker er ihn ans Ohr drückte. Obwohl das Telefon auf laut gestellt war, hörte er angestrengt zu, so als spräche gleich Gott persönlich zu ihnen.

»Ich habe sie«, sagte die Stimme am anderen Ende.

»Die Akte?«, fragte Williams.

»Ja. Es gibt hier tatsächlich eine Akte über ihn«, sagte Lance. »Der Mann heißt Aildrik.«

Aildrik.

Clara notierte hektisch den Namen.

»Und?«

»Die Akte hat eine sehr hohe Sicherheitsstufe, zwei unter der höchsten, und wird streng geheim gehalten.«

»Aber Sie kommen eigentlich schon ran?«, fragte Clara.

»Eigentlich ja«, sagte Lance. »Die FBI-Akte liegt aber nur noch in Papierform vor, als Hardcopy, da alles andere von der CIA gelöscht wurde. Es ist nichts mehr eingescannt. Was ich in den Händen halte ist alles, was es zu diesem Fall noch gibt.«

»Um was geht es?«

»Zunächst nichts allzu Auffälliges«, sagte Lance. Man konnte hören, wie er durch die Akte blätterte. »Jedenfalls keine Sexualdelikte, kein Terrorismus oder Ähnliches, was in den USA als extrem oder gefährlich gelten würde.«

»Dann ist die Akte nicht wegen dieser Delikte geheim?«, sagte MacDeath.

»Nein«, sagte Lance, »sicher nicht.«

»Und was hat der Killer gemacht, bevor er der Totenzeichner wurde?«

»Erst einmal ist der Werdegang des Mannes interessant. Angeblich hat sein Vater auf seine Mutter geschossen, als sie mit Aildrik schwanger war.«

»Was? Der Mann hat auf seine eigene Frau geschossen, die ein Kind von ihm erwartete?« Clara konnte es kaum glauben.

»Ja«, hörte sie Lance' blecherne Stimme durch den Lautsprecher. »Er war wohl ein ziemlicher Psychopath. Der Schuss ging durch die Gebärmutter. Dem Baby wurde dabei der Fuß angeschossen, aber alles verheilte. Es ist wohl noch eine kleine Narbe übrig. Man weiß nicht, ob das Baby dadurch traumatisiert wurde. Jedenfalls musste es nach dem Vorfall sofort durch einen Not-Kaiserschnitt entbunden werden und lag ein paar Wochen im Brutkasten.« Er schwieg einen Moment. »Die Mutter hat es nicht geschafft.«

»Und der Vater?«

»Dem konnte man nichts nachweisen, weil es ihm gelungen war, die Waffe sofort verschwinden zu lassen. Vielleicht war er es auch gar nicht.«

»Und dann wuchs der Junge beim Vater auf? Oder kam er in ein Heim?«

»Nein, er wuchs sogar bei seinem Vater auf. Keine Ahnung, wie der Strafverteidiger das hingekriegt hatte. Er hat wohl die Jury überzeugt, dass das besser für den Jungen sei als ein Heim. Doch besser war es bestimmt nicht, im Gegenteil. Der kleine Aildrik wurde von seinem Vater ständig misshandelt und verprügelt. Der Mann, der ihm als Baby in den Fuß geschossen hatte, misshandelte ihn auch nach der Geburt munter weiter.«

Clara nickte langsam. Das war in der Tat etwas Neues. Dass Kinder gerade im prekären Milieu manchmal schon kurz nach der Geburt gequält wurden, kannte sie auch aus Berlin nur allzu gut. Aber *vor* der Geburt …?

»Was war der Vater für ein Mann?«, fragte MacDeath.

»Ehemaliger Army-Soldat. Wenig Geld. Streng konservativ. Gläubig. Presbyterianer. Verprügelte den Sohn ständig mit einem Gürtel, ließ ihn stundenlang draußen im kalten Regen stehen. Er gab zu Protokoll, er wollte ihn stark machen.«

»Dann ist aus diesen Ohnmachtssituationen der Wunsch entstanden, andere zu dominieren und damit, stellvertretend natürlich, den eigenen Vater zu töten«, sagte MacDeath. »Das ist ja Sigmund Freud in Reinkultur.«

Williams nickte. »Und durch Verspeisen des Herzens seiner Opfer glaubt er, die Kraft des anderen in sich aufzunehmen.«

»Und die Schnitte?«, fragte Lance. »Was ist damit?«

»Die Schnitte«, sagte MacDeath, »sind militärische Rangabzeichen, wenn auch reichlich grobe. Sie entspringen dem Wunsch des Killers, sich selbst eine Armee aus den Besiegten aufzubauen, ähnlich wie der nordische Gott Odin in Walhalla, um durch den Tod der anderen noch stärker zu werden.«

»Verrückt«, murmelte Lance.

»Wo ist der Vater jetzt?«, fragte Clara. Vielleicht konnte er ihnen etwas über seinen Sohn sagen, auch wenn Clara nicht daran glaubte.

»Der ist tot«, antwortete Lance knapp. Die Art und Weise, wie seine Stimme durch die Transatlantikverbindung immer wieder am Ende eines Satzes abgestoppt wurde, gab dieser Feststellung etwas Endgültiges.

»Tot?«

»Ja. Schon seit vielen Jahren.«

»Natürlicher Tod?«

»Nein.«

»Hat ihn etwa …« Eine dunkle Ahnung stieg in Clara auf.

»Ja. Der Sohn selbst hat ihn getötet. Hat sich im Geräteschuppen mit der Pistole des Vaters angeschlichen und ihn mit einem Genickschuss hingerichtet.«

»Wie ein Navy Seal?«

»Genau da ist er später gelandet.«

»Und? Was waren die Konsequenzen? Nach dem Mord, meine ich.«

»Den Vater hat erst niemand gefunden. Aildrik hatte die Leiche in Plastikfolie gewickelt, damit keine Gerüche nach draußen dringen. Irgendwann ist die Folie unter dem Druck der Fäulnisgase geplatzt, und man fand die Leiche. Da war der Sohn aber schon unterwegs.«

»Und wo war er?«

»On the road. In Kalifornien.«

»Was hat er da gemacht?«

»Unter anderem hat er Hippies verprügelt, weil er die nicht mochte. Wenn die ihm was von Pazifismus erzählten und fragten, ob auch er Pazifist sei, sagte er immer, sie könnten das Pazi weglassen.«

»Also nur ...«

»Genau. Nur Fist. Faust.«

»Aber irgendwann ist er im Gefängnis gelandet?«

»Ja. Aber nicht wegen dem Mord an seinem Vater. Das flog erst später auf, als er eh schon saß.«

»Was waren das für Delikte, mit denen er auffällig wurde?«

»Er hat mal in einer Bar auf dem Highway seine Cousine verteidigt. Sie wurde von irgendwelchen Rockertypen angegrapscht. Da hat er zwei von denen umgebracht. Dem einen hat er das Genick gebrochen, dem anderen den Nasenknochen ins Gehirn geschlagen.«

»Das heißt, er hat für seine Cousine sein Leben riskiert? Ist ja beinahe ritterlich.«

»So ist er auch. In der Akte steht, dass er sich in seinem ganzen Leben niemals an Schwächeren vergriffen hat. Den Kick für sein Ego bekam er nur, wenn er körperlich starke Gegner attackierte. Als schwacher Mensch hatte man nichts von ihm zu befürchten.«

»Woher konnte er so gut kämpfen?«

»Vermutlich hat er wie ein Besessener trainiert. Karate. Street Fighting. Waffentraining, das volle Programm. Das hat er dann später noch perfektioniert.«

»Und in welchem Gefängnis hat er gesessen?«, fragte Brooks. »Falsom? Pelican Bay? St. Quentin?«

»Nichts von alldem. Man hat ihn in eines von diesen Correction Bootcamps verfrachtet.«

»Diese Straferziehungslager, die so ähnlich sind wie Knast?«, fragte MacDeath.

»Ja. Die ersten Einrichtungen dieser Art kamen in Georgia und Oklahoma im Jahr 1983 auf. Sie waren speziell für Ersttäter bestimmt. Die sollten erst einmal dorthin, anstatt im Gefängnis zu landen.«

»Ersttäter war er ja nicht.«

»Nein, aber das wusste damals ja keiner. Wie gesagt, der Mord an seinem Vater wurde erst später aufgedeckt.«

»Geht es in diesen Bootcamps nicht viel härter zu als im Knast?«, fragte Clara.

»Allerdings. Neunzig bis hundertachtzig Tage in einem Bootcamp oder Correction Camp haben bis zu zehn Jahre im Knast aufgewogen. Es ist vollkommen legal, Gefangene dorthin zu schicken statt in den Knast, aber der Gefangene muss dem Deal zustimmen. Manche nennen es sogar eine schnelle und leichte Lösung für schwer erziehbare Jugendliche und junge Erwachsene.«

»Und das hilft?«

»Häufig ja. Deshalb betreiben zwei Drittel der amerikanischen Bundesstaaten solche Bootcamps. Es gab da zwar bisher an die dreißig Todesfälle seit den Achtzigern, aber insgesamt kann sich die Erfolgsbilanz sehen lassen. Und nicht-natürliche Todesfälle gibt es im normalen Knast ja auch mehr als genug.«

»Und wie gefiel es unserem Killer dort?«

»Unglaublich, aber wahr«, sagte Lance, »unser Killer hat dort gut performed.«

»Er hat sich dort gut gehalten, sagen Sie? Hat es ihm vielleicht sogar gefallen?«

»Es scheint so. Der Drill, die Ordnung. Die Aufgaben. Er war einer der vorbildlichsten Gefangenen. Obwohl er dort wohl versehentlich jemanden umgebracht hat.«

»Wie bitte?«, fragte Clara. »Sogar im Bootcamp hat dieser Aildrik jemanden umgebracht?« Die Veranlagung zum Töten und Morden schien in der DNA dieses Killers gespeichert zu sein.

»Ja. Aber nicht so, wie man denken sollte. Einer der Mitgefangenen wurde von den Aufsichtspersonen bei einem Drill so brutal zusammengeprügelt, dass er bewusstlos wurde. Die Gefangenen sollten eine Aufgabe im Team lösen, und der Betroffene war in Aildriks Mannschaft. Der wollte natürlich, dass sein Team einsatzbereit ist, und hat dem Bewusstlosen Ammoniak zu schnupfen gegeben, damit er aufwacht. Das Problem war nur, dass der andere beim Einatmen daran erstickt ist.«

»Und wie hat er sich verteidigt?«

»Gar nicht. Er sagte, er wollte gewinnen. Und er wollte, dass sein Kamerad weiterkämpfen konnte. Damit war für die Ausbilder die Sache erledigt.« Lance machte eine Pause. »Die Ausbilder, allesamt Ex-Militärs, mochten Aildrik. Er war hart, diszipliniert und rücksichtslos und passte in dieses Umfeld. Eigentlich hätte man dort schon darauf kommen müssen, dass er in der Armee am besten aufgehoben ist. Vorzugsweise in einer kleinen Spezialeinheit, in der alle so sind wie er und wo er sich niemand mit unmotivierten, drittklassigen Leuten herumärgern muss, die ihre Mission nicht ernst nehmen.«

»Und als er draußen war?«

»Hat er sofort weitergemacht und ist auch gleich wieder straffällig geworden. Man hätte ihn sofort in eine Eliteeinheit stecken müssen. Aber das ging wegen seiner Akte und der zahlreichen Delikte nicht. Eigentlich war er unbrauchbar, obwohl er für gewisse Dinge ausgesprochen gut geeignet war. Tja, und dann hatten die Psychologen bei der CIA eine geniale Idee.«

»Unknown Warfare?«

»Genau. Sie wussten, dass der Killer immer wieder töten wird. Das lag in seiner Natur. Oder liegt, genauer gesagt. Hinzu kam, dass er sich sehr gut in Hierarchien einfügen konnte, was ihn zu einem top organisierten Killer macht.«

»Das können normale Psychopathen meist nicht«, sagte MacDeath. »Jedenfalls nicht die, die gewalttätig werden. Die sind Einzelkämpfer und denken meist nicht an das große Ganze. Das scheint bei dem hier anders zu sein.«

»Das heißt, er ist skrupellos genug, um wahllos zu töten, hat aber genug Disziplin, um Befehlen zu gehorchen?«, fragte Clara.

»So scheint es zu sein«, sagte Lance. »Er hat alles, was eine Killermaschine braucht.«

»Hat er auch einen Namen?«, wollte Clara wissen. Schließlich kannten sie bisher nur den Vornamen: Aildrik. Clara wollte den Nachnamen jetzt wissen. Sie wusste nicht, warum sie es damit so eilig hatte, doch irgendetwas sagte ihr, dass es klug wäre, den Namen so schnell wie möglich zu erfahren. »Einen Nachnamen, meine ich.«

»Ja, sicher«, sagte Lance. »Barings. Aildrik Barings.«

Clara schrieb eilig den Namen auf ein Blatt Papier. »So, wie man es spricht?«

»Richtig«, sagte Lance am anderen Ende.

»Aildrik Barings«, wiederholte MacDeath. »Und wo ist er in Berlin? Steht das da auch?«

Stille.

»Lance«, sagte Clara, »wissen Sie, *wo* er in Berlin lebt?«

Noch immer Stille.

»Lance?«, sagte nun Williams. »Was ist los? Bist du noch da?«

Doch es war nichts mehr zu hören.

* * *

Lance schaute zur Tür.

Sie hatte sich wie von Geisterhand geöffnet.

Den Mann, der jetzt dort stand, kannte er gut. Denn dieser Mann war selbst eine Art Gespenst.

Lance wusste, was dieser Mann tat.

Und der Mann wusste, was Lance Williams getan hatte.

Und Lance wiederum wusste, was jetzt kommen würde.

Der Mann wurde innerhalb der Agency nur »The Spectre« genannt, das Gespenst. Alle hofften, dass er diesen Spitznamen nicht kannte, aber es war naiv zu glauben, ihm würde irgendetwas entgehen. Dem Gespenst entging nichts. Weder, was ihn selbst betraf, noch, was in der Agency vor sich ging.

Lance sah die blassen Augen, die ihn fixierten wie der Laserpointer eines Scharfschützengewehres. Sah die dünne, knochige Hand des Mannes, die abwechselnd auf Lance, das Telefon und den Monitor zeigte. In der anderen Hand hielt er einen Packen Papier, der Lance vertraut vorkam. Denn einiges davon hatte er gerade erst per Fax an Williams in Berlin geschickt.

»Verdammt, Lance«, sagte Ken Wyatt, Direktor des NCS, der Koordinierungsstelle für nachrichtendienstliche Informationen, mit gepresster und deshalb umso bedrohlicherer Stimme. »Was zum Teufel machen Sie da?«

22.

Auf einmal war Stille in der Leitung.

»Lance, bist du noch dran?«, fragte Williams.

»Ich muss Schluss machen.« Das waren Lance' letzte Worte. Dann endete die Verbindung.

Clara und Williams sahen sich an.

»Hat da jemand etwas gemerkt?«, fragte Clara.

Williams schaute unschlüssig drein. »Schon möglich.«

»Passen Sie auf«, sagte Clara. »Bleiben Sie dran. Ich gehe nach unten zu Winterfeld und schaue nach, wie weit die damit sind, den Aufenthaltsort des Killers herauszufinden. Immerhin haben wir einen Namen.«

* * *

Kriminaldirektor Walter Winterfeld saß mit Erich Weber vom BKA in Wiesbaden zusammen, der heute noch in der Stadt war und seinen Rückflug nach Frankfurt gerade um ein paar Stunden verschoben hatte. Hermann stand derweil im Türrahmen und kaute auf seinem Kugelschreiber.

»Das heißt, die Amis sind hier weiterhin noch überall stationiert?«, fragte Winterfeld.

Weber nickte.

»Und die Wiedervereinigung und der medienwirksame Abzug der Truppen?«

»Alles Kosmetik. Die Bundesrepublik Deutschland ist allein von der Lage her viel zu wichtig«, sagte Weber. »Ohne Deutschland wäre kein Drohnenkrieg im Nahen Osten möglich. Und diese anderen Operationen, bei denen euer geheimnisvoller Killer eine Rolle spielt, sicher auch nicht.«

»Ist das so?«

»Ja. Ein riesiger Knotenpunkt ist Ramstein in Rheinland-Pfalz. Von dort aus erfolgt die Steuerung der Drohnen im Mittleren Osten. Die Sensor Operators sitzen in den USA und in Deutschland. Sie bedienen die Bordkameras und schießen die Hellfire Missiles ab.«

»Das wird alles hier koordiniert?« Winterfeld hob die Augenbrauen.

»Ja. Bis zu fünfundsiebzig Drohneneinsätze gleichzeitig. Das läuft alles über das sogenannte DGS, das Distributed Ground System. Darauf werden die Videobilder der Drohnen überwacht, analysiert und an die zuständigen Stellen geleitet. In Stuttgart zum Beispiel sitzt das Africom, das amerikanische Oberkommando für Afrika und die Krisengebiete dort, beispielsweise Sudan und Somalia. Dutzende Soldaten werten dort in Zwölfstundenschichten die Informationen aus und sichten die Bilder der Drohnenkameras. Dann gibt es das Centcom in Tampa, Florida, für den Mittleren Osten. Die koordinieren sich alle mit Ramstein.«

»Und die Drohnen nehmen die Terroristen ins Visier? Woher wissen die eigentlich, wo die sind?«

»Über die Handys.«

»Die Handys der Terroristen?«

»Ja.«

»So einfach ist das?«

»Ja. Wenn man die Handynummer einer Person weiß, kann man sie über die Entfernung zu den umliegenden Mobilfunkmasten orten. Bis auf einen Meter genau. SS7 nennt man diese Ortung. Mit dem sogenannten Gilgamesh-System kann man sich das dann für den Drohneneinsatz nutzbar machen. Das System wird anstelle der Rakete unter der Drohne befestigt.

Die Drohne funktioniert dann sozusagen wie ein mobiler Handymast. Auch eine neue SIM-Karte ist da keine Hilfe.«

»Kaum zu glauben«, sagte Winterfeld.

»Aber wahr. Man kann auch aus jedem Handy einen Handymast machen. Dazu braucht man nur ein paar Artikel aus dem Elektrofachhandel für unter zehn Euro. Man loggt sich in das Handy ein, während ein Telefonat geführt wird, und kann dieses Handy dann tracken, abhören, Dinge draufspielen oder was immer man will. Ein Kollege von mir hat auf diese Weise mal seine Exfrau vierundzwanzig Stunden lang ausspioniert, weil sie einen Zweiundzwanzigjährigen heiraten wollte und sich deshalb auf ziemlich unschöne Weise von ihm scheiden ließ.«

»Na klasse«, sagte Winterfeld, »schöne neue Welt. Und was ist mit der Zusage, dass von Deutschland keine Drohneneinsätze ausgehen?«

»Das ist völliger Blödsinn«, sagte Weber. »Um die Leute ruhig zu halten. Ich glaube, die Amis erzählen den meisten deutschen Politikern nicht die Wahrheit. Da unsere Politiker eh nur hören, was sie hören wollen, nämlich nur das, was ihre rosarote Wattewelt nicht kaputtmacht, kriegen sie auch genau das zu hören. Deutschland nimmt Gefahren ohnehin nicht ernst und hofft darauf, dass Uncle Sam alles macht. Nur Krieg führen darf Uncle Sam nicht. Wir Deutschen exportierten zwar Waffen in alle Welt, aber sonst wollen wir mit Mord und Totschlag nichts zu tun haben. Also erzählt Amerika unseren Politikern, was sie hören wollen, und macht dann das, was es für richtig hält.«

»Ändert aber nichts daran, dass es ohne Deutschland nicht geht?«

»Essentiell für amerikanische Militäroperationen ist Deutschland noch immer. Weil es sehr zentral liegt und die vielen Truppen hier noch stationiert sind. Jedenfalls, die Daten werden in der Cannon Air Force Base in New Mexiko ausgewertet. Und auch das Weiße Haus kann direkt auf alle Kameras zugreifen und zuschauen. Obama kriegt jeden Dienstag Vorschläge, wer über Drohnen liquidiert werden soll, die sogenannte Kill List.«

»So wie andere eine Einkaufsliste bekommen?«

»So ähnlich. Und dann kann er sich die Tötungen auch gleich live anschauen.«

»Statt Baseball guckt er sich Hinrichtungen an«, sagte Hermann. »Ist das der große Neuanfang, von dem Obama immer erzählt hat?«

»Hören wir mal auf mit dem Moralisieren«, polterte Winterfeld, »das war nur Wahlkampf. Und überhaupt: Hier in Deutschland werden pro Jahr auch Hunderte von Kindern totgeprügelt, und es interessiert kein Schwein. Weinen wir mal nicht wegen ein paar Typen, die in der Wüste Krieg spielen.«

»Denke ich auch«, sagte Weber. »Jedenfalls sind viele dieser Zentren, von denen aus Tötungen befohlen werden, absichtlich nicht auf amerikanischem Boden. Waterboarding, was noch zu den niedlichen Dingen gehört, wurde immer außerhalb der USA durchgeführt, in Guantanamo oder in Abu Ghraib im Irak. Die CIA hatte schon früher Foltergefängnisse, um Doppelagenten Geständnisse abzupressen, aber keines davon auf amerikanischem Boden. Guantanamo ist also nichts Neues. Auch in Deutschland gab und gibt es die, hier in Berlin. Dann noch in Panama, Japan, Polen.«

»Es hat sich also nicht viel verändert seit dem Kalten Krieg?«

»Nicht wirklich. Man sagt immer: Während des Zweiten Weltkriegs haben die Amerikaner mit Kommunisten gegen die Faschisten gekämpft. Und nach dem Zweiten Weltkrieg mit Faschisten gegen die Kommunisten.«

* * *

Die Tür flog auf. Clara stürmte in den Raum.

»Wir haben den Namen!«, stieß sie hervor.

Erich Weber und Winterfeld schauten sie mit großen Augen an.

»Dann mal raus damit, Señora.«

»Aildrik Barings!«

»Endlich ein Name!«, schnaubte Winterfeld. Weber griff zum Telefon. »Den jagen wir jetzt durch den BKA-Rechner. Inklusive Sperrvermerke.«

»Macht schnell«, drängte Clara. Irgendeine Stimme sagte ihr, dass jemand den Killer warnen könnte. »Wir haben nicht viel Zeit.«

23.

Der BKA-Rechner lief auf Hochtouren.

»Es gibt in Grunewald ehemalige amerikanische Kasernen«, sagte Weber. »Berlin war ja damals aufgeteilt in die amerikanische, französische, englische und sowjetische Besatzungszone. Die Berlin-Brigade bestand hier seit 1948, als die Sowjetunion den alliierten Kontrollrat verlassen hat. Dann mussten die Westalliierten Berlin gegen russische Truppen schützen, wozu die Truppenpräsenz stark aufgestockt wurde. Nach dem Ende des Kalten Krieges ab 1990 wurden die Truppen gemäß den Zwei-plus-Vier-Verträgen aus Berlin abgezogen. Die Berlin-Brigade wurde offiziell durch Bill Clinton am sechsten Juli 1994 deaktiviert. Interessanterweise am Geburtstag von George W. Bush, der später einiges davon rückgängig machte.«

»Aber es gibt doch noch Truppen hier?«

»Nicht mehr viele, aber ich gehe davon aus, dass nach dem elften September einiges wieder aktiviert wurde, gerade weil die Schläfer, die die Flugzeuge ins World Trade Center gelenkt haben, aus Deutschland kamen.«

»Und wenn der Killer über die Armee hier stationiert ist, wo sitzt er dann?«

»Ganz allgemein in Grunewald.«

»Und ganz speziell?«

»Höchstwahrscheinlich an einem Ort, den man den Teufelsberg nennt.«

»Teufelsberg«, sagte Winterfeld. »Okay. Hermann!« Er schaute nach oben zu seinem Kollegen. »Sag deinem Team Bescheid, dass sie jeden Eintrag in diesem Postleitzahlengebiet durchsuchen. Aildrik Barings. Parallel zur Suche mit dem BKA-Rechner. Wir müssen ihn finden!«

* * *

Nach ein paar Minuten klingelte Erich Webers Telefon. Er hob ab und hörte konzentriert zu. »Was sagen Sie da? Der alte ... Ja, habe ich notiert. Wunderbar.« Er legte auf. »Alter Offiziersclub in Grunewald«, sagte er. »Wisst ihr, wo dazu die Adresse ist? Wenn wir sie auf dem kurzen Dienstweg kriegen, geht das schneller als über die BKA-Suche.«

»Wir wissen, wo der Club ist, aber wir haben keine Adresse?«, fragte Winterfeld. »Wie kann das sein?«

»Fragt mich was Leichteres. Offenbar ist das Absicht, um die Spuren zu verwischen.« Hermann zuckte die Schultern.

»Klar«, sagte Weber. »Gewisse Leute wollen nicht, dass wir Barings finden. Oder dass ihn überhaupt jemand findet.«

»Aber man sollte doch sogar über Google Maps rausfinden können, wo dieser Offiziersclub ist, oder?«, warf Clara ein und blickte Hermann an.

»Schon dabei!« Er tippte angestrengt in seinen Laptop. Winterfeld stand daneben, nestelte an seiner Zigarilloschachtel und blickte die Anwesenden an wie ein Kind am Heiligen Abend, das seine Eltern unter dem Christbaum beobachtet und hofft, dass sie auch genügend Weihnachtsgeschenke haben.

»Alter Offiziersclub in Grunewald«, murmelte Hermann. »Search Tower ... Dach der US Random Unit ... Ich glaube ...« Er klatschte in die Hände. »Ich hab's!«

»Wirklich?«, fragte Winterfeld.

»Hundertprozentig! Das ist die Adresse!«

»Alles klar.« Winterfeld warf die Zigarilloschachtel auf den

Tisch und verließ mit großen Schritten den Raum. »Wir nehmen den Kerl hoch. Jetzt sofort. Ich brauche das Mobile Einsatzkommando und den Helikopter. Wir fahren hin. Mit allem, was wir haben.«

24.

Im LKA wimmelte es wie in einem Ameisenhaufen. Gepanzerte MEK-Beamte rannten über die Gänge. Einsatzfahrzeuge fuhren vor dem Haupteingang am Tempelhofer Damm vor. Waffen, Munition und Tränengasgranaten wurden geschultert oder am Kampfanzug befestigt.

»Wir müssen da hin!«, rief Winterfeld noch einmal. »Mit allem, was wir haben!«

Selbst Bellmann, sonst die Bürokratie in Person, hatte den Großeinsatz erstaunlich schnell abgenickt. Winterfeld hatte eine kurze Teambesprechung einberufen, um das Vorgehen während des Einsatzes abzuklären.

»Der Typ ist gefährlich, sehr gefährlich«, hatte Winterfeld gesagt. »Wir gehen davon aus, dass er bis an die Zähne bewaffnet ist. Wahrscheinlich handelt es sich um eine wandelnde Vernichtungsmaschine. Deshalb werden wir Scharfschützen auf dem gegenüberliegenden Dach positionieren, die uns Feuerschutz geben können, falls nötig.«

Bellmann, der selbst am Tatort des Mordes an Al Zaid gewesen war und gesehen hatte, wozu der Killer fähig war, hatte nicht anders gekonnt als zuzustimmen.

Der Teufelsberg, dachte Clara, als sie nun im Einsatzwagen saß, der mit kreischenden Reifen Richtung Grunewald fuhr, die Waffe in beiden Händen, eine schusssichere Weste am Körper, einen Einsatzhelm neben sich.

Teufelsberg …

Nomen est omen.

Manchmal hatte das Schicksal wirklich Sinn für Humor.

Der Teufelsberg war ein Trümmerberg im Westen der Stadt und eine der höchsten Erhebungen, die es im Großraum Berlin gab. Der Berg bestand aus dem Schutt des zerbombten Berlin, den man nach dem Zweiten Weltkrieg hier aufgeschüttet hatte. Zweiundzwanzig Jahre lang hatten achthundert Lastwagen hier täglich bis zu siebentausend Kubikmeter abgeladen. Noch bis in die Siebzigerjahre ging dieser Schutttransport, bis fast ein Drittel aller Trümmer aus dem zerbombten Berlin auf diesem Berg abgelagert worden war.

Teufelsberg. Der Name kam eigentlich von dem nahe gelegenen Teufelssee, von dem allerdings niemand wusste, warum er so genannt wurde. Geschichtsträchtig gewesen war der Ort aber schon immer. Ursprünglich war hier der Bau einer Wehrmachtsschule geplant gewesen. Diese Schule wiederum gehörte zu Hitlers Plänen, Berlin zur Welthauptstadt Germania auszubauen, wie Erich Weber ihnen gesagt hatte. Doch kurz nach dem Ende des Zweiten Weltkriegs wurde die Anlage gesprengt. Was davon übrig war, wurde als Steinbruch genutzt, um Berlin wiederaufzubauen. So, wie man in Rom die Trümmer der Hauptstadt des Imperium Romanum benutzt hatte, um den Petersdom zu errichten.

Lange Zeit war der Teufelsberg nur eine Ruine gewesen. Bis in die Fünfzigerjahre wusste niemand, was man mit diesem Riesen aus Schutt und Trümmern anfangen sollte, bis schließlich die US-Armee den Berg als idealen Standort für eine Abhöranlage entdeckt hatte, die von der NSA betrieben wurde, dem Auslandsgeheimdienst der Vereinigten Staaten.

Nicht nur Telefongespräche wurden durch die Echolon-Radaranlage überwacht, auch die drei Flugkorridore zwischen der Bundesrepublik und West-Berlin. Vor allem konnten die fünf Antennenkuppeln, die auch heute noch auf dem Berg zu sehen waren, ihre Ohren bis weit in das Gebiet des ehemaligen Warschauer Pakts aufsperren.

Auf dem Teufelsberg standen noch heute die auffälligen Bauten der Flugüberwachungs- und Abhörstation der amerikanischen Streitkräfte. Nach Abzug der Militärs standen die Gebäude leer. Zwischenzeitlich wurde am Südhang des Teufelsberges sogar Wein angebaut. Clara hatte einmal eine Flasche davon gesehen; sie trug den schönen Namen »Wilmersdorfer Teufelströpfchen«.

Irgendwann kam ein Immobilieninvestor auf die Idee, auf die alle Immobilieninvestoren irgendwann einmal kommen: Auf dem Berg sollte ein Luxushotel errichtet werden, komplett mit Tagungszentrum, exklusiven Wohnungen, Restaurants und Bars und, natürlich, einem Spionagemuseum. Wie in Berlin üblich scheiterte das Projekt und wurde nie beendet. Die Ruinen des Gebäudes standen noch immer da, wurden aber nicht einmal mehr bewacht.

Bis der elfte September kam und die US-Streitkräfte den Berg wieder in Beschlag nahmen.

Aber das alles war Vergangenheit.

Die Gegenwart zählte. Das Jetzt. Und das Jetzt war tobende, zeitlose Präsenz. Lauernd, böse, unbarmherzig.

Clara spürte das Adrenalin, wie vor jedem Zugriff, das Stresshormon Cortisol, das ihr Gehirn in Alarmbereitschaft versetzte und ein Gefühl höchster Wachsamkeit und zugleich höchster Angst weckte, wie der menschliche Körper es nur für Situationen bereithielt, in denen es um Leben oder Tod ging.

»Noch drei Minuten«, hörte sie durch die Ohrhörer ihres Funkgeräts.

Sie schaute auf das Navigationssystem.

Der Teufelsberg war nur noch drei Kilometer entfernt.

25.

Der Mann, der auf den Namen Aildrik hörte, vernahm die Geräusche des Helikopters, die von draußen an sein Ohr drangen.

Seine Instinkte, die ihm seit Jahrzehnten das Überleben gesichert hatten, sagten ihm, was geschehen würde. Warum dieser Helikopter kam. Und dass im Innern nicht die Männer vom ADAC saßen. Er hörte die Geräusche der Transporter von draußen.

Er wusste, wer darin saß.

Er wusste, was diese Männer taten.

Denn sie waren wie er.

Sie waren Tagelöhner des Todes auf der Jagd.

Auf der Jagd, um Feinde zu erlegen und ihr Blut zu trinken.

In der nordischen Mythologie lud Odin, der Herrscher von Asgard und höchster aller germanischen Götter, die gefallenen Krieger nach Walhalla ein, wo sie jeden Abend tranken, feierten, kämpften, starben und am nächsten Tag wieder auferstanden. Die Strohtoten hingegen, die im Bett gestorben waren, kamen zur Hel, wo ihnen ein schwarzer Drache das geronnene Blut aus den Adern saugte.

Für einen Mann, dachte Aildrik, *gibt es keinen besseren Tod als den Tod in der Schlacht.*

Er näherte sich der Eingangstür, um die Eindringlinge zu erwarten, die zwei HK MP7 in jeder Hand. Qualitätsprodukte aus Deutschland. Heckler und Koch. Eine gute Idee, mit deutschen Waffen deutsche Einsatzbeamte zu erschießen, die ihn von seiner Mission abhalten wollten. Die kurzen schweren

Kugeln, die in diesen Waffen benutzt wurden, bewirkten, dass sie nur auf eine Distanz von etwa hundert Metern präzise schießen konnten. Aber das reichte. Es ging hier um Nahkampf. Erst mit Schusswaffen, dann mit Messern. Und am Ende notfalls mit der Faust.

Aildrik stand da, die automatischen Waffen in beiden Händen. Es war selten, dass ein Mann mit zwei dieser Waffen gleichzeitig schießen konnte, denn sie hatten einen Rückstoß, der es schon bei einer Waffe schwierig machte, sie einhändig abzufeuern. Normalerweise. Aber Aildrik war kein normaler Mann.

Und vorher würde er, sobald er die Geräusche an der Tür hörte, zwei Handgranaten werfen. Sie würden die Tür aus den Angeln reißen, und die Druckwelle würde die erste Einheit des Mobilen Einsatzkommandos in die Hölle befördern.

Wie könnten sie auch damit rechnen, dass jemand in dieser Wohnung Handgranaten zündete?

Jedenfalls kein normaler Mann. Aber er war ja kein normaler Mann.

Er war der Angel of Death.

Der Gott des Krieges.

Er war der Totenzeichner.

Und auch wenn er sterben sollte – er würde viele von ihnen mitnehmen. Die Toten waren seine Armee. Und er war der Sieger. Egal, ob im Leben oder im Tod.

Denn Leben hieß Sterben.

Und Sterben hieß Leben.

Der Frieden, dachte er, *weilt nicht beim Feigling, sondern beim Schwert.*

Er legte die Granaten neben sich auf die Ablage, lud beide Maschinenpistolen durch und wartete.

Die Geräusche kamen näher.

26.

Der Helikopter näherte sich mit brausenden Flügeln dem Dach des Casinos. Elitetruppen in schwarzer Kleidung hangelten sich an Strickleitern aus dem Helikopter, während der Wind der Rotoren an den Overalls zerrte, die die Einsatzkräfte über ihren schusssicheren Westen trugen. Marc und Philipp bildeten die Vorhut. Clara sah die beiden unten vom Einsatzwagen aus. Sie kannte und schätzte diese Männer. Mit ihnen zusammen hatte sie schon den Werwolf hochgenommen und die unterirdische Bastion des Namenlosen gestürmt.

Dennoch betete sie, dass beide vorsichtig waren. Denn wenn der Killer zu Hause war, konnte es sein, dass er sich verbarrikadiert hatte und mit gezogenen Waffen auf sie wartete.

Clara schaute an sich hinunter. Auf die kugelsichere Weste, die sie trug. Blickte durch die Scheibe des Schutzhelms auf ihrem Kopf. Neben ihr saß Hermann, ebenfalls mit Helm und kugelsicherer Weste. Sie würden nicht als Erste reingehen. Sie würden den Killer festnehmen, sobald das MEK ihn unschädlich gemacht hatte.

Winterfeld saß neben ihnen. Er trug als Einziger keine Schutzkleidung. Er würde erst als Letzter reingehen. In den Händen hielt er trotzdem seine Sig Sauer.

Zwei gepanzerte Wagen hielten neben dem Einsatzfahrzeug, in dem Clara, Hermann und Winterfeld saßen. Vor dem Haus stand ein großer schwarzer SUV. War das der Wagen, den sie immer gesucht hatten? Die Beschreibung konnte stimmen. Aber wenn der Wagen über das Militär zugelassen war, tauchte er bei keiner deutschen Zulassungsstelle auf. Drei Männer des

MEK überprüften das Fahrzeug. Es schien niemand drin zu sitzen.

Dann stürmten zehn MEK-Leute die Treppen hinauf, die Gewehre im Anschlag, die Köpfe eingezogen, als würden sie durch einen Tunnel laufen. Alle waren bis an die Zähne bewaffnet, denn sie wussten, mit wem sie es zu tun hatten.

Mit einem dumpfen Knall flog die Tür aus den Angeln, während oben Fenster klirrten und Marc, Philipp und die Truppe, die beide führten, durch das Dach ins Gebäude einstiegen.

Geraume Zeit geschah nichts.

Stille.

Doch es war eine furchtbare, lastende Stille, die nicht zu Ende ging.

Was war im Haus los? Warum gab es kein Signal? Keine Schüsse? Keine Geräusche? Nur diese gespenstische Stille? So, als wäre eine Neutronenbombe gezündet worden …

Schreckliche Gedanken zogen durch Claras Kopf. Gedanken, die zu grausam waren, um wahr zu sein, die ihr paranoides Gehirn aber unweigerlich entstehen ließ.

Hatte der Killer die Männer umgebracht? Mit Gasgranaten? Senfgas? Sarin? Tabun? Diesem brutalen Psycho traute Clara alles zu. Oder hatte er die Männer betäubt, um seine gelähmten Opfer dann in Ruhe zu zerschneiden, wie er es mit Al Zaid getan hatte? Aber es waren doch viel zu viele! Oder würde er tatsächlich Giftgas einsetzen und sich dabei selbst töten? Das entsprach überhaupt nicht seinem Modus Operandi …

Dennoch: Warum war nichts mehr zu hören von drinnen? Kein Signal aus den Funkgeräten?

Clara schloss einen Moment die Augen. Immer noch keine Kampfgeräusche, keine Schreie, nichts. Was war da drin los? In einer schrecklichen Vision sah sie sich über die Flure und durch die Zimmer des Hauses gehen. Sah die Männer des Mobilen Einsatzkommandos, die blutüberströmt auf dem Boden lagen, sah die Waffen, die sie in ihren toten, zu Klauen gekrümmten Händen hielten. Waffen, die ihnen nichts genützt hatten.

Claras Funkgerät knisterte.

Und dann Stille.

Die Stille des Todes.

Eine Stille, die nur durch das Plätschern von Blut aus zerrissenen Arterien unterbrochen wurde. Blut, das die Uniformen und kugelsicheren Westen tränkte. Die letzten Pumpbewegungen eines pochenden Herzens, das so lange schlug, bis es kein Blut mehr gab, das es transportieren konnte, sodass dieses Herz schließlich als Letztes starb. Das leise, widerliche Geräusch, wenn der Kopf einer Leiche zur Seite sackte oder das Schaben, wenn ein Toter, der bis eben noch halb an der Wand lehnte, langsam zu Boden rutschte.

Clara spürte die Spannung, spürte sie wie bohrende Kopfschmerzen, wie ein Migräneanfall der Angst, der ihren Schädel zu sprengen drohte, als würde auch sie ein Hohlspitzgeschoss des Killers in den Kopf treffen. Desselben Killers, der soeben das gesamte Mobile Einsatzkommando hingerichtet hatte.

In diesem Moment hörte Clara erneut das Knacken in ihrem Funkgerät.

Dann Marcs Stimme.

»Er scheint nicht hier zu sein.«

Clara atmete vor Erleichterung so heftig aus, dass es wie ein Grunzen klang. Sie war unendlich froh, Marcs Stimme zu hören.

Dennoch glaubte sie, sich verhört zu haben.

Er scheint nicht hier zu sein …

»Wie bitte? Er ist nicht da?«, fragte sie.

Er ist nicht da?

Wie konnte das sein? Sein Auto, der große schwere Pick-up, stand doch vor der Wohnung.

Moment mal … war *das* vielleicht der Grund für die Stille?

Wartete der Killer *doch* in seinem Auto? Oder lauerte er irgendwo in der Wohnung auf sie? Hatten sie wirklich alles abgesucht? In alle Schränke geschaut? Gab es vielleicht ein Versteck im Fußboden unter den Dielen, wo dieser Irre sie erwartet hatte, während er den schweren Schritten der Männer des MEK über sich lauschte? Clara erinnerte sich an einen Fall, wo ein nekrophiler Mörder seine Opfer so lange unter dem Parkett seiner Wohnung aufbewahrt hatte, bis die Nachbarn wegen des Madenbefalls im Treppenhaus den Kammerjäger riefen.

Als Clara und Hermann schließlich die Wohnung stürmten, fanden sie auch den Mörder unter den Dielen, inmitten von vier stark verwesten, übel riechenden Leichen. Deshalb hatte dieser Täter auch den Spitznamen *Die Made* erhalten. Was aber nicht nur an seiner perversen Vorliebe für verwesende Leichen gelegen hatte, sondern auch an seiner blassen Hautfarbe und seiner dicklichen, unförmigen Statur.

Das Funkgerät knackte erneut und riss Clara aus ihren wenig beschaulichen Gedanken.

»Wir können ihn nirgends finden!« Marc klang fast beleidigt. »Wir haben jedes Zimmer einzeln überprüft, unter jede Matratze geschaut, jedes Kissen umgedreht. Wir machen das ja nicht zum ersten Mal, verdammt!«

Clara hörte ihm kaum noch zu. Ihre Gedanken kreisten nur um eine Frage.

Was ist hier geschehen?

Hatte man den Killer gewarnt?

Aber wer?

Sie stand auf, blickte Hermann an. »Wir gehen rein«, sagte sie zu ihm und rief dann ins Funkgerät: »Wir kommen jetzt rein!«

Sie musste wissen, was in dem Haus los war. Nichts war schlimmer als Ungewissheit, besonders in einem Fall wie diesem.

»Okay«, sagte Marc. »Aber haltet euch von den Fenstern fern. Vielleicht steckt der Kerl irgendwo draußen in den Sträuchern und schießt von da.«

»Machen wir.«

Sie betraten das Gebäude und stürmten hinauf zur Wohnung.

Clara ging als Erste.

Durch den langen Korridor.

Vorbei an den Türen zu beiden Seiten.

Sie ließ die Wohnung auf sich wirken. Weiße Wände. Helles Parkett. Nirgendwo lag etwas herum, alles war sauber und ordentlich. Alles im rechten Winkel zueinander. Wenige persönliche Gegenstände.

Eine große Küche mit silberglänzenden Töpfen. Daneben ein großer Messerblock. Der Herd, ein Gasherd, blitzblank. Ebenso die Arbeitsplatte.

Im Schlafzimmer war das Bett akkurat gemacht. Wie man es beim Militär erwarten würde.

Ein Nebenraum. Nein, nicht bloß ein Nebenraum, denn der Raum war voller Waffen. Automatische Waffen. Handfeuerwaffen. Handgranaten. Blendgranaten. Kampfausrüstung. Helme. Handschuhe. Munition. Kampfmesser. Sogar ein Samuraischwert. Der Kerl musste Nerven wie Stahlseile haben. Wenn es hier einmal brennen sollte, und die Flammen erwischten die Munition und die Granaten, gab es eine Explosion, die man bis nach Potsdam hören würde. Aber das war diesem Kerl offenbar egal.

Clara ging vorsichtig weiter.

Im Wohnzimmer stand an einem Fenster ein Tisch.

Darauf zwei Bücher.

Also sprach Zarathustra von Friedrich Nietzsche. Die englische Übersetzung.

Daneben ein großes, in Leder gebundenes Buch. Darauf die Worte *Book of Victory – Buch des Sieges.*

Marc und Philipp erschienen. Der eine kam aus dem Bad, der andere aus dem Gästezimmer. Beide hielten ihre Maschinenpistolen im Anschlag.

Clara hörte die Stimmen beider Männer. Wie aus einem Munde sagten sie: »Er ist tatsächlich weg.«

27.

Er hörte die Rotorblätter des Helikopters.

Es waren nicht die Ermittler gewesen. Nicht die Einsatztruppe der deutschen Polizei. Es waren seine Freunde. Deshalb waren die Motorengeräusche ihm so vertraut gewesen. Eigentlich hätte er es sofort erkennen müssen.

Das Geräusch der Rotorblätter erinnerte ihn an den Sound der S70 Black-Hawk-Kampfhubschrauber und an das Fauchen der Hellfire Missiles. Er hörte das Surren der Maschinen, deren Geräusch ihm ein Gefühl von Heimat gab, von Vertrauen und Sicherheit.

Beinahe so, überlegte er und musste lächeln, *wie ein Baby im Leib der Mutter das Pochen des mütterlichen Herzens hört.*

Nur war das Pochen in diesem Fall das Heulen der Maschinen, das Stakkato der Gewehre und das schmatzende Geräusch, wenn sich ein Messer zwischen den Rippen hindurch in ein Herz bohrt. Er liebte alle diese Geräusche. Er hatte sie schon oft gehört. Im Kongo. In Somalia. Und immer wieder im Irak.

Fehlte nur noch die Musik von Slayers »War Ensemble«, das sie aus großen Lautsprechern an den Helikoptern gehört hatten, wenn sie in Afghanistan Stellungen der Terroristen unter Beschuss nahmen. Denn diese Leute hassten Heavy Metal, das wusste Aildrik. Genauso wie die Drohnen, aber das war ja auch kein Wunder. Die Drohnen mochte er selbst nicht. Nicht, weil sie Menschen töteten, damit hatte er kein Problem. Entweder man tötete, oder man wurde getötet. Entweder man saß mit am Tisch, oder man stand auf der Speisekarte. Doch den Feind mit Drohnen zu erledigen war so, wie sich Wurst im

Supermarkt zu kaufen, ohne das Tier erlegt zu haben, von dem das Fleisch kam. Nur dann schmeckte Fleisch richtig gut. Nur wenn man das Tier selbst erlegt hatte.

Oder den Menschen.

Der Helikopter würde ihn nach Ramstein bringen, dann ging es weiter in den Irak. Wahrscheinlich mit einem Lockheed-Galaxy-Truppentransporter. Diese riesigen Maschinen waren so etwas wie sein zweites Wohnzimmer geworden.

Ramstein. Der große Militärstützpunkt in der Nähe von Kaiserslautern in Rheinland-Pfalz. Es war fast so etwas wie ein Zuhause für ihn. Nicht nur die NATO-Kommandobehörde zur Führung der Luftstreitkräfte war dort stationiert – Ramstein war mit rund fünfunddreißigtausend Militärangehörigen und sechstausend Zivilisten die größte Einrichtung der amerikanischen Luftwaffe außerhalb der USA. Ein Stück Heimat in der Fremde, wie man es ihm vor langer Zeit einmal gesagt hatte.

Er schaute auf die Unterlagen, die ihm der Kollege vom CIA gegeben hatte. Der Mann, der ihm nun gegenübersaß.

»Kennen Sie noch den alten Spruch, Aildrik?«, fragte der Mann in diesem Moment. Er hieß Jimmy. Jedenfalls stellte er sich immer unter diesem Namen vor. Jimmy hatte Aildrik schon an einige Kriegsorte der Welt gebracht.

Nun schaute Jimmy nach draußen und begann mit einem bizarren Schlachtengedicht:

»Walls of stone, and walls of iron, fall down all the same ...«

Aildrik grinste, während er auf die Stadt unter sich schaute. Den Funkturm. Grunewald und Charlottenburg, Richtung Süden der Potsdamer Platz und das Sony Center. Weiter östlich in einiger Entfernung der Ostberliner Fernsehturm, dahinter die Karl-Marx-Allee, die einmal Stalinallee geheißen hatte und die ihn immer an Moskau erinnerte. Die Stadt, die Ostberlin so lange ihren Stempel aufgedrückt hatte, bis die Sowjetunion zusammengebrochen war. Die Weltmacht im Osten, die Berlin vielleicht bald wieder erobern würde, wenn Amerika nicht aufpasste. Denn Deutschland wäre sicher zu schwach und auch gar nicht willens, sich gegen die Russen zu verteidigen.

Berlin. Die Stadt, die immer stolz darauf war, dass sich Touristen dort wohlfühlten. Und sich amüsierten.

Sich amüsieren.

Ja, das hatte er auch getan. Sogar sehr. Und es hatte gut funktioniert. Doch irgendwann war ihm diese Stadt zu klein geworden. Deshalb war er froh gewesen, dass sie bei ihm angeklopft hatten, damit er endlich wieder mit *richtiger Arbeit* anfangen konnte.

Er beendete das Gedicht, das Jimmy begonnen hatte und das auch er so gut kannte wie kein zweites:

»They may delay but don't prevent the hail of death and pain.«

28.

Clara nahm das großformatige Buch in die Hand. Es war in dunkles Leder gebunden. Mit Seiten, bei denen sie nicht wusste, ob es Papier, Pergament oder menschliche Haut war. An einigen Stellen mit einer rotbraunen Tinte beschrieben, die ebenso gut Blut sein konnte.

Das Buch.

Vielleicht hatte er es vergessen, weil er so schnell aufgebrochen war. Vielleicht hatte er es auch absichtlich liegen gelassen wie einen Abschiedsbrief in einem tödlichen Hase-und-Igel-Spiel, das die Ermittler niemals gewinnen würden.

Book of Victory war der Titel dieses unheimlichen Buches. *Buch des Sieges.*

Clara zog die Einsatzhandschuhe aus, streifte Gummihandschuhe über und schlug das schwere Buch auf, dessen Ledereinband sich mit leisem Knirschen öffnete. Sie sah Bilder, die aus einer anderen Welt kamen. Von Leichen an unterschiedlichen Orten irgendwo auf dem Globus, Menschen, die offenbar irgendwann von Aildrik getötet worden waren.

Das Buch war in Kapitel unterteilt. Ein Teil des Buches hieß *Los Angeles.* Dort entdeckte Clara die Bilder der Opfer aller zehn Morde, in denen Detective Brooks ermittelt hatte. Dann, als Letztes, Vincent Calitri und ein Foto des Herzens, das der Killer Vincents Vater, dem Polizeichef von Los Angeles, als makabren Gruß auf den Küchentisch gelegt hatte.

Enjoy it d(e)ad.
Genieß es tot. Genieß es, Vater.

Ein letzter Gruß aus der Welt des Todes.

Dann andere Bilder. Überschrieben mit »Kongo«, »Afghanistan« und »Somalia«. Bilder von Leichen mit weit aufgerissenen Augen und aufgeschnittenen Brustkörben. Die Rippen durchtrennt, die Herzen herausgeschnitten. Bilder eines Raubtiers, das auf die Welt losgelassen worden war und das ohne Gnade, ohne Reue und ohne Angst tötete.

Die letzten fünf Seiten des Buches waren leer.

Auf zu neuen Ufern, stand da, wieder in dieser seltsamen, rotbraunen Tinte.

Und darunter:

It's not over 'til it's over.

* * *

Es ist nicht vorbei, bevor es vorbei ist, dachte Clara auf dem Weg zurück zum LKA, während sie im Wagen saß und die Straßen und Plätze draußen an ihr vorüberzogen.

It's not over 'til it's over.

Der Spruch, mit dem der Killer sich bei seinem letzten Mord in Los Angeles verabschiedet hatte. Die Bilder hatte Brooks ihr schon gezeigt. Das Herz auf dem Teller und der Spruch an der Wand.

Er ist weg, dachte Clara und blickte hinaus auf die Straßen, auf die Passanten, die um eine Bedrohung ärmer waren, denn der Totenzeichner war verschwunden.

Doch er war nicht verschwunden. Er war nur nicht hier. Aber würde er zurückkehren?

Wer hatte ihn gewarnt? Konnte ihn überhaupt jemand gewarnt haben?

Clara dachte an den Anruf bei Lance Williams, den Lance plötzlich abgebrochen hatte. Als wäre ihnen jemand auf die Schliche gekommen.

Zurück im Büro wurde Clara von Ted Williams erwartet. Sein Gesicht sah dermaßen zerknirscht und traurig aus, dass Clara befürchtete, er hätte einen Todesfall im engsten Familienumfeld. Aber dem war nicht so. Es war etwas anderes. Es war die Antwort auf die Frage, die Clara sich gerade selbst gestellt hatte, als sie vom Tatort zurück ins LKA gefahren war.

Williams hielt einen Ausdruck in der Hand.

»Das hier ist von Lance«, sagte er. »Von meinem Neffen, mit dem wir vorhin telefoniert haben.« Williams schaute einen Moment aus dem Fenster, als wüsste er nicht, wie er fortfahren sollte. »Er hat mir geschrieben, warum er nicht anders konnte.«

Allmählich dämmerte es Clara. »Und weshalb?«

»Es ging nicht anders.« Williams schluckte. »Sein Vorgesetzter hat von dem Datenaustausch mit uns Wind bekommen. Das ist eigentlich streng verboten. Es gibt nämlich einen ganz bestimmten Grund, dass die DNA des Killers in keiner FBI-Datenbank gespeichert ist.«

Claras Augen weiteten sich. »Heißt das, die CIA will gar nicht, dass der Mörder …« Sie stockte.

»Genau. Die CIA will nicht, dass der Killer ins Gefängnis kommt, auch wenn er ab und zu mal ein paar Zivilisten umbringt. Aber da er sich immer wieder irgendwelche Unterweltgrößen herauspickt, weil das seinem Ego schmeichelt, trifft er aus Sicht der Agency ohnehin oft die Richtigen. Insgesamt ist der Mann ihnen zu wertvoll.«

»Zu wertvoll?«

»Zu wertvoll für die gemeinsame Sache. Den Krieg gegen den Terror.« Williams zuckte die Schultern und ließ den Ausdruck sinken. »Dieser Mann ist eine perfekte Waffe. Überall einsetzbar. Und vollkommen ohne Furcht. Selbst in den Unknown-Warfare-Einheiten gibt es selten solche Typen wie ihn.«

Doch Clara war noch nicht ganz fertig. »Das heißt, sobald

die Information beim Chef Ihres Neffen war, erging der Befehl, den Totenzeichner abzuholen? Hier in Berlin?«

Williams nickte. »Sie haben meinem Neffen die Pistole auf die Brust gesetzt: Entweder er rückt die Infos raus, oder er ist seinen Job los. Da ist ihm sein Job dann doch wichtiger als der Ermittlungserfolg irgendwelcher Kriminalbeamten in Deutschland.«

»Dann ist er weg? Der Killer? Für immer?«

»Ja, er ist weg. Die CIA konnte nicht zulassen, dass Aildrik in Deutschland weiter mordet, weil sie sich dann irgendwann erklären müssten, spätestens, wenn er vielleicht doch geschnappt worden wäre. Sie konnten es aber auch nicht zulassen, dass einer ihrer Top-Leute in Deutschland ins Gefängnis geht und für sie unbrauchbar wird. Deshalb haben sie ihn geholt. Er ist eine Waffe. Und damit ein *Asset,* wie wir sagen. Viel zu teuer, um ihn in einem deutschen Gefängnis versauern zu lassen.«

Clara dachte kurz daran, wie Aildrik sich wohl im Gefängnis gemacht hätte. Wahrscheinlich wäre er einer der Gefangenen geworden, um die auch die allerschlimmsten Typen, die gerne mal neue, junge Häftlinge in der Dusche zum »Seife aufheben« aufforderten, einen sehr großen Bogen machen würden.

»Was ist mit Brooks?«, fragte sie.

»Der ist völlig fertig. Er stand so kurz davor, diesen Killer endlich zu schnappen, den er ein Jahr lang gejagt und dann zehn Jahre lang aus den Augen verloren hat. Den er seitdem aber nie mehr vergessen hatte.« Williams schüttelte resigniert den Kopf. »Alles umsonst. Weil Uncle Sam gar nicht will, dass der Killer geschnappt wird.«

Clara schaute auf die Uhr.

»Wir werden ihn nicht mehr kriegen, richtig?«

Auch Williams blickte auf die Uhr. Dann schüttelte er den Kopf. »Er wird unterwegs nach Ramstein sein. Von dort aus geht es dann an irgendeinen Krisenort dieser Welt.« Er schaute nach draußen. »Ab Ramstein haben wir Amis ohnehin freie Hand. Selbst ein Eilgesuch an die US-Botschaft hier in Berlin würde zu lange dauern, um noch irgendwas zu ändern. Und selbst wenn: Die CIA würde schon darauf achten, dass niemand ihre Pläne durchkreuzt.« Er trat auf Clara zu und nahm sie in den Arm.

»Es tut mir leid«, sagte er und drückte sie väterlich an sich. »Sie sind eine gute Kommissarin. In einem guten Team. Sie haben das nicht verdient. Es tut mir leid.«

Es tut mir leid.

Clara spürte Tränen der Enttäuschung in ihren Augen. Sie blickte über Williams' Schulter aus dem Fenster auf den stillgelegten Flughafen Tempelhof, wo einst auch Militärmaschinen gestartet waren und wo die Rosinenbomber der US Air Force vor langer Zeit Westberlin gegen die russische Blockade mit Lebensmitteln versorgt hatten.

Der Killer war weg.

Clara konnte es noch immer nicht glauben. Alles war umsonst gewesen. Die ganze Arbeit für nichts.

Dennoch war es diesmal anders. Nicht ein schmieriger Strafverteidiger hatte ihnen die Tour vermasselt. Nicht irgendein unaufmerksamer Kollege, der Beweismittel verloren hatte oder der den Täter versehentlich laufen ließ. Und auch nicht sie selbst, weil sie irgendetwas übersehen hatte. Diesmal war es eine ganz andere Macht.

Größer. Stärker. Überall.

Die CIA. Der Geheimdienst der größten Militärmaschinerie der Welt.

Aildrik Barings, der Totenzeichner.

Er war ein Gegner, der eigentlich kein Gegner war. Eher ein Verbündeter.

Aber wenn er ein Gegner war, dann einer, gegen den Clara

nur verlieren konnte. Nicht nur sie, auch ihr Team. Winterfeld, Bellmann, das LKA, selbst das BKA.

Sogar Deutschland. Ja, ganz Europa.

Es war alles zwecklos.

Der Killer war verschwunden.

Er war nicht tot. Er war nicht im Gefängnis.

Er war weg.

Sie mussten sich damit abfinden.

Etwas anderes blieb ihnen sowieso nicht übrig. Manche Dinge musste man akzeptieren. Mit manchen Dingen konnte man nicht verhandeln. Sie waren wie Naturgesetze. Genau so, wie man mit der Schwerkraft nicht verhandeln konnte.

Clara hoffte nur, dass irgendwann der Tag käme, an dem sie sich damit abfinden könnte.

29.

Clara erwachte.

Erst wusste sie nicht, wo sie war. Dann kamen die Erinnerungen.

Die Morde.

Die Ermittlungen.

Die Amerikaner.

Und der Killer.

Der Totenzeichner.

Der Killer, der verschwunden war. Abgeholt. Vom CIA höchstselbst. Raus aus Berlin, dann weiter nach Ramstein. Und dann war er vollends verschwunden. In irgendein Krisengebiet dieser Welt, wahrscheinlich in den Irak oder Syrien.

Sie hatten versagt. Sie alle. Ohne wirklich schuld daran zu sein.

Bellmann war außer sich gewesen. Aber was sollte er tun? Den Chef des BKA anrufen? Den amerikanischen Botschafter? Die Bundeskanzlerin? Den CIA-Chef? Den Kommandanten der US Airforce Base in Ramstein?

Wie alle anderen hatte auch Bellmann erkannt, dass er nichts unternehmen konnte. Und wenn er sich nicht lächerlich machen wollte, war es das Beste, die ganze Sache einfach unter den Teppich zu kehren. Medienprofi genug war er.

Williams und Brooks waren tags zuvor, am Freitag, abgereist. Beide hatten Clara gesagt, sie solle sie unbedingt besuchen, wenn sie mal wieder auf der anderen Seite des Großen Teiches war. In Los Angeles oder in Virginia. Und es war bei beiden ernst gemeint.

»Na gut«, hatte Brooks gesagt, »wenn der Killer diesen Terroristenabschaum erledigt, soll es mir recht sein. Wenn er nur keinen Fuß mehr in mein Los Angeles setzt. Wie auch immer, die Story muss ich meinem alten Vater erzählen. So was hat der bestimmt noch nicht gehört.«

Clara hatte dabei kurz an Brooks' Vater in seiner Tankstelle auf der Road 66 gedacht.

»Und in unser Berlin kommt er hoffentlich auch nicht wieder«, sagte Winterfeld, »obwohl er uns mit dem Mord an Schiller und Al Zaid einiges an Arbeit abgenommen hat. Vielleicht«, er hatte kurz in sich hineingelächelt, »kommt er ja doch noch mal zurück. Wir hätten da noch ein paar Kandidaten für ihn.«

Clara schüttelte den Kopf. Es hörte sich an, als könne Winterfeld mit einem solchen Helfer bei der Verbrechensbekämpfung durchaus gut leben.

Dann hatten sie Brooks und Williams zum Flughafen gebracht. Mit einem Treffen bei Bellmann, Berichte schreiben und anderen Aufgaben war der Tag schließlich zu Ende gegangen.

Danach war Clara mit MacDeath noch in die Bar gegangen, in Die Legende von Paula und Ben. Es war schließlich Freitagabend. Sie hatten ein paar Whisky getrunken. Nicht so viele wie bei ihrem ersten Besuch, aber genügend, dass Clara die Nachwirkungen spürte, wenn auch längst nicht so schlimm wie damals.

Und jetzt?

Wo war sie jetzt?

Jetzt erst erkannte Clara ihre Umgebung. Genau hier war sie schon damals aufgewacht, als sie beide in der Legende so übel abgestürtzt waren. Sie und MacDeath. Bei ihrem letzten Fall.

MacDeath erschien im Türrahmen. Er war bereits fertig angezogen. Clara verstand es nicht. Sie konnte an freien Tagen manchmal von morgens bis abends im Bademantel oder Schlafanzug verbringen. Doch MacDeath hatte ihr eröffnet, es würde ihn unruhig machen, in »Schlafsachen« herumzulaufen.

In den Händen hielt er ein Tablett. »Ich bin nicht der Frühstücksexperte«, sagte er, »deshalb dachte ich, wir gehen gleich um die Ecke frühstücken. Da gibt es einen tollen Laden, da kann man drinnen und draußen sitzen. Aber ich hab hier was für dich, schon mal zum Wachwerden.«

Auf dem Tablett standen ein doppelter Espresso und ein Mineralwasser. Daneben lag eine Paracetamol-Tablette.

»Wie geht es dir?«, fragte er und stellte das Tablett ab.

Clara lächelte. »Geht so.« Sie schaute auf das Tablett. »Könnte ich auch eine Aspirin bekommen?«

»Aspirin mit Koffein und Alkohol? Nein, das ist keine gute Idee. So etwas kann zu Magenblutungen führen.« MacDeath lächelte, als Clara die Augen verdrehte. »Aber hey, es ist Samstag, da darf man auch mal über die Stränge schlagen. Auch morgens schon. Deshalb trinken wir gleich beim Frühstück einen Sekt. Samstags geht das.«

»So wie Freitagabend«, sagte sie.

»Ja«, erwiderte MacDeath, »da war doch was.«

»Und diesmal«, sagte Clara, »erinnere ich mich, was passiert ist.«

»Und bereust du es?«

»Nicht wirklich.«

»War es die Erinnerung wert?«

Sie lächelte. Und küsste ihn.

»Definitiv, Herr Psychiater. Aber letztes Mal wäre es die Erinnerung auch schon wert gewesen.«

»Vergessen wir die Erinnerung.« MacDeath gab ihr das Glas Wasser und die Paracetamol. »Erinnerung ist Vergangenheit. Denken wir an die Zukunft. Das ist alles, was zählt.«

Clara prostete ihm zu und trank. Und obwohl der Killer noch frei war, obwohl gar nichts funktioniert hatte und obwohl sie eigentlich wütend oder unglücklich hätte sein müssen, fühlte sie sich so glücklich und frei wie lange nicht. Sie fühlte sich wie damals, als Kind, wenn sie am ersten Tag der Ferien in ihrem Bett aufwachte und Wochen oder gar Monate voller Freude und Erwartung vor ihr lagen. Das Fahrrad in der Garage und eine endlose Reihe von Tagen vor ihr, wo jeder Tag Überraschungen und Abenteuer bereithielt. Und anders als in ihrem Job waren es damals nur schöne Überraschungen gewesen. Alle Abenteuer hatten immer ein glückliches Ende genommen. Jedes Ende war ein Happy End und jede Überraschung eine erfreuliche Überraschung.

So fühlte sie sich nun, während der Wind in den Vorhängen vor dem Fenster spielte und draußen ein klarer blauer Spätsommerhimmel den Morgen und den nahen Herbst ankündigte.

Clara hielt kurz inne, während sie den bitteren Geschmack von Paracetamol auf der Zunge hatte.

Man kann die Dinge nicht festhalten, dachte sie. *Manchmal besitzt man dann am meisten, wenn man alles einfach laufen lässt.*

Wie hatte es einmal eine gute Freundin vor langen Jahren in Claras Poesiealbum geschrieben? Kein *Book of Victory* mit blutigen Seiten, in dem Bilder von hingemetzelten Kriegsopfern zu sehen waren, sondern in einem wirklichen, richtigen, schönen Poesiealbum, das es damals noch gab, bevor die sozialen Netzwerke kamen.

Es war einer der Sprüche, die so wahr und einfach waren, dass man sie immer wieder vergaß, obwohl man sie nicht vergessen sollte. Der Spruch ihrer Freundin aber war die ganze Zeit in Claras Kopf geblieben, weil sie wusste, dass diese Worte irgendwann wieder gebraucht wurden.

In Zeiten wie diesen.

Drei Sätze voller Weisheit und Wahrheit.

Was du liebst, lass frei.
Kommt es zurück, gehört es dir.
Für immer.

Epilog

Es war irgendwo in der Nähe von Bagdad.

Die Sonne brannte heiß vom Himmel, als er das Messer noch einmal an dem blutigen, geschundenen Körper ansetzte. Die Hitze würde dafür sorgen, dass ein Teil des Blutes verdampfte.

Es war ein Opfer an den Himmel, ein Opfer an die Sonne.

Ein Opfer an die Götter des Krieges.

Das große Messer lag gut in der Hand.

Er hatte es einige Zeit bei diesem Mann benutzt. Hatte ihm die Haut in Streifen vom Körper geschnitten, bis der Mann endlich mit den Koordinaten herausgerückt war. Die Koordinaten des Lagers, in dem die Terrormilizen ihre erbeuteten Waffen lagerten. Das Lager, das die US-Streitkräfte unbedingt zerstören wollten. Heute noch.

Die NSA hatte versucht, an die Daten heranzukommen. Vergebens. Die CIA hatte es versucht. Auch vergebens. Kontaktmänner und Doppelagenten, die die Terrormilizen mit viel Geld schmierten. Vergebens.

Am Ende half, wie so oft, nur eines.

Aildriks bester und ältester Freund. Oder besser *Freundin.*

Die gute, alte, brutale Gewalt.

Und nun hatte Aildrik die Information. Und die Koordinaten.

Und das Waffenlager war gleich nur noch Geschichte.

Es würde eine verheerende Explosion geben, wenn die Rakete das Lager traf. Wenn die Sprengköpfe und die Munition detonierten und Hunderte, wenn nicht Tausende von Terrorkämpfern mit in den Tod riss. Ein rauchender Krater, eine riesige Wunde – mehr würde nicht übrig bleiben. So, als hätte man einen Tumor aus dem Fleisch geschnitten.

Er hatte die Information.

Aber das reichte ihm noch nicht.

Das große Messer, mit dem er dem Mann die Haut in Streifen geschnitten hatte und das er jetzt wieder benutzte, lag noch immer gut in seiner Hand. Die funkelnde Klinge, die Haut und Fleisch seines Opfers durchschnitt.

Er riss die beiden Hautlappen an der Brust auseinander, schaute auf das blutige Fleisch darunter und setzte die Klinge dann an den Rippen an. Drückte mit dem Handballen der Linken auf die stumpfe Seite der Klinge und durchtrennte die Rippen an den Knorpeln mit einem Schnitt. Dabei blickte er in die Augen des Terrorkämpfers, der mit gebrochenen Beinen am Boden lag, das Gesicht von Aildriks Faustschlag entstellt, nur noch eine Masse aus Zahnsplittern, Blut und zerbrochenen Knochen. Der Mann, das wusste Aildrik, war als Selbstmordattentäter ausgebildet worden. Und Selbstmord hatte er in gewisser Weise auch begangen. Denn er hatte sich mit Aildrik angelegt und damit ganz klar mit dem Falschen.

Aildriks Messer schnitt noch einmal durch die Rippen. Er griff in die klaffende Wunde hinein und hielt ein blutiges Gestell in der Hand. Es war das Brustbein mit den Rippen, die er eben mit zwei Messerschnitten durchtrennt hatte. Es hing noch an den Schlüsselbeinen fest. Noch ein Schnitt durch die Schlüsselbeingelenke, und er konnte das blutige Gestell aus dem Brustkorb ziehen.

Die Augen des sterbenden Terroristen waren vor Angst, Schock und Grauen geweitet. Schreien konnte er mit gebrochenem Kiefer nicht mehr. Aildrik nahm das Brustbein, schwenkte es noch einmal vor den Augen des Mannes hin und her wie eine Rassel vor den Augen eines Kindes.

Dann griff er in den schwarzroten Brustkasten des Mannes. Machte zwei Schnitte. Und hielt das blutige Herz in den Händen. Als er es aus dem Körper zog, sah er, wie das Gesicht des Mannes sich grau verfärbte. Seine Augen brachen, und der Tod legte sich wie ein grauer Schatten über ihn.

Aildrik hatte es schon oft gesehen, doch es faszinierte ihn immer wieder. Sobald man das Herz aus dem Körper nahm, verwandelte sich die Farbe der Organe von rötlich zu grau. Es war, als würde jemand mit einem Pinsel voll grauer Farbe den Körper anstreichen. Als würde ein Licht, das sehr lange geschienen hatte, plötzlich erlöschen. Als würde ein Film mit einem Mal von bunt auf schwarz-weiß wechseln.

Aildrik schaute auf das Herz, das noch einmal schlug, wobei es dunkles Blut aus den abgetrennten Arterien spuckte, bevor es in Aildriks Händen erschlaffte.

Er führte das Herz noch einmal an den toten Augen des Mannes vorbei, während dessen Kopf zu Boden sank. Dann stand er auf, das Herz in der rechten Hand erhoben, und bewegte sich auf die Abschussrampe zu. Eine mobile Rampe für Kurzstreckenraketen.

Eine dieser Raketen würde in wenigen Sekunden das Munitionsdepot treffen und vernichten.

Weil er, Aildrik, die Koordinaten wusste.

Death from Above, hatte jemand auf den überschweren Transporter geschrieben, der die Abschussrampe trug.

Aildrik ging ein paar Schritte mit dem blutigen Herzen. Die Koordinaten für das geheime Waffenlager hatte er noch im Kopf. Er sagte sie dem Kommandanten der Abschussrampe. Der nickte, während er Aildrik offenen Mundes anstarrte und die grausame Trophäe in seiner rechten Hand mit einer Mischung aus Faszination und Abscheu beäugte.

Der Mann wollte gerade das Kommando zum Abschuss geben, als Aildrik ihn mit einer raschen Geste unterbrach. Der

Mann hielt inne, misstrauisch, was dieser Riese vorhatte, aber viel zu ängstlich und eingeschüchtert, um den Befehl zum Abschuss zu geben, bevor dieser Killer nicht getan hatte, was er tun musste – was immer es sein mochte.

Aildrik ging an einem Sergeant vorbei, der ehrfurchtsvoll zurückwich. Dann drückte er seinen Finger in seine Trophäe und malte mit dem Herzblut die Rune des Sieges auf die Rakete.

Ein paar Sekunden lang betrachtete Aildrik sein Werk.

Dann gab er dem Schützen das Zeichen.

Aildrik und der Sergeant traten zurück, während Aildrik die blutige Rune auf der Rakete betrachtete, die im Licht der untergehenden Sonne dunkelrot schimmerte. Dunkel wie das Universum, strahlend wie das Feuer der Sonne, rot wie das Blut der Welt.

Das Blut ist das Leben, dachte Aildrik, *aber diese Rakete ist der Tod.*

Er sah die Sonne am Horizont untergehen, die letzten Farbreste von Rot, so wie das Blut der Arterie, das in einem letzten Stoß aus einem herausgeschnittenen Herzen spritzt. Warmes Blut.

Warm.

Warm wie der Sommer.

Hier, dachte er, *ist noch Sommer. Hier ist es noch warm. Hier ist es fast noch wie Urlaub.*

Es würde der blutigste Sommer seines Lebens werden.

In den USA war es ganz nett gewesen.

Somalia und Afghanistan aber waren viel besser.

Deutschland war okay.

Und jetzt war er hier.

Good to be back, dachte er. *Schön, wieder hier zu sein.*

Es war wie in einem perfekten Urlaub.

Das Beste, dachte er, *sollte man sich bis zum Ende aufsparen.*

Und hier würde es wieder rundgehen. Hier war es genau nach seinem Geschmack.

Sekunden später jagte die Rakete fauchend von der Abschussrampe nach oben und flog, einen Schweif aus Feuer hinter sich herziehend, in den rötlichen Abendhimmel.

God bless you, dachte Aildrik, als er dem Geschoss mit der blutigen Rune hinterherblickte, das eine feurige Bahn über den Himmel zeichnete.

And God bless America.

Dank

Der größte Dank gilt wie immer meinen Leserinnen und Lesern! Würde es euch nicht geben, würden wir Autoren nur für uns selbst schreiben, und unsere Nachkommen würden vermutlich irgendwann auf dem Dachboden ein paar vergilbte Manuskripte finden und sich fragen: »Was hat der sich denn in seiner Freizeit für komische Geschichten ausgedacht?« Vielen Dank also für eure Treue, eure Anregungen, euer Feedback, ganz besonders eure Besuche bei den Lesungen und dafür, dass ihr mir und Clara Vidalis die Treue haltet!

Wie alle meine Bücher wäre auch dieses nicht möglich gewesen, wenn es nicht ein paar Personen gegeben hätte, die mir mit Rat und Tat zur Seite standen.

Ein besonderer Dank geht zunächst an meine Frau Saskia – für ihre rechtsmedizinische Expertise ebenso wie für ihre wunderbaren Ideen zur Handlung, die auch dieses Buch wieder einmal sehr bereichern. Ein großer Dank geht auch an meinen Freund Prof. Michael Tsokos, den Leiter des Instituts für Rechtsmedizin der Charité, für viele inspirierende Gespräche. Und nicht zuletzt auch dafür, dass ich in seinem Obduktionssaal zum ersten Mal auf Saskia traf, die sich offenbar freute, »dass mal ein lebendiger Mann vorbeischaut.«

Ebenso herzlich danken möchte ich meiner Lektorin Gerke Haffner von Bastei Lübbe für die immer sehr hilfreichen und zielführenden Gespräche zum Manuskript. Ein großer Dank geht außerdem an Wolfgang Neuhaus. Dies war unser vierter gemeinsamer Text, und ich denke, hier gilt dieselbe Regel wie in der Formel 1: »Never change a winning team.« Vielen Dank auch an Marco Schneiders, Verlagsleiter von Bastei Lübbe, für das gemeinsame Knobeln an den ersten Entwürfen. Ich freue mich sehr auf die nächsten Bücher mit euch!

Ebenso danke ich dem gesamten Team von Bastei Lübbe, besonders Klaus Kluge, Thomas Schierack, Felix Rudloff, Ricarda Witte-Masuhr und Barbara Fischer für die professionelle Vermarktung und das Kümmern auf Messen, Franziska Paar, Corinna Rausch und Momke Zamhöfer für das geduldige Versenden von Presseexemplaren, Sonja Lechner für die vielen schönen Lesungen und Events und Christian Stüwe für die großartige Arbeit mit Auslandslizenzen – ihm und seinem Team ist es zu verdanken, dass immer mehr Menschen in anderen Ländern meine Geschichten lesen.

Ein großer Dank geht außerdem an den Vertrieb von Bastei Lübbe, der dafür sorgt, dass meine Bücher auf magische Weise in den Buchhandlungen und schließlich beim »Endkunden« landen. Ebenso danke ich allen Buchhändlerinnen und Buchhändlern für die tolle Arbeit, die Einladungen zu Lesungen und einfach dafür, dass es euch gibt!

Ein ganz besonderer Dank gilt Stefan Lübbe, dem langjährigen Verleger von Bastei Lübbe, der das Erscheinen von »Der Totenzeichner« leider nicht mehr erleben wird. Er selbst war es, mit dem ich im Jahr 2010 die ersten Gespräche über mögliche gemeinsame Projekte führte – an einem sonnigen Sommertag in der Paris Bar in Berlin Charlottenburg.

Doch auch wenn du, Stefan, nicht mehr unter uns bist und wir alle irgendwann diesen Weg gehen werden, die Ideen und Charaktere, die dein Verlag geschaffen hat, werden uns alle überleben. Und somit hallt auch unser Leben, das Leben von denen, die diese Charaktere erfinden und in die Welt tragen, auch dann noch in der Ewigkeit weiter, wenn es uns längst nicht mehr gibt. Wenn wir Glück haben und es einen Himmel gibt, dann werden wir uns hoffentlich dort wiedersehen. Und wenn wir Pech haben, wird man uns dort genauso wie im Ritz Carlton Berlin bei einem Brunch am Samstagvormittag um 11 Uhr mit den Worten vertreiben, dass man jetzt mit dem Staubsaugen beginnen müsse.

Wie immer geht ein herzlicher Dank auch an meine Agenten Roman Hocke und Markus Michalek von der Agentur AVA International für die ausgezeichnete Zusammenarbeit, an Cathrin Jacob und Tanja Hammerschmidt von Premium Speakers, an Boris Udina und sein Team von Adone sowie an meine Eltern Barbara (in memoriam) und Hans Jürgen Etzold.

Danken möchte ich auch dem geheimnisvollen, ehemaligen KSK-Elitekämpfer, der anonym bleiben möchte und der mir von dem ebenso faszinierenden wie erschreckenden Phänomen der »Unknown Warfare« berichtete.

Doch nun genug der Worte. Ich wünsche euch allen viel Spaß und Spannung beim Lesen. Wir sehen uns sicher auf einer der nächsten Lesungen!

Wenn ihr mir schreiben möchtet, könnt ihr das unter info@veit-etzold.de tun oder eine der folgenden beiden Seiten besuchen: www.veit-etzold.de, www.facebook.com/veit.etzold. Ich freue mich über euer Feedback!

Und vergesst nie – es gilt das, was schon der Totenzeichner in Blut an die Wand schrieb:

It's not over, 'til it's over!

Herzliche Grüße
euer Veit Etzold

Berlin, im Frühjahr 2015